JAVIER MUÑOZ VILLÉN

La maldición
de Langsford Road

ALMUZARA

Editorial Almuzara • Tapa Negra
Director editorial: Antonio Cuesta
Editora: Ángeles López
Corrección: Mónica Hernández
Maquetación: Joaquín Treviño

www.editorialalmuzara.com
pedidos@almuzaralibros.com - info@almuzaralibros.com

Editorial Almuzara
Parque Logístico de Córdoba. Ctra. Palma del Río, km 4
C/8, Nave L2, nº 3. 14005 - Córdoba

Imprime: Liberdúplex
ISBN: 978-84-11318-93-8
Depósito legal: CO-1499-2023
Hecho e impreso en España - *Made and printed in Spain*

A mi otro par de padres, Segundo y Adoración:
por tratarme siempre como a un hijo.

Prólogo

Podía sentir con cada paso la aspereza de los viejos tablones de madera bajo sus pies descalzos. Al final del muelle le esperaba un extraño bulto de gran tamaño. Se aproximó despacio y se agachó junto a él. Una sábana blanca cubría lo que parecía el cuerpo de una mujer. Sus negros cabellos brotaban de uno de los pliegues de la tela que, salpicada de oscuras manchas de sangre oxidada, envolvía el cadáver como si de un improvisado sudario se tratara. Intentó desenrollar la sábana para descubrir el rostro de la mujer, pero no era capaz de encontrarlo. No tenía cara. Asustado, dio un paso hacia atrás.

Después empujó el cuerpo con el pie y lo hizo rodar hasta el extremo del muelle. Allí esperaba la vieja barcaza, danzando al son de las olas que rompían contra la madera. Consiguió cargar en ella, no sin esfuerzo, el enorme bulto, y también una pala que no recordaba haber llevado consigo. Pequeñas astillas comenzaron a clavarse en las palmas de sus manos mientras los remos arañaban el mar desplazando la pequeña embarcación sobre sus aguas. A continuación, rocas, después tierra y aquella luz en el cielo guiando sus pasos y sus actos, cortando la noche por la mitad como un cuchillo afilado. Y otra vez la madera en sus manos, esta vez la del mango de la pala que ascendía culpable apuntando a un cielo roto para descender nuevamente hambrienta sobre la tierra.

Huyó de la isla de la misma forma en la que había llegado, pero con otra carga distinta; una que le pesaría para siempre. Deshizo el camino navegado y no así sus actos, y cuando preparaba ya la soga para el amarre divisó una mujer en el muelle. Parecía esperarle, pero dormida sobre los tablones de madera. Tensó con fuerza el nudo antes de saltar de la barca.

—¿Quién eres y por qué estás aquí? —preguntó acercándose.

Pero respondió el viento con un lamento triste y resignado, silbando una extraña melodía. La mujer parecía estar soñando. Entonces la empujó, solo unos centímetros. Los mismos que la separaban de un mar hambriento y furioso.

—Que Dios me perdone, y que el mar custodie tu alma para siempre.

La espesa bruma que cubría la pasarela engulló sus palabras. Después echó a correr en dirección opuesta. La niebla apenas le permitía ver sus propias manos. Sentía la presencia de ambas mujeres a su espalda. Corrió y corrió, cada vez más rápido, hasta que su descontrolado movimiento le hizo chocar contra un cubo metálico de basura. En ese momento la niebla huyó dejando a la vista su presencia y con ella su culpabilidad.

Una luz cálida escapó a través de la ventana de la casa de sus vecinos iluminando la escena. A continuación, se encendió otra luz en la vivienda situada frente a su casa. Otra más a lo lejos. Los ladridos de un perro volvieron a romper el frágil silencio de aquella madrugada infame.

Llegó a su casa mientras las luces continuaban salpicando la calle donde vivía. A duras penas consiguió introducir la llave en la cerradura. Con el segundo giro, la puerta cedió. La empujó de golpe y entró. No había suelo. Con el primer paso se precipitó a un abismo infinito. Gritó. Y se despertó.

Lo hizo bañado en sudor. En su cama. El corazón le latía desbocado como queriendo escapar de su pecho. Se levantó y sintió el viento golpeando su cuerpo. La puerta de entrada estaba abierta. Sintió un escalofrío.

—Creo que me estoy volviendo loco —dijo en la soledad de su habitación.

Entró en el cuarto de baño, abrió el grifo del lavabo y se miró en el espejo mientras el agua fría escapaba entre sus dedos. Pero la imagen que le devolvió no era la suya. No reconocía aquel rostro. Se acercó al reflejo y le gritó:

—¡Maldito! ¡Maldito seas!

Golpeó el espejo con la frente con tal violencia que se fracturó en mil pedazos. El fuerte golpe le derribó de espaldas y la oscuridad volvió a abrazarlo.

1

El timbre del teléfono rompió con su estruendoso repiqueteo el apacible silencio que parecía haberse instalado desde hacía unas horas en la pequeña comisaría de Kennebunkport. La oficial de policía Patricia Johnson descolgó intrigada el auricular tras depositar sobre el escritorio su arma reglamentaria, que limpiaba con fruición después de haberla desmontado y engrasado. Procedió con cautela, poco acostumbrada a recibir llamadas a aquellas horas de la noche. Miró su reloj justo antes de responder: eran las once y veintitrés minutos.

—Policía, ¿dígame?

—¿Hola? ¿Policía? —preguntó una niña al otro lado del aparato.

—Hola pequeña. Sí, has llamado a la policía. Dime, ¿en qué puedo ayudarte?

—Mi papá le está haciendo daño a mi mamá. Están gritando ahora… y estoy muy asustada.

—Tranquila. ¿Cómo te llamas?

—Mi mamá me llama Dazzler cuando tengo miedo, como la superheroína de los cómics…

—Muy bien Dazzler, no pasa nada. Tú solo hazme caso, ¿vale?

—Mamá tiene sangre. Tengo mucho miedo.

—¿Estás en casa ahora, cariño?

—Sí, en la planta de abajo.

—¿Dónde vives? ¿Cuál es tu dirección?

—La última casa de Langsford Road, la de la puerta azul.

—¡Oh, Dios mío! No puedo creer que… ¿Ves a tu papá ahora?

—No, salí corriendo. Tenía un cuchillo y mi mamá chilló y ahora no la oigo. Ya no oigo nada.

—Ahora quiero que me escuches atentamente, Dazzler, ¿de acuerdo? Tienes que salir a la calle y correr muy rápido hasta la casa más próxima para pedir ayuda. Yo voy a salir para allá en cuanto cuelgue el teléfono. ¿Podrás hacerlo?

—No sé…, hay mucha niebla…, estoy asustada.

—Tranquila, Dazzler. Voy a contar hasta tres y cuando lo haga saldrás corriendo a la calle, ¿vale? Sé que puedes hacerlo. Uno…, dos…, y… tres.

El sonido del auricular golpeando algo cuando la niña lo soltó, confirmó que la pequeña había seguido al pie de la letra las instrucciones de la oficial de policía. Patricia Johnson cogió nerviosa las llaves de su coche patrulla y salió de la comisaría. En ese momento recordó que David, su compañero del turno de noche, seguía ingresado en el hospital tras haber sufrido un absurdo accidente doméstico. Antes de cerrar la puerta del coche le pareció oír nuevamente el timbre del teléfono. No había tiempo. Arrancó el motor y las ruedas chirriaron sobre el asfalto.

En menos de tres minutos llegó al final de Langsford Road. La luz de los faros apenas era capaz de penetrar más allá de medio metro la espesa niebla que ocultaba con su manto las viviendas a ambos lados de la calle. El mar rugía tras la bruma, anunciando su eterna presencia desde la oscuridad.

La oficial de policía estaba dando marcha atrás para aparcar junto a la acera cuando una sombra tras el coche detuvo súbitamente la maniobra.

—¡Oh, Dios! —exclamó justo antes de bajarse del vehículo.

Patricia tomó la linterna de su cinturón táctico y alumbró el pequeño bulto que permanecía inmóvil tras el coche patrulla. La luz iluminó el rostro asustado de una niña de unos cinco años que instintivamente cubrió sus ojos con el dorso de la mano.

—¿Dazzler? ¿Eres tú, pequeña?

La niña asintió tímidamente antes de echarse a llorar. Después bajó la mirada, en busca de la mancha de orina que empapaba el pantalón de su pijama.

—Tranquila. Ya estás a salvo. No va a pasarte nada malo. Soy policía, ¿lo ves? —dijo la mujer mientras mostraba su placa—. Hemos hablado hace unos minutos. Ahora quiero que te subas a este coche tan guay y me esperes dentro, ¿vale? Hace mucho frío y no quiero que te resfríes.

La oficial de policía caminó con paso decidido hacia la vivienda de madera pintada de blanco cuyo porche le dio la bienvenida con el siniestro crujir de sus tablones. La puerta azul estaba entreabierta. Desenfundó su arma y la empujó suavemente con el cañón para después iluminar con su linterna el recibidor. Un paso, otro paso. Llegó al salón avanzando con sigilo y cautela, intentando que la madera no se quejase bajo sus pies. Escuchó un suspiro a su izquierda, se giró de inmediato y alumbró un rincón de la amplia estancia. Entonces le vio. Sentado en un elegante sillón de cuero permanecía impasible un hombre de mediana edad. La luz que arrojaba su linterna descendió desde su cara pasando por un pijama de rayas azul hasta llegar al cuchillo manchado de sangre que reposaba en el suelo junto a sus pies.

—Está muerta —afirmó el hombre tapando su rostro con las manos.

Patricia enfundó de nuevo su revólver, se agachó para recoger el cuchillo y con tono sereno y pausado, dijo:

—Jamás creí que llegaras a reunir el valor suficiente para hacerlo.

2

Diciembre de 1999

El despertador que descansaba ajeno sobre la mesilla de noche le confirmó sin piedad que ya habían transcurrido las tres primeras horas de un nuevo día. Junto al reloj, un bote vacío de midazolam, parecía burlarse de él tras la etiqueta parcialmente despegada del envase. Era incapaz de conciliar el sueño una madrugada más; otra noche que se escurría entre su angustia y su desesperación con el devenir de cada minuto. Giró en la cama buscando una postura diferente, una nueva oportunidad para alcanzar su tan ansiado objetivo, y se tapó la cabeza con la almohada. Entonces oyó un susurro:

—Ayúdame…

Descubrió su oreja derecha para poder prestar mayor atención. Se incorporó de la cama y esperó un nuevo murmullo. El silencio le respondió con su quietud. Abandonó la habitación en busca de una respuesta que llevaba meses buscando y llegó al salón. Una de las ventanas estaba abierta y el viento helado se colaba por ella silbando una melodía desafinada que hacía danzar a las cortinas.

—¡Maldita sea! —exclamó mientras la cerraba violentamente.

Entonces sintió la extraña necesidad de encontrar algo. No estaba seguro de qué se trataba. Regresó al dormitorio y abrió el armario de par en par. En pocos segundos la ropa comenzó a volar por los aires para aterrizar aleatoriamente sobre la cama o el suelo. Cajas de zapatos, cinturones, camisas… Ni siquiera sabía qué estaba buscando exactamente. Cogió la vieja silla que descansaba aburrida junto a la ventana y se subió en ella para alcanzar la parte superior del armario. Palpó con sus manos el interior del altillo y el rastro de sus dedos dibujó cinco líneas imperfectas en la capa de polvo que cubría la madera, confirmando que parecía vacío.

Estaba a punto de descender de la silla, frustrado por el resultado de su búsqueda, cuando una de las patas se fracturó bajo su peso haciéndole caer. Su instinto le hizo lanzar sus manos al aire para agarrarse a una de las baldas del armario. La tabla cedió y se partió, arrastrando parte de la madera del viejo mueble y con ella un sobre de papel que inicialmente había pasado desapercibido bajo la suciedad. Cayó al suelo junto a él sin percatarse de su existencia.

—¿Qué diablos estoy haciendo? —murmuró en la soledad de su desordenada habitación.

Buscó entre la ropa esparcida un abrigo con el que enfrentarse a aquella fría madrugada que abrazaba a aquellas horas las calles. Salió fuera. La brisa gélida le cortó el rostro mientras el mar rugía inclemente desde la oscuridad del horizonte.

Tras diez minutos caminando regresó a casa. Se dirigió directamente a la cocina y abrió el último cajón del mueble que había bajo la encimera. En su interior apareció un viejo recorte de periódico y una llave. No recordaba cómo habían llegado hasta allí. El trozo de papel mostraba un titular del apartado de sucesos. Se trataba de una noticia del *Portland Press Herald* fechada el 3 de diciembre de 1985. «Médium encuentra un cadáver en Kennebunkport», rezaba. No tenía a mano sus gafas para ver de cerca, por lo que no pudo leer su contenido. Junto al titular había un número anotado, parecía un teléfono. Cogió la llave, palpó su metal con los dedos y la devolvió al mismo lugar sin conseguir recordar qué podía abrir. A continuación, descolgó el auricular del teléfono que parecía esperarle colgado en la pared. Marcó uno a uno cada número anotado y esperó. La voz somnolienta de una mujer le respondió al otro lado de la línea.

—¿Quién demonios es y qué horas son estas de llamar?

—¿Dorothy Terrance?

—Sí, esa soy yo. ¿Y usted quién es? ¿Y qué quiere?

—Soy Gabriel Beckett, y necesito que regrese a Kennebunkport.

—Llevo casi quince años esperando esta llamada. Me temía que este momento iba a llegar. Nos veremos pronto, señor Beckett.

La comunicación se interrumpió dando paso a un inexpugnable silencio que inundó cada rincón de la casa. Regresó al dormitorio, apartó la ropa que permanecía esparcida sobre la cama, se tumbó y cerró los ojos. Entonces sintió en el oído la caricia de un nuevo susurro:

—Ayúdame…

3

Arrojó las llaves del apartamento sobre el único mueble que adornaba el recibidor. Estaba agotada. Había sido un día duro de trabajo y lo último que le apetecía era entrar en casa para volver a discutir una vez más con Glenn. Miró su reloj antes de dar el siguiente paso: eran las cinco en punto de la tarde. Se asomó con desgana al salón y vio a su prometido sentado en una de las butacas en las que solía acomodarse para ver la televisión. Tenía los codos apoyados en las rodillas y tapaba su rostro con las manos. Parecía preocupado.

—Hola Glenn. ¿Qué tal? Estoy muy cansada, creo que me voy a dar un baño.

—¿Que qué tal? Siéntate un momento Emma, por favor, te voy a explicar qué tal estoy.

—No tengo ganas de discutir, ya te he dicho que me voy a dar un baño. Ha sido un día complicado.

—¿Complicado dices? Esto sí que me parece complicado —dijo Glenn mientras arrojaba una revista a los pies de su prometida después de levantarse como un resorte de su asiento.

—¿Qué es esto?

—Cógela, vamos. Creo que te va a interesar. Tu nombre aparece en la portada. Ah, y en la página catorce. El artículo es muy…, ¿cómo decirlo?, ¿descriptivo? —ironizó Glenn visiblemente enfadado.

Emma se agachó con dignidad y cogió la revista del suelo. Se trataba del ejemplar mensual de la publicación *People*. Su nombre aparecía en un pequeño titular al pie de la portada, bajo una fotografía en la que aparecía en la calle, sonriendo junto a un hombre maduro que la rodeaba con su brazo: «Pillados: Emma Hawkins y Hugh Forrester juntos».

—¿Qué diablos es esta bazofia? —preguntó Emma, exaltada.

—Esa pregunta debería hacértela yo a ti, ¿no crees? —replicó Glenn subiendo el tono. —Ahora, si no te importa, me encantaría que leyeses la página catorce.

Emma pasó nerviosa las hojas, se detuvo en el número indicado y comenzó a leer:

—«La famosa reportera Emma Hawkins y el excéntrico directivo de la misma cadena NBC, Hugh Forrester, han sido fotografiados juntos el pasado jueves en actitud más que cariñosa a la salida del galardonado restaurante neoyorquino Le Bernardin. Se confirma así el bache por el que está pasando el matrimonio formado por Forrester y la conocida cantante italiana Bianca Rizzo, dejando en entredicho los méritos que impulsaron la prometedora y meteórica carrera profesional de la intrépida y carismática reportera de NBC News».

—Precioso, ¿no te parece?

—¡Yo no quedé con Forrester! —se defendió Emma, tras arrojar el ejemplar sobre su prometido.

—Claro, quedaste con Rebeca, ¿verdad? «Noche de chicas», dijiste.

—Sabes que quedé con ella y sabes incluso de lo que hablamos, porque antes de salir te conté el motivo por el cual íbamos a vernos. Necesitaba confesarme algo importante…

—¿Te lo follaste? —preguntó Glenn cortando el final de la frase.

—¿Qué has dicho?

—Te he preguntado que si te lo follaste. Dime, ¿te follaste a ese vejestorio? O, mejor dicho, ¿cuándo empezaste a follar con él? Nada más entrar en la cadena, ¿a que sí?

—No te consiento que…

—¿Que te escupa la puta verdad a la cara? —volvió a interrumpir Glenn de forma violenta—. No sé cómo no he sido capaz de darme cuenta antes. Tantas horas fuera de casa…, tantas fiestas…, cada vez más tiempo en pantalla…, y más fama, un poquito más famosa cada día.

—Glenn, no me he acostado con Forrester —afirmó Emma intentando mantener la serenidad.

—Eres una mentirosa…, y una zorra.

Aquellas fueron las últimas palabras que escuchó Emma. Ni siquiera se molestó en responder. Se dirigió al dormitorio, bajó de lo alto del armario su maleta y metió apresuradamente en ella toda la ropa que pudo. Glenn la esperaba en el recibidor, cruzado de brazos con el rostro desencajado.

—¿Es así como solucionas los problemas? —preguntó mientras se interponía en su camino.

—Tú eres el problema —respondió Emma apartándole de un empujón.

Glenn la agarró con fuerza del brazo antes de que llegase a la puerta. Emma se giró y le dio una sonora bofetada. Cerró dando un portazo y sin mirar atrás bajó corriendo los escalones hasta llegar a la calle. Allí paró un taxi. Al ir a montarse se dio cuenta de que iba descalza.

—Buenas tardes señorita, ¿a dónde?

—Aún no lo sé, usted solo arranque…, de momento solo quiero huir de aquí.

4

La señora Dabrowski estaba en la cocina preparando una deliciosa tarta de manzana cuando el timbre de la puerta interrumpió su quehacer. Se limpió las manos manchadas de harina en el delantal justo antes de abrir la puerta.

—Buenas tardes señora Dabrowski. Vaya, no quería molestarla. Si sé que está haciendo una de sus famosas *szarlotkas* hubiese venido antes. ¿Se puede? —preguntó el inesperado visitante.

—Mi querido vecino siempre tan oportuno. Tengo la cocina hecha un desastre, pero pasa, hijo, no te quedes ahí fuera con la que está cayendo. Estaba a punto de meter el pastel en el horno. Acompáñame, por favor y no te asustes. Si te apetece un té estás invitado. Estaba a punto de servirme una taza.

—Oh, por supuesto. Es usted muy amable, y con el frío que hace...

Espesos copos de nieve danzaban en el aire al son del fuerte viento y comenzaban a cubrir ya las calles de Kennebunkport.

—Dime, ¿qué necesitas esta vez? ¿Vas a hacerle una cena especial a tu novia y se te ha olvidado el curry? ¿El comino? ¿Cúrcuma tal vez?

—Creo que se confunde de vecino. No tengo novia. Estoy...

—Vamos, pillín, os vi besaros la otra noche. Esa chica rubia... El caso es que me sonaba su cara, pero desde el porche y con esta vista mía no fui capaz de reconocerla.

—¿Qué noche?

—Da igual. Casi ni me acuerdo. Perdona, hijo, a veces soy un poco cotilla, pero eso ya lo sabías, ¿verdad? Es lo que le queda a una anciana de ochenta y cuatro años casada durante más de cincuenta con un aburrido zapatero polaco.

—¿Qué tal está Pawel? Hace mucho tiempo que no le veo.

—Bien. Casi siempre está en la buhardilla con sus cachivaches. Ahora le ha dado por mirar las estrellas de noche con su viejo telescopio, aunque yo creo que se dedica a espiar al vecindario. Para que luego me diga que soy una fisgona...

—¿Está ahora en casa?

—Sí, está arriba. Lleva unos días muy raro. Solo baja para comer y para ver en la televisión *Remington Steel*. Le encanta esa serie. A mí me gusta más el protagonista. Es tan atractivo...

—¿Raro? ¿A qué se refiere?

—Anoche me dijo que hacía una semana había visto algo pero que no me lo podía contar porque no quería preocuparme. Al parecer algo sospechoso que ocurrió en esta misma calle, pero no suelta prenda. Está de un misterioso... Yo creo que es la edad, ya sabes.

—¿Y se imagina a qué puede referirse?

—Ni idea, pero tuvo que ser algo grave porque desde hace unos cuantos días revisa que esté todo cerrado antes de irse a dormir cuando normalmente solía dejarse la puerta de la calle abierta sin darse cuenta y sin importarle. Lo que es seguro es que ha visto algo, sea lo sea y que fue por la noche, más tarde de las once, porque yo ya estaba durmiendo.

—Ahora que lo dice oí unos ruidos extraños la otra noche. Me asomé a la ventana, pero no vi nada raro.

—Bueno, ya nos enteraremos. Por cierto, no me has dicho aún qué necesitabas.

La anciana se agachó junto al horno para meter la tarta de manzana. Abrió la puerta y sacó la rejilla sobre la que depositó la bandeja con su famoso postre polaco. En ese momento, el rodillo de amasar se estrelló violentamente contra su cráneo haciéndola caer de bruces frente al electrodoméstico. Ya en el suelo, bocabajo, recibió varios golpes más en la cabeza. El último, brutal, le arrancó la vida sin que pudiera defenderse.

—¡Margaret! ¿Estás bien? —preguntó su marido desde la buhardilla. —He oído un golpe. ¿Margaret?

Le respondió el silencio y la incertidumbre le obligó a descender las dos plantas que le separaban de la cocina para comprobar el origen de aquel ruido sordo que acababa de distraerle de sus ocupaciones.

—¡Margaret!

El sonido de los pasos bajando las escaleras delataron su posición. El anciano no llegó a pisar el último peldaño. El mismo ensangrentado utensilio de cocina que acababa de robarle la vida a su esposa le golpeó con fuerza en la sien. Solo tuvo tiempo de ver la mano enguantada y temblorosa que lo sostenía justo antes de que descargase el segundo y definitivo golpe.

Después llegaron las carreras, el sonido de los cajones cayendo al suelo, el de los muebles al ser volcados, el sonido de un cristal rompiéndose y finalmente el de la puerta trasera al cerrarse por última vez. Mientras, la tarta de manzana de Margaret Dabrowski comenzaba a quemarse dentro del horno.

5

Un Chrysler LeBaron Town & Country Wagon de 1982 se detuvo frente a su casa. De su interior bajó un hombre joven con sobrepeso. Vestía una sudadera gris con la serigrafía de *Star Wars*, vaqueros desgastados y cubría su cabeza con una gorra de béisbol de color rojo. Una incipiente barba sombreaba un rostro impersonal y bonachón. Se dirigió al maletero entre bocanadas de vaho y sacó de él una maleta grande de plástico y una bolsa de deporte. Las depositó en el suelo junto al coche, sacó una libreta del bolsillo trasero de sus pantalones y consultó algo. Alzó la vista hacia la casa frente a la que había estacionado y antes de dar un paso, una voz grave le detuvo.

—¿Le puedo ayudar, amigo?

—Buscaba el número sesenta y seis de Langsford Road —respondió el visitante con timidez.

—Pues no lo va a encontrar porque ya no existe el número sesenta y seis de esta maldita calle. ¿Qué es lo que quiere?

—En realidad no busco una dirección, busco a un hombre. ¿Conoce usted a Gabriel Beckett?

—Yo soy Gabriel, aunque desde que llegué aquí todo el mundo me llama Gabe.

—Martin Gates. Un placer.

El joven se acercó para presentarse extendiendo la mano. En ese momento el rostro de Gabriel se contrajo en una extraña mueca mezcla de sorpresa y curiosidad.

—Tu coche...

—Ya lo sé. Parece una tartana, pero en realidad se trata de una pieza de museo.

—Se está moviendo.

—¿Cómo dice?

El vehículo, que no tenía accionado el freno de mano, comenzó a desplazarse calle abajo hasta que unos cubos de basura detuvieron su marcha. Martin salió corriendo tras su propio coche, pero no llegó a tiempo de detenerlo. Después se montó nuevamente, arrancó el motor y deshizo el camino, avergonzado.

—Lo siento —se disculpó desde el rubor de sus mejillas.

—No lo sientas. Esos cubos no son míos, y la basura que has esparcido tampoco.

—Como le iba diciendo, mi nombre es Martin Gates. Soy el ayudante de Dorothy Terrance. Creo que me he adelantado. Ella estará al llegar.

—¿Ayudante? Esto debe ser una maldita broma. Oh, por favor, mírate. Eres un cliché. Gordito, sudadera de *Star Wars*, el maletín... ¿Qué llevas ahí dentro? No, espera, no me lo digas: tu virginidad.

—Soy ingeniero aeroespacial por el M.I.T. Cinturón negro primer dan de taekwondo, arte marcial que practico desde los cinco años. Tengo un problema con mi jodida tiroides, de ahí mi sobrepeso. La sudadera es de mi hermano, que murió el año pasado de un linfoma muy agresivo que se lo llevó por delante en apenas seis meses. La virginidad la perdí a los diecisiete. Ah, y si soy el ayudante de Dorothy, es porque cuando tenía nueve años, me tiré una semana entera hablando por teléfono cada noche con mi mejor amiga del colegio. El mismo tiempo transcurrido desde que su padrastro la asfixió para arrojar finalmente su cadáver a un pozo. Ella misma me dijo dónde encontrarla, pero yo no supe entenderlo. Quince años después, fue Dorothy quien me abrió los ojos.

—Puedes pasar y esperar a Dorothy en casa. Prepararé café o lo que sea que tomes —sentenció Gabriel señalando la puerta de entrada.

—Si no es molestia aceptaré un té si tiene, y olvidaré sus prejuiciosos comentarios si me enseña su casa antes de que lo prepare.

—Si no me queda otra...

La casa constaba de dos plantas, buhardilla y sótano. Gabriel enseñó con premura al visitante cada estancia. Todas, exceptuando una que tenía la puerta cerrada y que fue ignorada a su paso de forma deliberada.

—¿Y esa habitación, señor Beckett, no me la enseña? —preguntó Martin, curioso.

—No. Está vacía —respondió Gabriel, cortando la conversación—. Ahí dentro no hay nada.

—¿Entonces por qué está cerrada con llave? —preguntó Martin tras intentar bajar el picaporte.

—Perdí la llave. Ahora si quiere le enseño el exterior.

Un humilde embarcadero conectaba la parte de menor altitud con el mar, mientras que un pequeño acantilado separaba a este del descuidado jardín. Tras la obligada visita, los dos hombres tomaron asiento uno frente a otro en la mesa de la cocina. Un profundo silencio se estableció entre ellos y solo el sonido de la tetera avisando que su bebida ya estaba lista fue capaz de quebrarlo. Martin aprovechó el pitido del vapor para formular una pregunta que llevaba varios minutos planteándose.

—¿Por qué no tiene ninguna fotografía en toda la casa?

El claxon de la vieja furgoneta Volkswagen Kombi de Dorothy Terrance le permitió no responder a esa inoportuna pregunta. Gabriel Beckett se asomó a la ventana de la cocina tras correr los raídos visillos que la cubrían y vio apearse a una anciana huesuda de cabello plateado ataviada con un colorido vestido estampado, una cazadora vaquera y un extraño gorro de lana de color rojo con el que cubrió su cabeza nada más tocar tierra. La mujer miró hacia donde se encontraba y torció el gesto antes de dar su primer paso.

6

El Ryan's Corner House era el típico pub irlandés en el que poder tomarse una buena pinta después de trabajar. También servían langosta en todas sus deliciosas variantes. El crudo invierno reducía considerablemente la afluencia de público, y el local, acostumbrado a estar atestado de turistas durante los meses cálidos, recibía en aquellos días fríos a sus fieles parroquianos de siempre.

El suelo crujía bajo sus pies cuando su mirada se alzó para descubrir la curiosa decoración que adornaba el techo. Cientos de billetes de un dólar firmados por sus antiguos propietarios forraban la madera de la cubierta mientras las copas de cristal hacían lo propio con el espacio reservado para la barra. Tras ella, en las estanterías, decenas de botellas de buen whisky irlandés esperaban pacientes a ser consumidas.

Emma Hawkins tomó asiento en uno de los taburetes libres y alzó con desgana la mano para llamar al barman, que afanoso, limpiaba con una bayeta el otro extremo de la barra.

—Buenas tardes. ¿Qué quiere tomar? —preguntó el camarero observando con extrañeza a la joven forastera.

—Jameson Black Barrel, doble y sin hielo, por favor.

—Vaya, vaya. ¿Sabes lo que tomas o lo pides porque suena distinguido? —preguntó el camarero sorprendido.

—Lo pido porque me apetece y porque el *blended* es mi preferido. Me gusta su sabor suave, con intensos aromas de caramelo cremoso y azúcar, y que predomine la dulzura de las especias y la vainilla. Pero también me gusta ese toque ligeramente ahumado sin ser tan exagerado como un Islay ni llegar al salado de un Lagavulin.

El camarero, impresionado, llevó sus dedos índice y pulgar desde la comisura de sus labios al otro extremo de la boca, como si cerrase una cremallera imaginaria. A continuación y sin decir nada, buscó tras la barra la botella demandada y sirvió su contenido en un vaso que llenó hasta la mitad. Apenas había disfrutado de dos pequeños sorbos cuando un hombre de unos treinta y cinco a cuarenta años se sentó a su lado. Vestía una camisa de cuadros rojos y azules, un plumas azul marino sin mangas y un gorro de lana negro que se quitó nada más sentarse.

—¿Te importa si me quedo aquí? —preguntó a Emma de manera un tanto brusca.

—¿Lo mismo de siempre, Jayden? —preguntó el camarero nada más verle.

—Claro, Mike.

Emma alzó la vista y asintió sin ningún interés. Cogió de nuevo el vaso, removió su ambarino contenido y le dio un buen trago.

—Me llamo Jayden y te invitaría a otra, pero si te bebes eso tú solita no sé si podrás con la siguiente.

—He tenido un mal día y no tengo ganas de tener una conversación con el primer extraño que me dirige la palabra —dijo Emma mientras cogía el bolso que minutos antes había colgado en un gancho bajo la barra.

—Son las nueve y media de la noche: el día aún no ha acabado y yo puedo arreglártelo. Además, ya no soy un desconocido. Te he dicho que me llamo Jayden. Y tú, ¿cómo te llamas? Está claro que no eres de por aquí, y sin embargo me suena mucho tu cara.

—Muy bien Jayden, parece que no me has entendido. Intentaré ser más clara esta vez: no voy a hablar contigo, no me apetece, así que deja de molestarme.

—¡Uhhhhhh, qué carácter! Vaya, vaya, con la princesita…, nos ha salido borde. Solo intentaba ser amable. ¿Qué creías, que estaba ligando contigo?

—No creía nada. Solo estaba disfrutando tranquilamente de un excelente whisky al que no creo que pudieses invitarme, ni aunque trabajases toda tu vida. Entonces has venido con ese aire arrogante de paleto inculto y misógino, y has estropeado un poco más, si es que eso era posible, la mierda de día que llevo soportando desde que amaneció.

—¡Ja, ja, ja! Ya sé de qué me suena tu cara. Eres la reportera…, ¿cómo era?, la reportera dicharachera…, no, lo tengo, la reportera

28

aventurera, y sales en las noticias de la NBC. ¡Ja, ja, ja! La zorra esa que se ha estado tirando a su jefe para ascender. Te he visto en la jodida revista que tiene mi hermana en casa.

—Esto es inaceptable. Tome, cóbrese la bebida. El whisky excelente, el local muy acogedor, pero la gentuza que hay aquí… —dijo Emma al camarero dejando un billete de cincuenta dólares sobre la barra.

—¡Eh, chochito! ¿Dónde te crees que vas? —dijo Jayden al tiempo que la cogía por el brazo intentando retenerla.

En apenas un segundo, Emma le agarró por la muñeca y le retorció el brazo tras la espalda mientras sacaba con la otra mano el spray de pimienta que guardaba en el interior de su bolso. Con él le amenazó apuntando a sus ojos diciendo:

—Como te muevas un milímetro te frío las retinas. Ahora quiero que me dejes tranquila y que te vayas. ¿De acuerdo?

La escena atrajo las curiosas miradas de los allí presentes. Entre ellas las del oficial de policía Scott Hamill, que estando fuera de servicio, disfrutaba de unas pintas con sus amigos en una de las mesas del fondo. El policía se acercó resignado a la barra, negando con la cabeza, y dijo:

—Por favor, suéltelo —pidió a Emma con aplomo—. ¿Algún problema, señor Rogers?

—No te metas, Scott. Esto no va contigo —respondió Jayden palpando su brazo dolorido tras soltarlo Emma.

—Sí va conmigo. Estaba tomándome unas cervezas con mis colegas y has tenido que montar este numerito.

—¿Y qué vas a hacer, detenerme? Vamos, no estás de servicio por lo que parece, aunque toda una novedad verte sin uniforme… Yo pensé que hasta te acostabas con él puesto.

—Cállate, Jayden. No compliques más las cosas. Ahora haz el favor de irte de aquí —requirió el policía.

—Maldito poli estúpido. Ojalá hicieses como tu madre…

—¿Qué has dicho? —preguntó Scott justo antes de agarrar a Jayden por el cuello. Después le amenazó con el puño preparado para asestarle un puñetazo.

Entonces fue Emma quien intervino sujetando el brazo de Scott, evitando que le golpeara.

—Por favor, no quiero ser el motivo de ninguna pelea. Me marcho y ya está. Lo siento.

Emma caminó decidida hasta la salida y tras sus pasos salió Scott. Los dos abandonaron el local. Ninguno había reparado en el anciano corpulento de blancos cabellos que tomaba discreto su cerveza en el otro extremo de la barra.

Jayden salió por la puerta trasera para evitar encontrarse con el policía. Sacó un cigarro del paquete de tabaco que guardaba en uno de los bolsillos de su abrigo, lo encendió y le dio una larga calada. No se fijó en que aquel mismo anciano le había seguido hasta el aparcamiento trasero, había cogido una pala del interior del maletero de su coche, y le esperaba oculto entre las sombras.

El brutal golpe que recibió en la cara provocó que le estallara el globo ocular izquierdo. Jayden cayó de espaldas con la cara ensangrentada y aún respiraba cuando su atacante se inclinó sobre él para amenazarle.

—No vuelvas a acercarte a esa mujer.

7

Bruce O'Brien, jefe del departamento de bomberos de Kennebunkport cogió nervioso el transmisor de radio de su camión y llamó a la centralita de la comisaría. La voz aburrida de una mujer entrada en años respondió al otro lado del auricular.

—Policía de Kennebunkport.

—¿Gertrude? Soy Bruce, necesito hablar urgentemente con Liam.

—Está cuadrando los turnos del mes que viene. Ahora le aviso. ¿Es por el incendio de Langsford?

—Ha ocurrido algo. Dile que se ponga, por favor.

—Claro, un momento.

El monótono hilo musical dio paso a la voz profunda y tranquila del sargento de policía Liam McDougall.

—Hola Bruce, ¿qué ocurre?

—El señor y la señora Dabrowski...

—Creí que se trataba de un leve incidente doméstico —interrumpió el policía.

—Han sido asesinados.

—¡Oh, Dios mío! No es posible... ¿Pero... cómo? Los dos... Esta misma mañana me he cruzado con Pawel, parecía preocupado. Me dijo que tenía algo que contarme, pero que iba a comprar unas manzanas para su mujer y que ya hablaríamos.

—Es terrible. Tienes que venir cuanto antes —solicitó con premura el jefe de bomberos.

—De acuerdo. Diles a tus chicos que no toquen nada. Voy para allá en cuanto avise a los de la estatal. Tendrán que enviar a alguien desde Augusta. Supongo que es lo que haría Prescott.

—¿Cuándo regresa el jefe?

—En una semana. No puedo creer que haya ocurrido esto en su ausencia. Luego le telefonearé.

Liam McDougall pasaba la cincuentena. Era un hombre corpulento, fuerte, con una prominente barriga que delataba su baja forma física. Un frondoso bigote cano le otorgaba personalidad a un rostro severo de facciones angulosas. Las canas también poblaban sus sienes. Llevaba más de treinta años en el cuerpo de policía, algunos menos sirviendo y protegiendo a los ciudadanos de Kennebunkport. Estaba casado con una mujer maravillosa y tenía una hija maravillosa, con las que vivía en una casa maravillosa. Su vida parecía perfecta, pero no lo era. Habían transcurrido ya cinco años desde que atropellase a Kevin Seaman, de dieciséis años, tras sorprenderle, mientras patrullaba por la noche, robando en la licorería. Aún tomaba ansiolíticos para poder conciliar el sueño.

En apenas cinco minutos llegó al lugar de los hechos. Aparcó el coche patrulla junto al camión de bomberos y descendió con solemnidad del vehículo. Le acompañaba Tom Sephard, agente en prácticas de veintitrés años, gran promesa del departamento de policía e hijo del alcalde.

—Tommy, controla que nadie entre, por favor. Y establece un cordón en torno a la casa. Hay cinta en el maletero. Precinta la entrada y el acceso trasero a la vivienda. Cuidado con los vecinos fisgones, no tardarán en llegar y no quiero que esto se convierta en un maldito circo. Ah, y coge la cámara, está en la guantera.

—A sus órdenes, mi sargento.

—¿Estás nervioso, muchacho? Creo que es tu primer homicidio, ¿no es así?

—Así es, señor.

El jefe de bomberos se bajó del camión y saludó efusivamente a Liam con un afectuoso apretón de manos.

—¿Habéis tocado algo? —preguntó el policía tomando la iniciativa.

—El cadáver del viejo no lo hemos movido, está tal cual nos lo encontramos. En cuanto a la mujer... Bueno, tuvimos que apagar el fuego del horno, que era lo que estaba originando el humo que alertó a la mujer que nos llamó.

—¿Quién os dio el aviso?

—No se identificó. Sully atendió la llamada. Dice que era una mujer joven y que parecía estar colgada. No sé, drogada o algo así. Dijo que vio humo saliendo por la puerta principal pero que no se atrevió a entrar. Al principio Sully pensó que se trataba de una broma, pero cuando mencionó a la señora Dabrowski, pensó que podría ser verdad y que la vieja habría tenido un percance en la cocina.

—Entonces, ¿movisteis a la anciana? —preguntó Liam mientras sacaba una pequeña libreta del bolsillo interior de la chaqueta de su uniforme.

—No exactamente. Tuvimos que despegar parte de su brazo izquierdo del horno porque también se estaba quemando. Parece que le atizaron fuerte en la cabeza, y cayó junto al horno, que estaba abierto, y el brazo… Es horrible.

—Gracias Bruce —dijo el policía antes de dirigirse al lugar del crimen.

Mientras hablaba con el jefe de bomberos, Tom había extendido varios metros de cinta amarilla con el inequívoco mensaje «Línea de Policía. No pasar», alrededor de la casa. El joven le esperaba en la entrada. Estaba lívido y movía rítmicamente de manera involuntaria su pie derecho.

—¿Tu primer cadáver, chico?

—Me temo que sí.

—Tranquilo, siempre hay una primera vez para todo. Vamos allá.

El inconfundible olor de la carne quemada les dio la bienvenida en el elegante recibidor, provocando una primera arcada a Tom, que inmediatamente se tapó la nariz y la boca con la mano. Avanzaron hasta el salón, que se encontraba muy desordenado. Los cajones del mueble donde descansaba el televisor estaban en el suelo y su contenido revuelto y esparcido por el suelo. Al fondo, junto a las escaleras de acceso a la planta superior y tendido bocabajo sobre una pequeña y hermosa alfombra persa, se hallaba el cuerpo sin vida de Pawel Dabrowski. La sangre empapaba la vieja alfombra que disimulaba con sus vivos colores la gran cantidad derramada. A su lado, el rodillo de amasar de madera parcialmente teñido de rojo se erigía como principal candidato para ser elegido arma homicida.

—Fotografía la escena, Tommy —ordenó Liam con tono serio.

—Creí que eso lo hacían los de criminalística.

—Y lo harán. Pero nosotros también tenemos que hacer nuestro trabajo.

Abandonaron el salón y se dirigieron a la cocina. Allí encontraron el cadáver de Margaret Dabrowski, también bocabajo en una extraña postura con su brazo izquierdo en el interior del horno y el cuero cabelludo desprendido de la cabeza. Pequeños restos de masa encefálica salpicaban el mueble bajo la encimera y un charco de sangre mezclado con el polvo del extintor que habían utilizado los bomberos, comenzaba a oxidarse bajo el cuerpo.

—¡Es horrible! —exclamó el joven agente mientras intentaba enfocar la dantesca escena con sus manos temblorosas. La imagen le provocó otra arcada.

—Es extraño, muy extraño. La golpearon en la nuca. Por la posición en la que se encuentra el cuerpo podemos entender que o bien conocía al asesino y este ya estaba en la cocina, o que el asesino entró sigilosamente y atacó a la señora Dabrowski por la espalda. La puerta de la entrada no está forzada, y no hay ventanas abiertas. De lo que sí estoy seguro es de que primero asesinaron a la anciana. Su marido estaba arriba, oyó ruido y bajó para comprobar qué ocurría. El atacante le sorprendió en la escalera y le golpeó en la cabeza con el rodillo.

—Parece que entraron a robar y se les fue de las manos —apuntó Tom, inseguro.

—No entraron a robar. Fíjate en las orejas de la señora.

—Oh, es horrible. Su cabeza…

—No, Tommy. Fíjate en sus lóbulos. Lleva puestos unos magníficos pendientes de oro y brillantes.

—Quizá el asesino buscaba algo dentro de la casa.

—O quizá pretendía engañarnos, tenía prisa, simuló un robo, o yo qué sé. Es pronto para saberlo, Tommy. Solo sé que desde Olenchuk no aparecía nadie muerto en Kennebunkport, que estos dos pobres ancianos han sido brutalmente asesinados por un desalmado y que te juro por Dios que no descansaré hasta atrapar al malnacido que ha hecho esto.

8

La mirada inteligente e incisiva de Dorothy Terrance se perdía cada poco tiempo en un punto infinito, como si su mente abandonara su cuerpo por unos breves instantes para regresar a continuación malhumorada y susceptible. Desde su asiento, no paraba de observar cada rincón de la amplia cocina. Miraba el suelo, las paredes, el fregadero… Finalmente dio un gran sorbo a su té, depositó la taza con cuidado sobre la mesa y formuló la pregunta que revoloteaba inquieta en su cabeza desde hacía varios minutos:

—¿Cómo ha conseguido localizarme?

—Encontré su número por casualidad.

—Las casualidades no existen, señor Beckett —afirmó la anciana con gesto de reprobación.

—Me lo dio un policía. Alguien que lleva años preocupándose por mí.

—No sé si creerle, aunque no importa. Ahora dígame, ¿qué percibe exactamente? ¿Nota alguna presencia cerca de usted? ¿Objetos que se mueven? ¿Puertas o ventanas que se abren o cierran solas? Cuénteme.

—No creo en los fantasmas, señora Terrance. No creo en ese montón de paparruchas que les dan de comer a gente como ustedes. No creo en el más allá y tampoco creo en…

—Un momento, señor Beckett. No siga por ahí —interrumpió Dorothy un tanto irritada—. Si no cree en lo que hago, si no cree en lo que me dedico y si no cree en mí, volveré por donde he venido y no le molestaré más. Pero entonces, dígame por qué me ha pedido ayuda. Por qué a mí.

—Porque un susurro pronunció su nombre. Fue hace un mes aproximadamente. El murmullo me despertó de madrugada y lo anoté. A la mañana siguiente fui a la biblioteca y busqué su nombre en internet. No entiendo mucho de ordenadores, pero me echaron una mano. Ahora ya sé lo que ocurrió aquí hace quince años —explicó Gabriel después de darle el último sorbo a su café.

—Ni siquiera yo misma sé qué ocurrió aquí hace quince años, aunque bueno, realmente son catorce.

El timbre de la entrada cortó la conversación y Dorothy se ofreció para ir a abrir la puerta. Justo antes de llegar al recibidor, la anciana se agachó y palpó el suelo con las manos. Por un instante, su rostro se tornó sombrío.

Martin regresaba a la casa con su equipo. Depositó su maleta sobre la mesa de la cocina y después de un exagerado suspiro dijo:

—Bueno, creo que ya se han puesto al día, ¿no es así? Ahora con su permiso, señor Beckett, vamos a proceder. Empezaremos por las psicofonías.

—¿Qué? —preguntó Gabriel, extrañado.

—Las psicofonías, parafonías o fenómenos de voz electrónica, también conocidas como EVP, son sonidos de origen electrónico que quedan registrados en distintos tipos de grabadoras de audio. Dichos registros aparecen como voces que enuncian contenidos significativos, presentando una morfología característica en cuanto a su timbre, tono, velocidad y modulación.

—¿Se refiere a la voz de un fantasma?

—Ojalá fuese tan sencillo. Bueno, lo primero que debemos hacer antes de intentar grabar una psicofonía es analizar el lugar donde suceden los fenómenos: si hay corrientes subterráneas, repetidores de televisión cerca o variaciones electromagnéticas. ¿Dónde escucha esos susurros?

—Principalmente en el dormitorio. Pero, por Dios, ¿qué son todos esos artilugios? —exclamó Gabriel señalando los extraños instrumentos que Martin acababa de sacar de su maleta—. ¿Son para paliar el efecto 2000?

—¿Usted también creé en esa tontería del fin del mundo porque los ordenadores regresarán al año 1900?

—Bueno, yo...

—Se trata de un medidor para detectar campos electromagnéticos, un escáner térmico, dos sensores de movimiento, una videocámara con su trípode correspondiente y una grabadora EVP.

—Van a llenar mi casa de cacharros inútiles.

—Es cierto que a veces resultan inútiles, porque el instrumento más fiable de todos, aunque parezca mentira, somos nosotros mismos.

—¿A qué se refiere?

—Por un lado, hay personas que tienen la capacidad de oír frecuencias por debajo o por encima de los 20 Hz a los 20Khz que comprenden nuestro espectro auditivo, pero más allá de eso existen personas sensitivas, como Dorothy, que perciben más fácilmente las distintas energías. Y no importa lo sofisticados que sean los aparatos que utilicemos, porque al final, de lo que más hay que fiarse es de las sensaciones de las personas.

—Yo solo necesito esto —dijo Dorothy mostrando una brújula.
—Pero reconozco que Martin es un gran ayudante.

—Llevo más de un mes sin dormir. Me da igual lo que pretendan hacer siempre que consigan ayudarme. Ya ni siquiera soy capaz de cerrar los ojos por la noche. No lo soporto.

—¿Es un hombre o una mujer quien le susurra? —preguntó Dorothy jugueteando con la brújula entre sus dedos.

—Una mujer. Es más, diría que una mujer joven.

—¿Me puede mostrar su dormitorio, señor Beckett?

Gabriel asintió sin decir nada y condujo a la mujer a su habitación mientras Martin instalaba uno de los sensores de movimiento en el salón. El dormitorio estaba muy desordenado. La ropa del armario permanecía revuelta sobre la cama. El espejo que colgaba de la pared sobre la cómoda estaba roto, y varios fragmentos de cristal descansaban en el suelo esperando ser recogidos. Los cajones habían sido volcados y su contenido, esparcido por toda la estancia.

—Siento el desorden. Ya les he dicho que no duermo muy bien últimamente —se disculpó Gabriel, un tanto avergonzado.

—Señor Beckett, ¿qué buscaba exactamente?

—No estoy seguro.

Dorothy Terrance cerró los ojos un par de segundos. A continuación, se descalzó y se dirigió directamente al fondo de la habitación. Allí, se agachó frente al armario, retiró un par de prendas de vestir amontonadas junto a la puerta del mueble y recogió del suelo lo que parecía un sobre de papel. El sobre estaba en blanco. En él no constaba ni remitente ni destinatario alguno.

—¿Qué demonios es eso? —preguntó Gabriel, sorprendido.

La mujer volvió a calzarse, examinó con detenimiento el sobre, y sin abrirlo, se lo entregó a Gabriel. Por último, dijo:

—Quizá la respuesta a todas sus preguntas.

9

Emma abandonó el local malhumorada. «Ya ni siquiera se puede tomar una copa sin que la molesten a una», pensó. Tras ella salió Scott Hamill, contrariado por lo que acababa de suceder en el Ryan's, pero intrigado por la identidad de aquella joven forastera con carácter que había sido capaz de hacer frente a Jayden.

—¿Cómo demonios te has atrevido a hacer eso ahí dentro? —preguntó interponiéndose en su camino.

—No me gustaría tener que hacerlo también contigo, así que quítate de mi camino —requirió Emma enfadada.

—Tranquila, solo pretendía ser amable y disculparme por el comportamiento de ese desagradable individuo.

—Lo mismo que ese paleto machista y baboso…

—Al que le has dado su merecido. Dime, ¿cómo lo has hecho? Nadie lo vio venir. Has sido muy rápida y muy valiente.

—Digamos que siempre he tenido muchos hermanos.

—¿Siempre?

—Soy adoptada. Antes de encontrar una familia viví en varios hogares de acogida y siempre tuve hermanos varones. No me quedó otra que aprender a defenderme —confesó Emma.

—¿Estás de broma? Yo también soy adoptado.

—Curiosa casualidad. Ahora si me disculpas, creo que voy a regresar al hotel para darme un baño, meterme en la cama e intentar dormir un poco. He tenido un mal día y estoy agotada.

—Estoy hablando contigo como si te conociese de toda la vida y ni siquiera me he presentado. Scott Hamill, un placer —dijo el joven mientras tendía su mano.

—Emma Hawkins, aunque ya me conocerás de la tele.

—Lo siento, no veo la televisión. ¿Eres famosa?

—Vaya, nunca me lo habían preguntado. Depende de lo que entiendas por famosa. Soy periodista y últimamente he tenido suerte con algún reportaje y con alguna conexión en directo. Salgo en los noticiarios de la NBC.

—Parece emocionante. Tendré que comprar una antena para sintonizar esa cadena. Yo soy policía, aquí en Kennebunkport. Bueno, supongo que te enteraste por el capullo de Jayden.

—Sí, un auténtico capullo.

—¿Tienes hambre? —preguntó Scott ruborizándose—. Si no eres de aquí no puedes irte a dormir en tu primer día sin haber probado cualquier plato de langosta. Estamos al lado de Arundel Wharf. Vamos, ¿qué me dices?

—Que no. Estoy cansada —insistió Emma.

—¿Dónde te alojas?

—En el Kennebunkport Inn.

—Estupendo. Está cruzando Dock Square. A cinco minutos. El restaurante está en el muelle. Venga, yo invito.

—¿Sois siempre tan hospitalarios en este lugar?

—Tomaré eso como un sí. Vamos, haré de guía. Nos dirigimos a un monumento colonial, originalmente conocido como Walker's Wharf, construido en la década de 1770 a 1780. Cuando la construcción naval se convirtió en la industria principal a principios del siglo XIX, el área del muelle incluía un almacén general donde se acondicionaban y reparaban barcos para que pudiesen viajar alrededor del mundo. En 1962 se construyó el actual muelle y las instalaciones del puerto deportivo. El edificio del restaurante fue construido en 1972 por el propietario actual, Bob Williamson, utilizando vigas originales talladas a mano y madera de una cochera de doscientos años en Shapleigh, Maine.

—¿Te dan comisión?

—No, pero conozco al viejo Bob. Me cae bien.

Emma y Scott se sentaron en una de las mesas más alejadas de la entrada. Tomaron langosta de Maine al vapor y pastel de Shoreman con langosta, camarones y vieiras en salsa Newburg, cubierto con puré de patata trufado. Acompañaron la suculenta cena con varias cervezas artesanales, una botella de Chardonnay Bourgogne Marc Morey y varios mojitos para terminar. Hablaron de trabajo, de su infancia y de las bondades de sus respectivos lugares de residencia.

Emma salió del restaurante mareada, todo le daba vueltas. Regresaba al hotel acompañada de Scott cuando el tacón de su zapato izquierdo quedó enganchado en la tapa metálica de uno de los accesos al alcantarillado haciéndola tropezar. Scott evitó que cayera al suelo cogiéndola por la cintura.

—¿Te he dicho que esta mañana he roto con mi novio? —preguntó arrastrando las palabras.

—Me lo acabas de decir.

—No me había dado cuenta hasta ahora mismo de lo terriblemente atractivo que eras.

Scott iba a decir algo cuando Emma situó el dedo índice en sus labios.

—Shhh. Voy a besarte —afirmó decidida.

En ese momento el teléfono móvil de Scott comenzó a sonar. El joven apartó a Emma suavemente y contestó tras consultar en la pantalla el origen de la llamada.

—Hamill. ¿Qué ocurre? Estoy fuera de servicio.

—Soy Brenda. Acaba de entrar una llamada. Han atacado a Jayden en el aparcamiento del Ryan's Corner. La persona que ha llamado ha dicho que os vio discutir.

—Sí, bueno, discutimos. Ya le conoces. De hecho, ahora mismo estoy con la chica por la que empezó la discusión. Yo no le hice nada.

—Va en una ambulancia camino del hospital. Parece grave. Creo que le han reventado un ojo. Cuando le encontraron estaba inconsciente. Ya ha ido David al Ryan's. Solo quería avisarte.

—Gracias Brenda.

Scott volvió a guardarse el móvil en el bolsillo de sus vaqueros. Miró con gesto preocupado a Emma, que le observaba confundida y un tanto avergonzada, y dijo.

—Te acompañaré hasta tu habitación. Estás borracha.

—¿Qué ocurre?

—Han agredido a Jayden. He de irme.

—Pero, ¿por qué tienes que irte?

—Porque como te dije, soy policía.

El joven recepcionista miró a la pareja con suspicacia antes de saludarles con un desganado «buenas moches». Scott dejó a Emma en su habitación, y aunque acusaba también los efectos del alcohol, se encontraba en perfectas condiciones para ir corriendo al pub donde habían agredido a Jayden. Cuando salió del hotel no se percató de la presencia que le acechaba entre las sombras.

10

El número 66 de Langsford Road parecía otra casa de madera más pintada de blanco con su porche, su tejado abuhardillado, y su estrecho camino adoquinado cruzando el jardín hasta la entrada. El sargento de policía Liam McDougall pulsó con decisión el timbre mientras su joven compañero le miraba con admiración. Esperó un tiempo prudencial para llamar por segunda vez. Transcurrido un minuto y ante la falta de respuesta, se asomó al cristal de la ventana más próxima a la puerta azul de la entrada principal.

—Parece que no hay nadie. Volveremos en otro momento —dijo defraudado.

—Creo que he oído algo. Llama otra vez —pidió Tom Sephard, con entusiasmo.

—Vámonos Tommy, ya regresaremos. Vamos a probar con los vecinos del otro lado de la calle.

—Sí, señor.

Deshicieron sus pasos hasta la vivienda de los ancianos asesinados. La furgoneta blanca del Grupo de Trabajo Técnico en Investigación de la Escena del Crimen, el coche fúnebre que esperaba paciente para trasladar los cuerpos y el coche de la policía estatal de Maine, aparcado junto a su propio vehículo, rodeaban la casa formando una siniestra comitiva.

—Dejaremos que los forenses hagan su trabajo —dijo Liam un tanto disgustado. —Ahora muchacho, es tu turno. Llama a ver si tú tienes más suerte, aunque por la música yo diría que sí.

—Sí, parece que dentro hay alguien que le gusta el rock…

El joven policía pulsó el timbre, indeciso y titubeante. El silencio le confirmó que no funcionaba, así que llamó a la puerta con sus nudillos.

—¡Policía! —exclamó. —¡Abran la puerta!

—Tranquilo, Tommy. Estamos aquí para ver si nos pueden ayudar, no para hacer una redada —apuntó Liam negando con la cabeza.

Tras la segunda llamada, la puerta se abrió y los inconfundibles acordes punk de la guitarra de Steve Jones y la alocada voz de Johnny Rotten le dieron la bienvenida.

I've no feeling, no feeling, I got no feeling
For anybody else
I've no feeling, no feeling, no feeling
For anybody else
Except for myself
Your daddy's gone away
Be back another day
See his picture hanging on your wall

Un hombre joven de aspecto desaliñado apareció en el recibidor. Llevaba puesta una camiseta negra de Ramones, unos bóxer rojos de tela y unas botas militares. Estaba despeinado, lucía unas oscuras ojeras bajo sus ojos y sostenía con su mano una botella de whisky.

—¡No me jodas! ¡La pasma! —exclamó sorprendido.

—Buenas tardes señor. ¿Sería tan amable de dejarnos pasar para hacerle unas preguntas? —dijo Tom con voz temblorosa.

—Ni hablar. ¿Qué coño quieren? ¿Tienen una orden o algo así? No pueden entrar en mi casa.

—Solo queríamos preguntarle… ¿Podría bajar eso, señor? —solicitó el joven policía con poca determinación.

—¿Eso? Eso son los Sex Pistols. Por favor…

La voz de una mujer interrumpió la conversación desde el interior de la casa.

—¡Jesse! ¿Qué coño pasa? ¡Sea quien sea dile que se largue, vamos!

El joven respondió gritando desde la puerta.

—¡Es la pasma! ¡Ven ahora mismo, Jane! ¡No quiero líos!

Liam, que esperaba paciente tras su compañero y aún no había pronunciado palabra, intervino con la intención de encauzar la conversación.

—Disculpe si le hemos molestado. No era nuestra intención. Simplemente estamos preguntando a los vecinos de los señores Dabrowski si han visto algo raro últimamente.

—¿Los viejos de enfrente? ¿Qué demonios pasa? —preguntó la mujer apareciendo en escena. Era joven, su aspecto también parecía desaliñado y arrastraba las palabras al hablar. Vestía una camiseta gris muy amplia y su cabello rubio caía despeinado sobre los hombros.

—Ha ocurrido algo terrible y necesitamos su ayuda. Hace unas horas una mujer alertó a los bomberos de un posible incendio en casa de los ancianos. El señor y la señora Dabrowski han aparecido muertos —explicó Liam con tono pausado.

—¿Por el fuego o asesinados? —preguntó Jesse dejando la botella en el suelo.

—Yo llamé a emergencias…, o a los bomberos, no me acuerdo. Creo que hablé con una mujer…, sí, eso es. Estaba colocada, bueno, estoy colocada, ¿saben?

—Entiendo. ¿Recuerda si vio a alguien cerca de la casa?

—No. Estaba mareada y…, salí a que me diera el aire y…, vi humo y entonces… No me acuerdo si llamé desde aquí. Sí, regresé y llamé.

—¿Vio algo raro? No sé, cualquier cosa. Haga memoria por favor —rogó Liam acercándose a la joven.

—No sé…

—¿Se cruzó con alguien?

—Sí, con un tipo…, creo que vive en esta calle. Parecía que iba a tirar la basura… —dijo la joven mientras se rascaba la cabeza.

—¿Cómo sabe que iba a tirar la basura?

—Porque llevaba una bolsa de basura en la mano…, obvio, ¿no cree? Lo siento, pero ya le he dicho que estaba colocada…, vamos, que iba puesta hasta las cejas. ¿A que sí, Jesse?

—Bueno, creo que deberían irse. Si no tienen una orden judicial será mejor que se marchen, ¿vale? —dijo Jesse, visiblemente nervioso.

Estaba a punto de cerrar la puerta cuando la voz lejana de una segunda mujer llegó desde la planta de arriba.

—¡Chicos! Si no volvéis, toda para mí, ¿vale?

—¿Hay alguien más en la casa? —preguntó Liam, preocupado.

Le respondió la puerta al cerrarse violentamente frente a su cara.

—Tommy, llama al juez. Hay que pedir una orden, ya. Cuando vuelvas a la comisaría redacta tu informe y revela las fotos.

—Señor, ¿no vuelve conmigo?

—Me temo que no, muchacho. Me toca celebrar el aniversario con mi mujer y todavía no la he comprado nada. Me está esperando para cenar.

—Claro, señor.

—Ah, y que Patricia no se entere de lo de las fotos. Su turno empieza en un rato y puede que cuando llegues ya esté en la comisaría.

—Por supuesto, señor.

Liam McDougall regresó andando a casa. Por el camino compró un ramo de rosas rojas en la floristería y una botella de vino en el supermercado. Estaba agotado. Buscó con desgana las llaves de casa y abrió la puerta tras pelearse con la cerradura. Dejó su gorra sobre el aparador que le daba la bienvenida en el recibidor todos los días. Su mujer le esperaba sonriente junto a la puerta del salón, como si llevase horas con aquella pose estudiada intentando aparentar que le hacía ilusión.

—¡Oh, cariño, te has acordado! —exclamó exagerada mientras cogía el ramo de flores.

—Claro. Feliz aniversario, Angela.

—¿Qué ocurre?

—Nada.

—Vamos, dime, ¿qué te pasa? Te conozco. Esa cara…

—Han asesinado a los señores Dabrowski.

—¡Dios mío, es horrible!

—¿Dónde está Amber?

—No lo sé…, salió.

—Angela, ¿dónde está nuestra hija?

—Me dijo que iba a estudiar a casa de una amiga.

—¿Qué amiga?

—Una tal Jane…, no recuerdo su apellido.

Al escuchar aquel nombre recordó la débil voz que había llegado a sus oídos desde la planta superior de la casa que acababa de visitar con su joven compañero. En ese instante, el mundo se detuvo para él y la botella de vino que sujetaba cayó al suelo rompiéndose en mil pedazos de cristal.

11

Gabriel tomó la carta entre sus dedos, la observó detenidamente y se la devolvió a Dorothy. Su rostro se tornó sombrío justo antes de entregársela a la anciana, que parecía analizar cada mínimo gesto del sorprendido anfitrión.

—¿De verdad no sabe qué es esto? —preguntó Dorothy, incrédula—. Estaba en su cuarto.

—Es una carta, pero me temo que es la primera vez que la veo. No sé de dónde ha salido. Quizá estaba en el armario y cayó al suelo cuando lo vaciaba.

—¿Y por qué me la devuelve? Si está en su casa es suya.

—No me atrevo a leerla. Hágalo usted, por favor, en alto si puede ser.

—Está bien.

Querido Marcus:

Jamás llegué a pensar que iba a ser capaz de reunir el valor suficiente para poder despedirme de ti, para poder despedirme de todo. Pero aquí estoy, frente al papel, empuñando el bolígrafo con el que escribiré mis últimas palabras.

La tristeza, la desesperación y la culpa se han apoderado de mí hasta tal extremo que ya ni siquiera puedo reconocer mi rostro en el espejo. El dolor me invade y me consume cada minuto, cada hora, cada uno de los días que tengo que soportar mi propia existencia. El amor y el egoísmo me cegaron obligándote a cometer el peor de los actos posibles, me llevaron a traicionar lo que era y los principios en los que creía, y acabaron destruyéndome.

Tras tu rechazo, la vida dejó de tener sentido para mí y la culpabilidad regresó desde lo más profundo del oscuro lugar en el que había intentado enterrarla, pudriendo cada recuerdo, devorándome el alma.

No eres el responsable de lo que estoy a punto de hacer. Yo soy la única culpable. Culpable de haberte amado como jamás he amado a nadie. Culpable de haberme entregado. Culpable de mi equivocación.

Adiós Marcus. Espero que seas muy feliz.
Siempre tuya.
P.J.

Dorothy dejó caer la carta al suelo, se sentó al borde de la cama y comenzó a llorar. Enjugó sus lágrimas con un pañuelo de tela que sacó de uno de los bolsillos de su cazadora vaquera y unos segundos después y ante la atenta mirada de Gabriel y Martin, dijo:

—En esta casa ocurrió algo terrible y tenemos que descubrirlo porque si no, señor Beckett, me temo que no volverá a descansar jamás.

12

Un dolor sordo atravesaba su cabeza desde una sien hasta la otra, como si un pincho metálico al rojo vivo la perforara. Hacía años que no se despertaba con una resaca igual. Alcanzó el móvil que estaba sobre la mesita de noche junto a la cama para mirar qué hora era. La pantalla le anunció lo que imaginaba: diecisiete llamadas perdidas, doce mensajes de texto, tres mensajes de voz y quince *e-mails* recibidos. Intentó incorporarse, pero sintió náuseas y volvió a tumbarse. En ese momento se percató de que estaba en pijama, pero no recordaba habérselo puesto. Bostezó, protestó, y cubrió su cara con la almohada. Tras un largo suspiro desbloqueó su teléfono y se puso manos a la obra. Comenzó con los mensajes de voz:

«Emma, soy Glenn. En cuanto a lo de esta mañana…, yo… Tenemos que hablar. No puedes huir así, joder, vamos a casarnos, o es que no… Por favor llámame, estoy preocupado, ni siquiera sé dónde estás». *Pip.*

«Hola Emma, soy Hugh. Ayer me llamó tu novio, estaba muy cabreado. No sé cómo consiguió mi número. Lo siento, siento todo esto, de verdad. Yo solo quería… Solo espero que recapacites y que no saques las cosas de quicio. Te conozco y sé que estás cabreada pero no cometas un error, ¿de acuerdo? Bueno, te veo mañana en la redacción y hablamos». *Pip.*

«Hola cariño, soy Rebeca. Ni te menciono el follón en el que debes estar metida. Ya sabes que si necesitas hablar me puedes llamar cuando quieras. Vas a pensar que estoy chalada, pero sigo dándole vueltas a lo que hablamos el otro día. Bueno, he hecho mis averiguaciones y creo que ya tengo la dirección. La casa está en Langsford. El número sesenta y seis de Langsford Road, parece que es la última casa. Hablamos pronto, ¿vale?». *Pip.*

Emma marcó inmediatamente el número de su amiga, pero tras varios tonos fue el contestador automático quien respondió al otro lado de la línea. Esperó el pitido que anunciaba que ya podía grabar su mensaje, y dijo:

—Hola, soy yo y …, bueno, no te lo vas a creer, pero ahora mismo estoy en Kennebunkport. No sé, supongo que me acordé de tu historia y ya sabes…, a veces se me va la cabeza. Ayer discutí con Glenn y salí corriendo, cogí un vuelo a las seis y media y aquí estoy. Llámame cuando puedas. Un beso.

Los mensajes de texto eran principalmente de Glenn, quejándose porque no le cogía el teléfono, mientras intentaba dar con su paradero, y de su jefe, que le preguntaba insistentemente por el reportaje del día siguiente. Desganada, estaba a punto de abrir la bandeja de entrada de su correo electrónico cuando unos golpes en la puerta de su habitación la interrumpieron.

—¡Servicio de habitaciones! Le traigo su desayuno, señorita Hawkins.

—Yo no he pedido nada —dijo Emma levantándose de la cama.

—Su desayuno lo encargó ayer un hombre. Tiene su nombre anotado en una tarjeta.

—¿Qué?

—Será mejor que se lo deje aquí. Hasta luego.

Emma abrió la puerta y tuvo tiempo de ver a un muchacho vestido de botones apresurarse hacia el ascensor. Junto a la puerta había un carrito metálico con una bandeja que contenía un croissant, un zumo de naranja, una taza de café, una jarra de leche, una manzana y un plátano, un plato con huevos revueltos y salchichas, un vaso de agua, cubiertos y varias servilletas de papel. Junto al plato encontró una pequeña tarjeta que decía: «Bienvenida a Kennebunkport. Scott.». Dejó la bandeja sobre el escritorio y cerró la puerta. «¡Oh, mierda! Ni siquiera sé si me tiré al policía», pensó.

Se dio una ducha, se vistió con un pantalón corto de deporte, una camiseta de la universidad y su sudadera favorita, que sacó del interior de su maleta. Cogió el plátano, su teléfono, unos auriculares y salió. Para su tranquilidad, no había nadie en recepción que pudiese reconocerla. La humedad y el aire gélido del frío otoño le dieron la bienvenida. Tecleó una dirección en el navegador de su móvil, seleccionó una aplicación de música y le dio al *play*.

Don't tell the gods I left a mess
I can't undo what has been done
Let's run for cover
What if I'm the only hero left?
You better fire off your gun
Once and forever
He said go dry your eyes
And live your life like there is no tomorrow son
And tell the others
To go sing it like a hummingbird
The greatest anthem ever heard
We are the heroes of our time
But we're dancing with the demons in our minds
We are the heroes of our time
Heroes, oh whoa
But we're dancing with the demons in our minds
Heroes, oh whoa.

«No puedo deshacer lo que se ha hecho», pensó Emma rememorando una de las estrofas de la canción *Heroes* de Måns Zelmerlöw. Y corrió más rápido. Sentía el frío pellizcándole la cara mientras intentaba olvidar la discusión con Glenn, su supuesto romance con Hugh y las exigencias del pesado de su jefe. Notaba el corazón palpitando bajo su pecho mientras el aire llenaba sus pulmones. Se sentía viva, libre.

Cogió el móvil que bailaba en el interior de uno de los bolsillos de su sudadera al son de la música y de sus zancadas y se detuvo. Había llegado a su destino después de recorrer 2,7 millas en apenas veinte minutos. Se sentía en forma. Comprobó el número de la calle en el desvencijado buzón de la última casa de Langsford Road, pero no era el mismo que le había indicado su amiga en el mensaje. Cruzó el descuidado jardín intentando no tropezar con los adoquines levantados del caminito que conducía a la puerta. Llamó al timbre sin saber siquiera qué decir cuando le abriesen, seguida por un extraño impulso y una más de sus corazonadas de reportera. Esperó. Por un momento le pareció escuchar ruido dentro de la casa, pero nadie respondió a la llamada. Rodeó la vivienda en busca de algún detalle que indicase que allí vivía alguien, pero la propiedad parecía abandonada. Se asomó a cada ventana intentando vislumbrar el interior, pero la oscuridad y las raídas cortinas se lo impedían. En el jardín encontró un viejo columpio oxidado que le invitó a sentarse. Se acomodó y dejó que el sonido del mar la meciera. El tiempo se detuvo y por un momento le pareció que todos sus problemas se evaporaban, igual que el aliento que abandonaba su boca en forma de vapor a causa del frío.

Transcurridos unos minutos se levantó y caminó por el jardín, se asomó al acantilado y vio un pequeño embarcadero. Las tablas de madera estaban carcomidas por el agua y el tiempo, testigos de una época mejor en la que aquella casa, seguro, estaba habitada. Se quedó quieta mirando la inmensidad del océano, perdida en el infinito horizonte que se extendía frente a sus ojos. Entonces se sintió observada. Se volvió rápidamente pero no encontró a nadie. Decidió que ya había dejado volar a su imaginación suficiente rato en una propiedad que no era suya y que debía abandonar inmediatamente. El ruido de una contraventana de madera chocando con la fachada en la primera planta la sobresaltó justo cuando regresaba a la calle. Se giró para comprobar la procedencia del ruido y en ese momento la voz metálica procedente de un altavoz la alertó.

—Deténgase. Policía de Kennebunkport.

No se había percatado del coche de policía que se aproximaba hacia ella calle abajo. La voz volvió a repetir el mismo mensaje, pero esta vez con un tono más intimidatorio.

—¡Deténgase de inmediato!

El vehículo se acercó despacio hasta pararse junto a ella. Inmediatamente después un policía se bajó empuñando su arma. Emma no fue capaz de reconocer al oficial Scott Hamill vestido con su uniforme.

—¡Levante las manos! ¡Despacio! —ordenó el policía con determinación.

—No he hecho nada. Esto es un error, está claro.

—Eres la chica de ayer…, ¿Emma?

—¿Scott?

—Recuerdas mi nombre, no me lo puedo creer —dijo Scott quitándose la gorra y enfundando de nuevo su arma. —¿Qué haces aquí? Hemos recibido una llamada: al parecer había alguien merodeando por una propiedad privada y todo apuntaba a que tenía intención de entrar a robar.

—Salí a correr y…, bueno, me llamó la atención la casa y decidí curiosear. Nada más, lo prometo, no era mi intención molestar a nadie y menos que pudiesen pensar que iba a robar…, por Dios.

—Haré la vista gorda por esta vez…, a cambio de que me dejes que te invite a comer mañana, pero sin nada de alcohol, ¿de acuerdo?

—Está bien. Ahora dime una cosa: ¿ayer nos enrollamos?

—Me intentaste besar. Ahí quedó todo. Te acompañé al hotel, te ayudé a subir a la habitación, te puse el pijama y te metí en la cama. Estabas muy borracha.

—Qué vergüenza. No pienses que hago eso habitualmente. Ayer fue un mal día —dijo Emma, un tanto avergonzada.

—Tranquila, todos necesitamos desahogarnos de vez en cuando. ¿Quieres que te acerque al hotel? Sube.

—¿Estoy detenida, agente?

—Oficial, si no te importa.

—¿Quién llamó para alertar de mi presencia? —preguntó Emma acercándose al coche patrulla.

—No quiso identificarse. Por su voz parecía un anciano, pero, aunque lo supiera no te lo podría decir. Ya sabes. Ahora venga, sube, hace frío y está a punto de empezar a llover, nevar, o lo que quiera que vaya a caer de este cielo gris con el que hemos amanecido hoy.

Emma subió al coche, se abrochó el cinturón y suspiró. Tras cerrar la puerta, Scott arrancó el motor. Apenas habían recorrido unos metros cuando el policía detuvo el vehículo, miró a Emma y le dijo:

—No me gusta que me mientan y sé que me has mentido deliberadamente cuando te he preguntado por qué estabas en esa propiedad, pero sé que acabarás contándomelo. Antes o después.

13

No había pegado ojo en toda la noche, principalmente por la preocupación que comenzó a crecer en su mente tras escuchar aquel nombre a su mujer: Jane. «¿Será casualidad?», se preguntaba una y otra vez, martirizándose. Su hija se llamaba Amber, y tenía dieciséis años. Era hermosa y muy inteligente, pero sobre todo, adolescente. La noche anterior estuvo esperándola sentado en su sillón hasta que regresó a casa. Aún resonaba en su cabeza la discusión que mantuvieron.

—¿De dónde vienes?

—¡Joder, papá, estaba estudiando! —protestó la joven arrojando su mochila al suelo. —Se lo dije a mamá.

—Esa lengua, Amber.

—Es que me sacas de mis casillas. Siempre controlándome.

—¿Quién es Jane? ¿Y dónde vive?

—¿En serio? ¿Por qué no lo averiguas tú mismo? ¿No eres policía?

—Amber, te estás pasando.

—¡Olvídame, Liam!

El sonido de la puerta de la habitación de su hija al cerrarse bruscamente puso punto y final a aquella discusión. Y otro sonido, en esta ocasión, el del teléfono de su escritorio, le trajo de vuelta a la cruda realidad.

—¿Dígame?

—Es Connor, de Augusta. Quiere hablar contigo —dijo Gertrude desde su puesto en la centralita.

—¡Otra vez ese capullo arrogante! Pásamelo, por favor. —protestó Liam. —Aquí McDougall.

—Hola Liam, soy Connor. Tenemos el informe de la autopsia y es concluyente. Te lo estoy enviando por fax ahora mismo.

—Bien.

—Solo quiero que sepas que desde aquí contamos con tu ayuda. Voy a enviar a uno de mis chicos allí, ¿vale?, pero eso no quiere decir que vayas a quedarte fuera, obviamente. Kennebunkport es tu ciudad y eso lo respetaremos siempre.

—No.

—Joder, Liam, ¿No qué?

—No envíes a nadie.

—¿Eres siempre tan locuaz?

—Lo seré cuando pueda invitarte aquí a una buena langosta y unas cuantas cervezas para celebrar que hemos atrapado al malnacido que ha asesinado a esos dos ancianos indefensos.

—Eso ya me gusta más. Gracias, compañero, por tu inestimable ayuda —afirmó Connor soltando una estruendosa risotada. —Por cierto, hablando de ayuda, no creo que Tom sea la mejor opción para echarte una mano con el caso, ¿no crees?

—Tommy será un gran policía algún día y le vendrá bien curtirse un poco con un caso de asesinato. Además, estoy atado de pies y manos. Ya sabes que es hijo del alcalde y la buena relación que tienen él y su esposa con el matrimonio Bush. Lo siento, Connor, pero el chico se queda.

—Era solo una sugerencia, ya me entiendes. Tú eres el capitán y no voy a decirte cómo debes llevar el timón de tu barco. Ni siquiera en ausencia de Prescott. Hablaremos pronto, Liam.

Nada más cortar la comunicación, la impresora del fax comenzó a escupir folios con su ruido característico. Liam recogió los folios, aún calientes, y regresó a su escritorio. Dio un profundo suspiro antes de comenzar a leer. Empezó por la anciana.

«Examen interno craneal:

Al retirar los colgajos cutáneos para la apertura craneal, se observaron en la superficie externa de la calota diversas astillas, coincidiendo en profundidad con las heridas contusas del cuero cabelludo, en concreto las situadas en la región bregmática, en la región parietal izquierda, en occipital izquierdo y en la región frontal derecha.

Existe fractura múltiple, conminuta, con hundimiento de la calota en la región frontoparietotemporal izquierda. Se ve asimismo fractura y desinserción de la sutura occipitoparietal.

Existe destrucción anatómica parcial del cerebro, región frontoparietotemporal izquierda, con hemorragia subaracnoidea en parietal izquierdo y derecho.

Tras el aserrado de la calota no fracturada y extracción de la masa encefálica, se apreciaron múltiples trazos de fractura en la base del cráneo».

—Le machacaron la cabeza. Pobre mujer.

—¿Cómo dice, señor? —preguntó Tom interesándose por los documentos cuya atenta lectura parecían haber provocado aquel comentario.

—Ya tenemos el informe del forense. Aún lo estoy leyendo, pero me temo que la autopsia no va a decirnos nada que no hubiésemos visto ya en el escenario.

Liam pasó una de las páginas y continuó con su lectura, esta vez en alto para que su joven compañero pudiera escucharla.

—«Estudio criminalístico de las evidencias:

Por parte del Departamento de Química Forense del Servicio de Criminalística se llevó a cabo el estudio de los fragmentos de astillas en las muestras procedentes del cadáver, del lugar del hallazgo y del instrumento de cocina hallado junto a las escaleras de la planta baja de la vivienda que se remitieron al laboratorio:

- Fragmento del cráneo de la víctima.
- Una astilla obtenida del cadáver.
- Fragmentos de calota.
- Trozo de madera obtenida de rodillo de amasar.

La sistemática de estudio consistió en un examen al estereomicroscopio, microscopio electrónico y microscopio óptico; De dicho estudio se concluyó que la composición orgánica de las astillas del fragmento de madera y del cráneo coincidían con la tomada del utensilio de cocina».

—Pero ya sabíamos que la golpearon con el rodillo, ¿no? —afirmó Tom, decepcionado por lo evidente de la información obtenida.

—Según esto, el mismo con el que golpearon al señor Dabrowski —puntualizó Liam señalando con el dedo otro de los párrafos del informe.

—¿Y esos malditos papeles nos van a decir algo que no sepamos ya?

—Tranquilo, Tommy, déjame leer. A ver…, sí, aquí: «…del lugar de los hechos se extrajeron dos huellas completas de pisadas cuya composición corresponde a la sangre de la víctima número dos. Ambas pertenecientes al pie derecho y en direcciones opuestas, separadas entre sí por treinta y siete centímetros».

—Vamos, que pisó la sangre.

—Según parece una apuntaba hacia la salida y la otra hacia las escaleras. También encontraron huellas parciales continuando el recorrido sobre los peldaños de la escalera y hacia la puerta de entrada del domicilio, junto a la pequeña alfombra que absorbió gran parte de la sangre del fallecido —afirmó Liam tras consultar una de las fotografías en blanco y negro impresas en el propio informe.

—¿Y eso qué significa? —preguntó Tom, intrigado.

—Primero, que el asesino no subió directamente a la planta de arriba tras matar al anciano, o que, si lo hizo inmediatamente, volvió a subir una segunda vez, ya que la alfombra tardaría unos minutos en empaparse con la sangre. Y segundo, que es posible que regresase sobre sus propios pasos, lo que implicaría que o bien no encontraba lo que buscaba, o bien no sabía cómo proceder exactamente.

—Tiene sentido.

—¿Cuánto tarda en quemarse un pastel en el horno? —preguntó Liam, cambiando de tema.

—Sondra hornea la tarta de manzana a 190° durante unos treinta o treinta y cinco minutos aproximadamente.

—¿Quién es Sondra?

—Nuestra criada, aunque no me gusta llamarla así—afirmó Tom un poco avergonzado por su respuesta.

—De acuerdo. Pongamos que diez minutos después de que el pastel esté listo comienza a quemarse a lo que hay que añadir el tiempo que tardase el humo en llegar hasta la calle.

—¿Y cómo sabes que lo estaba metiendo en el horno y no sacándolo? —preguntó Tom, interrumpiendo el razonamiento de su compañero.

—Sencillo: porque la señora Dabrowski no llevaba puesto el guante de cocina para evitar quemarse, aunque acabó haciéndolo igualmente —dijo Liam ojeando de nuevo el informe.

—No sé a dónde quiere ir a parar, señor.

—Regresó. Creo que el asesino regresó y que tuvo tiempo para hacerlo, para simular un robo y para limpiar sus huellas.

—Quizá llevase guantes.

—Sí, y posiblemente ya entró con ellos. Hacía frío. Eso no fue un problema. Ahora déjame un momento la última fotografía que hiciste de la cocina —dijo Liam señalando el montón de imágenes que se amontonaban sobre su escritorio—. Fíjate en la mesa de madera. Ahora mira la foto del informe, se aprecia mejor.

—Una taza de té.

—Y al lado, la marca que pudiese haber dejado otra taza idéntica. La mesa está limpia y estoy seguro de que ahí había otra taza.

—Eso significa que…

—Eso no significa nada aún. Solo es una pieza más del puzle que vamos a resolver.

14

Su mirada revoloteaba inquieta por el salón hasta que decidió posarse en la cara de Gabriel Beckett. Una espesa barba, salpicada de canas, cubría casi en su totalidad el rostro de un hombre maduro que había traspasado no hace mucho la cincuentena. Las gruesas monturas de sus gafas de pasta escondían unas extrañas marcas que descendían desde el nacimiento del pelo en su sien derecha hasta el párpado y desde su ceja hasta el lóbulo de la oreja. Sus ojos grises parecían esconderse temerosos y desconfiados tras los cristales, bajo una frente surcada por tres arrugas paralelas que le hacían parecer enfadado.

Gabriel tamborileó impaciente con sus dedos sobre la mesa en torno a la que estaban sentados y entonces la anciana se fijó en su mano derecha. Un pequeño muñón ocupaba el lugar de su dedo anular. Dorothy no tuvo tiempo de preguntar después de que sus miradas se cruzasen.

—Fue un accidente. Hace muchos años —dijo Gabriel escondiendo su mutilación.

—Pero aún le duele, ¿verdad?

—No quiero hablar de eso.

Martin regresó con un par de cables y un pequeño monitor, tropezó con una silla y estuvo a punto de caer al suelo. Con su torpe aparición cortó el escueto diálogo que había acabado con el silencio imperante.

—Lo siento, espero no haber interrumpido una conversación interesante —dijo Martin recogiendo uno de los cables del suelo.

—¿Qué demonios es todo eso? —preguntó Gabriel con un tono que mezclaba la curiosidad con el enfado.

—Estoy montando un circuito cerrado de televisión. Consta de una cámara, que ya he colocado en su dormitorio, un monitor, que es el que tengo aquí, y un cable coaxial que los conecta.

—¿Pretenden grabar fantasmas en mi cuarto?

—No, señor Beckett. Lo que pretendemos es grabarle a usted mientras duerme —puntualizó Dorothy con tono conciliador.

—¿Insinúa que he soñado esos susurros? —preguntó Gabriel, irritado.

—De ninguna manera. Lo que intento decirle es que puede tratarse de parasomnia.

—¿Que puede tratarse de qué?

—Parasomnia. Una categoría dentro de los trastornos del sueño que implica movimientos anormales y antinaturales, comportamientos, emociones, percepciones y sueños que se producen mientras se queda dormido, durante las fases del sueño, o durante la privación del sueño. Dependiendo de en qué fase del sueño nos encontremos pueden ser NREM, como el sonambulismo o los terrores nocturnos, o trastornos de comportamiento del sueño REM —explicó Martin mientras Gabriel atendía sin pestañear.

—Todo lo que me está contando me suena a chino.

—Pues no es chino. Es medicina. La medicina del sueño, que es una subespecialidad médica que se dedica al diagnóstico y tratamiento de los trastornos del sueño —intervino Dorothy.

—¿Es usted médica? —preguntó Gabriel, sorprendido.

—No, señor Beckett, soy psicóloga.

—Creí que era médium.

—Prefiero el término «clarividente» o incluso «clariestésica», pero si se refiere a que estoy dotada de facultades paranormales de percepción extrasensorial, que me permiten actuar de mediadora en la consecución de fenómenos parapsicológicos o comunicaciones con los espíritus, puedo tolerar el término «médium» que parece ha intentado arrojarme a la cara con una connotación a todas luces despectiva.

—No pretendía ofenderla —rectificó Gabriel.

—Y no lo ha hecho. Ahora si le parece bien puede retirarse a su dormitorio a ver si es capaz de conciliar el sueño. Tómese su tiempo, no hay prisa, medíquese si lo necesita, aunque para nuestro estudio sería preferible que no lo hiciese, y sobre todo intente olvidar que estamos aquí y que le estamos grabando —dijo Dorothy esbozando una cálida sonrisa.

—Hasta mañana.

Gabriel se despidió y subió a su habitación. Retiró la ropa que quedaba esparcida sobre la cama, se puso su pijama, dejó sus gafas en la mesita de noche y se acostó después de observar el objetivo de la cámara que grababa ya sus movimientos desde lo alto del trípode. «Todo esto es una maldita locura. ¿Cómo diablos he llegado a esta situación?», pensó mientras buscaba una postura cómoda. Llegó a pensar que sería incapaz de dormir sin su dosis de midazolam e incluso estuvo a punto de levantarse en varias ocasiones para remediarlo, pero la oscuridad del dormitorio parecía querer impedírselo. Se incorporó en la cama tras haber perdido la cuenta de las vueltas que había dado entre sus sábanas. Sintió el frío del suelo bajo sus pies. Quiso tumbarse otra vez, pero no pudo. Un susurro se lo impidió.

—¿Por qué?

—¿Qué? ¿Quién anda ahí? —preguntó, alterado.

Y el susurro respondió:

—¿Por qué lo has hecho?

15

El inoportuno encuentro con Scott había desbaratado sus planes para aquella extraña mañana en la que había despertado lejos de su casa y de su prometido. Había silenciado su teléfono para no atender llamadas, lo que provocó que se acumularan en la pantalla las alertas de otros tantos intentos de Glenn y de su jefe para contactar con ella. Decidió que había llegado la hora de dar la cara. Borró los mensajes recibidos sin llegar a leerlos todos y llamó primero a su novio. Su móvil no llegó a arrojar ni un tono completo antes de que la voz preocupada de Glenn contestase la llamada.

—¡Por Dios, Emma, solo dime que estás bien!

—Estoy bien. Glenn, yo…

—Lo siento. Lo siento de veras. Yo…, ni siquiera dejé que pudieras explicarte. Soy un imbécil.

—Es que no tenía nada que explicar. Nunca he tenido nada con ese baboso. Él lo intentó, siempre ha estado detrás de mí, como un perrito faldero, pero yo te quiero, Glenn y quiero que nos casemos, y…

—Soy un tipo celoso y estúpido. No sé si te merezco.

—Bueno, un poco tonto a veces sí que puedes llegar a parecer —dijo Emma con una sonrisa.

—Ahora dime, de novio celoso a novia a la fuga: ¿dónde estás? Necesito saberlo, no he dormido en toda la noche.

—Esa era la idea. Es broma. No, en serio, Glenn, perdona por haberme ido así. Estoy en Kennebunkport.

—Vale, entonces supongo que una reputada periodista como tú podrá imaginarse la siguiente pregunta: ¿qué demonios haces en Kennebunkport? ¿Entrevistar a los Bush?

—No están aquí ahora. Es invierno. ¿Recuerdas a Rebeca?

—Creo que su nombre salió en nuestra discusión, pero estaba tan enfadado que no recuerdo en qué contexto.

—Rebeca me contó una historia sorprendente de su infancia en Kennebunkport, pero le faltaban algunas piezas. Hace tiempo ya me había pedido ayuda con el tema. Pensaba que un periodista puede llegar a ser como un detective o algo así, pero yo siempre estaba tan liada...

—Y has decidido ayudarla ahora.

—Creo que puede ser una buena historia.

—Vuelve, por favor. No puedo vivir sin ti.

—Llevo un día fuera de casa, no seas cursi, no te pega. Estaré aquí unos días, a ver si descubro algo interesante. Tengo una corazonada.

—¿Necesitas tiempo? ¿Distancia? No sé...

—No seas dramático. Necesito una buena historia. Ya me conoces. Y me quedaban algunos días de vacaciones...

—Una semana, ¿vale? Ya te estoy echando de menos.

—No sé si aguantaré tanto aquí. En verano, Kennebunkport es el paraíso de los pijos con yate que les gusta jugar al golf, pero ahora... Nieve, niebla, humedad, un mar embravecido... Creo que no es el mejor lugar para pasar la próxima Navidad.

—Que espero podamos pasar en nuestro acogedor apartamento de Nueva York... Te quiero, Emma.

—Adiós, Glenn, te llamaré.

Emma colgó el teléfono sin corresponder la afirmación de su prometido. Glenn tenía razón, necesitaba tiempo y distancia, pero no tenía valor para reconocerlo. No aún.

Envalentonada, a continuación llamó a su jefe. Pensó que no podría ser peor que hablar con su novio. Su voz hosca y grave le contestó tras el auricular.

—Ferguson. Me pillas ocupado.

—¿Jefe?

—¿Emma? Dame una buena razón que justifique por qué demonios no estás aquí ahora mismo, trabajando. Te he llamado cien veces. ¿Es que no te ibas a dignar a coger el puñetero teléfono? A veces no sé por qué te contraté. Me parece increíble. Y ahora me dirás que lo de Forrester te ha superado, que necesitas tiempo para pensar y que no vas a venir a la redacción.

—¿Ya has terminado?

—No, no he terminado…

—Dame una semana. Creo que tengo una buena historia. Y me debes días de vacaciones.

—Cinco días, ni uno más o te despido. ¿Está claro?

—Cristalino, jefe. Lo siento.

—Más lo vas a sentir como no te presentes aquí con algo bueno. Ahora deja de hacerme perder el tiempo, tengo trabajo, y por tu culpa, más.

Ferguson cortó la conversación sin despedirse. Imaginaba que su reacción iba a ser más virulenta, así que podía estar satisfecha. Después de ambas llamadas se sintió liberada. Se dio un baño, se vistió y antes de salir del hotel pasó por recepción para consultar si disponían de algún ordenador que pudiese utilizar.

—No, lo siento. Teníamos uno para los clientes, pero está estropeado —afirmó resignado el joven recepcionista.

—Vaya. ¿Y algún cibercafé por aquí?

—Creo que tienen ordenadores en la biblioteca.

—¿Y serías tan amable de indicarme dónde está esa biblioteca?

—Oh, por supuesto, está aquí mismo, en el dieciocho de Main Street. Biblioteca pública Louis T. Graves. A la derecha, nada más pasar Union.

—Vaya, no sabía que estaba tan cerca. Gracias, eres un encanto —dijo Emma sonrojando al muchacho—. E imagino que podré usar uno y que tendrán conexión a internet, ¿no?

—Claro. Normalmente hay que reservarlos, pero en esta época del año no tendrá ningún problema.

Emma salió a la calle tras despedirse del joven con una amplia sonrisa. En apenas tres minutos llegó a la biblioteca: un edificio de ladrillo rojo de dos plantas con grandes ventanales blancos y una gran puerta de madera pintada de azul. Una anciana la atendió con amabilidad tras un mostrador también de madera que apenas dejaba ver parte de su rostro y el exagerado moño que coronaba su cabeza.

—Buenos días, joven. ¿Qué desea?

—Buenos días. Buscaba un ordenador para conectarme a internet. Necesito encontrar cierta información y olvidé mi portátil en Nueva York.

—¿Usted es…?

—Sí, esa misma. Ahora dígame, por favor: ¿tiene un ordenador disponible?

—Oh, sí, claro. Perdone, no quería importunarla. Supongo que la molestarán a menudo. La reportera aventurera…, a mi nieto le encanta usted, dice que es muy guapa y muy valiente. Creo que está enamorado. Es un granujilla de ocho años, ¿sabe?

—Por favor, el ordenador…

—Madre mía, me voy por las ramas. Sí, mire, están en aquella sala. Coja el segundo, es el más rápido. La contraseña es «BarbaraPierceBush». Ella misma donó los ordenadores. Es una gran mujer. Deme un segundo que se la anoto.

—Por supuesto. Gracias.

Después de equivocarse dos veces con las mayúsculas de la contraseña, accedió al buscador de internet y tecleó «66 Langsford Road», pero pensó que era demasiado genérico y antes de que apareciera la aplicación de mapas, decidió introducir a su búsqueda la palabra «suceso».

La primera entrada relacionada era una noticia del *Kennebunk Post* que hablaba de un macabro aniversario. Estaba fechada en noviembre de 2010:

«Se cumplen veinticinco años de los brutales asesinatos de Langsford Road».

16

El viejo reloj de cuco que colgaba de la pared del recibidor marcaba las nueve de la noche. Cogió las llaves del coche que parecían esperarle sobre el aparador y las introdujo en el bolsillo izquierdo de su pantalón. En el derecho llevaba su revólver Smith and Wesson modelo 500.

—Liam, ¿dónde vas a estas horas? Apenas has cenado, me preocupas. Creo que este caso empieza a superarte.

—¿Superarme? Solo llevo dos días. Necesito tomar el aire. Voy a dar una vuelta, no tardaré, Angela.

—Me preocupas. Casi no has probado bocado. El asado estaba muy rico…

—¡Joder, siempre pensando en la puñetera comida! Estoy agobiado, eso es todo. No se va a acabar el mundo. Encontraremos al asesino y todo volverá a la normalidad. Llevo todo el día dándole vueltas al caso, a las autopsias, al escenario y tú preocupada porque no como asado. Deberías buscarte una ocupación. Pasas demasiado tiempo metida en casa.

—Yo también estoy preocupada, ¿sabes? Me preocupas tú y tu trabajo, y me preocupa nuestra hija. Últimamente está rara, contesta mal y parece esquivarme.

—Te casaste con un policía. En cuanto a tu hija, no te preocupes. Te prometo que la situación cambiará, pronto.

Liam besó a su mujer en la frente y salió cerrando la puerta con cuidado tras de sí. Se montó en su coche, un Ford Gran Torino Sport de 1976 negro y arrancó el motor. Sintió los 163 CV de su motor de 8 cilindros en V mientras pisaba el acelerador a fondo, proyectando la gravilla de la calzada donde estaba aparcado.

En apenas tres minutos llegó a Langsford Road. Dejó el coche frente a la vivienda de los ancianos, que aún lucía el precinto amarillo a su alrededor y se dirigió a pie a la casa de enfrente. Tocó el timbre y esperó paciente hasta que se abrió la puerta. El mismo joven delgado y con mal aspecto que les había atendido el día anterior salió a recibirle en calzoncillos. Ni siquiera le dejó hablar.

—¿Jesse? Ese es tu nombre, ¿verdad, muchacho? Ahora escúchame atentamente. Quiero que vuelvas a entrar ahí y saques a mi hija. Y más te vale que tenga buen aspecto y sobre todo que no haya tomado nada, porque si no, tú y yo vamos a salir a dar un paseo para tener una de esas típicas charlas padre e hijo que seguro tú nunca has tenido y que te hubiesen venido muy bien según parece —dijo el policía con tono amenazador.

—Esta es mi casa, pago el alquiler y usted está en ella ahora mismo. Es una maldita propiedad privada, así que o tiene una jodida orden o llamaré a sus compañeros para que vengan a detenerle por allanamiento. Además, no sé quién es su hija ni me importa.

Liam no respondió. Alargó su brazo con rapidez y agarró a Jesse por el cuello para después arrojarlo al suelo junto a sus pies. Sacó su revolver del bolsillo y le encañonó. Cuando el joven alzó la mirada contempló aterrorizado el cañón del arma apuntándole a la cara.

—¡Le juro que no sé quién es su hija! En la casa está mi novia y una amiga suya. Pero no creo que…

Jesse no tuvo tiempo de acabar la frase. La culata del revólver se estrelló violentamente contra su boca haciéndole saltar varias piezas dentales. La sangre comenzó a brotar escandalosa mientras los gritos y los sollozos del joven alertaron a Jane, que salió para comprobar qué estaba ocurriendo.

—Oh, Dios mío, ¡Jesse! —gritó al ver a su novio de rodillas en el suelo con las manos en su boca intentando detener la hemorragia sin éxito. —¡Socorro! ¡Que alguien nos ayude!

—Cállate. Ahora vas a hacer lo que te diga si no quieres que le reviente los sesos a tu novio —dijo Liam apuntando a la cabeza a Jesse, que continuaba gimiendo en el suelo.

Jane asintió aterrorizada, y tras escuchar atentamente las instrucciones del policía, entró en la casa y al cabo de dos minutos salió acompañada de una muchacha aún más joven, nerviosa y asustada. Era Amber McDougall, la hija de Liam.

—Pero papá, ¿qué has hecho?

—Móntate en el coche.

—¡Estás loco! ¡Ellos no han hecho nada!

—¡Que te montes en el maldito coche, ya!

Amber agachó la cabeza avergonzada cuando pasó junto a su padre. Liam, aún en el porche, le tendió la mano a Jesse, que permanecía de rodillas, para ayudarle a incorporarse.

—Ahora limpia toda esa mierda. Ponte un poco de hielo y mañana vete a ver al dentista. Yo pagaré tu factura. Pero ni se te ocurra contar nada de esto si no quieres que te meta un balazo en los huevos, ¿estamos?

Jesse asintió atemorizado y se apresuró a entrar en casa ayudado por su novia. Antes de que cerraran la puerta, Liam sentenció:

—Y como os vuelva a ver cerca de Amber, os mataré. Lo juro por Dios.

El policía regresó a su coche en el que esperaba su hija sentada en el asiento de copiloto. Arrancó sin decir nada y pisó el acelerador con suavidad. El motor rugió rompiendo el incómodo silencio. Fue Amber quien habló primero al comprobar que su padre no conducía en dirección a su casa.

—¿Dónde vamos? Te has saltado el desvío a casa.

—A la comisaría.

—¿Me vas a encerrar? ¿Eso es lo que vas a hacer?

—No voy a encerrarte.

—¿Vas a matarme? ¿Torturarme? Maldito cabrón psicópata…

Liam no se inmutó tras recibir el insulto. Se limitó a conducir en silencio. En pocos minutos llegaron a la comisaría. Liam aparcó junto al coche patrulla, se bajó y rodeó el vehículo para abrir la puerta a su hija.

—Bájate, vamos —ordenó.

Amber salió a regañadientes y acompañó a su padre al interior del edificio. El oficial de policía David Henderson les recibió tras el mostrador de la entrada con una taza humeante de café en la mano.

—¡Liam! ¡Qué sorpresa! ¿Qué haces aquí a estas horas? Tu turno acabó hace un rato.

—De visita. ¿Tú qué tal estás? ¿Cómo andan tus cervicales?

—Bien, gracias a Dios. Nunca imaginé lo peligrosa que podría llegar a ser una simple ducha, compañero. Casi no lo cuento.

—Me alegro.

—¿Esa es tu hija? ¿Amber? Madre mía, qué mayor está. Cómo ha crecido. Parece que fue ayer cuando me robaba las rosquillas del escritorio sentada en mis rodillas.

—Pues ya ves. Se ha convertido en una adolescente responsable y madura. ¿Verdad, hija?

Amber miró con odio a su padre, que parecía disfrutar mientras la avergonzaba delante de su compañero.

—David, ¿dónde está el expediente de Ashley Welsh?

—¿La chica de Portland? Debería estar en el archivador grande, en el despacho de Prescott. ¿Para qué lo quiere?

—Mañana te lo explico. De momento déjame la llave del armario.

David le lanzó un pequeño llavero que Liam atrapó al vuelo. A continuación, condujo a su hija hasta el despacho del jefe de policía y le pidió que tomase asiento en una de las sillas frente al escritorio. Abrió el mueble archivador que estaba tras el gran sillón de cuero que presidía la pequeña habitación y tras buscar en su interior unos segundos, extrajo una carpeta de color sepia para arrojarla después sobre la mesa.

—Ábrela. Vamos.

—¿Qué es esto?

—Te he dicho que abras la carpeta. Es un informe. Un caso de asesinato de una chica de dieciocho años. Se llamaba Ashley Welsh. Vamos, abre la maldita carpeta.

Amber retiró con cuidado las gomas que mantenían cerrado el expediente. Lo primero que vio fue una fotografía. Se trataba de un miembro amputado, concretamente la mano izquierda de la víctima. Le faltaba el dedo meñique y parte del anular.

—¡Oh, no, por favor! ¡Es horrible!

—Es uno de los trozos que encontramos. Concretamente el que permitió identificar a la víctima. ¿Ves el anillo que lleva en el dedo corazón? Es el mismo que describió su madre cuando puso la denuncia por su desaparición.

—Quiero vomitar.

—Vivía en Portland, con sus padres, Adam y Lana Welsh, y su hermana, Stacy. Hace tres años se marchó con unos amigos de fin de semana. Uno de esos amigos tenía antecedentes policiales, pero ella no lo sabía. Tampoco hizo caso a sus padres, a los que no les gustaba nada aquel muchacho rebelde y gamberro, que a ella sí empezaba a gustarle.

—La abuela del chico tenía una casa aquí en Kennebunkport. Pero nunca llegaron a aquella casa. Ya iban ciegos de alcohol y marihuana cuando detuvieron la marcha en Portland Road, junto al bosque que hay antes de llegar a Arundel. Era de noche y allí mismo, sobre el capó del coche la violaron los cuatro malnacidos que la acompañaban, mientras su amiga los animaba. Después la torturaron y la mutilaron, siguiendo siempre las instrucciones de Steven Carlyle, el líder del grupo que ya había sido acusado de violación en dos ocasiones.

—Ashley murió desangrada junto a un árbol, a veintitrés millas de distancia de sus padres, de su hermana pequeña, de su hogar... Los chicos, asustados, intentaron ocultar el cadáver entre unos arbustos. No sabían que aún estaba viva. Un senderista encontró su mano tres días después de que su madre denunciase la desaparición. Las alimañas del bosque habían estado alimentándose con su cuerpo. Ahora dime, Amber: ¿quieres acabar así?

—No, claro que no.

—¿Necesitas que te enseñe las fotos de su autopsia? ¿Las laceraciones de su vagina? ¿Las marcas de las dentaduras de los animales que se la estuvieron comiendo?

—No, por favor, no, papá, te lo ruego. Ya es suficiente, yo... Voy a vomitar.

Amber salió corriendo en dirección al cuarto de baño. Afortunadamente, aún recordaba dónde estaba. Regresó en un par de minutos, lívida y sudorosa. Abrazó a su padre y dijo.

—Por favor, papá, llévame a casa.

17

Antes de bajar se afeitó, se duchó e incluso se puso una americana pasada de moda que guardaba para las ocasiones especiales. No había pegado ojo en toda la noche, pero ni Dorothy ni Martin tenían la culpa y pensó que ya había sido suficientemente desagradable, ingrato y maleducado con ellos el día anterior. Al fin y al cabo, estaban allí por él, para ayudarle.

La imagen de Martin recostado en su sillón favorito, con los pies en lo alto de la pequeña mesita auxiliar junto al grasiento cartón que contenía aún los restos de *pizza* que seguramente había cenado la noche anterior, le dio la bienvenida nada más bajar las escaleras. Su forzada y artificial compostura se vinieron abajo en tan solo unos segundos.

—¿Está usted a gusto, señor Gates? —preguntó Gabriel con ironía justo después de carraspear para denotar su presencia.

—¡Oh, vaya! Lo siento señor Beckett, no sabía que ya estaba levantado —dijo Martin avergonzado, quitando los pies de la mesa—. Perdone mi falta de...

—¿No estaban espiándome? ¿Entonces cómo es posible que no supiesen que ya estaba levantado?

—Por supuesto..., digo no, no le estábamos espiando. Estaba visualizando otra vez la grabación de anoche y no me había dado cuenta de que ya no estaba en su habitación.

—¿Dónde está Dorothy?

—En el muelle. Dijo que necesitaba conectar con el lugar y que el mar podría ayudarla. ¿Quiere que hablemos sobre la grabación de anoche?

Gabriel no se molestó en responder. Salió de la casa y descendió hasta el muelle. Encontró a Dorothy sentada en el extremo de la vieja pasarela de madera. El viento azotaba sus blancos cabellos mientras contemplaba la inmensidad del océano. Se acercó a ella despacio después de atravesar aquel vetusto camino artificial que se levantaba sobre el mar con sus tablones carcomidos por la vejez. Las olas rugían feroces salpicando el cielo de espuma al chocar con el pequeño acantilado. Antes de que llegase al final del recorrido, la anciana se giró y le sonrió.

—¿Qué demonios hace aquí? Debería estar en mi casa controlando al necio de su ayudante —dijo Gabriel con su acostumbrado tono hosco y poco amigable.

—No se enfade. Martin es un buen chico, pero a veces piensa que está en su propia casa y pone los pies sobre la mesa. No debería enojarse con él por eso.

—¿Cómo sabe que…?

—He sentido una llamada y estoy aquí ahora intentando entender —interrumpió Dorothy con voz suave y serena.

—¿Una llamada?

—El mar se tragó algo hace mucho tiempo, quizá demasiado.

—¿Es usted siempre tan enigmática?

—A veces me cuesta más comunicarme con los vivos. Tendrá que disculparme por ello.

—¿Y siempre ha sido así? —preguntó Gabriel intentando parecer interesado en el don de la mujer.

—Pasé mi infancia en la granja de mis padres, cerca de San Luis, en Misuri. Me levantaba muy pronto, ayudaba con los animales y después iba a la escuela. Ya de vuelta, solía leerle un libro a mi abuela, que estaba postrada en cama, enferma, y casi siempre dormida.

»Una tarde, de regreso a casa, me desvié del camino para curiosear. Quería acercarme a una vieja cabaña de madera que se levantaba a unos trescientos metros de la polvorienta carretera por la que caminaba a diario para ir al colegio y que siempre había llamado mi atención. Una valla de madera circundaba la propiedad en torno a la única construcción que se alzaba en la finca. A su lado, un chopo enfermo proyectaba su pobre sombra sobre la vivienda que a simple vista parecía abandonada.

»Subí los dos escalones que separaban el porche del suelo haciendo crujir la madera de sus tablones y me acerqué a una de las ventanas que escoltaban a cada lado la puerta de entrada. La oscuridad del interior y la cortina que tapaba el cristal me impedían ver más allá de un metro lo que parecía ser una cocina. En ese momento, la cortina se descorrió de golpe y tras ella apareció el rostro macilento de un anciano.

»Me asusté tanto que eché a correr inmediatamente. Oí como se abría la puerta principal, pero ni siquiera miré atrás. Estaba a punto de abandonar la propiedad cuando el suelo desapareció bajo mis pies. Me tragó la tierra literalmente. Estaba tan asustada y corría tan rápido que no vi el gran agujero circular que horadaba la superficie del terreno por el que volaban mis pies.

»El pozo me engulló arrojándome al interior de sus tinieblas. No sé cuánto tiempo estuve inconsciente, ni cómo conseguí sobrevivir a una caída de más de cinco metros. Sorprendentemente cuando desperté no me dolía nada. Ayudándome de brazos y pies, y aprovechando la estrechez de la cavidad, conseguí llegar a la superficie. Antes de salir, me giré para echar un vistazo a la profundidad por la que me había precipitado y entonces me vi.

—¿Cómo que se vio? —preguntó Gabriel interrumpiendo el relato que seguía muy atento.

—Sí. Lo que ha oído. Mi cuerpo estaba en el fondo del pozo, y yo podía verlo. Aquello me asustó aún más. Finalmente conseguí salir. El mismo sol de mediodía que había iluminado tenuemente el fondo seco del pozo para mostrarme mi propio cuerpo, me dio la bienvenida en el exterior. En cuanto mis ojos se acostumbraron a la claridad eché a correr en dirección a mi casa.

»Cuando llegué, me sorprendió ver a mi abuela de pie frente al porche. Mi madre estaba llorando desconsoladamente abrazada a mi padre, junto a la puerta de entrada. Aún recuerdo las palabras de mi abuela: «¡Oh, mi querida niña! Estábamos muy preocupados por ti. Llevas fuera de casa dos días. Pero no te preocupes, te sacaré de ese maldito pozo». Mis padres parecían no haberse dado cuenta aún de mi presencia, porque mi madre seguía sollozando sobre el hombro de mi padre. Estaba confusa, no entendía nada.

—Yo tampoco entiendo nada —afirmó Gabriel tras la pausa que hizo Dorothy—. Continúe, por favor.

—Mi abuela se acercó a mí despacio y me abrazó con fuerza. Al hacerlo, un extraño pero reconfortante calor me invadió de golpe. Y cerré los ojos. Un dolor lacerante subiendo por mis piernas me despertó. Después sentí el metal de una aguja atravesando la piel de mi brazo izquierdo. Unos cuantos susurros ininteligibles llegaban a mis oídos mientras una luz azulada intentaba traspasar sin éxito mis párpados. «Abuela, ¿dónde estás?», fueron las primeras palabras que conseguí pronunciar nada más recobrar el conocimiento. Estaba en el hospital y mi madre sentada junto a mi cama. Cogió mi mano magullada y con los ojos arrasados por las lágrimas, me respondió: «donde siempre, cariño mío. ¿Dónde iba a estar?».

—¿Y cómo termina la historia? ¿Y su abuela? —volvió a interrumpir Gabriel, impaciente.

—Estuve dos semanas en el hospital. Me rompí las dos piernas al caer en aquel maldito pozo. Tenía arañazos por todo el cuerpo, pero afortunadamente había sobrevivido a la caída. Recuerdo que el día que regresé a casa salí como pude del coche de mi padre, con mis muletas y mis escayolas. A mis nueve años, aquello había sido lo más emocionante que me había ocurrido nunca.

»Saliendo del coche me sentí toda una mujer, como si mi infancia se hubiese quedado atrapada en aquel pozo. Avancé tan rápido como pude, entré en casa y me dirigí directamente a la habitación de mi abuela. Estaba en la cama, como siempre, con los ojos cerrados. Me acerqué a ella, le cogí la mano y le di las gracias. Por un momento creí ver una ligera sonrisa esbozando sus arrugados labios.

»Después fui a mi habitación. Sobre la cama encontré un dibujo. Parecía haberlo hecho un niño. Se trataba de la representación infantil de una casa de madera con porche y dos ventanas, una a cada lado de una informe puerta, un árbol sin hojas y separado de ambos, un extraño círculo pintado con cientos de trazos negros. Era el pozo en el que había caído. Sentí un escalofrío. En ese momento mi madre apareció en la puerta, me miró preocupada y me dijo: «Lo encontró tu padre a los pies de la cama de tu abuela. Nos dio la pista de dónde estabas. Te encontramos gracias a ese dibujo. Menos mal que lo pintaste. Nunca hubiésemos pensado que podías estar en el pozo de la granja del difunto señor Welsh».

—Es una historia increíble. Siento haber dudado de usted, y siento haberme comportado como un auténtico cretino desde ayer.

—Un mes después falleció mi abuela, pero no fue la última vez que la vi. Ella tenía un don. Un don del que nunca se atrevió a hablar por miedo al qué dirán. Yo heredé ese don y lo utilizo exclusivamente para ayudar a los demás. Solo necesito que entienda eso.

—Lo acabo de entender. Ahora si no le importa, regrese conmigo a la casa. Está a punto de ponerse a llover.

—De acuerdo. Ahora mismo voy. Suba usted primero. Creo que debería ver la grabación de anoche. Es muy interesante. Necesito estar a solas unos minutos. Creo que el mar quiere decirme algo.

18

Las fotografías del informe forense formaban un macabro puzle que cubría la casi totalidad de su sobrio escritorio. Una de las instantáneas mostraba en detalle la mano derecha de la anciana asesinada. El dedo anular presentaba una pequeña laceración a la altura del nudillo, y en la falange aún podía apreciarse la marca de una alianza que ya no ocupaba su lugar. Según indicaba la anotación manuscrita en su reverso, la herida se había producido *postmortem*.

Liam tomó el resto de papeles del expediente que esperaban amontonados sobre la silla que tenía enfrente. No tardó en encontrar el inventario de las joyas de la señora Dabrowski que les había facilitado la compañía con la que tenían contratado el seguro de la vivienda. Le costó sin embargo un poco más encontrar lo que estaba buscando: «Alianza Cartier Destinée, platino 950, engastada con 22 diamantes talla brillante con un total de 1,34 quilates. Ancho: 3,3 mm. Valor: 13,500$».

Su índice bajó despacio por el listado nuevamente y se detuvo tres líneas después: «Pendientes Réflection de Cartier modelo pequeño, oro blanco de 18 quilates, cada uno engastado con 4 diamantes talla brillante con un total de 0,18 quilates y 4 diamantes talla baguette con un total de 0,43 quilates. Valor: 28,475$». «¿Por qué demonios iban a robar una alianza cuyo valor no llegaba a la mitad del valor de los pendientes? Porque como me temía, el robo nunca fue el móvil de este crimen», pensó Liam antes de que la voz de su compañero le sobresaltara.

—Jefe, es tarde, ¿no se marcha a casa? —preguntó Tom con timidez metiendo las manos en los bolsillos sin razón aparente.

—El asesino quiere hacernos creer que se trata de un robo que acabó muy mal para los viejos, pero ningún ladrón se dejaría casi treinta mil dólares en las orejas de su víctima —dijo Liam sin responder a la pregunta.

—A veces creo que no cuenta conmigo —afirmó Tom con tono apesadumbrado.

—¿Cómo dices, hijo?

—¿Ve? A esto me refiero. Ni siquiera me estaba escuchando.

—Lo siento, estaba concentrado en el inventario de las joyas y no te estaba prestando atención —se excusó Liam recogiendo las fotografías de la mesa.

—Me siento inútil aquí. Sé que piensa que no aporto nada y que no soy más que un estorbo. El enchufado, el hijo del alcalde, el novato… Solo valgo para traer el desayuno y poco más.

—¿Por qué dices eso, Tommy? —preguntó Liam sorprendido.

—Lo ha hecho otra vez. ¿Por qué me llama Tommy? Mi nombre es Tom, Tom Sephard. No soy un crío. Soy un policía joven que quiere aprender, eso es todo. No quiero que me traten como un maldito inútil, o peor, como el hijo del alcalde. No quiero privilegios. Solo quiero trabajar y aprender. Deje de tratarme como un niño.

—Hace un par de días me llamaron de Augusta. Connor no te quiere en el caso. Yo le dije que te vendría bien y que llegarías a ser un gran policía.

—¿Por qué me cuenta esto?

—¿No dices que quieres que te deje de tratar como un niño? Pues lo que te acabo de decir es la cruda realidad. Afróntala como un hombre y demuestra que no me equivoco —dijo Liam levantándose de su silla—. Ahora si me disculpas, te voy a hacer caso y me voy a ir a mi casa, a ver qué me ha preparado para cenar mi santísima y abnegada esposa. Y tú, muchacho, deberías hacer lo mismo.

—No tengo esposa que me espere en casa, señor.

—Ni la tengas, hijo —sentenció Liam mientras se despedía levantando la mano con desgana.

Tom se quedó solo en la comisaría. Se acercó al escritorio de Liam y volvió a abrir el expediente del caso de asesinato de los señores Dabrowski. Sintió nauseas al contemplar la fotografía en la que aparecían retratados en detalle los daños que el calor del horno había provocado en el brazo de la anciana. «Maldito cobarde», pensó mientras volvía a dejar la carpeta en su lugar.

Miró su reloj. En apenas cinco minutos, Patricia y David, sus compañeros del turno de noche le darían el relevo. Se dirigió al vestuario para cambiarse de ropa. De camino desenfundó su arma y en la soledad de la comisaría apuntó a un sospechoso imaginario antes de exclamar:

—¡Alto, policía! Levante las manos despacio. Quiero verlas en todo momento, ¿de acuerdo?

Después sacó sus esposas y tras guardar el arma, se las colocó al delincuente ficticio mientras decía:

—Tiene el derecho a guardar silencio. Cualquier cosa que diga puede y será usada en su contra en un tribunal de justicia. Tiene el derecho de hablar con un abogado y que un abogado esté presente durante cualquier interrogatorio. Si no puede pagar un abogado, se le asignará uno pagado por el gobierno. ¿Le han quedado claro los derechos previamente mencionados?

En ese momento, algo pringoso le golpeó el rostro. Se asustó y desenfundó su arma precipitadamente. Esta quedó enganchada con la trabilla de su cinturón táctico, lo que provocó que cayese al suelo con gran estrépito.

—¡Bang, bang! Estás muerto, novato —dijo David apuntándole con los dedos índice y corazón de su mano derecha—. Finalmente se trataba de dos sospechosos y uno de ellos te ha acribillado mientras le leías al otro sus estúpidos derechos.

—Aquí el único estúpido que hay eres tú. ¿Por qué has hecho eso?

—Vamos, Tommy, no te enfades. Mira el lado bueno, era un simple pedazo de dónut. Si hubiera sido una bala, ahora mismo te faltaría media cara y estarías muerto.

—Joder, pues no ha tenido ni pizca de gracia —dijo Tom, enfadado—. Y no me llames Tommy, no sé cómo hay que decíroslo.

—Agente Sephard, puede retirarse.

—Eso está mucho mejor. ¿A que no es tan difícil?

—Anda, pipiolo, vuelve ya a tu mansión con papá y mamá —afirmó David con su característico tono sarcástico.

—Eres un capullo. Voy a cambiarme y en cuanto llegue Patricia me piro de aquí. No te aguanto.

—Patricia no va a venir.

—¿Y eso? ¿Qué le pasa?

—Está de baja, y ahora que no nos oye nadie te puedo decir que creo que no viene porque está preñada —susurró David al oído del atento confidente.

—Vaya. Y, ¿tienes idea de quién puede ser el padre?

—No. La verdad es que siempre pensé que era lesbiana —dijo David mientras recogía del suelo el pedazo de bollo que le había arrojado a su compañero—. Es broma, está casada con un tío estéril, así que vete a saber de quién sería ese pobre hijo.

—Eres idiota y lo peor de todo es que no tienes remedio. Se ve que el golpe en la ducha te dejó más tonto aún.

—Que te jodan, novato.

Tom se cambió, cogió su abrigo, las llaves del coche y salió a la calle. Sintió la caricia del viento helador en su rostro antes de montarse en el Mercedes-Benz 280 que su madre le prestaba cada día para hacer el trayecto de casa a la comisaría y viceversa. Abrió la puerta cuando una voz familiar le sobresaltó a su espalda.

—Hola Tom.

—¿Qué haces aquí, Rob? Te dije que no vinieses a la comisaría. Pueden vernos…

—Por eso he venido precisamente —interrumpió el joven, visiblemente enfadado—. Estoy harto de esta situación.

—¿Qué situación? Ya lo hemos hablado. No sé qué más quieres que te diga. ¿Pretendes que te coja de la manita aquí, delante de mis compañeros?

—Me marcho mañana. No aguanto más esto. Yo…, te quiero, y si no eres capaz de asumirlo huiré de aquí. No quiero sentirme como un fugitivo en mi propio hogar. No puedo disimular más.

—Pero no puedes irte. Yo… —balbuceó Tom, nervioso.

—¿Tú qué? ¿Tú qué? ¡Vamos, Tom, dilo! ¿Me quieres? Pues haz algo.

—Déjame una moneda —dijo el joven policía tras escuchar aquellas palabras que parecían haberle insuflado el valor necesario para hablar con determinación.

—¿Qué?

—Ya lo has oído. Dame una moneda. Voy a hacer una llamada. Telefonearé a mi padre y le contaré todo, eso es lo que haré.

Tom cogió la moneda de la mano de Rob, que sorprendido por aquel repentino cambio de comportamiento no sabía qué decir. Cruzó a la acera de enfrente, introdujo la moneda en el teléfono de la cabina que había junto a la comisaría, y marcó el número de su casa. Sondra, la asistenta, contestó tras varios tonos:

—Buenas noches. Residencia de los Sephard. ¿En qué puedo ayudarle?

—Sondra, soy Tom, dile a mi padre que se ponga, por favor. Es importante.

—Claro. Un momento.

Tras un interminable minuto, la voz profunda y severa de Andrew Sephard, respondió al otro lado de la línea.

—¿Qué ocurre, Tommy?

—Papá, ya hemos hablado de esto. No me llames Tommy... Bueno, a lo que iba: estoy con Rob.

—¿Ahora? Pues tu madre te está esperando para cenar.

—No. No me has entendido. Estoy con él: estamos juntos. Yo..., le quiero.

—Siempre te hemos dado todo lo que has querido. Estás en la policía porque yo te metí en la policía. Tus estudios, tu dinero, tu coche... ¿A qué viene esto, Tommy? ¿Crees que puedes decirme que eres marica así de fácil, por teléfono, a seis meses de las elecciones...? Por Dios, soy el alcalde de Kennebunkport... ¿Qué pretendes? ¿Acaso quieres arruinar mi carrera? ¿Es lo que quieres? ¿Joder tu futuro y el de tu familia? Ven aquí ahora mismo y sé un hombre. Ven a casa y dímelo a la cara si tienes valor.

—O lo aceptas, o mañana me iré con Rob. Lejos, muy lejos, y no volverás a verme. Te lo juro.

—¿Me estás amenazando? ¿Estás amenazando a tu padre con no verte más? Cuidado, muchacho, no vayas por ahí si no quieres que...

El tiempo se agotó y la comunicación se interrumpió bruscamente. Los veinticinco centavos que le había prestado Rob no dieron para más.

—¿Qué ha pasado?

—Ya se lo he dicho y no se lo ha tomado muy bien que digamos —afirmó Tom, resignado.

—No te creo. No lo has hecho. ¿O sí? Sea como sea me voy mañana. Si se lo has dicho ven conmigo, huyamos de aquí. Tu padre nunca te lo perdonará. Mi primo nos deja su apartamento en San Francisco...

—¿Eso es lo que querías? Eres un egoísta. Quieres que rompa con mi familia... —interrumpió Tom, airado.

—Entenderé que no te marches. Pero no hay vuelta atrás.

Tom se montó en el coche y cerró bruscamente la puerta. Arrancó el motor y se echó a llorar mientras los cristales comenzaban a empañarse. No quería volver a su casa. Cuando salió a Main Street notó un extraño impulso. Algo que le nacía en el interior. Una fuerza extraordinaria que surgía de su pecho insuflándole valor y determinación. Una sensación que le obligó a torcer a la derecha en lugar de a la izquierda, en dirección a su casa. Condujo por Main, tomó Ward Road desviándose a la derecha y bajó por Langsford hasta el final de la calle. Aparcó el coche junto a la última casa, enjugó sus lágrimas, se bajó del vehículo y se dirigió decidido a la entrada.

Era la tercera vez que acudía a aquel lugar en busca de algún testigo que pudiese haber visto algo extraño el día del asesinato de los señores Dabrowski. La tercera vez que llamaba a aquella puerta en busca de una mágica respuesta que resolviese el caso. Las dos ocasiones anteriores, acompañado por su compañero Liam McDougall, nadie había abierto, y no sabía por qué iba a ser diferente aquella vez. Pero tenía que intentarlo. Tenía que ayudar como fuera. No podía consentir que siguiesen pensando que era un inútil. Un inútil con un padre alcalde muy amigo del jefe de policía, Walter Prescott. Además, estaba seguro de que en el interior de aquella casa se escondía alguien que no atendía las llamadas de la policía premeditadamente. De lo que no estaba seguro era de qué iba a decir ni de cómo iba a actuar. Le dio igual. Se armó de valor y tocó el timbre. Pero aquella vez fue diferente, porque la puerta azul del número sesenta y seis de Langsford Road se abrió.

19

Sentía la mirada escrutadora de la bibliotecaria clavándose en la pantalla del ordenador, diseccionando con avidez cada uno de sus movimientos y alimentando su voraz curiosidad. Sin duda, sería la comidilla de sus invitadas a la hora del té el fin de semana, un vulgar y manido «¿a que no sabéis quién estuvo en la biblioteca?». Intentó concentrarse en la lectura de la noticia que tenía frente a sus ojos. La única fotografía que ilustraba el titular era la vieja portada del día 24 de noviembre de 1985 del *Main Sunday Telegram* que narraba a toda página lo ocurrido el día anterior:

«Kennebunkport, el famoso e idílico pueblo costero ubicado en el condado de York fue testigo, hace un cuarto de siglo, de tres terribles asesinatos que marcaron para siempre la vida de sus habitantes. Los ancianos Pawel y Margaret Dabrowski fueron brutalmente atacados en su propio domicilio de Langsford Road con un rodillo de amasar, mientras que Janine Wilcox, pareja del único culpable de los hechos, murió apuñalada en la cocina de la vivienda sita en la misma calle, apenas unos días después. Su asesino, Yishai J. Renton, que a día de hoy cumple cadena perpetua en la Prisión Estatal de Maine, después de acuchillar a la joven incendió la vivienda con él aún en el interior. La rápida actuación de los bomberos evitó la destrucción de las pruebas condenatorias y evitó el fallecimiento por intoxicación de Yishai, que fue trasladado de urgencia al hospital de York, donde permaneció arrestado hasta su definitiva recuperación. Durante el juicio, el entonces acusado se mostró nervioso y reconoció no ser capaz de recordar ninguno de los terribles actos que cometió el día de los hechos a consecuencia de los efectos de las distintas sustancias estupefacientes que había consumido. El acusado negó su implicación en los asesinatos del matrimonio, pero el hallazgo de las joyas de la señora Dabrowski en su casa determinó con contundencia el parecer del jurado popular que, en marzo de 1986, le consideró culpable del delito de asesinato en primer grado de las tres personas».

Cerró la sesión del navegador y apagó el ordenador. No era lo que estaba buscando, pero le pareció curioso que aquellos crímenes se hubieran producido en la misma calle que le había mencionado su amiga Rebeca. Se dirigió de nuevo al mostrador de la entrada, donde la bibliotecaria fingía estar ocupada ordenando una pila de libros.

—¿Sí, querida? —preguntó la anciana con amabilidad al ver que la joven periodista se dirigía hacia donde estaba.

—¿Le puedo hacer una pregunta?

—Por supuesto. Las que necesite. Dígame, ¿qué quiere saber?

—¿Es usted de aquí?

—Sí, nací en Kennebunkport hace ya unos cuantos años. Tantos que me da vergüenza decirlo.

—¿Recuerda los asesinatos de Langsford Road?

—Oh, por supuesto. De eso hace ya treinta años por lo menos. Fue horrible. Mi madre era amiga de la señora Dabrowski. Algunas veces venía a casa y traía sus famosos pasteles de manzana. Su marido era zapatero. Era polaco y llegó a Estados Unidos huyendo de la gran guerra que asoló Europa en los años cuarenta. Buena gente. Fue una auténtica desgracia. Y todo por aquel maldito drogadicto. Espero que se haya podrido en la cárcel. ¿Por qué lo pregunta? ¿Va a hacer un reportaje sobre aquellos asesinatos?

—Si le digo la verdad, no tengo ni la más remota idea. En principio estaba aquí de paso, pero reconozco que este lugar no deja de sorprenderme desde que he llegado —afirmó Emma con una sonrisa.

—Si necesita consultar los titulares de prensa originales puede revisar los diarios que dieron la noticia. Para entonces estaba el *Portland Press Herald*, *Maine Sunday Telegram* y *Evening Express*. La hemeroteca está en la planta de arriba. La segunda puerta de la derecha nada más subir las escaleras. La de color rojo. Tome la llave y póngase un pañuelo en la nariz y la boca, porque hay mucho polvo ahí dentro.

—Periódicos. No se me hubiese ocurrido. Muchas gracias.

—¿Podría hacerme una foto con usted antes de que se marche? Ah, y un autógrafo. A mi nieto le haría mucha ilusión.

Emma asintió a regañadientes y subió a la hemeroteca. La cerradura cedió con el segundo giro de muñeca y la puerta se abrió con un crujido tras darle un leve empujón. Una gran estantería metálica abarrotada de cajas y archivadores le dio la bienvenida rodeando la estancia, como si quisiera abrazarla. En el centro una silla y una pequeña mesa de madera y metal, y sobre esta última un flexo.

No tardó en localizar el mes de noviembre de aquel año maldito para los habitantes de Kennebunkport. Sacó de un polvoriento archivador los diarios de las dos últimas semanas del mes. Descartó rápidamente los primeros días hasta llegar al 24 de noviembre. Aquel día, todas las ediciones abrían sus portadas con los correspondientes titulares del asesinato de los dos ancianos.

Leyó con avidez cada uno de los artículos. Después de hacerlo avanzó en el tiempo hasta llegar al 30 de noviembre, el día de la detención de Yishai Renton, el asesino de los señores Dabrowski y de su novia Janine Wilcox. La fotografía de su casa destruida por las llamas ilustraba las portadas del *Evening Express* y del *Maine Sunday Telegram*, mientras que en el *Portland Express Herald* aparecía la instantánea del detenido siendo evacuado en camilla, con las manos esposadas en alto mientras los bomberos luchaban contra el fuego al fondo de la imagen. «Sin duda una gran fotografía», pensó Emma antes de leer la noticia. Anotó el nombre del fotógrafo que casualmente también firmaba el artículo: Paul Parker.

Volvió a colocar los ejemplares en su lugar dentro del archivador y este a su vez en la estantería. Avanzó hasta marzo de 1986, con la esperanza de encontrar alguna noticia relacionada con el juicio en el que se declaró culpable a Yishai. La portada del día 13 del *Portland Express Herald* le llamó poderosamente la atención: «¿CASO RESUELTO?», rezaba con grandes letras negras sobre la fotografía del propio acusado saliendo esposado y escoltado por dos policías del edificio del Tribunal Supremo de Justicia de Maine, en la ciudad de Portland. Emma pasó la hoja con gran curiosidad y empezó a leer:

«Todo ha ocurrido según lo previsto, sin salirse de un guion que comenzaron a escribir la policía y los forenses hace más de tres meses. Y es que las pruebas fueron finalmente concluyentes. Las huellas en el arma homicida, un cuchillo de cocina de acero inoxidable, y las joyas de la difunta señora Dabrowski, halladas en uno de los cajones de la cómoda de su habitación, han bastado para que el jurado dilucidara condenar a Yishai C. Renton, de veintinueve años, a cadena perpetua por el asesinato en primer grado de Pawel y Margaret Dabrowski, y de la que era su actual pareja, Janine Wilcox.

Hasta aquí todo parece coherente y predecible, pero llegado este punto y con el máximo respeto de la decisión del jurado y del juez que dictaminó la sentencia, considero que varias incógnitas, lejos de quedar definitivamente resueltas durante el transcurso del procedimiento judicial, parecen haber echado raíces en ciertas incoherencias y presunciones que abocaron al acusado a su definitiva y dictaminada culpabilidad.

En sus declaraciones aludió varias veces a una «sombra misteriosa», que merodeaba por su casa el mismo día que asesinó a su novia, aunque recordemos que lo primero que dijo a la policía cuando fue detenido es que no recordaba nada de lo sucedido. Un servidor fue testigo del momento en el que fue evacuado en camilla, mientras los bomberos intentaban sofocar las llamas. Su mirada desorientada y asustada contrastaba con la brutalidad de sus terribles actos. Sin embargo, negó rotundamente en todo momento su participación en la muerte del matrimonio Dabrowski, desconociendo por qué motivo fueron halladas sus pertenencias en la cómoda de su propia habitación.

Por otro lado, en el informe policial, se hace constar que ninguno de los accesos de la vivienda propiedad de los fallecidos fue forzado, y que casi con toda seguridad la propia señora Dabrowski fue quien franqueó la entrada al acusado hasta la cocina, donde fue asesinada. Llegados a este punto, la pregunta parece obvia e inevitable: ¿Dejaría usted entrar a Yishai Renton a su casa? Recordemos que estamos hablando de un drogadicto con antecedentes penales, conocido en la pequeña localidad costera por sus trapicheos y altercados, con una orden de desahucio por el impago del alquiler y una orden de alejamiento de su pareja, Janine Wilcox, con la que convivía.

Y la principal de las incógnitas: ¿Por qué motivo provocó el incendio? El informe psiquiátrico habla de «conducta suicida». Pero, ¿prender fuego a tu casa es realmente la manera más efectiva de suicidarse? Por otra parte, el examen toxicológico determinó que el contenido de alcohol en sangre era elevado. También detectó la presencia de THC en el organismo. Los efectos iniciales de ambas drogas se asocian a la relajación tanto física como psicológica. La intoxicación de marihuana, como la de alcohol, disminuyen el rendimiento cognitivo y conductual provocando la alteración de la memoria operativa. Y no resulta sorprendente que, al tomar ambas sustancias, estos efectos sean aún mayores que si solo se consume una. Recordemos que los bomberos hallaron al acusado dormido sobre el colchón de su dormitorio. ¿Asesinó a su novia, prendió fuego a la casa y subió a continuación a su habitación para echar una cabezadita?

Como he dicho son muchas las incógnitas que envuelven este extraño caso, pero una sola certeza que las sepulta bajo su contundencia: Yishai C. Renton cumplirá cadena perpetua en la Prisión Estatal de Maine. Quizá ni siquiera él mismo sepa si es realmente un asesino».

Emma cerró el periódico y lo devolvió al lugar que ocupaba junto al resto. Tomó su teléfono móvil, buscó en la agenda el contacto de uno de sus compañeros de redacción y amigo, y marcó nerviosa cada número. Una voz dicharachera y alegre le respondió tras el auricular.

—¡Voy a matarte! No sé por qué demonios estás en Kennebunkport, pero nos has dejado en pelotas. No pienso perdonártelo jamás.

—Yo también me alegro de hablar contigo, Jerry —dijo Emma con ironía.

—El jefe está que trina. Insoportable. Esto es una locura y yo... bueno, yo me he dado cuenta de que no puedo vivir sin ti. Esto es una maldita jaula de grillos. Por favor, dime que es importante.

—Es importante.

—Dime que estás desayunado con Barbara Bush en su casa, y que te ha enseñado su vestidor, dímelo. Que has visto sus zapatos, y sus bolsos, y que habéis tomado té Da-Hong Pao en su porche. Si no es así no quiero saber nada de ti.

—Tengo una historia y necesito una dirección.

—Qué bruja mentirosa. Hablé con Glenn, ¿sabes? Me llamó. Estaba desesperado y no sabía dónde encontrarte. Saliste pitando. Has huido para no enfrentarte a tus problemas, como haces siempre.

—¿Me vas a sermonear? ¿Tú, que cortaste con Danny por teléfono? Vamos, Jerry. Dame una dirección. Prometo contarte todo a mi regreso, con dos Manhattan en Nitecap.

—Estás loca.

—Tú más. Ahora, la dirección.

—Te odio. Venga, dispara.

—Es periodista. Paul Parker. Escribía en el *Portland Press Herald* en el año ochenta y seis. Ni siquiera sé si está vivo, la verdad.

—Dame una hora.

—Tienes diez minutos —dijo Emma, tajante.

—Encima con exigencias.

—Vamos, Jerry, hazlo por nuestra amistad.

La comunicación se interrumpió bruscamente, pero Emma conocía bien a su amigo. Habían estudiado juntos un máster en periodismo en la Universidad de Columbia. Sabía que no le llevaría más de cinco minutos encontrar a Paul Parker.

Apenas tuvo tiempo de contestar varios *mails* mientras esperaba la respuesta de Jerry. Habían transcurrido exactamente siete minutos desde que su compañero colgara, cuando su teléfono móvil comenzó a vibrar en el interior del bolso.

—Estás perdiendo facultades —dijo Emma sin tan siquiera comprobar la identidad de la llamada—. Siete minutos…

—Olvídame. A ver, ¿tienes para apuntar?

—¿Por qué no me has mandado la dirección en un mensaje?

—Dios mío, dame paciencia. Porque quería escuchar tu dulce voz una última vez. El jefe me va a matar, y sobre tus hombros caerá todo el peso de la culpa.

—Desembucha, vamos, no te hagas el interesante.

—Número 382 de Park Avenue, Portland, Maine. Cerca del estadio de béisbol. Frente al parque. No tiene móvil, y no responde al teléfono fijo. El número esta vez sí, te lo mando en un mensaje, por si quieres probar. Aunque me temo que si necesitas hablar con él vas a tener que mover ese bonito culo e ir a visitarle, porque ya te confirmo que el viejo está vivito y coleando.

—Eres el mejor, Jerry. Pero eso ya lo sabes.

—Pelota. Lo que sí sé es que no te voy a preguntar por tu historia, porque no me vas a contar nada. ¿Me equivoco?

—Besos. Nos vemos pronto.

Después de colgar, Emma dejó todo como lo había encontrado. Cerró la puerta con llave y tras devolvérsela a la bibliotecaria y hacerse con ella la fotografía prometida, abandonó el edificio a toda prisa. Regresó al hotel y consultó al recepcionista si disponían de servicio de alquiler de coches.

—Veré qué puedo hacer. Deme un par de minutos. No es temporada alta y la empresa que proporciona el servicio a nuestros huéspedes suele cerrar este mes.

Veinte minutos después, y tras vaciar de *mails* su bandeja de entrada, Emma regresó al mostrador. No tuvo tiempo de protestar por la tardanza. El claxon de un coche, aparcando junto a la entrada, la interrumpió.

—Ahí está su coche —dijo el recepcionista anticipándose a la queja.

—¿Un descapotable rojo?

—Es un Ford Mustang Convertible. Por supuesto se lo dejan al mismo precio que un utilitario. Lo siento, aunque a mí personalmente me encanta.

Emma tomó las llaves, colocó la dirección en el navegador y arrancó el potente motor de cuatro cilindros. Los 310 CV del flamante deportivo rugieron bajo el capó cuando tomó North Street en dirección a Portland. No se percató de que un coche había comenzado a seguirla.

20

Sus pasos alertaron a Martin, que recobró la compostura volviendo a bajar los pies de la mesita auxiliar. Ya se había deshecho de los desperdicios de la cena del día anterior y parecía más despejado. Se atrevería a decir que incluso feliz. Rebobinaba una cinta de video en el reproductor cuando saludó a Gabriel.

—Hola otra vez señor Beckett. Ah, y discúlpeme por lo de antes. A veces olvido que no estoy en mi casa. ¿Encontró a Dorothy?

—Disculpas aceptadas y sí, la encontré en el muelle. Me contó una historia sorprendente —afirmó Gabriel mientras se quitaba la americana y la colocaba después sobre el respaldo de una de las sillas que habitaban el salón.

—Por lo que ha tardado sí que debió serlo. La verdad es que es una mujer increíble. Podría escribir un libro solo con todos los sucesos paranormales que me ha contado desde que somos socios.

—¿Llevan mucho trabajando juntos?

—¿Realmente quiere que le cuente la historia? —preguntó Martin, incrédulo.

—Además de ver la grabación, creo que no tengo nada mejor que hacer.

—Trabajamos juntos desde que la conocí. Entonces vivía en Richmond, Virginia, acababa de terminar la carrera y volví a casa de mi madre. Mis padres estaban separados. Mi hermano vivía con mi padre y yo con mi madre. La verdad es que mi adolescencia no les ayudó mucho para arreglar su situación, pero bueno, esa es otra historia.

»Una tarde sonó el teléfono. Mi madre no estaba, así que contesté a la llamada. Era Dorothy. Se presentó como la señorita Terrance. A mí me sonaba mucho su nombre, pero en ese momento no recordaba de qué. Me dijo que quería hablar conmigo, y que si le podía dar la dirección de mi casa. Le pregunté que cómo había conseguido mi número, pero no me respondió. Pensé que era una loca y colgué el teléfono. Nada más hacerlo recordé de qué me sonaba su nombre:

»Había visto a esa mujer en la televisión. Concretamente en las noticias de un canal local. Llevaba una semana en Richmond, ayudando a encontrar a Laura Johnson, una joven guapísima que ese mismo año había ganado el certamen de Miss Virginia, y que había desaparecido misteriosamente. Sus padres y la policía estaban desesperados y el informativo cuestionaba que, utilizar los servicios ofrecidos desinteresadamente por la médium, fuese la mejor solución para terminar con la ineficacia de los investigadores.

»Volvió a sonar el teléfono. Su voz me respondió desde el otro lado con un tono suave y tranquilo: «Me lo ha dado Sarah», dijo. «¿Sarah?, ¿qué Sarah?», respondí palideciendo. «Tu amiga», me contestó. Sarah era mi mejor amiga del colegio. Había desaparecido hacía más de quince años. Incluso vino la policía a casa para hablar conmigo. Yo les conté que llevaba una semana hablando con ella por teléfono, justo desde que su madre hubiese denunciado la desaparición. Pero no me creyeron. Ahí empezaron los problemas entre mis padres. Supongo que pensarían que me había vuelto loco.

»Finalmente accedí a darle mi dirección. Así que Dorothy se presentó una noche en mi casa. Mi madre la ofreció un té y Dorothy le pidió que nos dejara a solas. Me contó que había encontrado a Laura Johnson. Que su cadáver estaba en un pozo, en una granja abandonada a las afueras de la ciudad. Pero que no estaba sola. Sarah Larson, estaba con ella. Su cuerpecito había sido arrojado al mismo pozo, pero quince años antes. Ella misma le dio una serie de números cuyo significado entendió al escuchar mi voz asustada al otro lado del auricular. Éramos amigos.

»Le conté a Dorothy lo que me había ocurrido y ella no solo me creyó, sino que me invitó a que la ayudara en su siguiente caso. Y... bueno, aquí estoy. Entiendo que a veces es difícil creer en lo que hace, pero cuando uno la ha visto trabajar no hay vuelta atrás. Y lo más importante de todo: es una gran mujer que solo pretende ayudar a los vivos y a los muertos.

—Desde luego me tienen ustedes abrumado con sus historias. Voy a tener que empezar a creerme todos esos cuentos, que siempre pensé que eran pura fantasía creada por estafadores de medio pelo, que lo único que pretendían era aprovecharse de la gente que había perdido a alguien.

—Usted siempre tan sincero… Bueno. A lo que íbamos. Creo que debería ver esto.

Martin presionó el botón *play* del reproductor y la imagen de Gabriel tendido sobre la cama apareció en el televisor. El tono verde de la grabación realizada por la cámara con visión nocturna tiñó la pantalla del aparato.

—Creo que no pegué ojo en toda la noche —afirmó Gabriel al contemplarse dando una y mil vueltas sobre el colchón.

—Pues cree usted mal. Mire esta parte —dijo Martin señalando hacia la televisión—. Son la dos y cuarto de la madrugada y usted está completamente dormido. Eso sí, le costó bastante conciliar el sueño.

—Finalmente decidí no tomar mi medicación.

—A partir de aquí empieza lo bueno. Son las tres y treinta y tres minutos. Fíjese bien.

La imagen mostraba a Gabriel sentado en el borde de la cama. Se balanceaba hacia adelante y hacia atrás, después tapaba su rostro con las manos. Repitió la operación un par de veces más antes de levantarse de la cama. A continuación, abandonó su habitación.

—¿Recuerda eso, señor Beckett?

—Creo que no —respondió Gabriel sorprendido por lo que acababa de ver.

—Hay más.

La cámara situada junto a las escaleras grabó a Gabriel caminando por la planta superior de la vivienda. Detuvo su marcha frente a la puerta de una de las habitaciones del mismo piso. Intentó girar el pomo para abrirla, pero parecía cerrada. Después comenzó a golpearla con el puño mientras sorprendentemente su boca y sus ojos permanecían cerrados.

—Ahora llega lo más sorprendente —afirmó Martin, emocionado.

Gabriel sacó de su mano una llave, la introdujo en la cerradura y giró el pomo despacio para perderse después en el interior de la habitación.

—Dígame de dónde demonios ha sacado esa llave. ¿La llevaba en la mano? ¿Y dónde se supone que la tenía guardada? He visto la grabación veinte veces y aún no he sido capaz de averiguarlo.

Martin no obtuvo respuesta. Rebobinó hacia adelante la grabación hasta las cuatro y cinco de la madrugada. Momento en el que Gabriel regresó a su habitación, se tumbó en la cama y continuó durmiendo.

—No sé qué decir —afirmó Gabriel, aún perplejo.

—Es la misma habitación que no quiso enseñarme ayer. Necesitamos saber qué hay en esa habitación.

Antes de que Gabriel pudiese responder, Dorothy, que llevaba varios minutos en el salón sin que hubiesen percibido su presencia, dijo:

—Señor Beckett: no se trata de qué hay en esa habitación, sino de quién.

21

Un hombre de mediana edad y pulcramente vestido abrió la puerta. Llevaba una americana de ojo de perdiz marrón con coderas grises y unos pantalones de pana *beige*. Unos ojos cansados pero incisivos le escrutaron tras los cristales de las gafas de pasta que acababa de ponerse. Su voz rasgó el silencio desde el recibidor.

—¿Qué quiere? —preguntó molesto tras mirar de arriba a abajo al inesperado visitante.

—Buenas noches. Mi nombre es Tom Sephard y soy... bueno, soy policía, aunque no llevo uniforme ahora mismo, claro —balbuceó el joven, nervioso—. Pasaba por aquí y pensé que... bueno que, si era usted tan amable, quizá tuviese un momento para... responder unas preguntas. Es por lo del asesinato de sus vecinos, ya sabe...

—De acuerdo, pase.

Las tinieblas inundaban la casa y un extraño olor se apoderó enseguida de sus fosas nasales. Pidió con cautela al anfitrión que encendiese alguna lámpara para poder ver incluso por donde caminaba. De repente una luz mortecina iluminó el desordenado salón en el que se encontraban.

—Disculpe las horas y si le he interrumpido en sus quehaceres, señor...

—¿No conoce mi nombre? ¿Ha venido aquí y no sabe cómo me llamo? Por Dios, hace un par de semanas interpuse una denuncia en comisaría...

—Intentaré ir al grano. No quiero importunarle. ¿Recuerda si estaba usted en casa el pasado día 23 de noviembre? —preguntó el joven policía evitando contestar y ganando a la vez algo de confianza.

—Supongo.

—Ese día, como imagino que sabrá, asesinaron a sus vecinos, el señor y la señora Dabrowski. ¿Los conocía?

—Sí. Como usted ha dicho, eran mis vecinos. Pero me enteré por la prensa.

—¿No se alarmó al ver frente a su casa a la policía, ambulancias, bomberos...?

—No me percaté. Estaba abajo, trabajando.

—¿A qué se dedica?

—La ornitología es mi pasión, aunque me gano la vida como taxidermista.

—¿Diseca animales? Vaya. Siempre he tenido la curiosidad de saber cómo se hace.

—Se procede a retirar la piel de manera inmediata justo después del fallecimiento del animal. Se realiza con ayuda de un escalpelo o un cuchillo muy afilado, extrayendo la piel de una pieza. Para ello se hace un corte en la parte trasera del animal para que luego, en la obra ya terminada, no se noten las costuras y así no pierda el atractivo. Es preferible hacer los cortes en las áreas de mayor pelaje ya que estos quedan ocultos mientras que la piel queda natural. Esta piel se limpia superficialmente y se sala bien, extendiendo la sal por la cara del pelo y por el cuero con el fin de extraer el agua que se encuentra retenida en ella y formar así un medio supersalino que haga imposible que se descomponga por culpa de los microorganismos. Una vez seca se procede a la rehidratación de la piel y finalmente al curtido de esta. Remojo, piquelado y curtido.

—Interesante. Y veo que también diseca pájaros —afirmó Tom sorprendido por la descriptiva explicación, señalando con la mirada el ejemplar que descansaba sobre la chimenea.

—El proceso es similar al de los mamíferos, aunque hay que tener especial cuidado con mantener limpias las plumas de los fluidos del propio animal.

—Es un búho precioso.

—Tyto Alba.

—¿Cómo dice?

—Se trata de una lechuza común, también denominada lechuza de los campanarios o lechuza blanca, es una especie de ave estrigiforme perteneciente a la familia de Tytonidae.

—Claro. Ahora dígame: ¿vio usted algo raro ese día? No sé. Algo que se saliera de lo normal, a alguien merodeando por la zona..., no sé. Cualquier cosa extraña.

—No. Ya le dije que estaba abajo, trabajando.

—¿Tiene el taller abajo?

—Así es.

—¿Le importaría enseñármelo? Tengo mucha curiosidad por el tema. ¿En qué está trabajando exactamente?

—Es tarde, señor… Sephard, me dijo, ¿no? Creo que será mejor que se marche.

—Claro. Quizá le he interrumpido la cena con su esposa.

—Mi esposa no está en casa. ¿Le puedo ayudar en algo más?

—Oh, ahora que lo dice, le estaría muy agradecido si me trajese un vaso de agua. Tengo que tomar mi medicación y prefiero hacerlo con un trago —dijo Tom sacando una pequeña pastilla de uno de los bolsillos de su pantalón.

El enigmático e improvisado anfitrión se dirigió a la cocina a regañadientes, momento que aprovechó el joven policía para inspeccionar rápidamente parte del salón.

—Tome, su agua. Y ahora si me disculpa.

Tom disimuló su acto aparentando mostrar cierto interés en el ave disecada. Después tomó el vaso, y cuando estaba a punto de ingerir la pastilla, esta cayó al suelo, rodó y acabó bajo el sillón. El policía se agachó y cogió algo con los dedos. Se levantó del suelo, abrió su mano y palideció de golpe al contemplar lo que acaba de encontrar: una alianza con brillantes engastados.

—Vaya. Creo que…, que su mujer se alegrará mucho cuando encuentre su alianza —afirmó Tom con voz temblorosa mientras le entregaba la joya.

—Ya le he dicho que mi mujer no está en casa.

—Lo siento. Bueno…, he de irme. Perdone que…

Tom no tuvo tiempo de terminar la frase. El escalpelo que escondía el taxidermista en uno de sus bolsillos, silbó en el aire para clavarse en su yugular con violencia. Una vez, dos veces, tres veces… Hasta en cinco ocasiones penetró en su cuello seccionando la tráquea y la carótida. El policía se llevó la mano a las heridas, intentando taponar la hemorragia mientras sus ojos se tornaban blancos y su cuerpo de desplomaba de rodillas sobre el suelo salpicado de sangre.

Entonces las tinieblas volvieron a descender sobre la estancia donde yacía el cuerpo sin vida de Tom Sephard, el hijo del alcalde y gran promesa del departamento de policía de Kennebunkport.

22

No tardó en encontrar la dirección. Aparcó en la misma Park Avenue, junto al parque y frente a la vivienda de Paul Parker. Hacía mucho tiempo que no conducía, no por nada en especial, sino porque en Nueva York simplemente no lo necesitaba. Prefería desplazarse en taxi, o bien en metro cuando tenía que escribir algo para alguno de sus reportajes. Había estado tan concentrada en la conducción durante todo el trayecto que fue incapaz de percatarse del Chevrolet Impala negro que la había seguido hasta Portland y que había estacionado a varias decenas de metros de donde se encontraba su flamante Mustang.

Emma cogió el bolso del asiento del copiloto, salió del coche y se dispuso a cruzar la calle. Al tercer paso alguien tiró con fuerza de la manga de su abrigo. Se asustó. Iba tan emocionada que no vio el autobús que circulaba a gran velocidad por la calzada y que pasó muy cerca de ella. Afortunadamente, el anciano acababa de salvarla del atropello, sí. Emma se giró rápidamente, alertada por el tirón. La cara de aquel hombre le resultó familiar y su voz también.

—Tenga cuidado. Por poco tenemos una desgracia.

—Oh, desde luego. Me ha salvado usted. Un paso más y ese autobús me hace puré. Muchas gracias.

—Me suena su cara —dijo el anciano, aparentemente sorprendido.

—Me habrá visto en la tele. Salgo a veces en las noticias. Pero es curioso, porque a mí también me suena la suya. No sé… Quizá nos hayamos visto antes.

—No creo. Bueno, adiós.

El hombre cortó bruscamente la conversación, dio media vuelta y desapareció igual de rápido que su salvadora aparición. Emma, un tanto extrañada, esta vez sí, miró a ambos lados de la calle antes de cruzar. El portal del número 382 estaba abierto. Entró en el edificio, y tras encontrar el nombre del periodista en los buzones, subió sin dudar al segundo piso. Llamó al timbre de la puerta de la izquierda y esperó. En menos de un minuto, una anciana ataviada con una bata de color rosa salió a recibirla.

—No quiero comprar nada, lo siento, señorita. Además, me pilla usted ocupada —dijo la mujer con determinación.

—No, no. No vengo a venderla nada. Soy Emma Hawkins, reportera del canal de noticias NBC. Quería hablar con Paul Parker.

—¿Con mi marido? —preguntó la anciana, sorprendida.

—Sí. Estoy intentando darle forma a un reportaje sobre los asesinatos de Kennebunkport y creo que su marido cubrió la noticia cuando escribía para el *Portland Press Herald*.

—Mi esposo está en la cama. Creo que no va a poder atenderla. Le dio un ictus hace dos años y ni siquiera es capaz de controlar sus propias babas. Pero pase por favor, no se quede ahí, quizá yo pueda ayudarla. Prepararé café.

—Gracias, pero no hace falta que se moleste, señora…

—Me llamo Amelia y no es molestia. ¿Solo, con leche, azúcar…?

—Con leche está bien, sin azúcar. Gracias.

Emma tomó asiento en uno de los sillones que ocupaban el espacio central de un pulcro y ordenado salón. Mientras esperaba a la señora Parker, su mirada curiosa revoloteó por la estancia hasta aterrizar en una fotografía que reposaba sobre un viejo aparador. En ella, aparecía un hombre joven fumando un cigarrillo. Estaba sentado sobre los restos del fuselaje de un helicóptero. Vestía una camisa con grandes cuellos, un chaleco con múltiples bolsillos y un casco militar que cubría su cabeza. Una cámara de fotos colgaba de su cuello.

—Esa fotografía fue tomada en Saigón el 29 de noviembre de 1975, un día antes del final de la guerra de Vietnam. Es mi marido. Tenía veintitrés años y era reportero —dijo la anciana mientras regresaba de la cocina portando una bandeja de plata con un precioso juego de café.

—Una pena que no pueda contármelo él mismo, ¿verdad?

—Nunca me ha hablado de aquella maldita guerra y tampoco hizo falta que lo hiciera. Sufrió terribles pesadillas durante muchos años.

—Debió ver cosas horribles.

—Bueno, dígame qué busca exactamente a ver si puedo echarle una mano con ese reportaje suyo —dijo la mujer cambiando de tema, incómoda con el recuerdo de su esposo.

—Su marido escribió este artículo —dijo Emma acercando a la mujer su teléfono móvil con la foto del periódico que encontró en la biblioteca en la pantalla.

La anciana levantó su mano para indicar a su interlocutora que esperara un momento. Se levantó de su asiento, cogió sus gafas del aparador y se acercó a Emma. Se puso las gafas, tomó el móvil y frunció el ceño.

—Este fue el artículo que truncó la carrera profesional de mi marido, por lo menos como redactor, no así como fotógrafo afortunadamente.

La anciana volvió a levantarse, abrió un cajón del mismo aparador y sacó una fotografía para entregársela a Emma a continuación.

—Mire. Ahí está mi alma en un retrato. Me la hizo hace diez años —dijo la anciana visiblemente emocionada.

—Es impresionante. ¿Por qué la tiene guardada en un cajón? —preguntó Emma tras devolvérsela.

—Porque me recuerda que era feliz.

—Vaya. Bueno, no quiero entristecerla. Cuénteme por qué dice que truncó su carrera profesional.

—Ese no era el artículo inicial. Paul investigó aquellas muertes, y también la desaparición de varias personas, entre ellas la de uno de los policías que entonces trabajaban en el caso. Parece que el artículo podía levantar algunas ampollas, cuestionando, como lo hacía, la propia resolución del caso o las chapuzas de la investigación policial. Pero Kennebunkport necesitaba un culpable, y las pruebas se lo entregaron. El director del periódico advirtió a Paul de que no metiera las narices más en aquel asunto, pero siguió a lo suyo. El entonces alcalde de Kennebunkport estaba muy bien relacionado. Solo le digo que él y su esposa tomaban el té a menudo en Walker's Point, imagínese.

—Vaya. Amigos de los Bush. ¿Pero por qué tanta molestia?

—Aquel policía era su hijo. Lo que no sé es por qué se ocultó su desaparición.

—¿Y de qué se supone que hablaba Paul en el primer artículo?

—Permítame un momento, ahora vuelvo.

La mujer se levantó despacio y regresó en menos de un minuto con una libreta de color rojo. Acarició su cubierta como si la parte lúcida que quedaba de su marido viviese en su superficie, desgastada por el inexorable transcurso de los años. Suspiró y se la entregó a Emma diciendo:

—Aquí están las anotaciones que hizo en su investigación. Su letra no es muy buena y desgraciadamente no vamos a poder preguntarle.

Emma comenzó a ojear el manuscrito. Sacó su móvil e hizo fotos de unas cuantas páginas. Amelia la tomó del brazo y con tono triste le dijo:

—Puede quedársela. Paul así lo querría. Usted es periodista y famosa, puede que encuentre la verdad y quizá pueda publicarla.

—Oh, pero es un recuerdo de su marido... Yo... no puedo aceptarla.

La anciana la miró a los ojos y asintió. Emma guardó la libreta en el bolso y se levantó del sillón. Las dos mujeres no intercambiaron más palabras que las propias de la despedida.

Emma no sabía qué pensar. Ya en el coche, dejó el bolso en el asiento del copiloto y arrancó el motor tras marcar su destino en el navegador. Salió de Portland sorteando el denso tráfico que colapsaba a aquellas horas la arteria principal de la ciudad y apenas llevaba recorridas cinco millas por la I-95 S, cuando su teléfono comenzó a sonar. Contestó utilizando el manos libres y una voz alegre y familiar resonó en el interior del coche.

—¡Emma!

—¿Rebeca?

—Por fin. No me lo puedo creer... ¿Qué tal estás? ¿Y dónde?

—Sigo en Kennebunkport. Bueno, ahora mismo en un Mustang precioso, regresando de Portland. Necesitaba un tiempo para pensar, lejos de...

—¿De Glenn?

—No solo de Glenn. No sé, lo que ha pasado..., todo este asunto... No quiero fama, no por ese camino. Solo pretendo que la gente me conozca y me respete por mi trabajo, nada más.

—Ya. Ha sido muy fuerte. Pero tú no te preocupes, céntrate en lo tuyo, en tu profesión. Eres buena y lo sabes.

—Gracias Rebeca.

—¿Antes dijiste Portland?

—Sí.

—¿Turismo o reportaje? ¿Visitaste la casa que te dije? ¿Tienes una historia? Te conozco. Vamos, desembucha.

—Demasiadas preguntas. Solo puedo decirte que efectivamente tengo algo y que la casa me dio muy mala espina. Parecía abandonada, pero… Espera, dame un momento. Es que… ¡Ey! ¡¿Qué maldito problema tienes, estúpido?!

—¿Qué pasa, Emma?

—Un tarado que se ha pegado a mi culo y que no me adelanta. Casi me da el muy… ¡Idiota!

—Si quieres te dejo.

—Ahí viene otra vez, no entiendo… ¡No, no…, ahhhhh!

El golpe cortó la conversación antes de que Rebeca tuviese tiempo de preguntar qué estaba ocurriendo. El Chevrolet Impala negro que también había seguido a Emma desde la salida de Portland embistió por detrás el Ford Mustang, haciéndole perder el control. El vehículo se salió de la vía y atravesó el quitamiedos para acabar estrellándose contra uno de los cientos de abedules que crecían junto a la carretera. Emma sintió un fluido caliente y viscoso deslizándose por su rostro. Lo palpó con los dedos: era su propia sangre. Consiguió abrir los ojos justo antes de que un brazo penetrase en el habitáculo desde la ventanilla rota del copiloto. Una mano huesuda cogió su bolso del interior y desapareció. Después todo se nubló a su alrededor y fue engullida por la oscuridad.

23

La cerradura emitió un extraño quejido con la segunda vuelta de la llave, como si estuviese viva y el dolor la acechase al mover sus engranajes oxidados. La puerta cedió con un crujido agónico y las bisagras aullaron arañando el tenebroso silencio que parecía haberse instalado en la primera planta de la vivienda. Gabriel pulsó el interruptor que parecía esperarle junto a la puerta y la luz proveniente de una bombilla desnuda que colgaba del techo iluminó la polvorienta estancia con su calidez. Una decena de sábanas raídas tapaban cada mueble y cada objeto de la habitación.

—¿Qué es todo esto? —preguntó Martin asomándose desde el umbral de la puerta.

—Fantasmas. ¿Es que no lo ves, querido? —respondió Dorothy, bromeando.

—¿Por qué escondía la llave, Gabriel? ¿Y por qué me mintió ayer cuando pasamos por delante de la habitación?

—Cuando llegué a esta casa, la habitación ya estaba así. Yo simplemente la dejé tal y como estaba.

—¿A quién le compró la vivienda? —volvió a preguntar Martin.

—No la compré exactamente. Es una larga historia…

Dorothy se puso a caminar en círculos por la habitación cortando la conversación. Lo hizo despacio, con los brazos ligeramente extendidos y las palmas de las manos hacia arriba. A continuación, se detuvo junto a una de las esquinas del cuarto, se acercó al bulto informe, cubierto por la tela de una sábana, que descansaba en el rincón y lo destapó de golpe. Era un caballito de madera con balancín para niños, pintado de vivos colores que parecía sonreír bajo la muserola de sus bridas. Cuando el juguete quedó al descubierto, Martin sintió un escalofrío, Gabriel simplemente se limitó a mirarlo, impasible, y Dorothy se agachó junto a él, y acarició su cabeza como si fuese un animal vivo. Después, la anciana se sentó en el suelo y dijo:

—Me siento agotada de repente. No sé si puedo seguir con esto. Por favor, caballeros, déjenme sola un momento. Salgan de la habitación.

Los dos hombres abandonaron la estancia, extrañados por el comportamiento de Dorothy. Esperaron pacientemente junto a la puerta, imbuidos en un incómodo silencio que solo Martin se atrevió a romper:

—Ha sentido algo.

—¿Cómo dice? —preguntó Gabriel dudando de la veracidad de la afirmación que acababa de escuchar.

—En la habitación. Dorothy ha sentido algo, y me temo que algo fuerte. La conozco muy bien.

—¿A qué se refiere? ¿Me está diciendo que ha visto un fantasma?

—Ya le dije que no era tan sencillo. Ella no va viendo fantasmas por ahí con los que poder hablar para preguntarles qué les pasa y porqué están entre nosotros. Simplemente tiene una sensibilidad especial y percibe ciertas energías en las personas o incluso en las cosas. Sé que es difícil de entender. Bueno y también difícil de explicar. Algo ha llamado su atención ahí dentro, eso es todo.

—¡¡Nooooo!!

Un grito salió del interior de la habitación interrumpiendo la conversación y asustando a ambos interlocutores. Martin intentó abrir la puerta, pero el pomo no cedió a su iniciativa. Estaba cerrada por dentro.

—¡Dorothy! ¡Dorothy!, ¿estás bien? —exclamó su ayudante, preocupado—. Déjeme la llave.

—No la tengo —afirmó Gabriel rebuscando en los bolsillos de su pantalón.

—¡Pero si abrió usted…! ¡Dorothy! ¡Dorothy, abre la puerta!

Martin seguía intentando girar el pomo, desesperado. Gabriel le tomó del brazo y le dijo:

—Déjeme a mí. Al fin y al cabo, la casa es mía.

Gabriel cogió impulso y embistió la puerta. Al segundo intento, las bisagras cedieron a su fuerza y corpulencia, y con el tercero, acabó por derribarla. Los dos hombres entraron atropelladamente en la habitación y se encontraron a la anciana tumbada boca abajo en el suelo. Martin se agachó junto a ella y la incorporó. Su rostro parecía haber envejecido unos cuantos años más, y las lágrimas resbalaban por sus mejillas, empapando la moqueta.

—¡Oh, Dorothy! ¿Estás bien? ¿Qué ha pasado? —preguntó su ayudante, acariciándole la cara.

La anciana enjugó sus lágrimas, acabó de incorporarse y miró fijamente a Gabriel antes de preguntarle:

—¿Dónde está su hija?

24

El sonido que producía la cabeza del policía muerto golpeando cada peldaño de las escaleras que bajaban al sótano mientras su cadáver era arrastrado por los pies, retumbaba en la penumbra con un ritmo macabro y terrible. El taxidermista encendió una solitaria bombilla que iluminó el infierno al que había descendido con una luz triste y amarillenta que apenas le permitía ver hacia dónde se dirigían sus pasos. Consiguió colocar con gran esfuerzo el cuerpo desnudo boca arriba sobre su mesa de trabajo, se puso un par de guantes de látex, un delantal de plástico, una mascarilla quirúrgica y procedió.

Primero realizó con el escalpelo una incisión desde el cuello hasta los genitales, y después desolló a su víctima despacio, cuidadosamente, levantando la piel con delicadeza. Extrajo sus vísceras con cierta repugnancia y las introdujo en una bolsa de basura. Solo había realizado este procedimiento con animales muertos y pensó que sería igual de sencillo con el cuerpo de una persona. Por último, colocó sobre la piel borato de sodio y dejó que el tiempo hiciese su trabajo. Limpió el instrumental, lo colocó en su lugar y se vistió con un mono de tela de color azul. En una de las esquinas del sótano se acumulaban perfectamente colocados y organizados los restos de la reforma que había remozado parte de la vivienda hacía ya unos cuantos años y que jamás hubiese pensado le serían de tanta utilidad. Tomó unos cuantos ladrillos y el saco de yeso. Realizó una mezcla con el agua que obtuvo del fregadero, lo suficientemente densa como para mantener unidos los ladrillos y comenzó a colocarlos desde el suelo dejando una distancia de medio metro con la pared del fondo del sótano. Dejó una abertura en un lateral y dio por finalizado su trabajo. Se desnudó, dejó su ropa amontonada en el suelo y subió para darse un baño. Estaba agotado.

—¿Cómo he llegado a esto? ¿Por qué siempre tiene que ser todo tan difícil? ¿Por qué la gente no puede dejar las cosas tal y como están? Me habéis obligado a hacerlo. Ahora tendré que acabar el trabajo. Malditos estúpidos —le dijo a su propio reflejo en el cristal del espejo del cuarto de baño después de colocarse las gafas.

Rebuscó en el pequeño armario para medicinas hasta encontrar un pequeño bote de plástico transparente de color naranja y tapa blanca. «CLOZAPINA», rezaba la etiqueta. Al comprobar que el bote estaba vacío, lo estrelló contra la pared. A continuación, lo recogió del suelo y lo volvió a poner en el sitio exacto en el que lo había encontrado, ordenando también el resto de medicamentos que había descolocado en su búsqueda. Después llenó la bañera y se introdujo en el agua. Sintió su cuerpo relajarse sumergido en el agua tibia. Y su imaginación le transformó una vez más en John James Audubon, el ornitólogo más famoso de todos los tiempos que mataba a las aves, las colocaba en naturales posturas con la ayuda de alambres y después las pintaba hacía un siglo y medio.

Tras asearse, se vistió tan solo con una bata y bajó a la planta baja. Tomó de la estantería uno de los cientos de libros sobre aves que coleccionaba y se sentó en su sillón favorito. Abrió el libro por una de las páginas marcadas con un doblez en la esquina superior y comenzó a leer:

«El casuario común o austral es una especie de ave estrutioniforme de la familia Casuariidae endémica del norte de Australia y el sur de Nueva Guinea. Alcanza 1,8 m de altura. No se conocen subespecies. Se trata de un ave de gran tamaño que no vuela. Cuando se siente amenazada ataca con ferocidad. Es una de las pocas aves capaces de matar a un hombre. Sus patadas son muy poderosas y posee unas afiladas garras. "Como si te golpearan con unas zapatillas con clavos", describen desde BirdLife International. El casuario tiene un plumaje negro rígido y rasposo. El cuello y la cara son mayormente azules con dos pequeñas zonas rojizas: la nuca y los dos papos, que miden unos 17,8 cm y cuelgan del contorno del cuello. Encima de la cabeza tiene un casco en forma de cuerno que mide entre 13 y 16,9 cm, el cual posiblemente es usado para regular su temperatura corporal. El pico puede oscilar entre los 9,8 y los 19 cm. Los pies constan de tres dedos anchos y robustos con unas zarpas en forma de daga. El plumaje es sexualmente monomórfico, aunque la hembra es dominante, más grande, tiene un casco y un pico más largos y el plumaje más brillante. Los casuarios jóvenes tienen el plumaje marrón con rayas blancas longitudinales».

El timbre del teléfono interrumpió la lectura con su insistencia. Dejó que saltara el contestador. La voz de una mujer resonó en el altavoz del aparato tras el pitido que marca el comienzo de la grabación.

—¿Es que no piensas contestar? Vamos, sé que estás ahí…, por favor. Te lo suplico, coge el teléfono. Dime algo, lo que sea. No soporto más esto. No entiendo qué ha pasado. ¿Qué es lo que he hecho mal? Te necesito. Yo…, no puedo seguir así. Te quiero. Por favor…

Un segundo pitido anunció que la grabación había terminado, cortando el desesperado mensaje. A continuación, descolgó el auricular y marcó de memoria en la rueda del aparato un número de teléfono.

—¿Dígame? —respondió una mujer al otro lado de la línea.

—¿Doctora Watson?

—No, soy su ayudante. ¿En qué puedo ayudarle?

—Quería ver a la doctora lo antes posible. Necesito verla. Es urgente.

—La doctora Watson está en una convención hasta el martes. —mintió la ayudante—. ¿Es usted paciente suyo?

—Sí.

—A ver, déjeme que consulte su agenda… Vale… Lo siento, no tiene hueco hasta el miércoles de la semana siguiente.

—¿Qué día es hoy?

—Hoy es jueves.

—Pero, ¿qué número? ¿Qué fecha?

—Hoy es…

—Necesito mi medicación —interrumpió— ¿Cuál es su nombre?

—No lo entiende. No puedo esperar tanto. Necesito mi medicación ya, joder. ¿Es que todo el mundo tiene que complicar tanto las cosas?

—Lo siento. Si me dice su nombre puedo anotarle en el primer hueco que tiene.

—Iré mañana, sí, eso. Iré mañana mismo y seguro que tiene un par de minutos para recetarme las medicinas, claro.

—No. No puede venir sin cita.

La comunicación se interrumpió bruscamente. El auricular rebotó en el aparato tras ser colgado con violencia. Por último, subió a la buhardilla, desde donde observaba las aves que solían posarse sobre las ramas del viejo olmo que crecía en la parte de atrás de la casa. Tomó los prismáticos que descansaban sobre la mesa de estudio donde hacía sus anotaciones y observó el jardín de sus vecinos. Una mujer joven tendía su ropa interior en una cuerda que cruzaba la propiedad desde el árbol al que estaba atada hasta una esquina de la casa. Entonces suspiró y sus palabras resonaron en la habitación, extrañas y premonitorias:

—¿Por qué me viste aquella noche? ¿Por qué tuviste que complicar las cosas? Todo podría haber sido tan sencillo...

25

La marea subía despacio, hambrienta, devorando la playa con el golpe de cada ola. Estaba sentada sobre la arena, pero no podía moverse. El mar se rompía en la orilla con cada embestida salpicando sus pies de espuma blanca. El agua estaba fría y avanzaba inexorable hacia sus piernas, inertes, paralizadas. Intentó levantarse, pero no pudo. Intentó gritar, pero la voz no salía de su garganta. Una ola. Otra ola. El agua helada la asió por los tobillos y ascendió por las pantorrillas, cortando su piel como un cuchillo. El dolor la mordía los dedos de los pies. Era insoportable. El agua cubría ya sus rodillas, y ascendía infame por sus muslos, desnudos y vulnerables. Una ola. Otra ola más. Apretaba los puños hasta clavarse las uñas en las palmas de las manos manchadas de arena. Y entonces apareció la bruma, densa, ocultando el mar tras su velo; deslizándose suavemente sobre la superficie del agua, sobre la arena, sobre ella misma. Y la niebla cubrió sus piernas y se llevó el dolor. Ascendió despacio por su cuerpo, y acarició su pecho, y después su rostro. Ya no veía sus pies, ni la arena, ni el mar. Todo había desaparecido bajo su manto. Un extraño calor invadió su cuerpo, como si la arropase. Y al fondo una luz, tenue, efímera, lejana. Parecía la luz de un faro intentando iluminar la travesía de regreso a su cordura, a su consciencia. La luz cada vez era más intensa, más cálida, como si quisiera acercarse a ella intentando rescatarla de un naufragio. Cada vez más nítida. Empezó a escuchar el rumor de las olas, profundo y tranquilizador, meciendo sus oídos al compás del viento que comenzaba a soplar suavemente, deshaciendo la espesa bruma que cubría aquel extraño lugar. El sonido del mar comenzó a convertirse en una voz humana, distorsionada al principio, pero más clara después. Pronunciaba su nombre: «Eeeeeeeemmaaaaaa», «Eeeeeeeemmaaaaaa». La luz del faro iluminó su rostro, y sintió cómo sus párpados comenzaban a despegarse. Una sombra se acercó a ella y la llamó con insistencia, como si no estuviese allí.

—¡Emma! ¡Emma! ¿Puedes oírme?

Sus manos estaban frías. Abrieron sus ojos uno a uno y un haz brillante entró a través de ellos hasta el mismo centro de su cerebro.

—¡Emma! ¡Vamos, sé que puedes oírme!

—¡Emma! ¡Oh, Dios mío! ¿Está consciente? —exclamó una segunda voz.

La niebla había desaparecido. Sintió cómo se despegaban sus labios mientras la primera palabra ascendía con gran esfuerzo por su garganta dolorida.

—¿Es…, estoy…, estoy muerta?

—No, Emma. Estás más viva que nunca. Estás en el hospital. Has tenido un accidente con el coche. Tu amiga Rebeca te ha salvado la vida. Llamó a emergencias, conseguimos tu ubicación gracias a los dispositivos GPS de tu móvil y del coche, cuadramos la posición y te rescatamos —explicó una voz conocida.

—¿Dón… dónde estoy? —volvió a preguntar Emma, confundida aún.

—En el hospital. Te lo acabo de decir.

—Tranquilo. Es normal que esté aturdida. Se quedará unos días aquí en observación, a ver cómo evolucionan la contusión craneoencefálica y el resto de lesiones. Hay que tener paciencia. Déjenla que repose unas horas, antes de comenzar con el interrogatorio —dijo el otro hombre que estaba en la habitación.

—Gracias doctor. No se preocupe, así lo haremos.

—Regresaré en un rato para hacerla una evaluación más completa —afirmó el médico justo antes de abandonar la habitación.

Emma intentó incorporarse, pero no tenía fuerzas para conseguirlo. Palpó con su mano la vía que le proporcionaba el suero a través de la gruesa aguja que tenía introducida en su brazo izquierdo. Un pitido rítmico parecía indicar la frecuencia con la que latía su corazón.

—Me duele… —dijo Emma intentándose incorporar por segunda vez.

—Tranquila, el médico te ha puesto un calmante. No hagas esfuerzos. Notarás su efecto enseguida.

Entonces regresó la niebla. Descendió sobre ella lentamente hasta ocultar todo a su alrededor. El sonido del mar volvió a sus oídos para tranquilizarla. Y aquel calor que inundaba su cuerpo.

—¿Aún no se lo habéis dicho? —Fue la pregunta que la trajo de vuelta.

Esta vez no le costó abrir los ojos. Una enfermera de edad avanzada la miraba fijamente desde el extremo de su cama. Tenía el cabello gris y el rostro contraído en una mueca mezcla de asco y petulancia. Su cara le sonaba de algo, pero era incapaz de recordar dónde había visto antes a esa mujer.

—Siempre me toca a mí dar las malas noticias.

La enfermera se acercó al cabecero y susurró a Emma en el oído:

—No pudimos hacer nada más.

La mujer asió el embozo de la sábana y dio un violento tirón hacia abajo dejando al descubierto dos muñones cubiertos por varios aparatosos vendajes manchados de sangre.

—Lo siento. No pudimos salvar tus piernas.

—¡¡Nooooo!!

Sintió la presión de una mano fuerte sujetando su frente para impedir que la cabeza se despegase de la almohada.

—Tranquila, Emma.

Recordaba aquella voz, pero no sabía de qué.

—¿Glenn?

—No sé quién es Glenn. Si te refieres al primer contacto que tenías memorizado en tu móvil para llamar en caso de emergencia, lo siento, no le hemos podido localizar aún. Soy Scott Hamill. El policía del otro día. No sé si eres capaz de recordarme ahora mismo, pero será mejor que no hagas esfuerzos.

—Mis…, mis piernas.

—Las dos preciosas. Una izquierda y otra derecha. Ambas con arañazos, pero sanas gracias a Dios. Sin embargo, uno de tus pies…, me temo que te lo has roto por varios sitios, pero tranquila, nada grave. Cuando venga el médico ya te explicará con más detalle. A parte de lo del pie, te diste un buen golpe en la cabeza, tienes varias costillas rotas, y contusiones por todo el cuerpo. Creo que te vas a tener que quedar aquí unos cuantos días.

—¿Tengo… piernas?

—¿No me crees? Compruébalo tú misma.

El policía bajó la sábana con suavidad y Emma se asomó para ver la escayola de su pie derecho y los arañazos en el muslo y la pantorrilla de la pierna izquierda. Entonces recordó dónde había visto la cara de la macabra enfermera que la había aterrorizado en sus alucinaciones: se trataba de la bibliotecaria que tan amablemente le había ayudado aquella misma mañana.

—Ahora descansa. En un rato vendrán los *state troopers* a tomarte declaración, pero lo primero es lo primero. El médico quiere comprobar antes si estás en condiciones para que te interroguen por lo sucedido. Ahora, si me disculpas, te dejo sola para que reposes. Estaré fuera. Si necesitas ayuda o regresa el dolor pulsa este botón y vendrá una enfermera.

—No te…, no te vayas. Yo…, a mí…

—¿Qué ocurre, Emma? —preguntó el policía, preocupado, acercándose a la cama.

—Creo que…, que han intentado…, matarme.

26

Dorothy recogió sus cosas, se puso su cazadora y echó un último vistazo a su alrededor. Su mirada se clavó en el suelo durante unos instantes. Después ascendió hasta la planta superior recorriendo la barandilla de la escalera que le daba acceso. Martin la esperaba junto a la puerta, jugando distraído con el cronómetro de su reloj Casio. Antes de cruzar el recibidor, miró a Gabriel fijamente y le dijo:

—No sé si me miente deliberadamente o si simplemente no recuerda, o no quiere recordar lo que sea que ocurriera en esta casa hace años. Si quiere que le ayudemos, por su bien, confío en que se trate de la segunda opción. Por ello le propongo un cambio de estrategia para mañana.

—¿De verdad no quieren quedarse aquí esta noche? Tengo espacio suficiente y podrán volver a observar mis sorprendentes actos sonámbulos.

—Estaremos mejor en el hotel, pero se lo agradecemos igualmente, señor Beckett. Y gracias por el almuerzo. Prepara usted un pescado riquísimo —afirmó Dorothy mientras se abrochaba los botones de la chaqueta.

—Cuando ha dicho «cambio de estrategia», ¿a qué se refería?

—¿Sabe lo que es la hipnosis regresiva?

—¿Es que ahora pretenden hipnotizarme?

—Sí, señor Beckett. La hipnosis regresiva nace como una rama de la hipnosis clínica; en este tipo de hipnosis se utiliza la técnica para llevar atrás en el tiempo a una persona, para que reviva en un estado de relajación y de forma controlada sucesos del pasado. Es un proceso por el cual sacamos a la luz experiencias o recuerdos, que están inmersos en nuestro subconsciente y que nos están produciendo algún malestar emocional.

—¿Como si viajara en el tiempo?

—Parecido. Creo que aquí sucedió algo terrible y que usted es el nexo entre ese suceso y la casa donde habita. Hay información enterrada en su subconsciente que nos permitirá ayudarle, estoy segura.

—Gracias, Dorothy. Hasta mañana, pues.

—Hasta mañana, señor Beckett. Dejamos conectada la cámara por si vuelve usted a mostrar cualquier comportamiento extraño mientras duerme —dijo Martin, despidiéndose del anfitrión.

Tras cerrar la puerta, la casa se quedó en silencio. Una pequeña parte de él seguía pensando que todo aquello era una vulgar farsa y que no tenía que haber contactado con aquella estrafalaria médium y su infantil ayudante. Se puso cómodo, aprovechando la intimidad que le brindaba la tan ansiada soledad. Se recostó en su sillón favorito y encendió el televisor.

La NBC estaba reponiendo *Y2K*, un telefilm catastrofista estrenado un mes antes sobre el «efecto 2000» que carecía del menor ritmo narrativo y aprovechaba de forma ridícula los peores estereotipos de las películas del género. «¿Para qué me habré molestado en llamar a nadie si el mundo se va a acabar en unos días?», pensó mientras bajaba el volumen con el mando a distancia. Después de un rato interminable sucediéndose apagones, fallos en los ordenadores bancarios y cualquier otro incidente que un mal guionista hubiese podido imaginar, Gabriel apagó el televisor, recordando que ya había visto el final el día de su estreno: Siguiendo los cánones del género, un apuesto técnico salva a la humanidad de una catástrofe nuclear, tarea que lleva a cabo, por supuesto, en solitario.

Se dirigió a su habitación, cogió la carta que había encontrado Dorothy, se tumbó en la cama y volvió a leerla:

Querido Marcus:

Jamás llegué a pensar que iba a ser capaz de reunir el valor suficiente para poder despedirme de ti, para poder despedirme de todo. Pero aquí estoy, frente al papel, empuñando el bolígrafo con el que escribiré mis últimas palabras.

(…)

No era capaz de sacarse de la cabeza aquel extraño mensaje que Dorothy había encontrado dentro de un sobre en su cuarto. «¿Quién demonios será P.J.? ¿Por qué ha aparecido esta carta en mi habitación? ¿Se trata de una nota de suicidio?». Las dudas se mezclaban con sus confundidos pensamientos alimentando las incógnitas que crecían en su interior.

Dobló nuevamente el papel y lo introdujo con cuidado en el sobre para dejarlo a continuación sobre la mesita que había junto a su cama. Tomó dos comprimidos del medicamento que le ayudaba a dormir cada día y miró el reloj antes de apagar la pequeña lámpara que bañaba la estancia con su luz mortecina. Eran las diez y media de la noche. Cerró los ojos para conciliar el sueño, e intentó ignorar la cámara que grababa sus movimientos desde el trípode. La oscuridad se adueñó de la habitación y de sus pensamientos, y después de un rato largo se quedó dormido.

—¿Quién es ella? —le preguntó un susurro.

—¡Oh, Dios mío! ¡Déjame en paz!

—¿Quién es ella?

—¡¿Quién?! —gritó Gabriel, desesperado.

Entonces sintió que unas manos heladas le agarraban por los tobillos tirando de él hacia abajo. Pataleó asustado y se levantó de la cama dando un salto. Salió corriendo de su habitación y bajó atropelladamente las escaleras. Cuando llegó a la planta de abajo contempló que la puerta de acceso a la calle estaba abierta. El viento entraba con fuerza desde el recibidor. Hacía frío, mucho frío. Intentó tranquilizarse. Cerró con llave la puerta principal y pasó por la cocina para beber un vaso de agua antes de regresar a su dormitorio. Allí volvió a tumbarse sobre la cama y antes de cerrar los ojos, miró la hora en el reloj: eran las tres horas y treinta y tres minutos de la madrugada.

27

Un silencio corrosivo y lúgubre reptaba despacio por el suelo, las paredes y el techo de la comisaría, asfixiándole, robándole la poca energía que le quedaba a aquellas horas del día. La soledad se había convertido en su única compañera durante su turno, en sustitución de Tom, que extrañamente no había acudido a su puesto de trabajo. No le importaba lo más mínimo. Hacía tiempo que se sentía solo: en el trabajo, en casa con su esposa, cuando hablaba con su hija...

El sonido de la puerta del edificio al cerrarse le trajo de vuelta del lugar en el que sus pensamientos parecían haberse perdido hacía minutos.

—Hola Liam, ¿qué tal? ¿Está solo? —saludó David que llegaba puntual para comenzar su jornada.

—David. Aquí sigo, dándole vueltas a lo de los viejos. ¿Y Patricia? ¿No veníais siempre en el mismo coche?

—Me temo que Patricia no va a venir tampoco hoy. Mañana iba al médico. Me pidió que se lo dijera.

—No entiendo qué le ocurre —dijo Liam, preocupado.

—¿Y Tommy?

—No ha venido. Ya no sé si tenía el día o qué. Últimamente ando un poco despistado con el calendario.

—Estará tirándose a su novio. El muy marica...

—David, no voy a consentir que hables así de tu compañero. Lo único que debería importarte es su trabajo, no lo que haga en su tiempo libre.

—Mientras no nos pegue el VIH ese... Mira Rock Hudson, qué callado se lo tenía. Es una epidemia, Liam. Una plaga.

—¿Acaso sabes cómo se contagia? Eres un analfabeto. Quítate de mi vista antes de que...

El timbre del teléfono cortó la amenaza del sargento McDougall. David se anticipó contestando la llamada desde el aparato más próximo a donde se encontraba.

—Policía de Kennebunkport, ¿en qué puedo ayudarle?

A continuación, le pasó el auricular a su superior esbozando una sonrisa pícara.

—Jefe, tu mujer.

Liam le dedicó a David una mirada cargada de odio antes de responder. Después le hizo ostentosos gestos con la mano que tenía libre para que se marchara.

—¿Qué ocurre, Angela?

—Tu hija no ha venido a cenar, y me temo que tú tampoco lo harás.

—Tu hija estará «estudiando». ¿No es lo que te dice siempre antes de salir por la puerta? —dijo Liam con ironía, entrecomillando el aire con sus dedos.

—Oh, claro, es fácil hablar desde tu comisaría. Qué pena que no estés aquí cuando sale por la puerta con el cuento, como tú dices.

—Salgo ahora para casa. No tengo ganas de discutir por teléfono.

—Tú nunca tienes ganas de nada —afirmó la esposa, resentida—. Bueno, ¿vas a venir a cenar o no? Es por recoger la cocina.

—Joder con la cena… Sí, voy a cenar. A ver, ¿qué has preparado hoy?

Fue el repiqueteo metálico e intermitente de la comunicación interrumpida quien contestó a la última pregunta. Su mujer le había colgado. Apenas dejó el auricular en el aparato cuando el teléfono volvió a sonar. Respondió de inmediato:

—Angela, no creo que sea para ponerse así.

—¿Liam?

—¿Señor Prescott? Oh, lo siento, pensé que era Angela. Estábamos discutiendo, se cortó la llamada… Creí que era ella.

—Pues no discutas con tu mujer. En este momento no. Te necesito centrado en el caso. Ahora dime, sinceramente, ¿cómo lo lleváis?

—El asesino no puede estar muy lejos. Los federales ya se encargan de controlar las salidas. Es alguien de aquí. Seguimos investigando. ¿Qué tal su conferencia?

—¿Todo va bien, Liam? Te noto nervioso, y eso no es bueno.

—Creo que este caso no es lo que parece. Y luego tengo a Patricia de baja, Tom ha fallado hoy… No sé qué ocurre.

—Tranquilo. Confío en ti. Ahora escúchame: no he ido a ninguna conferencia. Estoy en Houston. Hace un mes me diagnosticaron un tipo de linfoma muy agresivo: linfoma difuso de células B grandes. Mañana van a hacerme un trasplante de médula.

—Vaya putada. No lo sabía. Yo... simplemente no sé qué decir.

—Que vas a resolver el caso. Que Kennebunkport va a volver a ser la ciudad segura y encantadora que era en verano. Y que solo vas a preocuparte de que eso ocurra. Nada más.

—Cuente conmigo. Suerte.

Ahora era él el jefe. Sin llegar a colgar el auricular, marcó tras consultar su agenda el número de la casa de Patricia. Pasados diez tonos, una voz somnolienta respondió al otro lado de la línea.

—¿Dígame?

—Patricia, soy Liam. ¿Por qué no has venido a trabajar?

—Le he dicho al capullo de David que te dijera que no me encontraba bien, que mañana iría al médico a hacerme unos análisis...

—¿Qué ocurre, Patricia?

—Te lo contaré, Liam, te lo prometo, pero ahora no puedo hacerlo —dijo la mujer, sollozando.

—Tranquila. Confío en ti. Eres una gran mujer, y una gran policía. Resuelve tus problemas y ven cuando puedas. Te necesito aquí, pero fuerte. Tenemos que atrapar a un asesino y no puedo hacerlo solo.

—Está bien. Gracias, jefe.

—Cuídate.

—No, no, espera. No me cuelgues, Liam. ¿Podrías hacerme un favor?

—Por supuesto. Dispara.

—No sé si en el primer cajón de mi escritorio o en el segundo, tengo una carpeta azul. Ahí guardo cosas personales, entre ellas mis pruebas médicas, analíticas..., esas cosas. Te agradecería enormemente si pudieses enviarle por fax a mi médico, el doctor Anderson, los resultados del último análisis que me hice. Su número está anotado en el reverso de la hoja.

—Cuenta con ello. Ahora descansa.

—Muchísimas gracias.

Liam se dirigió al escritorio de Patricia, abrió el primer cajón, pero no encontró ninguna carpeta azul. En su lugar, halló lo que parecía un expediente. Era una denuncia. «¿Por qué demonios no está archivada en su lugar? Patricia tan desordenada como siempre», pensó, mientras abría el informe. La hoja mecanografiada de la denuncia policial número 73/1985, estaba fechada el 17 de noviembre de 1985. Pero fue la dirección del denunciante, un tal M.J. Cranston, la que llamó poderosamente su atención: 66 Langsford Road, Kennebunkport. Leyó por encima las manifestaciones que en ella se exponían. Se trataba de una desaparición, concretamente la de Mary Cranston, esposa del denunciante. La descripción de los hechos era escueta: Mary, por motivos desconocidos había abandonado el hogar llevándose una maleta y ropa suficiente para realizar un largo viaje. No había notas de despedida.

Liam regresó a su escritorio con la denuncia en la mano. En el reverso aparecía anotado un número de teléfono. Imaginó que era el del denunciante y marcó siguiendo su instinto. Respondió una voz profunda y nerviosa:

—¿Doctora Watson? ¿Por qué me cuelga? ¿Doctora Watson?

—No, lo siento, soy Liam McDougall, sargento de policía de Kennebunkport. El otro día estuvimos en su domicilio, pero parece que usted no estaba.

—Vaya. Lo siento, aunque siempre está bien hablar con un agente de la autoridad.

—¿Habla usted a menudo con agentes de la autoridad, señor Cranston?

—¿Han encontrado a mi mujer?

—No. Aunque en realidad no le llamo por eso, exactamente. Como le estaba diciendo, el otro día estuvimos frente a su casa. Ya sabrá que han asesinado a sus vecinos, los señores Dabrowski...

—¡Oh, es horrible! No tenía ni idea. Y... ¿cómo ocurrió?

—Desgraciadamente los detalles forman parte de la investigación policial y obviamente no puedo responder a su pregunta.

—¿Por qué me ha llamado, entonces?

—Es tarde, no quisiera importunarle. Me gustaría hablar con usted en persona. ¿Podríamos vernos?

—¿Ahora?

—No, no. Me temo que si no regreso a casa para cenar mi esposa solicitará el divorcio. ¿Qué tal mañana? Venga por aquí por la tarde, cuando pueda. Revisaremos su denuncia en comisaría y quien sabe, quizá pueda ayudarnos con el asesinato —afirmó el policía con aplomo.

Tras unos interminables segundos durante los cuales la respiración agitada y entrecortada del señor Cranston traspasó intimidatoria el auricular, la respuesta llegó por fin cortante y premonitoria:

—Allí estaré.

28

Tomó un sorbo del zumo de piña que encontró sobre la mesa portátil, junto a la cama, para tragar el analgésico que le habían recetado. Así complacería a Marjorie, la enfermera gruñona del turno de tarde. Le dolían las costillas, una rodilla, una muñeca y de forma especial su pie derecho. Seguía en observación: según le había explicado el doctor Kumar, el médico que seguía su caso, el traumatismo craneoencefálico, aunque leve, podía derivar en edema o hemorragia y el tiempo siempre se encargaba de confirmar el diagnóstico en uno u otro sentido.

Se incorporó como pudo y buscó su teléfono móvil en el interior del cajón de la misma mesa. La pantalla estaba rota, pero aún funcionaba. Abrió la aplicación que guardaba sus fotos y amplió una vez más la última imagen: era una de las páginas de la libreta de Paul Parker. En ella destacaban los nombres de un pequeño listado que aparecía bajo el título subrayado de «Policía de Kennebunkport»: «Liam McDougall, Patricia Johnson y Tom Sephard». Junto a los dos primeros nombres aparecía una pequeña cruz seguida de una fecha». Al lado del tercer nombre, tres signos de interrogación. En el centro del papel, el periodista había escrito el nombre de una calle: «Langsford Road». Un círculo rojo rodeaba la dirección con un trazo nervioso e insistente. Del círculo salían varias flechas que señalaban varias anotaciones más. En la primera ponía: «Nº 66. Denuncia desaparición». En la segunda: «Nº 64. Denuncia tráfico, posesión, desahucio». Una línea unía la palabra «desaparición» con el nombre de la mujer policía, Patricia Johnson. Y una tercera nota indicaba: «Nº 61. Muerte, asesinato». De esta última salía otra flecha hacia otro nombre: el de Yishai Renton. A su lado, en mayúscula y entre signos de exclamación aparecía la palabra «SOMBRA». En ese momento lo tuvo claro: en cuanto pudiese, tenía que ir a visitar a Renton a la prisión de Maine, si es que seguía allí.

En la otra página que había fotografiado aparecían transcripciones aparentemente literales de los informes forenses de los tres asesinatos. «¿Cómo fue capaz Parker de conseguir aquella información?», se preguntó después de leer el texto. Las tres muertes parecían violentas, sin embargo, el principal sospechoso no tenía antecedentes por actos violentos antes de su detención. Eso indicaba una nota a pie de página con los delitos menores cometidos por Renton: allanamiento, tráfico y posesión de estupefacientes, robo... Todos ellos sin mediar violencia física alguna en las personas. Desde luego, algo no cuadraba.

—Señorita Hawkins. ¿Se ha tomado su medicación? Espero que sí. Ha llegado esto para usted —dijo una enfermera asomándose a su habitación.

—Oh, por supuesto, Marjorie. Hace un momento. Gracias —respondió Emma cogiendo el paquete que le ofrecía la mujer.

La caja de cartón contenía su portátil. «¡Por fin!», se dijo mientras lo encendía. A continuación, cogió su móvil y marcó el número de su compañero y confidente:

—¿Jerry?

—Hola corazón. ¿Qué tal estás? ¿Cómo has pasado la noche? Después del susto de ayer no creas que te he perdonado.

—Me acaba de llegar el ordenador. Gracias. Pero creo que ahora necesito otro superfavor.

—Vamos Emma, no me fastidies, vas a conseguir que acaben despidiéndome. A ver..., dime.

—No sé qué haría yo sin ti. Apunta, por favor. Yishai J. Renton. Prisión Federal de Maine. ¿Lo tienes? Primero mira si sigue en esa cárcel y si es así, necesito una cita con él lo antes posible.

—Pero si estás en el hospital... Estás loca.

—Jerry, es solo un pie. Estoy bien, ¿vale? Tú solo consígueme esa entrevista. Es importante. ¿Jerry? ¿Jerry, estás ahí?

La voz de su jefe resonó de fondo.

—¿Es Emma? ¿Estás hablando con ella? Pásamela, ya.

—Lo siento, Emma —dijo Jerry, culpable, soltando el teléfono.

—¿Qué tal estás? —preguntó preocupado el señor Ferguson adueñándose definitivamente del aparato.

—He estado mejor, pero no me puedo quejar. En un rato vendrá el doctor Kumar. A ver qué me dice. Esta mañana me hicieron otro TAC. Lo peor es el pie: me duele y no tiene buena pinta.

—¿Kumar? ¿Es indio?

—Eso creo, ¿qué más da?

—Joder, Emma. Si no te hubieses marchado… Ahora, venga, desembucha. ¿En qué lio te has metido esta vez? Porque suena a lio: «tengo una historia», «dame unos días», «estoy en el hospital después de reventar un Mustang»… —dijo el señor Ferguson imitando la voz de la accidentada—. Vamos, dime qué demonios te traes entre manos.

—Todavía no lo sé. Tendrás que confiar en mí.

—Ese es el problema. Si quieres confianza deja de mentirme. Y si tienes algo bueno realmente, te doy tres días. ¿Qué tal tus manos después del accidente?

—Bien.

—Pues quiero algo escrito por ti en ese plazo. Lo que sea, pero interesante, más te vale. ¿Estamos?

—Estamos. Ahora pásame a Jerry, por favor.

—Estoy harto de tu esbirro. Creo que os voy a despedir a los dos a la vez.

—¿Jerry?

—Madre mía la que me va a caer. Solo espero que tengas una historia increíble. Ahora que me he comprado la casa de mis sueños… ¿Cómo pagaré mis facturas si me echan a la calle?

—Tú solo haz que pueda entrar en esa cárcel y hablar con Renton, nada más. Te debo una. Ahora te tengo que dejar: creo que tengo visita.

El oficial de policía Scott Hamill se asomó a la puerta de la habitación. Iba en uniforme. Pidió permiso para entrar con un leve gesto, sonrió y tras quitarse la gorra sacó de detrás de su espalda un ramo de lirios blancos…

—Hola Emma. ¿Cómo te encuentras? —preguntó con timidez.

—Oh, vaya, ¿son para mí? —exclamó la periodista sorprendida por el detalle—. Me encuentro mejor, gracias.

—He estado pensando en lo que me dijiste ayer y… Bueno, va a resultar difícil investigar nada si no recuerdas el modelo de coche que te embistió.

—Era negro, antiguo… No sé. Intentaré hacer memoria. Iba hablando con Rebeca y solo recuerdo que se me echó encima muy rápido.

—Estaré atento. Hablaré con los talleres de la zona, por si alguien lleva un vehículo negro a reparar —dijo Scott, resignado—. Pero al no haber testigos… No va a resultar fácil.

—Scott…

—Dime, Emma.

—¿Sería posible consultar una denuncia de hace treinta años interpuesta aquí?

—Supongo. Estará archivada en la comisaría, imagino. No creo que hubiese problema. ¿Por qué lo preguntas?

—Rebeca, la amiga que me salvó cuando tuve el accidente, necesita que le haga un favor. Ella es de aquí y quiere comprobar una cosa, eso es todo.

Scott se volvió a poner la gorra. Miró a Emma fijamente a los ojos y antes de marcharse dijo con tono serio:

—¿Por qué estás aquí?

—¿Tú que crees? Tuve un accidente ayer. Casi me mato.

—No. Me refiero a por qué estás realmente en Kennebunkport.

29

Una suave oscuridad teñía la habitación mientras las notas de la partitura del *Aria para la cuerda de sol* de Johann Sebastian Bach acariciaban el silencio, meciéndolo hasta adormecerlo. La apacible voz de Dorothy Terrance flotó grácil en el aire hasta posarse en sus oídos.

—Señor Beckett, vamos a comenzar. ¿Está usted preparado?

—Me temo que sí. Jamás hubiese pensado verme en esta tesitura. Pero sí, creo que estoy preparado.

—Muy bien. Cierre los ojos, por favor. Ahora quiero que respire profundamente. Relájese. Comience a desconectar del mundo que le rodea. No hay prisa.

—Me parece que esto no funcionará —dijo Gabriel, escéptico.

—Tranquilo. Concéntrese en su respiración. Imagínese el sonido de las olas del mar. Siéntalo. Y relájese. Cada vez que escucha mi voz se siente más relajado. Sus párpados empiezan a pesarle. Llega el sueño, despacio, y le envuelve. Ya ha empezado a entrar dentro de usted mismo. Despacio. Tranquilo. Su cuerpo está completamente relajado y su mente comienza a viajar. Viaja al pasado.

—¿Ya está? —preguntó Martin en voz baja, indiscreto e inoportuno.

Dorothy le hizo un gesto con la mano para que no hablara y prosiguió sin inmutarse.

—Está relajado. El sueño le ha invadido. Ahora quiero que recuerde. Viaje al pasado y reviva su primer recuerdo de la infancia. Dígame qué ve, qué siente. Cuénteme.

Gabriel parecía estar en trance. Sus pupilas se movían rápidamente bajo sus párpados y sus manos se contorsionaban en el aire de forma aparentemente involuntaria.

—Estoy descalzo —dijo con voz serena.

—Muy bien, Gabriel. ¿Qué más? Vamos, cuénteme.

—Las rocas me arañan las plantas de los pies. El viento me revuelve el cabello.

—Eso es. Continúe.

—Mis manos…, son pequeñas. Soy un niño. Estoy moviendo los brazos. Quiero volar. Mis pies están en el aire.

—Muy bien. ¿Qué más?

—¡Me caigo! ¡No! ¡No! ¡No! Me he caído al mar. El agua está helada. No puedo…, no puedo respirar. Yo…, me estoy ahogando. ¡No!

—Tranquilo.

—El mar me está tragando. Me devora. Me voy a morir. El agua está salada. Ha entrado en mi boca. No puedo respirar. Me ahogo.

—¡Para, Dorothy! ¡Corta ya, vamos! —exclamó Martin, preocupado.

—No. Ahora no, Martin. Espera y no interrumpas —respondió Dorothy muy segura de lo que estaba haciendo—. Prosiga, Gabriel. ¿Qué ocurre?

—Intento flotar. La corriente me arrastra. No tengo fuerzas. ¡No, no, no! Estoy agotado. Me hundo. El mar… Una mano. Una mano fuerte me ha agarrado y tira de mí. Su brazo lucha contra la corriente. Ahora estoy en la orilla. Tengo frío. Ya puedo respirar. Pero estoy llorando.

—Eso es. Dígame, Gabriel, ¿dónde está?

—En casa. Llevo puesto un estúpido traje negro. Y corbata. También es negra. Estoy en el sótano. Tengo un martillo, y clavos. Golpeo furioso varias tablas de madera. Oigo a mi madre llamarme desde arriba, pero no quiero subir. Hay más gente en casa. No conozco a todos. Algunas personas están llorando. Mi madre también está llorando.

—¿Por qué lloran?

—No lo sé. Me da igual. Yo solo quiero estar solo. Mi madre me ha obligado a subir, y a saludar. No quiero estar allí. No quiero que la gente me mire, ni me hable. Tengo hambre. Mi madre me ha dado algo. Pero no quiero estar allí, así que subo a mi habitación. En mi ventana hay un pájaro negro, es un cuervo, grande, muy grande. Grazna al verme, pero no se va. Está ahí parado mirándome fijamente. Me acerco a él y cuando estoy a punto de tocarlo con mis manos sale volando. Pero no va muy lejos. Se posa en una de las ramas del árbol que hay detrás de la casa y me sigue mirando desde allí.

—¿Y qué ocurre después?

—Mi madre vuelve a llamarme. La oigo gritar desde la planta de abajo. Me escapo corriendo y salgo a la calle. Hay niebla, mucha niebla. No veo nada. No puedo verme ni las manos. Estoy caminando, pero no sé por dónde y el suelo…, el suelo desaparece bajo mis pies. ¡Ahhhhh! Me caigo. Todo está oscuro. ¡No, no, no! ¡Mamá! ¡No!

Gabriel comenzó a convulsionar sobre el sillón. Martin cogió de la mano a Dorothy y la miró asustado.

—Ahora escuche mi voz. Sígala como si fuese la luz que ilumina el lugar donde ha caído. Despacio. Tranquilo. Paso a paso. Acompáñeme hasta la salida. Vamos.

Gabriel se despertó, desubicado. No sabía dónde estaba. Miró a los presentes desorientado, intentando entender qué le había ocurrido.

—¿Dónde estoy? —preguntó, visiblemente alterado.

—Tranquilo. Está usted en su casa —respondió Dorothy, cogiéndole del brazo para tranquilizarle.

—No. Suélteme. ¿Dónde estoy?

—Ya se lo he dicho: en casa.

—No. Esta no es mi casa.

30

Acarició con los dedos el cristal que cubría la imagen por última vez, antes de guardarla en uno de los cajones de su escritorio. En la fotografía aparecía junto a su hijo cuando este tenía doce años. Sostenían entre los dos un magnífico ejemplar de pez espada. Su rostro irradiaba orgullo y satisfacción, sin embargo, el gesto de su hijo mostraba una mezcla de repugnancia e incomodidad. Ambos estaban en la proa de un majestuoso velero, con los aparejos de pesca sobre la cubierta bajo un cielo azul despejado. Andrew Sephard cerró el cajón dando un fuerte golpe y salió del despacho, malhumorado, dando grandes zancadas. Al pasar junto al salón oyó la voz de su esposa. Parecía estar hablando por teléfono con alguien y no pudo evitar escucharla.

—No sé, Bárbara. Estoy muy preocupada. Andrew parece no querer escucharme. Pero es que estoy segura. Sé que le ha pasado algo. Lo noto. Lo presiento. Tú lo entiendes, eres madre.

Andrew se acercó sigiloso aún más a la puerta que separaba el salón del recibidor. Permaneció escondido tras ella para espiar a su mujer, que proseguía tranquilamente la conversación sin percatarse de su presencia.

—¿Cómo dices que se llama? De acuerdo, espera que lo anoto. Si no aparece en los próximos días creo que la llamaré. Es que estoy segura de que le ha tenido que ocurrir algo, de verdad. Ya había discutido con su padre otras veces e incluso una de ellas se escapó, pero solo huyó a casa de su amigo Robert. Esta vez no ha dado señales de vida.

Andrew comenzaba a irritarse. Estaba a punto de hacer acto de presencia para cortar la comunicación, pero decidió esperar a que su mujer colgara.

—Gracias por todo, Bárbara. Sí, no te preocupes. Si tengo noticias te llamaré. Dale recuerdos de mi parte a George. Adiós.

El alcalde de Kennebunkport estaba a punto de irrumpir en el salón para recriminar a su esposa que hablase con los Bush de la desaparición de su hijo, pero entonces la mujer abrazó con fuerza la fotografía de Tom el día que se graduó y a continuación se puso a llorar. Tampoco entró para consolarla. Simplemente deshizo sus pasos hasta regresar al despacho. Allí descolgó el auricular y marcó el teléfono de la comisaría. En apenas tres tonos, la voz grave y severa del sargento McDougall respondió al otro lado.

—Policía de Kennebunkport. ¿En qué puedo ayudarle?

—¿Liam? Soy Andy.

—Buenas tardes señor alcalde. ¿Qué le ocurre? —preguntó el policía con tono preocupado.

—Oh, por Dios Liam, ¿cuántas veces tengo que decirte que no me llames «señor alcalde»? Andy está bien, hay confianza. Como mucho tolero Andrew, pero «alcalde»… no lo soporto. Y tutéame, joder.

—Perdona Andrew. ¿Qué pasa? ¿Por qué me llamas?

—Me sorprende que me hagas esa pregunta, y me sorprende para mal. ¿Es que no ibas a llamarme para saber por qué no ha ido a trabajar Tommy estos días? ¿Acaso no te interesan tus subordinados? —dijo el alcalde subiendo el tono.

—Están siendo días de mucha presión. No avanzamos con el caso y…, bueno, ando un poco despistado últimamente…, pensé que libraba y…, bueno, no estaba seguro, pero tampoco quería molestarle, digo, molestarte…

—¡Basta! ¿Crees que soy estúpido? Sé que piensas que Tommy es un inútil, pero no tienes valor para decírmelo porque piensas que tu carrera depende de lamerme el culo. Qué poco me conoces, Liam. Te creía un poco más avispado, la verdad.

—Lo siento, Andrew. No me atreví a llamarte. Sé que la relación entre tu hijo y tú no es muy… fluida, por así decirlo. Si bien es cierto que me extrañó que no viniese a trabajar sin avisarme, porque últimamente le veo muy centrado, no quería meter el dedo en la llaga y decidí que él diera el primer paso.

—Liam, no sé dónde está mi hijo. Ha desaparecido. Te tenía que haber llamado antes, pero… Discutimos y…

—¿Qué ocurrió?

—Me llamó por teléfono, creo que cuando salió de la comisaría. Y me dijo que…, que… No es sencillo.

—Tranquilo, cuéntamelo.

—Por favor, te pido discreción absoluta.

—Soy una tumba. Me conoces —afirmó Liam intentando tranquilizar a su interlocutor.

—Me llamó para confesarme su homosexualidad y que tiene una relación con Robert…, no recuerdo su apellido. Creo que Cavendish, pero no estoy seguro. No me lo tomé nada bien, imagínate, con la que está cayendo con el tema de los gais y las elecciones a la vuelta de la esquina…

—Entiendo.

—No, Liam, no lo entiendes ni lo llegarás a entender nunca. Tienes una hija y…, bueno, quizá si ella…, da igual, no es lo mismo.

—Yo creo que sí es lo mismo. Tom es tu hijo, y tú siempre serás su padre, y a un hijo se le quiere y uno se preocupa por los hijos irremediablemente. ¿Cómo lo lleva Karen?

—No lo hemos hablado aún porque yo estaba muy enfadado, pero sé que está muy preocupada. La oí hablar con Bárbara Bush. Imagínate. Ayer quería ir allí, a la comisaría, para poner una denuncia. La disuadí. Le dije que esperara un poco, que era muy pronto y que sería un escándalo.

—¿Un escándalo? Es una denuncia de desaparición, no de homosexualidad.

—Lo sé. Soy un estúpido orgulloso. Un auténtico cretino. Ya sabía que era…, joder. Necesito que me ayudes, Liam. Sé que es mal momento con lo del asesinato y todo eso. Investiga a Robert, no sé, haz lo que consideres, pero encuentra a mi hijo, por favor.

—Me hago cargo.

—Llámame con lo que sea, ¿de acuerdo?

Andrew colgó el auricular sin saber si había sido buena idea pedir ayuda al sargento McDougall. Cerró la puerta de su despacho y se dirigió al salón. Allí seguía su mujer, sentada en el sillón junto a la mesita donde descansaba el teléfono y el marco con la fotografía de su hijo. Al oírle entrar, se levantó con la intención de marcharse. Al pasar por su lado le dirigió una mirada cargada de odio sin decir nada.

—Karen, espera. Hablemos —dijo Andrew intentando detener a su esposa agarrándola por el brazo.

—No me toques.

No tuvo opción. Karen se sacudió la mano de su marido, airada, y prosiguió su camino sin mirar atrás. Andrew entró finalmente en el salón. Se dirigió directamente a la mesita donde la fotografía de su hijo parecía esperarle. La tomó entre sus manos y recordó lo orgulloso que se había sentido aquel día. Dejó el portarretratos en su lugar y al hacerlo se fijó en un pequeño trozo de papel que permanecía doblado bajo un bolígrafo, junto al teléfono. Lo abrió despacio, con cuidado. La perfecta caligrafía de su mujer mostraba el nombre que hacía tan solo unos minutos acababa de anotar: Dorothy Terrance.

31

Un Dodge Charger gris, serigrafiado en ambos costados con los números de teléfono y la dirección del servicio de taxis de Kennebunkport, se detuvo frente a la entrada principal de la Prisión Estatal de Maine, una monumental construcción de cemento blanco con una extensa fachada formada por cinco enormes columnas cuadradas y un pórtico triangular de cristal bajo el que resaltaba el escudo del Estado y el nombre del edificio. El conductor se ofreció a ayudar a Emma, que luchaba con sus muletas para poder salir del coche.

—Déjeme que le eche una mano, por favor —dijo el taxista con amabilidad.

—Oh, no, no, tranquilo. Yo me apaño. Solo es esta maldita escayola que se engancha en todas partes. Gracias de todos modos. No creo que tarde más de media hora. Le pagaré la espera.

—Ya hemos hablado de eso. No tiene nada que pagarme. Es un placer poder llevar a la reportera más famosa del país. Solo espero que tenga unas líneas de agradecimiento para este humilde taxista que un día tuvo a bien transportarla hasta la prisión de uno de sus reportajes.

—Eso está hecho.

Emma se identificó en la entrada del imponente edificio, recogió su acreditación y fue escoltada por un guardia de seguridad hasta uno de los accesos laterales, habilitado para que los familiares pudiesen llegar hasta la sala de visitas. Jerry había vuelto a hacer un gran trabajo: en apenas tres días había conseguido una entrevista con Yishai Renton, los mismos días que había tardado ella en pedir el alta voluntaria en el hospital donde permaneció ingresada tras el accidente y sin contar con el beneplácito de su médico, el doctor Kumar.

Atravesó un pasillo tenuemente iluminado por la luz artificial de varias lámparas halógenas que colgaban del techo, hasta llegar a una pequeña sala que contaba con una mesa metálica anclada al suelo y dos sillas blancas de plástico. Antes de entrar, otro vigilante la cacheó y le pasó un detector de metales por la ropa. El instrumento emitió un pitido al aproximarse al teléfono móvil que llevaba en el interior del bolsillo trasero de sus pantalones vaqueros. El guardia lo extrajo con cuidado con su mano enguantada y se lo devolvió a continuación a su propietaria, diciendo:

—Tome. Nada de fotos, ni videos en el interior.

—Gracias. Solo necesito la grabadora de voz —dijo Emma recogiendo el aparato que había comprado en unos grandes almacenes antes de la visita.

—Espere ahí sentada. El prisionero llegará en unos minutos. Tranquila, no es peligroso. No obstante, por su seguridad, irá esposado. No sabemos cómo puede reaccionar: lleva demasiado tiempo sin ver a nadie del exterior.

Emma tomó asiento en una de las sillas. Miró su reloj: eran las cuatro y diez de la tarde. Cinco minutos después, la misma puerta que le había dado acceso se abrió a su espalda para franquear el paso al guardia que le facilitó la entrada hacía un momento. Acompañaba cogido del brazo a Yishai Renton, un hombre de mediana estatura, delgado, con una larga melena lisa de color plateado a juego con una tupida barba del mismo color. Iba vestido con el uniforme oficial azul que le correspondía a aquellos presos que no eran violentos y que tenían ocupaciones específicas en la prisión, bien en la cocina, la biblioteca o en la lavandería. Sus muñecas y sus tobillos iban encadenados. Se sentó en la otra silla de plástico ayudado por el guardia, miró fijamente a la visitante y guardó silencio.

—Soy Emma Hawkins, periodista de la NBC, y me gustaría hacerle unas preguntas, si es posible.

—Ya sé quién es usted. No veo la televisión, pero ya me han puesto al día. Y por supuesto, estaré encantado de responderle.

—¿Le importa si grabo nuestra conversación? —preguntó Emma abriendo la aplicación correspondiente en su teléfono móvil.

—En absoluto. Proceda.

—Hace treinta años fue condenado a cadena perpetua por los asesinatos de Pavel y Margaret Dabrowski, y Janine Wilcox.

—Jane —dijo Yishai, apesadumbrado.

—¿Cómo dice?

—Jane. Todos la llamábamos Jane. Era una criatura de Dios, pura, que pagó muy caro haber descarrilado del camino.

—De acuerdo, Jane. Usted fue condenado también por el asesinato de Jane, su compañera sentimental en aquel momento. En sus declaraciones afirmó no recordar nada de lo sucedido, por lo menos en cuanto a la muerte de su pareja se refiere. Negó sin embargo los asesinatos de la pareja de ancianos, pese a que las pertenencias de la señora Dabrowski aparecieron en su habitación.

—Ya no importa. Aquellas muertes ocurrieron y tuvieron un significado. Todos nuestros actos tienen un significado, aunque nos cueste entenderlo.

—¿Está diciendo que los mató por algún motivo especial? —preguntó Emma, sorprendida por la respuesta.

—Yo no he dicho que los matase. Eso lo ha dicho usted.

—Bueno, yo, y el jurado que le condenó.

—Todo estaba en mi contra. Poco podía hacer. Lo que intento decirle es que sus muertes me llevaron hasta aquí hace años y en este lugar comprendí cual era mi propósito en la vida.

—¿Y cuál es ese propósito, señor Renton?

—Sus muertes me llevaron hasta Dios. «Dichosos y santos los que tienen parte en la primera resurrección. La segunda muerte no tiene poder sobre ellos, sino que serán sacerdotes de Dios y de Cristo, y reinarán con él mil años».

—¿Cree que tiene un propósito divino?

—Oh, no. Entonces yo estaba perdido. Las drogas y el alcohol consumían mi vida y aquellos hechos simplemente ocurrieron por algo. No he vuelto a probar el alcohol ni las drogas, me licencié en Derecho y ahora ayudo desde aquí a otros reclusos de todo el país que también están perdidos para que encuentren al Señor y su paz les inunde de esperanza. ¿Ve este uniforme? Es el que llevan los presos modelo que trabajan en la librería. Allí, he leído mucho y he comprendido muchas cosas. Ya no soy aquel joven perdido y egoísta. Dios iluminó mi camino.

—Me sigue sin quedar claro si se considera realmente culpable de aquellos asesinatos. En su declaración, usted dijo que había visto una sombra en su casa la noche en la que Jane murió estrangulada.

—Esa noche vi al diablo, es posible que saliendo de mí después de realizar su maléfica obra. O regresando a mi cuerpo, no lo sé. Me miró a los ojos. Llevaba un cuchillo en la mano. Se acercó a mi cama, me observó durante casi un minuto y se marchó.

—¿Por qué tenía las joyas de la señora Dabrowski? —preguntó Emma que comenzaba a perder la paciencia con aquella extraña conversación.

—No lo sé. Quizá alguien me pagara con ellas. Por aquel entonces trapicheaba con cualquier cosa. Los ochenta fueron buenos años para ganarse la vida vendiendo droga. O quizá las robase yo mismo y después asesinaron al matrimonio. Quizá alguien me tendió una trampa colocándolas en mi cuarto…

—Demasiados «quizás», ¿no cree? Parece que le da lo mismo que le declararan culpable y tener que estar pudriéndose aquí de por vida.

—«El Señor es mi luz y mi salvación, ¿a quién temeré? El Señor es el amparo de mi vida, ¿quién me hará temblar?».

—¿De verdad piensa que está aquí por un motivo más allá de los crímenes que cometió? ¿Es feliz aquí, entre estas cuatro paredes todos y cada uno de los días de su vida?

—«¡Oh abismo de la riqueza, de la sabiduría y de la ciencia de Dios! ¡Cuán insondables son sus designios e inescrutables sus caminos!».

—Señor Renton: ¿Va a responder siempre a mis preguntas con una cita bíblica?

Yishai se levantó de su asiento, se acercó a Emma, la miró fijamente a los ojos, y antes de que el guardia entrase en la sala para llevárselo de regreso a su celda, le preguntó:

—¿Por qué razón está aquí, señorita Hawkins? ¿Cuál es la verdad que quiere encontrar? Y lo más importante: ¿Ha venido usted a salvarme o a salvarse usted?

32

Echaba de menos la soledad. Nunca hubiese imaginado que llegaría a añorar aquel silencio oscuro y perturbador que inundaba su casa antes de que aquellos dos forasteros llegasen con sus extraños instrumentos y su buena voluntad. Se sentía como Regan McNeil antes de que el padre Damien Karras y el padre Lankester Merrin la practicasen el exorcismo. Sabía que tanto Dorothy como Martin tan solo habían acudido a su llamada para ayudarle, pero de lo que no estaba seguro era de si merecía la pena pagar un precio tan alto por regresar a la normalidad de su vida anterior. También sabía que al final iba a ser inevitable enfrentarse a sus propios recuerdos, enterrados desde hacía años en un olvido fortuito y caprichoso.

Hacía tan solo cinco minutos que la vieja espiritista y su abnegado ayudante habían abandonado su casa para ir a almorzar y la soledad comenzaba ya a devorar cada rincón, cada habitación, cada una de sus respiraciones. Y allí, en su salón, en medio de aquella soledad hambrienta y ansiosa, Gabriel Beckett comenzó a gritar, destrozando el artificial silencio que parecía querer asfixiarle, utilizando sus propios pensamientos.

—¡Vamos, susúrrame ahora! ¡Dime algo, maldita puta! ¡Vamos!

El mismo silencio le respondió con el eco de sus palabras reverberando en aquellos muros malditos entre los que se encontraba preso. Obvió su respuesta, se dirigió al mueble bar y se sirvió un generoso vaso de whisky que apuró de un solo trago. Después volvió a gritar:

—¡Dime, qué he hecho! ¡Vamos, dímelo! ¡Deja de torturarme, joder!

Gabriel arrojó con violencia el vaso de cristal contra la librería que ocupaba parte de una de las paredes al fondo del salón. Se acercó a la estantería para comprobar los daños del impacto y acarició el lomo de los libros que allí descansaban bajo una fina capa de polvo y las decenas de pequeños pedazos de cristal del vaso roto. Tomó uno de los ejemplares después de soplar su tapa y cuando intentó leer su título no pudo. Las letras parecían bailar frente a sus ojos. Tomó otro, pero le ocurrió lo mismo. Entonces, furioso, pateó con fuerza la librería que crujió en un quejido moribundo. Aquel sonido le produjo una extraña sensación. Comenzó a marearse y decidió salir a la calle. No quería estar ni un segundo más en aquel lugar. Cerró la puerta principal dando un sonoro portazo y de inmediato sintió el frío de diciembre golpeando su rostro. El cielo se oscureció premonitorio y amenazador sobre su cabeza, recordándole que no había cogido un abrigo que ponerse. Y simplemente comenzó a caminar. Primero por Langsford, después a la izquierda por Ward Road, y recto por Main Street, hasta llegar a Walkers Lane desde Old Cape. Casi tres millas y cincuenta y siete minutos después, Gabriel Beckett se detuvo. Alzó la vista y su mirada halló un cartel de madera de color verde que rezaba: «Bienvenidos al cementerio de Arundel».

Deambuló entre las lápidas que salpicaban el camposanto, distraído e indiferente, mientras los primeros copos de nieve comenzaban a posarse en su rostro. Ni siquiera sabía hacia dónde se dirigían sus pasos perdidos cuando se detuvo frente a una de las tumbas. El mármol desgastado por el paso del tiempo le mostró un nombre y dos fechas cinceladas en su superficie: «Marie Dubois 12.11.1950 – 17.11.1985». Bajo las inscripciones, un sentido epitafio rezaba desde la piedra bruñida: «Tu verdadera familia no te olvida». Se agachó junto a la lápida y la acarició con sus manos heladas. Varias lágrimas cayeron al suelo antes de que se levantase como movido por un resorte y echara a correr desesperado hacia la salida primero y hacia su casa después. «¿Qué demonios estoy haciendo?», se preguntaba a cada paso. Agotado, bajó el ritmo hasta que finalmente detuvo sus pasos frente al número 101 de Main Street. Sobre la fachada del edificio de madera gris con tejado de pizarra negra que tenía delante de sus ojos destacaban las letras de ese mismo color anunciando que había llegado a la comisaría de policía de Kennebunkport. Entró desorientado y aturdido, y la mujer que parecía languidecer tras el mostrador de recepción le dedicó inmediatamente una mirada preocupada y sorprendida.

—Buenos días, ¿en qué puedo ayudarle? —preguntó la recepcionista, extrañada.

—Creo..., creo que..., que he matado a alguien —balbuceó Gabriel, secándose con la manga de su camisa empapada el sudor que corría por su frente.

—De acuerdo. Espere aquí, no se mueva, por favor. Voy a avisar a un oficial de inmediato.

La mujer, visiblemente angustiada, se perdió tras una puerta y antes de que regresara, Gabriel abandonó el edificio nuevamente a la carrera.

Llegó finalmente a casa, exhausto. Consiguió que la cerradura sucumbiese a su voluntad tras varios intentos infructuosos para que sus inquietos dedos lograsen girar la llave en su interior. Se desnudó allí mismo, en el recibidor y subió al cuarto de baño. Llenó la bañera con agua tibia y se sumergió hasta cubrir su cabeza. Prefería el silencio al oxígeno. Aguantó la respiración bajo el agua hasta que lo oyó. Un nuevo susurro arañó la quietud de aquel interminable instante. Un susurro que trajo la voz de la misma mujer. Un nombre repetido en un suave murmullo:

—Rebeca..., Rebeca...

33

Estaba cansada y hambrienta. La marihuana le había abierto el apetito, así que decidió prepararse un sándwich antes de acostarse. Al pasar por el recibidor, el espejo que colgaba sobre el aparador le devolvió una imagen desaliñada y desmejorada de sí misma. Tenía unas profundas ojeras, estaba demacrada y su cabello rubio necesitaba urgentemente un poco de tinte. Se acercó al cristal y acarició su rostro reflejado en él. «¿Cómo he llegado a esto?», pensó mientras recogía su pelo en un moño.

Janine Wilcox tenía veintitrés años. Su padre era el propietario de unas cuantas viviendas en Kennebunkport; también de la casa donde estaba y que alquilaba a su novio Jesse, un traficante de medio pelo con el que convivía desde hacía seis meses, por supuesto sin que él lo supiese.

Llegó a la cocina, sacó una bolsa de pan de molde caducado de un cajón, abrió la nevera, cogió un envase de pavo loncheado también caducado, un bote de mostaza y se preparó un sándwich. Estaba a punto de darle un mordisco cuando el timbre de la entrada rompió el silencio que reinaba a aquellas horas de la noche en el número 64 de Langsford Road. Dejó el plato sobre la encimera y acudió a abrir la puerta. Un hombre joven, vestido con una sudadera negra con capucha le dio las buenas noches. Pensó que sería un amigo o un cliente de su novio.

—¿Qué querías? —le preguntó, tímida.

—Eres Jane, ¿verdad?

—Sí, bueno…, me llaman Jane.

—¿Está Jesse?

—Está durmiendo. ¿Habías quedado con él?

—No exactamente. ¿Puedo pasar?

—No creo que sea buena idea, es tarde... —dijo la joven entornando la puerta.

—Le debo pasta, mucha pasta, y necesito una mesa para contarla —afirmó el hombre enseñando una bolsa de tela con joyas y billetes en su interior. Será solo un momento.

—De acuerdo, pasa. Estaba a punto de cenar. Puedes usar la mesa de la cocina si quieres.

—Estupendo.

El desconocido siguió a Janine hasta la cocina. Allí, sobre la mesa, colocó varios montones de billetes y comenzó a ordenarlos por su valor después de sentarse en una de las sillas que encontró desperdigada junto a la nevera.

—¿Por qué llevas esos guantes? —preguntó Janine al ver las manos del visitante.

—Son de látex. Es por higiene. Hay muchos billetes aquí plagados de miles de bacterias.

—¿De qué conoces a Jesse? —preguntó la joven dándole el primer mordisco a su sándwich después de dar por buena la respuesta anterior.

—Del instituto, pero no éramos amigos —respondió el desconocido levantándose de la silla.

—¿Qué instituto? —volvió a preguntar, tensa, soltando la comida sobre el plato—. Jesse, estudió en Europa; en Ámsterdam concretamente.

—¿Por qué tenías que preguntar? ¿Por qué no podías limitarte a comer el jodido sándwich y tener la puta boca cerrada?

—Me estás asustando —dijo Janine dando un paso hacia atrás.

La cara del hombre, que aún no se había descubierto la capucha de la sudadera, se ensombreció de golpe. Janine iba a gritar para alertar a su novio, pero no tuvo tiempo. La mano del agresor tapó rápidamente su boca y el rostro se le contrajo en una mueca de terror. La joven intentó alcanzar el cuchillo con el que había cortado el sándwich que estaba sobre la encimera, a su espalda. Sus dedos palparon nerviosos la superficie hasta dar con el mango del utensilio. La hoja siseó en el aire antes de cortar el muslo del atacante, que llevó instintivamente ambas manos a la herida, soltando a su víctima. El cuchillo cayó al suelo y Janine se giró buscando la salida. No pudo dar ni siquiera un solo paso. El hombre la agarró del brazo y tiró con fuerza de ella. Un grito comenzó a ascender por su garganta cuando el filo del arma penetró en su abdomen, una vez, dos veces, tres veces. Y el grito murió con ella, apuñalada en más de diez ocasiones, ahogado por la sangre que inundó su tráquea y el suelo de la cocina.

—¡Joder! ¡Todo tenía que haber sido más sencillo! —exclamó el asesino mirando los ojos en blanco de su víctima.

Después recogió el dinero de la mesa y lo introdujo en la misma bolsa en la que lo había traído. Tomó una botella de whisky barato que encontró en la encimera, junto al sándwich que no había podido comerse Janine, y vertió su ambarino contenido sobre el cuerpo de la joven, que yacía en el suelo junto a un gran charco de sangre, sobre las cortinas que ocultaban la única ventana de la cocina, y sobre los muebles de madera. Encontró una caja de cerillas en el segundo cajón del mueble bajo los fogones. «Ryan's Corner House», rezaba el pequeño cartón de la tapa.

—«Moriré en mi nido, multiplicaré mis días como el ave fénix» —dijo en alto, pronunciando las palabras del libro de Job de la Biblia.

Subió corriendo a la planta de arriba con el cuchillo en la mano. Allí encontró a Jesse, durmiendo plácidamente en su dormitorio. Depositó con cuidado la bolsa en el interior del primer cajón de la cómoda que encontró junto a la puerta, y después se acercó sigilosamente a su cama. El humo comenzaba ya a ocultar la planta baja y ascendía premonitorio y letal por las escaleras. Empuñó el arma con fuerza y determinación. La hoja brilló en lo alto de su cabeza antes de iniciar su descenso mortal. Entonces Jesse abrió los ojos. Fue tan solo un instante. Abrió los ojos y le miró incrédulo. El humo ya había entrado en la habitación y los ojos de Jesse volvieron a cerrarse al pensar que estaba soñando. Desistió de su idea inicial. O salía de allí inmediatamente o moriría intoxicado, asfixiado o quemado. Ninguna de las opciones le pareció atractiva. Arrojó el cuchillo sobre la cama y abandonó a la carrera primero la habitación y después la casa. Ya desde el exterior contempló cómo las llamas devoraban voraces la planta baja de la vivienda y trepaban despacio por la fachada hacia el tejado. El desconocido se quitó los guantes de látex, los introdujo en uno de los bolsillos de su sudadera y se dio la vuelta, dejando a su espalda el dantesco espectáculo que comenzaba a iluminar Langsford Road.

34

Ignorando la recomendación del doctor Kumar, salió finalmente a caminar pese a que incluso la climatología no invitaba a ello. Un frío húmedo y corrosivo traspasaba la ropa para introducirse traicionero en su cuerpo a través de la piel, llegando hasta sus huesos. Tomó Ocean Avenue hacia el sur, bordeando el puerto deportivo con decenas de aburridos yates y veleros amarrados, que languidecían esperando el buen tiempo para poder salir a navegar. Sus muletas acompañaban su caminar distraído y errático mientras sus pensamientos debatían si Glenn merecía la llamada que estaba a punto de recibir, después de haberla ignorado durante uno de los peores momentos de su vida. Entonces vio a una pareja aproximarse hacia ella. Iban cogidos de la mano: él, con un gesto improvisado y romántico, se quitó el gorro de lana que cubría su cabeza para tapar la de ella, que sorprendida, correspondió el gesto con un sonoro beso en la mejilla. A continuación, sacó su móvil y marcó el último número al que había llamado. Después de unos cuantos tonos, una voz metálica de mujer respondió de forma impersonal y para ella frustrante.

—«El móvil al que llama está apagado o fuera de cobertura en este momento».

Pulsó de inmediato el botón rojo en la pantalla para cortar la comunicación, antes de que el cruel contestador automático le arrancara la última porción de dignidad robándole una sola palabra. Por un momento, estuvo a punto de arrojar el teléfono al río Kennebunk. En lugar de eso, paró un taxi que circulaba por la misma avenida por la que caminaba, pero hacia el norte.

—Buenas tardes. A la comisaría de policía, por favor —dijo Emma, enérgica, intentando cerrar la puerta del coche.

—¿La ayudo con las muletas?

155

—Oh, no. Ya estoy acostumbrada. Es el segundo taxi que cojo en estas circunstancias.

—¿Una emergencia? —preguntó el taxista: un tipo simpático, grueso y con aspecto un tanto desaliñado.

—¿Cómo dice?

—No, me refería que si va a la comisaría por alguna emergencia. Es por pisar a fondo el acelerador, ya sabe.

—No, no. Tranquilo. Voy a visitar a un amigo.

—¿Un amigo policía? Vaya, qué interesante. Por cierto, su cara me suena mucho y no sé de qué. ¿Sale usted en televisión?

—Creo que ya hemos llegado. Tome, quédese con el cambio. Gracias —se apresuró Emma a responder a la par que se bajaba a toda prisa del coche para evitar otra redundante conversación sobre su fama.

Entró en la comisaría con premura, lastrada por aquel par de incómodos artilugios metálicos que permitían sus desplazamientos, y tras confirmar a la mujer de recepción cuál era el motivo de su visita, se sentó en una de las sillas de la sala de espera. Apenas cinco minutos después, Scott Hamill, de uniforme y muy sonriente, salió a recibirla.

—Buenas tardes Emma. ¿Cómo tú por aquí? ¿Has recordado algo nuevo del accidente?

—Hola Scott. Me temo que no. ¿Podemos hablar? Necesito tu ayuda.

—¿Es urgente?

—No, no es urgente. Estoy investigando algo y pensé que quizá tú pudieses ayudarme.

—¿Investigando? ¿Periodista? ¿Emma Hawkins? Suena a combinación explosiva. No sé, tendrás que darme una razón más convincente. ¿Qué tal: «cenamos mañana»? —dijo el policía invitándola con la mano a que pasara a la oficina.

—No creo que sea buena idea… Después de lo del otro día… ¡Qué vergüenza!

—Bueno, sé que acabarás cediendo. Y créeme que no hubo nada de qué avergonzarse. A ver siéntate, este es mi despacho —dijo Scott abarcando con la mano el espacio diáfano alrededor de su mesa.

—Me temo que la discreción en tu despacho… —afirmó Emma levantando las cejas para exagerar su sorpresa.

—Bueno, vamos a ver, dime qué buscas exactamente, a ver si puedo ayudarte.

—No sé si sería posible encontrar las denuncias puestas entre finales de 1985 y principios de 1986 que tengan en común una dirección.

—No entiendo. ¿Cómo que una dirección? —preguntó el policía, extrañado por la petición.

—Sí. Denuncias en las que la supuesta comisión del delito fuese una misma calle.

—¿Y qué calle es esa?

—Langsford Road.

—No voy a preguntarte para qué quieres ver esas denuncias. No aún. Esa parte me la reservaré para los postres. Bueno, dame un par de minutos. Ahora regreso y que no se te ocurra moverte de aquí.

—Vamos, ni que pudiera ir muy lejos con estos malditos trastos —dijo Emma levantando las muletas.

Cinco minutos después, Scott regresó con varias carpetas de color marrón bajo el brazo. Volvió a sentarse en su escritorio, frente a una atenta Emma que no podía creer que hubiese encontrado nada en tan poco tiempo.

—¿Cómo demonios has conseguido…? —preguntó sorprendida, dedicando a Scott una intensa mirada de admiración.

—He tenido ayuda —respondió el policía dirigiendo la mirada hacia el extremo opuesto de la sala donde un policía con el pelo blanco ordenaba unos cuantos expedientes en un mueble archivador—. Mi compañero lleva treinta años aquí y tiene muy buena memoria.

—Entonces creo que tendré que quedar a cenar con él —afirmó Emma con ironía después de morderse el labio intencionadamente de forma un tanto exagerada.

—Veamos. Aquí tenemos la primera denuncia: Astrid Sherrington. 37 de Langsford Road. Según parece su perro apareció muerto en el jardín. Un labrador retriever. Le habían envenenado. Fue en octubre, el 25. Investigación rutinaria. No se halló al culpable. Un vecino molesto por los ladridos, quizá.

—Vaya, pobre animal.

—A ver, esta es del 64 de Langsford: Yishai Renton. Impago de la renta, que por lo que veo acabó en orden de desahucio. Posesión de estupefacientes, tráfico de drogas… Vaya elemento. Tres denuncias en apenas varios meses.

—Pero Yishai está en la cárcel…

—Y la casa destruida. Se quemó en un incendio el día que asesinó a su novia. Esa es la última denuncia —afirmó el policía amontonando los expedientes.

—¿Nada más? —preguntó Emma, inquieta.

—Ah, sí. A ver, déjame que lo compruebe. Esta es del 66 de Langsford: el esposo de Mary Cranston denuncia su desaparición… Bueno, ya está. Nada importante —dijo Scott cerrando la última carpeta de forma brusca—. Creo que ha llegado el momento de ir a cenar, yo invito.

Emma asintió sin decir nada, sorprendida por la extraña reacción de Scott, que nervioso, no pudo evitar que su rostro palideciese. Después cogió sus muletas y siguió al policía hasta la salida. Scott se puso la gorra, que colgaba de un perchero junto a la entrada, la miró y preguntó orgulloso:

—¿Has montado alguna vez en un coche patrulla con la sirena puesta, reportera aventurera?

—Solo en la parte de atrás —contestó Emma guiñando un ojo—. Oh, mierda, he olvidado el bolso en tu escritorio.

—Tranquila, voy a por él.

—No, no, vete arrancando. Ya conozco el camino. Además, solo ando un poco coja, no soy tetrapléjica.

—Está bien.

—Prométeme que me dejarás controlar la sirena, por favor, por favor —dijo la joven periodista juntando las palmas de las manos en señal de súplica.

Emma regresó al escritorio del policía, cogió la última carpeta, la abrió e hizo varias fotografías de los documentos que guardaba con la cámara de su teléfono móvil. Colocó la carpeta en el mismo lugar en el que se encontraba, cogió su bolso que había dejado olvidado hacía menos de un minuto de forma premeditada sobre la silla y agarró sus muletas para marcharse. Al girarse vio al veterano policía de cabello blanco observándola. Abandonó el edificio todo lo deprisa que pudo y se montó en el coche patrulla en el que la esperaba Scott.

—Antes de que arranques el motor y por si no lo sabías ya, quiero decirte que…, que…, tengo novio. De hecho, estoy prometida —dijo, suspirando.

—Vamos, Glenn es un auténtico capullo.

Emma apretó con fuerza la correa de su bolso, miró a Scott a los ojos y le preguntó:

—¿Cómo sabes que se llama Glenn?

35

Transcurrida la primera semana, su presencia se había convertido en algo tan habitual, que lejos de incomodarle, extrañamente parecía traer a su espíritu atormentado ciertos momentos de paz y sosiego. La voz de Dorothy Terrance volvió a resonar profunda y apacible en la oscuridad del salón, como el murmullo de aquel mar vecino meciéndole cuando aún era capaz de conciliar el sueño.

—Escuche mis palabras, señor Beckett. Con cada una de ellas sentirá su cuerpo más y más relajado. En unos minutos estará profundamente dormido y su mente viajará al pasado. Viajará a otro de los momentos en el que sus sentimientos más fuertes brotaron de su alma, los mismos que viven hoy en lo más profundo de su mente. ¿Ya está usted en aquel lugar?

Pero Gabriel no respondió. En silencio, se limitó a mover vertiginosamente sus pupilas bajo los párpados y a respirar de forma agitada mientras sus manos agarraban con fuerza los brazos del sillón donde estaba sentado.

—Tranquilo, señor Beckett. Ya está viajando hacia sus recuerdos y podrá verlos ahora de forma nítida. Ya se ha dormido. Está en paz, en calma. ¿Ha llegado ya?

—Estoy nervioso. Sara Swinton se sienta varios pupitres detrás de mí, me está mirando y se ríe. Su compañera le susurra algo al oído y ella esboza una sonrisa pícara y traviesa. Es tan hermosa…

—Muy bien Gabriel. Ya está allí. Ahora cuénteme que siente.

—Estoy muy nervioso y me he ruborizado. Puedo notar la sangre enrojeciendo mi cara. Ahora toca matemáticas. Odio las matemáticas. El profesor aún no ha venido. Quiero sacar el libro de la cajonera, pero hay algo que me lo impide. Algo que… Es una caja, pequeña. Una caja de cartón. Tiene escrito algo en la tapa. Y hay un dibujo.

—¿Qué hay en su interior?

—No lo sé. En la tapa aparece pintado un corazón. En el extremo superior izquierdo alguien ha escrito mi nombre y abajo a la derecha pone «Sara». El corazón está atravesado de extremo a extremo por una flecha. Estoy más nervioso y muy emocionado.

—Vamos, Gabriel, abra la caja.

—Me he girado para mirar a Sara que sigue riendo mientras agarra el brazo de su compañera de pupitre. Su cabello rubio y liso se mueve al hacerlo. Es preciosa. Ahora voy a abrir la caja. En su interior hay…, oh, no. ¡Oh, Dios mío, no!

—Gabriel, tranquilo. Dígame qué hay en su interior.

—Es…, es un…, es un gorrión. Está muerto. Tiene las alas extendidas, pegadas al cartón de la base con celofán. Hay gusanos. Los gusanos lo están devorando. El pájaro está en proceso de descomposición. ¡Es horrible! Y ahora oigo sus risas. No, sus carcajadas. Y quiero llorar, pero tengo ganas de vomitar. Oh, vaya.

—Vamos, tranquilo. ¿Qué ocurre?

—He vomitado. He manchado a mi compañero de adelante. Le he vomitado por la espalda. Se ha girado violentamente. Su cara es…, es una mezcla de ira y repugnancia. Se ha levantado rápidamente y al hacerlo ha volcado la silla. Y…, ¡nooooo!

—¿Qué ha pasado, Gabriel?

—Dolor. Siento dolor. Me ha pegado un puñetazo en la nariz y me ha tirado de mi asiento, de espaldas. Estoy en el suelo sintiendo cómo la sangre se desliza por mis labios. Sabe a metal. Y ahora…, ¡No, por favor! Recibo la primera patada, en las costillas, mientras las carcajadas se clavan en mis oídos. Y me falta el aire ¡No, no, no! Todo se ha vuelto negro.

—Tranquilo, Gabriel. Tan solo es un sueño. Su cuerpo sigue aquí. No hay dolor. Está usted conmigo.

—El dolor se ha ido. La luz blanca me ciega. Creo que estoy muerto. No puedo abrir los ojos. La luz es muy intensa. Alguien me coge la mano. Y me acompaña hacia la luz. Estoy muerto.

—No está muerto. Está aquí ahora, conmigo.

—La luz se acerca a mí. Intento abrir los ojos, pero no puedo. Me cuesta hacerlo. Hay varias personas, van vestidas de blanco. Una de esas personas está cerca, muy cerca. La luz se aleja. Oigo sus voces. Una de esas voces es la de mi madre. Siento su mano en mi frente.

Me dice algo. Estoy tumbado en una cama. Es la cama de un hospital. Estoy en un hospital. Ahora mi madre me da algo, lo pone en mi boca y me dice que me lo trague, que me hará bien. El agua moja mis labios. Noto como desciende por mi garganta con la pastilla que intento tragar.

—¿Qué más, Gabriel?

—El calor me acaricia, me arropa. Asciende desde mis piernas y sube despacio, envolviéndome. Y la oscuridad nubla mi mirada. Se ha acabado.

—De acuerdo, señor Beckett, ahora quiero que escuche atentamente mi voz. Sígala y vuelva conmigo, despacio, sin prisa. Venga conmigo, siga mi voz. Eso es, poco a poco va ir despertando. Tranquilo. Está despertando.

Gabriel se levantó, abrió los ojos y miró a su alrededor sin decir nada. Se fijó en Martin, que le observaba sorprendido desde el fondo del salón, poniendo fin a la grabación de la sesión de hipnosis a la que acababa de someterse. A continuación, su mirada confusa se posó en Dorothy, que permanecía sentada en el sillón, impasible, con las manos en el regazo, muy atenta a sus movimientos. Después se dirigió a la ventana, corrió la cortina y se asomó a través del cristal que le separaba de aquella realidad aterradora y ajena a sus pensamientos que parecía existir más allá de las paredes de su casa. Sus ojos siguieron la trayectoria del vuelo de un gorrión que acabó entrando en la pequeña casita de madera que parecía esperarle atada al tronco del imponente roble de su jardín.

—¿Se encuentra bien, señor Beckett? —preguntó la anciana acercándose a donde estaba.

Gabriel acarició el cristal en silencio, anhelando ser un pájaro para poder volar y escapar de aquella casa maldita en la que los susurros devoraban su alma cada noche. Después se giró, le dedicó a Dorothy una mirada displicente y respondió:

—Ojalá los gusanos hayan devorado ya el precioso rostro de Sara Swinton.

36

Llamó a la puerta sin mucha convicción, dudando de si realmente era buena idea estar allí. Pensaba que estaba perdiendo el tiempo frente a aquella casa, buscando a un muchacho que sin duda tendría sus propios problemas, derivados muchos de ellos muy posiblemente de su condición sexual y de su relación amorosa con un policía. Pero era el mismísimo alcalde quien le había pedido que encontrase a su hijo, y que fuera discreto en su cometido. Así que, sin más dilación, se quitó la gorra, la colocó bajo el brazo, mesó su bigote y llamó nuevamente, en esta ocasión utilizando el timbre. La puerta se abrió despacio dando paso a una mujer madura ataviada con una bata de raso color burdeos. Tenía el rostro demacrado y su semblante, triste y ojeroso, anunciaba que una profunda preocupación atenazaba su espíritu.

—¿Qué desea, agente? —preguntó nada más ver el uniforme del visitante.

—Mi nombre es Liam, soy sargento de policía de Kennebunkport, y disculpe que la moleste, pero quería ver, si es posible, a Robert Cavendish. ¿Se encuentra en el domicilio?

—¡Oh, gracias al cielo! Dios ha escuchado mis plegarias. Han venido a ayudarme. Pase, agente, por favor, no se quede ahí. Necesito hablar con usted. Robert es mi hijo y…, ahora le cuento.

Liam, sorprendido por la reacción de la mujer, accedió a la vivienda extrañado. La siguió hasta la cocina y tomó asiento en una de las sillas que rodeaban la mesa circular de madera que ocupaba el espacio central, siguiendo las amables indicaciones de la anfitriona.

—Pues usted dirá —dijo resignado, pensando que hubiera preferido despachar el asunto sin tener que traspasar el recibidor.

—Mi hijo ha desaparecido. Estoy muy preocupada, no sé qué hacer. ¿Y si le ha pasado algo? ¡Oh, Dios mío! —exclamó la mujer, sollozando.

—No me ha dicho usted su nombre, señora Cavendish.

—Roseanne.

—Pues tranquila, Roseanne. Ahora quiero que me cuente qué ha ocurrido.

—Está bien. Intentaré hacerlo sin ponerme a llorar: hace dos noches, durante la cena, mi marido y yo tuvimos una fuerte discusión con él. Robert acababa de perder su tercer empleo en un mes, imagínese. Según parecía, volvieron a discriminarle una vez más por su condición. Mi hijo es…, es…, homosexual. Richard, mi esposo, que nunca lo ha aceptado, le recriminó que si no fuese gay no le hubieran despedido, porque según él ninguna empresa que se precie puede tener a un «marica» en su plantilla. Cuando oyó esa palabra se levantó de la mesa echo un energúmeno y se marchó a su habitación sin decir nada. Regresó en unos minutos y nos dijo llorando que se marchaba de casa. Yo me acerqué, le cogí del brazo para intentar que no saliera por la puerta y él me dijo: «lo siento, mamá. No puedo vivir en el mismo sitio que él». Antes de marcharse, me susurró que se iría por la mañana, que en ese momento necesitaba hablar con su amigo Tom. Después fui a su habitación y todas sus cosas…

Roseanne Cavendish no pudo aguantar más y comenzó a llorar desconsoladamente. Hizo un gesto al policía levantando el índice de su mano derecha para indicarle que esperase un instante. Regresó en menos de un minuto con una fotografía en la mano. Las lágrimas resbalaban aún por sus mejillas cuando le mostró a Liam la imagen. En ella aparecían dos adolescentes sonriendo cogidos del hombro. Los dos llevaban la misma gorra amarilla; posaban orgullosos mientras sostenían entre sus brazos un magnífico ejemplar de puma disecado.

—Lo único que quiere una madre para su hijo es que sea feliz. Esa foto se la hicieron en el campamento para niños donde se conocieron. Los dos eran monitores, y a los dos les encantaba la naturaleza. Y esa era la mascota.

—El amigo de su hijo es Tom Sephard. Yo le llamo Tommy. Es mi compañero desde hace tres meses y ha desaparecido.

—Vaya. Y, ¿usted cree que ellos dos…?

—Soy policía, Roseanne. No me pagan por creer. Me pagan por encontrar pruebas que demuestren hechos. Su hijo hizo la maleta y se marchó enfadado con su padre, pero Tommy no cogió nada de su casa.

—Pero Rob no ha dado señales de vida. Le conozco y sé que no dejaría que me preocupase.

—Quizá siga enfadado. Dele tiempo. Y si sigue pensando que le ha podido ocurrir algo malo, ponga una denuncia. Obviamente, que se hayan marchado juntos es una posibilidad.

El pitido del *walkie* que llevaba Liam en su cinturón táctico interrumpió la conversación. El policía contestó a la llamada con premura.

—McDougall. Sí. De acuerdo. Estoy cerca. Entiendo que O'Brien ya está de camino con sus chicos. Está bien. Voy para allá inmediatamente.

Liam devolvió el *walkie* a su lugar y se disculpó con la señora Cavendish por tener que abandonar su casa de forma tan precipitada, debido a una emergencia que no se molestó en detallar. Se montó en el coche patrulla, encendió el motor, puso las luces y la sirena, y le dedicó a la madre de Robert un último pensamiento. Entendía el sufrimiento de aquella mujer porque él era padre. Los neumáticos chirriaron sobre el pavimento proyectando pequeños fragmentos de gravilla y polvo. En apenas un par de minutos giraba el volante a la derecha para torcer desde Ward a su destino. Las llamas iluminaban Langsford Road desde el final de la calle cuando escuchó tras él la sirena del camión de bomberos. El retrovisor le confirmó que el jefe O'Brien llegaría al lugar segundos después que él. Aparcó frente a la casa que comenzaba a ser devorada por las voraces llamas que ascendían hambrientas por la fachada. Parte de la estructura del porche ya se había derrumbado y un oscuro humo ascendía vertical para acabar derramando sus cenizas sobre la calle. En la acera de enfrente, un hombre joven en pijama, una mujer madura en bata y una pareja de ancianos, le recibieron con gritos:

—¡Hay alguien dentro! —exclamó el anciano.

—¡Creo que es un chico joven y su novia! ¡Tienen que estar ahí! —gritó la mujer, exaltada.

—No ha salido nadie —dijo la anciana.

El hombre que estaba en pijama no pronunció palabra. Se limitó a mirar de arriba a abajo al policía que acababa de llegar y desapareció después entre el histerismo y el desconcierto de los vecinos.

—Necesito mantas. Por favor, que alguien traiga mantas. Y los demás retírense, la casa puede venirse abajo.

Liam derribó la puerta de la entrada de una patada. Accedió a la vivienda tapándose la nariz y la boca con el brazo izquierdo mientras cubría su cabeza con el derecho. La planta baja era un infierno de fuego y humo. No encontró a nadie en el salón mientras que le fue imposible acceder a la cocina. Subió las escaleras a toda prisa mientras la sirena del camión de bomberos se hizo audible entre el crepitar de la madera consumida por las llamas. Tampoco había nadie en el primer dormitorio de la primera planta al que consiguió acceder. En el segundo encontró a un hombre. Estaba tendido sobre la cama, inconsciente, bajo una nube oscura que amenazaba con asfixiarle. Se acercó a él para comprobar que respiraba, tiró de sus piernas hasta colocarlo en la postura idónea para poder cargarlo después en sus hombros y rezó para que el humo tóxico e implacable no acabase atrapándolo en aquella maldita habitación. Se cruzó con dos bomberos mientras descendía las escaleras. El primero le preguntó si había alguien más en la casa. El segundo le ayudó a cargar al hombre que transportaba en su espalda. Comenzaba a faltarle el aire. Un tercer bombero le indicó dónde estaba la salida. Siguió su voz hasta que el aire frío inundó sus pulmones. Cayó al suelo de rodillas y enseguida sintió el suave tacto de una manta arropándole. Estaba a punto de desmayarse cuando llegó nítida a sus oídos la potente voz del jefe O'Brien.

—Es una mujer, está muerta.

37

El Pier 77 le pareció un restaurante excesivamente romántico para la ocasión, pero no dijo nada. Se limitó a mantener el incómodo silencio que se había establecido inquebrantable desde que Scott evitó responder aquella pregunta. Tomaron asiento en una mesa al fondo del local, junto a una de las ventanas que daban al sur de la bahía, después de que el *maître* les indicase amablemente donde debían sentarse, mientras guiñaba un ojo disimuladamente al policía. La luz del faro de Goat Island intentaba penetrar la densa bruma que comenzaba a formarse sobre el oscuro mar.

—Leí su nombre en una foto que llevas en la cartera. Lo siento, no debí hacerlo. Solo buscaba algún contacto al que avisar de tu accidente.

—¿Y por qué no lo buscaste en mi teléfono móvil? —preguntó Emma frunciendo el ceño.

—Porque al principio estaba apagado. Supongo que por culpa de la colisión. Costó encenderlo.

—Y tampoco entiendo por qué tuviste que decir eso de Glenn. No tienes derecho a hablar así de mi prometido.

—De acuerdo. Lo siento, lo retiro. No era mi intención ofender a nadie —dijo Scott, apesadumbrado.

—Está bien. Bueno, a ver, ¿aquí sirven algo bueno o simplemente es un sitio empalagoso con buenas vistas para que los enamorados se den la manita bajo el mantel? —protestó Emma, mirando por encima la carta.

El camarero se aproximó presuroso ante el gesto inequívoco del policía que indicaba que les tomaran nota cuanto antes.

—¿Qué van a tomar los señores? —preguntó con aire solemne y distinguido.

—¿Alguna recomendación?

—Nuestra parrilla especial de mariscos con salmón del Atlántico a la parrilla, camarones gigantes y vieiras frescas a la sartén sobre arroz integral con miel y piña caramelizada, y ensalada de cebolla dulce—. Suena delicioso —dijo Emma, relamiéndose de forma exagerada.

—También les recomiendo el abadejo silvestre fresco sobre papas batidas con suero de leche, crema de puerro y panceta derretida.

—Tráiganos uno de cada, por favor. Lo compartiremos.

—Estupendo. ¿Desean ver nuestra carta de vinos?

—No. Queremos una jarra de agua, por favor —ordenó Scott con seguridad.

El camarero se marchó ante la atenta y sorprendida mirada de Emma, que no esperabaener que acompañar finalmente aquellas delicias con un simple y triste vaso de agua.

—¿Por qué estás aquí, Emma? —preguntó el policía con tono serio cortando de golpe sus elucubraciones sobre la bebida.

—Me has invitado a cenar. Y es la segunda vez, y este sitio parece caro, no sé si el sueldo de un policía de Kennebunkport podrá soportarlo.

—No, me refiero a porqué estás en Kennebunkport.

—Porque soy una cobarde. Salí huyendo de Nueva York, incapaz de afrontar mis problemas. Tomé la decisión en el aeropuerto. Recordé que le debía un favor a mi amiga Rebeca.

—¿La que te salvó la vida al llamarnos después del accidente?

—Esa misma y me temo que ahora le debo otra, y esta vez bien grande. Rebeca es huérfana y lleva años investigando sus orígenes. Está obsesionada con saber quiénes eran sus padres biológicos y al final, tras buscar respuestas en los mil y un recovecos burocráticos de la administración, cree haber dado con la pista definitiva. Según ella, se crio aquí, en Kennebunkport, hasta los cuatro años, pero no recuerda nada. Por ese motivo te pedí ayuda.

—¿Cómo os conocisteis?

—Es una larga historia.

—No tengo nada mejor que hacer que escucharla y en este restaurante, me temo que los platos son deliciosos, pero de elaboración lenta, así que puedes contármela. Seguro que es una historia interesante.

—Éramos solo dos niñas. No recuerdo cuantos años tendríamos.

Diez, once, o a lo mejor alguno más. Sí, puede que incluso doce. Yo ya había estado con varias familias de acogida, pero siempre se torcían las cosas. Regresé al entonces Asilo de Mujeres Huérfanas de Bangor, ahora Hogar de Niños, supongo que lo conocerás: la tétrica mansión de Ohio Street, en Bangor, a unas dos horas de aquí.

»Caminaba distraída por uno de los cientos de pasillos del centro cuando Rebeca salió de un despacho, desaliñada, despeinada y llorando. Chocó conmigo, se disculpó y echó a correr. La puerta había quedado entreabierta, así que la empujé suavemente y me asomé al interior. Jamás olvidaré la frase que escuché: «¿Te has quedado con ganas de más, mi pequeña?». Todavía hoy se me ponen los pelos de punta.

»Dos días después volví a ver a Rebeca. Como había repetido curso, no coincidíamos en clase. Estaba sentada en las escaleras que comunicaban el ala oeste del edificio con la primera planta. El pelo tapaba su cara, tenía la cabeza apoyada en el dorso de las manos, y sus codos en las rodillas. Le pregunté su nombre, pero no me respondió. Me senté a su lado y no me moví de allí hasta que conseguí que me dirigiera la palabra.

»Tampoco podré olvidar jamás lo que me dijo: «Él me ha tocado». Le pregunté que quién lo había hecho, y la casualidad me respondió por ella. Uno de los profesores del centro pasó junto a nosotras. Se agachó, acarició la mejilla de mi amiga y sonrió. Se trataba de Aaron Prentiss, el tutor de Rebeca: un tipo repugnante, baboso y..., bueno, no tengo palabras suficientes para describir a aquel monstruo.

»Ella se puso a temblar y comenzó a sollozar. No necesité nada más para entender lo que ocurría. No dije nada. Me limité a abrazarla hasta que se calmó y la acompañé a su clase. Antes de entrar, me apretó fuerte la mano y clavó sus ojos verdes en los míos, suplicándome ayuda con la mirada. Se parecía mucho a mí, tanto que fue como verme reflejada en un espejo. En ese momento supe que tenía que ayudarla, como fuera.

»Una tarde seguí al señor Prentiss al salir de una de las aulas donde impartía clase. Se dirigió al ala oeste, bajó las escaleras y encontró a Rebeca sentada en uno de los peldaños. La cogió de la mano y ambos desaparecieron al fondo de un oscuro pasillo. La última puerta a la derecha se cerró con un premonitorio crujido delante de mis, para entonces, inocentes ojos.

»Corrí al comedor, que estaba cerca de allí, y cogí un tenedor. Busqué un cuchillo, pero los guardaban en un cajón bajo llave, por seguridad. Deshice mis pasos todo lo rápido que pude y llegué al cuarto donde los vi entrar. Era otro de los muchos despachos que salpicaban la vieja mansión convertida en orfanato. Concretamente el del señor Murphy, el director del centro.

»Giré con suavidad el pomo de la puerta y entré con cuidado, pero no con el suficiente. La imagen aún me genera tal repugnancia que me entran ganas de vomitar: el señor Prentiss estaba sentado en la silla del director Murphy, tras el escritorio, tenía los pantalones bajados a la altura de las pantorrillas y su pene, erecto, asomaba bajo su prominente barriga. Sobre sus rodillas estaba Rebeca, lívida, asustada.

»Ambos se giraron alertados por el ruido que hizo la puerta al abrirse. "Vaya, vaya, vaya. Es la segunda vez que te pillo. ¿Te gusta mirar, pequeña?", dijo Prentiss. Yo me armé de valor y le dije: "Yo lo haré, deje que se vaya. Ya lo he hecho antes y le gustará más". Mentí, pero mis palabras le excitaron aún más. Dejó que Rebeca se bajara de su regazo y cuando mi amiga estaba a punto de abandonar el despacho le dijo que se quedara, que así aprendería a hacerlo bien.

»Me acerqué a él, le puse una mano en el muslo y le acaricié mientras sacaba disimuladamente con la otra el tenedor que llevaba escondido bajo la manga de la camisa del maldito uniforme. El chillido que emitió cuando se lo clavé en el escroto fue horrible. Como el que emiten los cerdos cuando son degollados. El tenedor subía y bajaba manchado de sangre y el monstruo no paraba de gritar. Me tiró al suelo de un empujón y después cayó de rodillas gimiendo mientras se llevaba las manos a la entrepierna.

»Cogí del brazo a Rebeca, que estaba petrificada en un rincón y salimos corriendo de allí. No volvimos a vernos hasta el año siguiente. A mí me cambiaron de centro. Se abrió una investigación, pero Aaron Prentiss salió indemne, bueno, académicamente hablando, claro. Supongo que no volvió a tener una erección en su vida.

—Es una historia horrible —afirmó el policía con rostro circunspecto.

—Es la historia de cómo conocí a Rebeca. Años después

investigué a Prentiss, y a varios compañeros suyos que por aquel entonces continuaban trabajando para la institución. Conseguí recopilar las pruebas y los testimonios suficientes para denunciarles y que por lo menos se abriese una investigación. Entrevisté a decenas de huérfanas y antiguas alumnas. Y cuando estuvo todo listo, un domingo, en la Iglesia de Cristo de Bangor, coincidiendo con la misa anual que se celebraba por Franklin Pitcher, el benefactor que costeó la construcción del orfanato, llegó mi momento. Convencí al padre Stuart, que oficiaba las misas desde hacía más de treinta años, para que me permitiese decir unas palabras sobre una supuesta asociación de antiguas huérfanas que obviamente solo existía en mi imaginación. Allí, delante de todos, profesores, tutores, alumnos, trabajadores sociales, el director Murphy, el propio Prentiss y otros dos asquerosos pedófilos compañeros suyos, la verdad fue desvelada. Por esa razón me hice periodista. Periodista de investigación. Para dar a conocer la verdad.

—Es increíble. ¿Y qué ocurrió después? —preguntó Scott, intrigado.

—Tras contar desde el púlpito con pelos y señales todos los abusos que llegaron a mis oídos y por supuesto mi propia experiencia desagradable con Prentiss, se formó un rumor en el interior del templo que comenzó a crecer hasta convertirse en una estruendosa protesta. Los monstruos salieron disimuladamente al exterior. Allí les esperaba la policía, a la que previamente había avisado, después de facilitarles todas las pruebas de que disponía. Detuvieron a cuatro hombres, incluido el director, al que acusaron de encubrimiento. Dos de esos hombres murieron en prisión, uno de ellos asesinado por otros presos que veían en la pedofilia el delito más cobarde y repugnante que una persona pudiese cometer. Prentiss salió hace unos años, reinsertado y arrepentido, y ahora se dedica a dar charlas a exconvictos que cometieron en el pasado delitos similares para ayudarles a no recaer. Irónico.

—Desde luego ha sido un relato intenso. Afortunadamente parece que ahí llega nuestra cena, aunque después de lo que me has contado, creo que he perdido el apetito —dijo el policía señalando con la mirada al camarero que se aproximaba a su mesa llevando varios platos y una jarra de agua.

—Ahora te toca a ti contar algo. Esta es fácil: ¿Por qué te hiciste policía? —preguntó Emma, más relajada tras terminar su historia.

—Mi madre adoptiva se suicidó cuando yo tenía cuatro años. Ella era policía. Mi padre adoptivo no quiso saber nada de mí tras su muerte y me abandonó. Decía que le recordaba a ella. Se dio a la bebida, intervino asuntos sociales, y le quitaron varias veces la custodia hasta que finalmente me dejó tirado como a un perro en la puerta de un hospital. Ese día, varios de mis compañeros de colegio me dieron una paliza. Llegué como pude a casa, sangrando, con una muñeca rota y la cara partida en dos, y mi padre me llevó al hospital, me dejó allí y nunca volvió para recogerme. Entonces tenía nueve años. En ese momento decidí hacerme policía. Quería luchar contra los abusones. Me hice fuerte, mayor, y entré en el cuerpo. Y la lucha contra los malos se convirtió en simple venganza. Perseguí durante años a mis atacantes hasta que les fui dando caza uno tras otro. Me valía cualquier cosa, cualquier excusa: pequeños delitos, faltas…, o incluso yo mismo me acababa inventando la situación adecuada para detenerles usando la fuerza. Aquello casi me cuesta mi salida del cuerpo.

—Parece que tú también tienes una historia detrás. Tampoco ha debido ser fácil…

—Un día me encontré con Brandon. Era el cabecilla de la pandilla de abusones que me hacían la vida imposible en el colegio. Estaba en un bar tomando unas cervezas con su novia y unos amigos. Yo no estaba de servicio. Le abordé en la barra, antes de que pidiese otra ronda para la mesa donde estaban. Le dije que era policía y que tenía que hablar con él fuera. Me acompañó al callejón que había detrás del bar donde nos habíamos encontrado, y antes de que pudiese abrir la boca le pegué un puñetazo con tal fuerza, que cayó al suelo de espaldas. Se levantó, se abalanzó sobre mí y me golpeó. Era lo que necesitaba. Esquivé su segundo ataque y le pegué otro puñetazo, esta vez en el estómago. Cayó de rodillas. Le golpeé una tercera vez, en la mandíbula, y se desplomó boca arriba. Me lancé sobre él y le machaqué la cara con mis puños golpeándole una y otra vez. Cuando me suplicó que parase, le conté quién era yo y lo que habían hecho conmigo cuando era solo un crío. Ni siquiera me recordaba. En ese momento el miedo se apoderó de su mirada; su novia apareció en el callejón y empezó a gritar. Tuve tiempo de introducirle una bolsita de coca en uno de los bolsillos de la cazadora justo antes de ponerle las esposas. Aquel día toqué fondo y me prometí a mí mismo cumplir con lo que mi juramento de policía me obligaba.

—Vaya ¿Por qué me has contado eso? —preguntó Emma, sorprendida.

—Porque tú te has sincerado primero conmigo. Y ahora creo que deberíamos empezar a comer antes de que estos deliciosos manjares se enfríen.

El mar rugía tras los cristales de la ventana a través de la cual se perdían sus miradas, siguiendo el movimiento de la luz del faro, que luchaba con la niebla para iluminar su solitaria posición. El resto de comensales ya se habían marchado cuando el camarero trajo la cuenta. Scott cogió el recibo y dejó dos billetes de cien sobre la mesa ante la mirada de desaprobación de su acompañante.

—Ya te dije que invitaba yo. Vamos, te acerco al hotel. Creo que está empezando a llover.

Emma cogió sus muletas y ambos se dirigieron al coche patrulla, que les esperaba aparcado junto al muelle. Scott condujo en silencio hasta Dock Square. Detuvo el vehículo frente al hotel y se despidió con una sonrisa, pero Emma no bajó del coche. Se acercó al policía y le besó en los labios.

—Sube —le susurró al oído.

—No creo que sea buena idea.

—No estoy borracha como el otro día. Sé lo que estoy haciendo.

Atravesaron la recepción ante la somnolienta mirada del joven botones que dormitaba sobre el mostrador de la entrada y subieron en ascensor a la primera planta. Emma se quejó de su maltrecho pie, así que Scott decidió cogerla en brazos, para evitar que caminase. Entraron como pudieron en la habitación y se desató la pasión. Las muletas cayeron al suelo con estrépito antes de que Scott la tendiese sobre la cama. Después llegaron los besos descontrolados, las caricias desatadas, el roce de la piel con la piel, excitada y sensible. Scott se quitó la camisa, descubriendo un torso musculado y definido, y dejó su móvil y un juego de esposas sobre la mesilla de noche. Desnudó a Emma arrancándola la blusa de un tirón, y desabrochándola el sujetador de forma brusca.

—¿Siempre llevas las esposas? —preguntó la joven periodista, excitada.

—Quedas detenida —dijo Scott prendiendo una de las argollas a su muñeca, y esta al cabecero.

Después la despojó de la ropa interior y la penetró con vehemencia.

Por un momento el miedo se vio reflejado en los ojos de Emma, que esposada a la cama, no podía mover los brazos. Pero la excitación ganó la batalla y finalmente se aferró con sus muslos al atlético cuerpo del policía que se movía sobre ella ansioso y frenético, hasta que el placer explotó en su interior.

El miedo se marchó cuando la pequeña llave metálica giró en el interior de las esposas, liberándola de su dulce y excitante cautiverio. Scott se tendió a su lado y sintió como su respiración se hacía cada vez más profunda hasta que el sueño se apoderó de él por completo.

Minutos después, Emma se incorporó, sacó su teléfono móvil del interior del bolso cuyo contenido, casi en su totalidad, había quedado esparcido por el suelo a los pies de la cama, y lo encendió. Cuando por fin estuvo en línea, la pantalla le anunció que tenía un nuevo mensaje de texto. Era de Glenn. En ese momento se sintió culpable, pero decidió no abrirlo. Se sentó al borde de la cama y prefirió dirigirse a la galería de imágenes. Abrió la última fotografía, realizada hacía varias horas. Se trataba de la denuncia que puso nervioso al policía. Tuvo tiempo para ver uno de los dos nombres que contenía: Mary Cranston. El otro se lo dio Scott, que estaba incorporado a su espalda observando lo que hacía. Su voz le asustó.

—Esa denuncia la firmó mi madre. Se llamaba Patricia Johnson.

38

La luz azulada del amanecer se colaba en la habitación, furtiva, a través del cristal empañado de la ventana, conquistando cada centímetro de sus cuerpos desnudos. Las caricias luchaban para adueñarse de la piel del otro en un combate sin tregua mientras las respiraciones se sincronizaban como pertenecientes a un mismo ser. Y por fin los sexos se encontraron, fundiéndose en un solo goce, moviéndose como si aquel instante fuera el último, como si nunca más hubiera un despertar. La última embestida arqueó sus espaldas y el placer explotó en un gemido final. Quedaron tendidos boca arriba, intentando recuperar el oxígeno y la razón.

—Ha sido increíble —suspiró la mujer cubriendo su desnudez con la sábana—. A veces pienso que estás dentro de mi cabeza.

—Quizá lo estoy.

—¿Siempre eres tan arrogante?

—La palabra «siempre» es una mentira en sí misma. Nada dura para siempre. Todo es finito. Todo es caduco —afirmó el hombre incorporándose en la cama para sentarse en el borde.

La mujer se acercó, le abrazó por la espalda y tiró de él hacia atrás para que volviese a tumbarse.

—El amor es para siempre —dijo a continuación.

—No me hagas reír. El amor dura lo que duran las personas en el mejor de los casos. Normalmente muere antes, mucho antes. Muere cuando se acaba la pasión y comienza la ternura. Muere cuando nuestro cerebro deja de tener las reacciones químicas que lo producen.

—No eres nada romántico —le echó en cara la mujer—. Pero, además, a lo que tú te estás refiriendo es al enamoramiento. Es diferente.

El amante se inclinó sobre ella, le apartó los rubios cabellos de la cara y mirándola a los ojos, le preguntó:

—¿Estás enamorada de mí?

—No, te quiero —respondió la mujer acercando su boca a la de él.

—Creo que deberías irte. Es tarde —afirmó el hombre retirándose hacia atrás.

—¿Es que no me quieres? —preguntó ella, sorprendida.

—Tu marido…

—Vamos, ya no hay nadie que pueda interrumpirnos. Ahora mismo estoy trabajando. ¿Qué es lo que te pasa?

—Vete.

—Pero…, no entiendo. ¿Qué he hecho?

—¡He dicho que te vayas, joder! —exclamó el hombre levantándose de la cama.

—Solo querías follar, ¿verdad? ¿Es eso? ¡Eres un cerdo! —exclamó la mujer mientras se levantaba.

El hombre se abalanzó sobre ella y la dio un sonoro bofetón con tal fuerza que la arrojó sobre la cama.

—¡Y tú una zorra! —dijo después de recoger su ropa del suelo y lanzársela con desprecio con el fin de que se vistiese.

La mujer palpó su rostro, incrédula y asustada, hasta que la yema de sus dedos se manchó con la espesa sangre que comenzaba ya a deslizarse bajo la comisura de sus labios. Cubrió sus pechos con las sábanas y se echó a llorar.

El hombre abandonó la habitación sin mirar atrás. Bajó las escaleras, cruzó el recibidor, abrió la puerta y salió desnudo a la calle para ser recibido por aquel invierno gélido que saludaba al nuevo día con otro frío amanecer. Un grito le hizo girarse. Venía del interior de la casa. Después otro grito más. Era su nombre.

—¡Gabriel! ¡Gabriel!

Una mano le agarraba del brazo impidiéndole entrar. Tiró con fuerza para zafarse. No conseguía abrir la puerta. Estaba cerrada. Pero ahora estaba dentro de la casa. No entendía nada. Y comenzó a llorar.

—¡Gabriel!

Entonces abrió los ojos. Dorothy Terrance estaba frente a él, interponiéndose entre su cuerpo y la puerta de la entrada. Las lágrimas empapaban sus mejillas y tenía frío, mucho frío. Se dejó caer al suelo de rodillas y tapó su rostro con las manos.

—Me temo que sus recuerdos cada vez son más vívidos, señor Beckett. Ahora dígame, ¿por qué llora?

Gabriel se enjugó las lágrimas, suspiró y mirando fijamente a la anciana, dijo:

—Porque creo que la mujer de mis recuerdos está muerta.

39

Había perdido la cuenta de las veces que había tenido que llamar a la puerta de alguien en su carrera como policía. Pero aquella vez era diferente. Aquella vez estaba llamando a la de su compañera, Patricia. Algo no andaba bien con ella y además tenía un mal presentimiento. Sus nudillos golpearon con fuerza una vez más la madera del portón blanco de la entrada que finalmente cedió a su demanda, descubriendo a una mujer de mediana edad con el cabello rubio recogido torpemente en un moño alto. Estaba en pijama y su aspecto desaliñado denotaba cierta dejadez. Unas profundas ojeras oscuras enmarcaban unos bonitos ojos de color miel y mirada triste. Su voz apagada y quebradiza parecía intentar huir con desgana de su garganta.

—Liam, ¿qué haces aquí? —preguntó la mujer.

—Yo también me alegro de verte, Patricia. ¿Qué tal estás?

—Estoy de baja, te tuvo que llegar mi informe médico ayer. ¿Para qué has venido?

—En ese maldito informe solo veo la firma de un médico justificando una mentira. ¿Ansiedad tú? ¿En serio?

—¿Estás insinuando algo? —preguntó Patricia, levantando el tono.

—No estoy insinuando nada. Eres una gran policía, la mejor con la que he trabajado, y ahora mismo te necesito. Necesito a aquella muchacha valiente y audaz que entró en el cuerpo hace diez años. Aquella joven a la que le importó poco o nada ser mujer en un mundo de hombres o no tener experiencia para hacerse un hueco en la policía de Kennebunkport.

—No puedo, Liam. No tengo fuerzas. Yo ya no soy aquella muchacha.

—Para mí también está siendo difícil. Los asesinatos, Tom, Prescott… Me he quedado solo en el peor momento posible. Dime qué te ocurre y quizá pueda ayudarte.

—¿Qué pasa con Tom? —preguntó Patricia, sorprendida.

—Lleva varios días sin ir a la comisaría. Creo que se ha fugado con…, con su…, con Robert.

—Con su novio. Pobre Tom. Asqueroso mundo intolerante en el que nos ha tocado vivir.

—Vuelve, Patricia. Ayúdame a atrapar al asesino para que este pueblo vuelva a ser el lugar tranquilo, seguro y apacible que era. Queda un mes para Navidad y el alcalde…

—Que le jodan al alcalde. Solo piensa en él y en sus malditos votos. No puedo volver, Liam. Ya te he dicho que no tengo ganas, ni energía para hacerlo. Solo quiero estar sola y echarme a llorar.

—Pero, ¿por qué?

—Estoy embarazada —confesó Patricia, visiblemente emocionada.

—Pero eso es algo bueno, ¿no? ¿Y qué opina tu marido?

—Se ha marchado. El hijo que voy a tener no es suyo.

—Vaya, lo siento. Yo no pretendía…

—Por favor, prométeme que no dirás nada de esto a nadie. Por favor, Liam. No puedes contarlo.

El policía extendió sus brazos y se acercó a Patricia, que dio un paso al frente para fundirse en un sincero y emotivo abrazo con su jefe. Liam notó como las lágrimas de su compañera empapaban su camisa antes de separarse de ella, justo cuando la voz de un niño interrumpió aquel momento cargado de afecto y comprensión.

—Mamá, ¿quién es este señor? —preguntó el pequeño tirando de la pernera del pijama de su madre.

—Nadie, hijo. Vamos, métete en casa. Aquí fuera hace frío.

Liam saludó al muchacho con exagerada solemnidad colocando la mano extendida junto a su frente mientras mantenía la posición de firme y el pequeño le correspondió imitando el gesto de forma espontánea. A continuación, se dio la vuelta y se marchó. Se montó en el coche patrulla, puso la sirena y arrancó el motor mientras sus pensamientos se enredaban entre decenas de suposiciones, hechos y deducciones, que revoloteaban desorientados en su cabeza.

Estaba junto al puente que cruzaba el río Kennebunk, así que tomó North Street hasta Log Cabin Road y en Arundel giró a la derecha para coger Portland Road. En veinte minutos llegó al Southern Maine Health Care. Aparcó en una de las plazas reservadas para vehículos autorizados junto a la entrada del hospital. Accedió al edificio, saludó a la recepcionista y subió directamente a la tercera planta. En la habitación 327 le esperaba su compañero David, sentado junto a la cama en la que descansaba Yishai Renton. Cuando le vio entrar, se levantó para saludarle.

—Ya era hora. Creí que me iba a quedar dormido —dijo aparentando estar enfadado.

—Lo siento. Tenía algo que hacer antes de venir —se excusó Liam sin dar más detalles, ocultando el motivo real por el que se había retrasado—. ¿Alguna novedad?

—La bella durmiente no ha movido ni un dedo. Sigue como un tronco. El médico pasó hace una hora. Dijo que estaba estable. Que ya no se temía por su vida pero que había inhalado mucho humo. De momento tiene que seguir conectado al respirador.

—Gracias. Ya puedes marcharte —dijo Liam, dándole a su compañero una afectuosa palmada en el hombro.

—¿Tiene novedades de la científica? —preguntó David justo antes de salir por la puerta.

—Siguen trabajando sobre la zona. Llevan retraso, porque hasta que los bomberos no dieron el visto bueno, no pudieron empezar. Pero parece que ya han encontrado algo importante.

—Madre mía, qué rapidez. ¿Y de qué se trata?

—Jesse tenía en casa las joyas de la señora Dabrowski —afirmó Liam, mesando su frondoso bigote cano.

—Pues entonces me temo que nuestro dormilón tiene un grave problema. Si sale de esta, creo que se va a tirar unos cuantos años a la sombra —dijo David antes de abandonar la habitación.

Liam se quedó a solas con Jesse, que continuaba inconsciente, tendido sobre la cama mientras una máquina le ayudaba a seguir respirando. El veterano policía se acercó a la ventana, se quedó observando las luces de los faros de los coches que transitaban por la calle que daba acceso al hospital. Después corrió las cortinas, cerró la puerta, cogió la silla donde hacía tan solo unos minutos descansaba su compañero y la colocó junto a la cama.

—Jesse, Jesse, Jesse… Buena la has hecho. Estás metido en un buen lío y si te soy sincero, creo que lo vas a tener muy difícil para salir de él. Sé que puedes oírme porque, o bien te estás haciendo el dormido intentando disimular para no afrontar la que se te viene encima, o bien estás tan sedado que solo tu subconsciente puede oírme, como les pasa a esos pacientes que llevan años en coma. Así que, si te parece, yo voy a preguntarte igualmente algo que necesito saber, y tú, si puedes, vas a contestarme.

Los pitidos que emitía el monitor cardiaco que marcaba el ritmo al que le latía el corazón al paciente, comenzaron a aproximarse en el tiempo, acortando sus intervalos.

—¿Mataste a los ancianos, Jesse? Yo creo que no lo hiciste, pero, ¿sabes qué?: han encontrado las joyas de la vieja entre las cenizas de lo que queda de la casa donde vivías y eso implica que estás jodido, muy jodido. Más allá, por supuesto, de que todo apunta a que también has podido matar a tu novia, antes de prenderla fuego.

No obtuvo respuesta. A continuación, se levantó, se agachó junto al ventilador mecánico que suplía los pulmones de Jesse y lo desenchufó. Apenas un segundo después, la mascarilla que permitía al oxígeno entrar en su cuerpo a través de su nariz y su boca se empañó, justo antes de que Jesse la agarrase a la vez que abría los ojos. Los pitidos del monitor se aceleraron y el paciente comenzó a convulsionar entre las blancas sábanas. Liam volvió a enchufar enseguida el aparato, que comenzó a bombear nuevamente el oxígeno necesario para que Jesse pudiese continuar viviendo.

—Por favor, no quiero tener que preguntártelo otra vez.

El brazo de Jesse se movió despacio hasta que su mano consiguió alcanzar la camisa del policía. Abrió otra vez sus ojos, miró a Liam y con apenas un hilo de voz, y justo antes de desmayarse, consiguió decir:

—Yo…, no he…, no he… matado a… nadie. En mi… habitación… había una… una sombra.

40

El taxi se detuvo frente al número 218 de Ohio Street. Se bajó del vehículo con determinación y caminó decidida hacia la entrada. La fachada del Asilo de Mujeres Huérfanas de Bangor permanecía, después de veinte años, tal y como la recordaba: con su grandilocuente entrada techada, sostenida por cuatro columnas de ladrillo, los mismos que mantenían en pie la construcción desde hacía dos siglos, sus grandes ventanales y ese aire tétrico y siniestro; el edificio parecía más una mansión encantada que un orfanato. Antes de entrar, Emma sacó su teléfono móvil del bolso e hizo una llamada.

—¿Jerry?

—Sí. Ah, hola, cariño —respondió alegre su ayudante al otro lado de la línea.

—Ya estoy aquí.

—De acuerdo. He mandado el *e-mail* hace cinco minutos. Te habrás puesto una peluca o algo.

—No, corazón, el de las pelucas eres tú. Llevo un gorro de lana, y gafas. Voy sin maquillar...

—Uy, qué horror. Bueno, recuerda, eres Nancy Davies, inspectora de servicios sociales. El resto te lo dejo a ti que imaginación no te falta.

—¡Ese nombre es horrible! —exclamó Emma sonriendo.

—Yo también te agradezco el trabajo. Te odio. Adiós.

La joven periodista traspasó la puerta principal y se dirigió directamente al mostrador de recepción. Allí un enorme letrero formado por letras de mármol blanco le dio la bienvenida al Colegio Hilltop, la nueva vida del vetusto edificio.

—Buenos días, ¿en qué puedo ayudarla, señorita? —le preguntó amablemente una mujer de edad avanzada.

—Mi nombre es Nancy Davies, soy inspectora de servicios sociales del estado de Maine. Han tenido que recibir un correo electrónico con mi acreditación y la hora aproximada de mi visita.

—¿Qué le ha ocurrido? —preguntó la anciana después de fijarse en sus muletas y en la escayola que cubría uno de sus pies.

—Un accidente de coche. Tuve suerte, gracias a Dios.

—¿Y cómo es que la obligan a trabajar? Pobre criatura. Malditos burócratas sinvergüenzas. Bueno, no se preocupe. Dígame que necesita.

—Necesito encontrar un expediente. Es de hace unos veinte años. Es por una denuncia. Desgraciadamente no puedo contarle más.

—¡Claudia! ¡Ven un momento, por favor! —gritó la mujer llamando a una compañera que apilaba carpetas con desgana al fondo de la recepción—. Lo siento, pero ya estoy mayor, y entre lo que me cuesta adaptarme a las nuevas tecnologías y que han cambiado todo de sitio varias veces…

Su compañera era unos diez años más joven. Se acercó mascullando al ordenador, tecleó algo, clicó con el ratón varias veces, asintió y se marchó sin decir nada. Cuando regresó al lugar donde apilaba carpetas, protestó:

—Los expedientes de los años ochenta están en el archivo del sótano, donde siempre.

La anciana la acompañó hasta el final del pasillo principal. Después, con ayuda de esta y a trompicones, consiguieron bajar unas escaleras que daban a otro pasillo. Finalmente llegaron a una sala que, en apariencia, permanecía cerrada. La mujer sacó un nutrido manojo de llaves del bolsillo que tintinearon alegres hasta que dio con la que abría la puerta de doble hoja del archivo general del orfanato. A continuación, se giró hacia la visitante y sonrió ampliamente. A Emma le resultó familiar aquel rostro amable surcado por profundas y expresivas arrugas. Cuando la puerta cedió al suave empujón de su guardiana y descubrió el interior de la sala, Emma viajó al pasado transportada por los peores recuerdos de su vida.

—¿Qué te pasa? —preguntó Emma, sentándose en las escaleras junto a su amiga.

—Nada, déjame tranquila —respondió Rebeca frunciendo el ceño.

—¿Es por la señorita Spencer? Vamos, solo será un año. Yo sobreviví a sus clases de matemáticas, y a sus broncas.

—Me da igual la señorita Spencer.

—Entonces, ¿qué te ocurre? Tienes una cara... —dijo Emma, echando el brazo sobre los hombros de su amiga—. Por cierto, ¿qué tienes en el pelo?

—No lo sé —dijo Rebeca peinando su cabello con los dedos—. ¡Oh, qué asco, es un chicle!

Las risas de Marcia Green y sus amigas pudieron escucharse desde el otro lado del pasillo. Se burlaban de Rebeca a menudo, gastándola bromas pesadas y haciéndola la vida imposible. Pero aquel día fue diferente. Aquel día Emma fue testigo de la humillación y no estaba dispuesta a consentir que amargasen la existencia de su amiga.

—¿Estás así por ellas? —preguntó enfadada.

Rebeca, cabizbaja, asintió antes de que una lágrima resbalase por su mejilla para acabar mojando el último peldaño de las escaleras donde estaba sentada.

—Antes... ellas..., ellas me encerraron en el servicio. Me arrancaron la ropa interior y... me la metieron en la boca. Me llamaron guarra y cerda y... me tiraron al suelo. Marcia... me orinó. Yo...

—Tranquila, te juro que jamás volverán a tocarte, ni a hablarte, ni a hacerte nada.

El descanso entre clases finalizó y todas las alumnas se dirigieron a sus respectivas aulas. Rebeca se despidió de su amiga con una mirada triste y preocupada. Emma también regresó a su clase, pero transcurridos cinco minutos desde que la señorita Campbell, la profesora de Historia, comenzase la lección, se ausentó aduciendo una repentina indisposición gastrointestinal que la obligaba a tener que acudir de forma urgente al cuarto de baño.

Pero Emma no pasó por el servicio. Aprovechando la soledad de los pasillos del centro, se dirigió directamente a la planta de abajo, concretamente al archivo. La puerta no estaba cerrada con llave, por lo que no tuvo ningún impedimento para entrar en la gran sala que contenía todos los expedientes de las alumnas de la institución. Buscó por orden alfabético el informe de Marcia Green. Primero tuvo que acertar con el año de su ingreso. Encontrar la letra G de su apellido le llevó menos tiempo. Una vez localizado el historial de Marcia, se sentó en el suelo y lo leyó de principio a fin. El expediente incluía el informe que detallaba la revisión médica rutinaria a la que se sometían obligatoriamente a todas las residentes cuando eran admitidas en el asilo. Emma arrancó una fotografía, cerró la carpeta de color sepia y la devolvió al lugar olvidado y polvoriento del que la había sacado. Después regresó a clase para atender las aburridas explicaciones de la profesora Campbell, que hablaba por segundo día consecutivo de la derrota británica de la batalla de Yorktown y el tratado de París.

Cuando salió de clase, se encontró a Rebeca sentada en el mismo sitio. A varios metros de ella, Marcia y sus amigas, se entretenían disparándole bolitas de papel con sus bolígrafos convertidos en improvisadas cerbatanas. Emma se acercó al grupo de niñas y pidió hablar con Marcia, que con un solo e inequívoco gesto indicó a sus compinches que se retiraran. Después le susurró algo al oído. A continuación Marcia, con el rostro descompuesto se acercó a Rebeca, se agachó frente a ella y le dijo:

—Lo siento. Te prometo que no volveré a molestarte nunca más. Perdóname por lo que te he hecho.

Después se levantó y se marchó avergonzada, dejando solas a las dos amigas. Rebeca no salía de su asombro.

—¿Qué demonios acaba de pasar? —preguntó a Emma, sorprendida.

—El poder de la verdad.

—¿Por qué ha venido a disculparse? ¿Qué le has dicho?

—Solo dos palabras.

—¿Cuáles?

—«Tienes pene».

—¿Qué?

—Lo que has oído. Después le he enseñado disimuladamente esta foto.

—¡Puaj, es asqueroso! ¿Pero eso qué es? Es horrible. ¿Qué tiene ahí?

—Según su informe médico, un caso claro de genitales externos ambiguos. Vamos, que nació con una especie de pene y los labios de la vagina pegados, como si tuviera escroto —explicó Emma guardando la fotografía.

—¿Qué es el escroto? —preguntó Rebeca con curiosidad.

—Donde los chicos guardan sus testículos. Vamos, que empieza la última clase de la mañana. Luego si quieres seguimos con la lección de anatomía.

—Gracias Emma. Te debo una. Bueno, ya van dos. Nunca olvidaré lo que has hecho hoy por mí. Ojalá pudiera agradecértelo.

—Pues si lo vas a hacer, que sea rápido. Me van a expulsar del centro. Bueno, lo llaman reubicación temporal, hasta que se aclare lo de la semana pasada. Ese cerdo…

—Pero no puedes irte. Ahora que tengo una amiga… ¿Y si Prentiss regresa? ¿Y si intenta abusar de mí?

—Rebeca, escúchame —le dijo Emma mirándola fijamente a los ojos—. No dejaré que te ocurra nada malo.

La voz de la anciana la trajo de vuelta al presente.

—Creo que el año ochenta y cinco debe empezar allí, en el segundo mueble archivador. Ah, y perdone, se me había olvidado decirle que no se puede llevar ningún expediente, pero puede hacer todas las fotos que quiera. Y que conste que esto último no se lo he dicho.

—Muchas gracias. Es usted muy amable, señora…

—Spencer —respondió la mujer antes de cerrar la puerta nuevamente.

Emma bajó el pestillo con cuidado, después se dirigió donde le había indicado la señora Spencer y abrió el primer cajón, que emitió un quejido metálico antes de mostrarle decenas de carpetas de color marrón con un nombre en la solapa. Sus dedos se movieron ágiles desplazando cada expediente de un lado a otro hasta que dio con lo que buscaba: «Rebeca Cranston. Noviembre, 1985», rezaba la vieja etiqueta que identificaba el expediente de ingreso de su amiga. La fotografía de una niña de entre cuatro y cinco años pegada a la solapa la saludó con rostro apesadumbrado. Le recordó a ella cuando tenía esa edad. Hizo un par de fotografías de las dos páginas que tenía delante y le dio tiempo a leer varios de los nombres que aparecían en la primera página antes de que la voz de Claudia, la compañera de la amable recepcionista, llegara a sus oídos preguntándole a la señora Spencer si Nancy Davies la había mostrado alguna acreditación oficial que la pudiera identificar. Marcus Cranston y Mary Cranston la habían adoptado cuando cumplió su primer año de vida. Su madre biológica se llamaba Lindsay Chapelle, una toxicómana de diecisiete años que entregó a su hija a los servicios sociales de Maine nada más nacer. La inspectora Diane Gainsbourg firmaba el ingreso el día uno de diciembre de 1981.

—¡Señorita Davies!

Emma hizo caso omiso a la llamada de la señora Spencer. Dejó el expediente de Rebeca donde lo había encontrado y buscó el suyo en el apartado correspondiente al mismo año. Nunca le había interesado conocer la identidad de sus padres biológicos, pero allí estaba, a cuatro letras de la verdad. Llegó a la H y comenzó a sentir como los latidos de su corazón aumentaban el ritmo. «Hamill, Hamilton, Harris, Hassell, Haward…, Haynes». No encontró su apellido, Hawkins.

—¡Señorita Davies! ¿Se encuentra usted bien? ¿Puede salir un momento? —preguntó la anciana, impaciente.

Emma sacó el móvil del bolso, marcó nerviosa el número de Jerry y esperó a que la alegre voz de su ayudante le preguntase qué ocurría.

—Creo que me han pillado.

—¿Dónde estás?

—En el archivo —susurró Emma mientras comenzaban a llamar a la puerta.

—Pues sal de ahí disimulando. Sigue hablando conmigo y di que tienes una urgencia. ¿Han llamado a seguridad?

—Creo que no.

—Pues hazme caso.

Emma abrió la puerta de par en par y salió de la sala precipitadamente. Al hacerlo, casi tiró al suelo a la señora Spencer, que intentaba bajar el picaporte para acceder al archivo. Claudia, la compañera de la recepcionista, intentó detenerla poniéndose en su trayectoria, pero Emma la esquivó, levantó la mano para indicar que no la interrumpiesen y dijo atropelladamente que se trataba de una emergencia. Subió a la planta de arriba, atravesó el tétrico hall y salió corriendo al exterior.

Aparcado frente al asilo le esperaba el taxi, cuyo conductor, el mismo que la había llevado a la Prisión Estatal de Maine, arrancó el motor al ver a Emma aproximarse apresuradamente hacia el coche.

—Qué, la ha liado ahí dentro, ¿verdad? —dijo el hombre con tono cómplice y socarrón.

—Me temo. Vamos al hotel, rápido.

—Hecho.

Emma, sentada ya en el asiento trasero del vehículo, volvió a coger el móvil. Tenía tres mensajes de texto sin leer. El primero era de Jerry. «Cariño, llámame cuando estés a salvo», decía. El segundo mensaje, de su jefe: «Emma Hawkins, o me mandas algo jugoso mañana como tarde o estás despedida». El tercero era de Glenn, el mismo que no había leído la noche anterior, y decía así: «No entiendo por qué no contestas mis mensajes. Estoy preocupado. Me da igual si te parece mal. Voy a Kennebunkport».

41

Un rayo de luz se coló entre las cortinas para iluminar cientos de pequeñas motas de polvo que danzaban en el aire al son de cada palabra. Aquella claridad efímera y la voz rota de Gabriel Beckett rasgaron la oscuridad de la habitación.

—Mi madre quiere que baje al sótano. Necesita un martillo y no puede dejar de sujetar la pequeña jaula metálica. Pero yo no quiero bajar al sótano porque hay alguien. Se está impacientando: me lo ha repetido por tercera vez y sé que está a punto de gritarme. Pero me da igual, no pienso bajar. Desde la puerta ya puedo escuchar el ruido de que sube por las escaleras.

—¿De qué ruido se trata? —preguntó Dorothy, pausada y serena.

—No sabría explicarlo. Es como si se rompieran las ramas de un árbol. Las ramas más finas. Como si el viento las fracturase cuando sopla con fuerza. Tengo miedo. No me atrevo a abrir la puerta.

—Abra la puerta, Gabriel. No tema.

—Mi madre acaba de gritar mi nombre. Está enfadada y no quiero que…, que…

—¿Qué es lo que no quiere?

—No quiero decepcionarla. Tengo que ser valiente. Ahora yo soy el único que puede protegerla. Yo soy el hombre de la casa. Así que voy a bajar.

—Muy bien, Gabriel. Continúe.

—El pomo no gira. La puerta está cerrada con llave. Pero creo que sé dónde está. Sí. Todo está siempre en el mismo cajón. En la cocina. Ya tengo la llave en mi mano. La introduzco en la cerradura y…

—¿Qué ocurre?

—El pomo ha girado. La puerta está abierta. Cuando la empujo emite un chirrido, más bien un extraño gemido. Está oscuro, no puedo ver nada.

—¿No hay un interruptor? —preguntó Dorothy con un susurro.

—Sí. Ya lo he pulsado. Una luz amarillenta, casi opaca, ha iluminado los peldaños de madera que descienden al sótano. La luz a veces desaparece, intermitente, y todo queda a oscuras de nuevo durante varios segundos. Y ese sonido…, ahí está otra vez. Ahora llega más nítido a mis oídos. No sé qué es, pero me da escalofríos.

—¿Qué es lo que ve, Gabriel?

—Un peldaño, otro peldaño… No hay nada. Solo polvo en suspensión y un olor… Huele raro, muy raro. Se me eriza el vello de los brazos… ¡Un momento…!

—¿Ha visto algo?

—Sí. Hay luz al fondo y me ha parecido ver una sombra proyectada en la pared. Ahora he vuelto a escuchar mi nombre arriba. Mi madre está llamándome, creo que me está buscando. Pero ya no hay vuelta atrás. Ya estoy en el sótano.

—Diríjase hacia esa luz, señor Beckett.

—Estoy caminando hacia ella, pero he tropezado con algo. Es algo grande y… suave. Está frío. Es…

—¿Qué es?

—Parece un animal, pero está frío y no se mueve. Es un águila. Un águila disecada. Tiene las alas extendidas. Son enormes. Se sostiene sobre un pequeño tronco de madera. Me ha asustado.

—¿De dónde proviene la luz?

—Hay una mesa. En la mesa hay una vieja lámpara de queroseno. Está encendida. Y…, ¡oh, Dios mío!

—¿Qué más hay en la mesa, Gabriel?

—No lo sé. Hay un hombre junto a la mesa. Y en la mesa hay un bulto. El hombre…, ¡oh, creo que me ha visto! El hombre lleva un delantal oscuro y…, y se ha girado. Algo brilla en su mano. Se ha girado hacia mí. Me ha visto.

—¿Quién es ese hombre? —preguntó Dorothy intentando contener su creciente inquietud.

—Ha cogido el quinqué y… lo ha levantado. Pero… no puede ser. La luz ilumina su rostro y… no puede ser. No tiene sentido.

—¿Quién es? Dígame quién es, señor Beckett.

—Soy yo.

—¿Cómo que es usted?

—El hombre… el desconocido tiene mi cara. No es posible. Tengo miedo. Ha apagado la luz. No puedo ver nada. El sótano está en tinieblas. No veo. Quiero salir de aquí. Necesito salir de aquí.

—Tranquilo Gabriel. Ahora va a salir del sótano. Mi voz es la luz que guiará sus pasos.

—Apenas puedo oírla. ¿Dónde está la salida? ¿Y las escaleras? No las encuentro. No veo nada.

—Siga mi voz. Despacio. Concéntrese en mi voz.

—No la oigo. No me deje aquí. ¡Socorro!

—Tranquilo.

—Estoy palpando una pared. Confío que me conduzca a las escaleras. Mis dedos siguen la superficie. La pared está húmeda. Sigo su recorrido. Tengo que salir de aquí. Parece que no tiene fin. ¡Ahhhhh! ¡No, no, no! ¡Suéltame!

—¿Qué ocurre, Gabriel?

—Una mano. Una mano ha salido de la pared y me ha agarrado por la muñeca. Las escaleras. Están aquí. Me he caído. ¡No, no, no! ¡Déjame! ¡Déjame!

—Vuelva, Gabriel, vuelva.

—La puerta está cerrada. No es posible. ¡Déjame!

Un dolor lacerante en sus manos le arrancó del profundo sueño que parecía devorarle. Abrió los ojos y lo primero que vio fue la sangre oscura y espesa brotando de sus dedos. Decenas de astillas clavadas en las palmas anunciaban que en su desesperado intento de huir había destrozado algún mueble de madera. Se trataba de la librería del fondo del salón. Estaba de rodillas en el suelo, rodeado de los libros que se habían precipitado al vacío a consecuencia de las desesperadas embestidas que había sufrido la estantería. Gabriel había golpeado con tal fuerza las baldas de madera, que el mueble había quedado desplazado unos centímetros de su posición original.

—Un momento. ¿Qué diablos hay ahí? —exclamó Martin, que se había mantenido completamente al margen de la sesión de hipnosis que acababa de practicar su compañera, señalando el lateral de la librería.

Dorothy se acercó al lugar que indicaba su ayudante y tras examinarlo con detenimiento dijo:

—Aquí detrás hay una puerta, la estantería la ocultaba. Gabriel, creo ha llegado la hora de que nos cuente quién era realmente el dueño de esta casa antes de que usted viniese a vivir aquí.

42

El viejo autobús de la empresa Greyhound tomó la 95 tras dejar atrás Arundel. El frío, húmedo e intenso, anunciaba que el invierno estaba a punto de llegar y que tan solo tres días después de hacerlo recibiría a la Navidad con su manto de nieve para adornar las esperadas celebraciones. De momento él, solo pretendía apearse del autobús lo antes posible. La temperatura del exterior condensaba el escaso aire del interior formando sobre el cristal de las ventanillas una fina película de vaho. Seguía con la mirada el recorrido descendente de una pequeña gota de agua formada a partir de aquella misma condensación, cuando la conversación de las dos señoras que charlaban sentadas en los asientos inmediatamente posteriores le llamó la atención.

—Es horrible. No sé cómo es posible que este pueblo de bien se haya podido permitir tener a un monstruo así entre sus honrados habitantes —comentó la mujer que lucía la permanente de mayor altura.

—La culpa es de la maldita droga, que es capaz de convertir a un muchacho inocente en un asesino —dijo la que llevaba un estridente sombrero de color rojo.

—Aún no me puedo creer que ese chico matase a los señores Dabrowski. Creo que se llama Jesse. Un pieza de mucho cuidado.

—Ese chico no es más que un pobre drogadicto; a lo mejor no fue él. ¿Cómo estás tan segura?

—Me lo contó Stuart y a él se lo dijo Florence, la prima de David, el policía. Según parece las joyas de la pobre Margaret aparecieron en casa del tal Jesse. Bueno, lo que quedó de la casa, claro, porque al final se derrumbó tras el incendio que debió provocar para borrar las pruebas. Figúrate.

No aguantó un segundo más aquella conversación morbosa y superficial entre las dos mujeres, así que se giró bruscamente y desde su asiento dijo:

—Ese chico es inocente. ¿Saben quién mató a los dos ancianos? Ah, y olvidaron mencionar a su novia. ¿Saben quién mató a esas tres personas?

—¿Quién? —contestaron las dos viajeras al unísono, sorprendidas a la par que intrigadas.

La respuesta llegó como una piedra lanzada con fuerza que acaba impactando en el rostro. Como un golpe en el estómago.

—El mismísimo diablo.

A las dos mujeres les cambió el semblante, y acto seguido se apearon del autobús comentando por lo bajo la aparente locura del hombre que acababa de asustarlas con aquel comentario fuera de lugar.

Tocó el timbre antes de que el vehículo se detuviese en la penúltima parada. Antes de hacerlo, se prometió a sí mismo que el de regreso sería el último viaje en autobús que haría jamás, asqueado por la falta de aire del interior y la molesta compañía del resto de viajeros. Ya en Portland, se bajó en Congress Street y caminó hacia el sur por Temple hasta el número 17 de Union Street: un edificio de cinco pisos de ladrillo rojo y ventanas blancas con el techo abuhardillado que albergaba en su primera planta la consulta de la doctora Elizabeth Watson. El portal estaba abierto, subió las escaleras de dos en dos, ansioso, y la pequeña placa dorada de la puerta le recordó el nombre completo de la psiquiatra que llevaba tratándole desde hacía casi tres años. Entró después de que la ayudante de la doctora, una joven estudiante de medicina que hacía las veces de recepcionista, abriese alarmada por la insistencia e intensidad de los golpes en la puerta.

—¿Qué quería? —preguntó un tanto alarmada e intimidada por la actitud nerviosa del visitante.

—Necesito ver a la doctora Watson, es urgente.

—¿Tenía usted cita?

—No, pero tengo que verla. Esta tarde he de hacer una visita importante y necesito mi medicación.

—Deme un segundo. Veré si puede atenderle antes de que se marche. Quédese aquí, por favor.

La joven se perdió al fondo de un largo pasillo, y regresó en apenas un minuto.

—Lo siento, la doctora está ocupada, tiene un compromiso en un rato y va a tener que ausentarse. Si quiere le doy cita para mañana. Aunque tiene la agenda llena, me ha dicho que le hará un hueco teniendo en cuenta la urgencia.

—¿Está con alguien ahora?

—Le he dicho que está ocupada.

—¡¿Que si está sola, joder?! —exclamó el hombre exaltado dirigiéndose al despacho de la doctora.

—¡Oiga, oiga! ¡No puede pasar! ¡No puede usted entrar ahí!

La joven recibió un empujón que la hizo caer al suelo. Se incorporó asustada, y se quedó mirando a aquel extraño desaliñado y despeinado, que la observaba con los ojos muy abiertos tras los cristales empañados de sus gafas de pasta.

—¿Cómo te llamas?

—Emily, señor —balbuceó la muchacha, aterrorizada.

—Muy bien, Emily. Puedes irte, no te haré nada, pero como llames a la policía te mataré. Juro que te mataré.

La ayudante de la doctora se arrastró por el suelo hasta que alcanzó uno de sus zapatos de tacón que, tras el golpe, había acabado a un metro de distancia de donde estaba. A continuación, se calzó y salió corriendo.

La doctora Watson estaba marcando el teléfono de emergencias cuando la puerta de su despacho se abrió de golpe. No tuvo tiempo de pulsar el último número. Una mano le arrancó con violencia el auricular y tiró con fuerza del aparato que acabó estrellándose violentamente contra la pared.

—Marcus… tranquilo —susurró atemorizada, intentando calmar los exaltados ánimos de su paciente.

—¡¿Tranquilo?, y una mierda! No me va a lavar el coco como siempre. No empiece. Hágase ese favor.

—Me estás asustando. Yo solo quiero ayudarte, ¿de acuerdo?, pero necesito que te calmes. No compliques más las cosas.

—¿Que no complique más las cosas? Llevo una semana sin tomar mis malditas pastillas, y todo porque usted y su burocracia de mierda me racionan los jodidos medicamentos.

—El gobierno cada vez nos pone más restricciones. Ya no tenemos fondos para ayuda social, y revisan todas mis recetas. No hay pastillas para todos, Marcus. De hecho, dentro de poco tendré que dejar de verte.

—¿Qué?

—Que solo podré seguir con mis consultas privadas y no podré tratarte.

—¿Me está diciendo que solo atenderá a los ricachones? ¿Es eso?

—Lo siento, Marcus. No pretendía…

—Váyase al diablo, usted y su tratamiento. Conseguiré mis medicinas en otro sitio.

Marcus recogió el teléfono del suelo y estaba a punto de dejarlo sobre el escritorio de la doctora cuando esta se levantó de su asiento y con tono consternado, le dijo:

—Puedo conseguir que te admitan en un centro; allí tendrás tus medicamentos, estarás cuidado y atendido, y no tendrás que venir a verme más.

Apenas hubo terminado la frase la doctora Watson cuando Marcus se abalanzó sobre ella con el teléfono en la mano. Comenzó a golpearla con el aparato una y otra vez hasta que su cara se convirtió en una masa sanguinolenta e informe de piel y hueso.

—¿Por qué me has obligado a hacer esto, joder? Solo tenías que firmar un puñetero papel, no intentar enviarme a un manicomio —dijo al cuerpo que yacía inconsciente tendido sobre la moqueta manchada de sangre, mientras rebuscaba en los cajones de su escritorio.

En uno de esos cajones encontró varios botes de plástico de color naranja llenos de pastillas. En ambos, la etiqueta del envase rezaba con letras negras: Nembutal. Y debajo: Pentobarbital Sodium. Se guardó apresuradamente los botes en el bolsillo del pantalón, regodeándose de su suerte.

La voz de un hombre gritando el nombre de la doctora desde la puerta de la entrada le alertó. Dejó caer el teléfono al suelo, intentó tranquilizarse y buscó con urgencia una posible vía de escape. Finalmente saltó a la calle desde la ventana situada tras el escritorio de la doctora. Al hacerlo, se lastimó un tobillo. Apartó con la mano un mechón de pelo que había quedado pegado a su frente sudorosa, respiró hondo y comenzó a caminar. Su sombra se perdió cojeando en el callejón en el que había caído mientras el sonido de las sirenas de los coches de policía comenzaba a oírse en la distancia.

43

Los huesos de las articulaciones le crujieron cuando se levantó de su sillón favorito. Cogió el mando de la televisión por cable que parecía esperarle aburrido junto al aparato y regresó a su asiento. Había olvidado servirse un vaso de whisky, pero como ya estaba sentado decidió no volver a poner a prueba sus deterioradas rodillas levantándose nuevamente. Escuchó el viento soplando con fuerza en el exterior antes de pulsar el botón de encendido. Con la televisión a la carta podía ver cualquier programa, aunque ya lo hubiesen emitido. Al principio le costó mucho entenderlo y más aún, permitir al joven técnico instalador acceder a su domicilio. Pero sin duda, había merecido la pena.

Recordó que cuando era un niño solo había tres canales de televisión: la National Broadcasting Company, más conocida por sus siglas, NBC; Columbia Broadcasting System o CBS, ambas de los primeros días de la televisión; y en tercer lugar la American Broadcasting Company, ABC, que comenzó su vida como una red de radio separada de la NBC en 1943. Aquel pensamiento le hizo sentirse un anciano. Entonces miró sus manos. Su piel arrugada y llena de manchas le confirmó que realmente lo era.

En la pantalla, una joven reportera explicaba que portaba una pequeña cámara y un micrófono ocultos en una chapa de los Yankees que llevaba prendida de su sudadera. Acababa de bajarse de la parte trasera de una furgoneta de color blanco, en la que sus compañeros hacían pruebas de sonido ocultos en su interior.

—Ha llegado el momento de la verdad. Estamos en South Bronx, caminando por Courtlandt Avenue hacia el número 685. Allí nos espera Míster X: ese es el nombre que nos ha facilitado el integrante de los Blood Gang, la violenta banda afroamericana fundada a principios de los años 70 en Los Ángeles, conocida por su rivalidad con los Crips, al que vamos a entrevistar. A principios de los 90 emergieron en el centro penitenciario de Riker Island, en Nueva York, y a día de hoy siguen disputándose algunas zonas del Bronx. Se trata de una de las bandas criminales más violentas de Estados Unidos, y hoy uno de sus miembros más importantes, va a responder a nuestras preguntas, sin saber aún, por qué motivo quiere atendernos. Soy Emma Hawkins y este es un reportaje para NBC News.

La periodista caminaba decidida hacia el norte mientras la imagen que emitía se bamboleaba al ritmo de sus pasos. Se giró para comprobar que dos de sus compañeros la seguían a cierta distancia para garantizar su seguridad y continuó andando.

—Llevo un kit de defensa personal en el bolso compuesto por un spray de pimienta, una pistola táser y un puño americano, pero como seré cacheada y obviamente inspeccionaran mis cosas es muy probable que me lo requisen de inmediato —advirtió Emma mostrando el interior de su bolso—. Espero que no detecten la cámara, porque entonces tendríamos un grave problema.

Emma detuvo sus pasos frente a un gigantesco edificio de viviendas de ladrillo rojo en forma de X de quince plantas de altura que se alzaba en un complejo formado por otros siete. Junto al edificio y rodeadas de árboles y zonas ajardinadas aparecieron dos canchas de baloncesto. En una de ellas, sentados en una de las gradas de cemento que bordeaban las instalaciones deportivas, parecían esperarla tres hombres afroamericanos ataviados con amplias sudaderas de color negro con capucha y pañuelo rojo cubriendo su cabeza. Cuando se acercó a donde estaban, dos de ellos se levantaron, la miraron de arriba abajo y procedieron a cachearla sin decir nada. Emma les pidió recuperar la libreta y el bolígrafo que guardaba dentro del bolso antes de que se apropiaran de él. Después la acompañaron hasta otra de las gradas. Allí estaba sentado un hombre de mediana edad, también afroamericano. Su indumentaria era más discreta. Llevaba un abrigo de lana de color negro, vaqueros, y una cinta roja anudada en su muñeca. Cuando vio a Emma la saludó, nervioso, e indicó a la periodista que se sentara a su lado.

—¿Es usted Míster X? —preguntó Emma con apenas un susurro.

—Yo no soy nadie. Yo solo soy sangre. Una gota tan solo de la sangre de mis hermanos.

—¿Por qué ha accedido a que le entrevistara?

—Quiero dejar impresa la huella de nuestro legado. La huella indeleble de los Bloods. En estos días convulsos de esta era de muerte y dolor, nosotros somos supremacía.

—Suena muy poético e incluso épico. Sin embargo, no todo es tan bonito por aquí, ¿verdad? ¿Cuántos asesinatos hay que cometer para llegar a esa supremacía? —preguntó Emma con tono firme y decidido.

—Estamos en Westchester Avenue, además de en las zonas de Melrose, Mott Haven, Morrisania o Huntspoint. Somos fuertes y tenemos que defendernos.

—¿De quién tienen que defenderse? La policía no llega hasta aquí.

—Los Trinitarios controlan Upper Manhattan y lo intentan con nuestro barrio. También tenemos a los Dominicans Don't Play, que controlan Harlem, Lower East Side, y a veces los vemos por aquí. La Mara Salvatrucha está en Queens. Malditos latinos. «Pendejos», se dicen entre ellos. Hoodstarz están en Brooklyn y los Crips... esos bastardos... Ahora tienen algo de Harlem.

—Veo que les tiene especial cariño a esos Crips...

—La rivalidad viene de Los Ángeles, en los años 70.

La luz del atardecer proyectaba la sombra de la gran mole de ladrillos sobre la cancha de baloncesto, oscureciendo la imagen paulatinamente. Al fondo, los compañeros de Míster X escrutaban cada movimiento del bolígrafo de la periodista que danzaba ágil sobre las páginas de su libreta. La pregunta que Emma formuló a continuación pareció incomodar al entrevistado.

—¿Traficar con droga también lo considera una manera de defender su territorio?

—Es difícil sobrevivir aquí, ¿sabe? Hay que comer, y dar de comer a nuestras familias y no siempre llegan las ayudas.

—No me ha contestado a mi pregunta, pero no pasa nada, lo intentaré con la siguiente: ¿Cuánto vale la vida de una persona para usted?

Míster X no tuvo tiempo de responder. Todo ocurrió en un segundo. Alertado por los gritos de sus guardaespaldas se arrojó al suelo tras escuchar la primera detonación. El sonido de los neumáticos de un Lincoln Town Car negro de 1991 aullando sobre el pavimento anunció desde la distancia los disparos restantes. Emma se lanzó al suelo y la imagen se volvió negra. Se escucharon dos ráfagas más antes de que los gritos de fondo cesaran dando paso a un macabro silencio.

El timbre de la entrada rompió ese silencio y la tensión de aquel momento grabado en vídeo. El anciano bajó el volumen del televisor para acabar deteniendo finalmente la reproducción.

—¿Hay alguien ahí? —preguntó la voz de un hombre al otro lado de la puerta.

Dejó que el silencio respondiera por él mientras cruzaba sigilosamente el recibidor para no delatar su presencia.

—Vamos, sé que están en casa. Se ve la televisión encendida desde la ventana. ¿Podrían ayudarme, por favor? —insistió el desconocido desde el exterior.

Se acercó a la puerta y cogió la pala que estaba apoyada en la pared, preparada para retirar la nieve que amenazaba con precipitarse desde un cielo oscuro y premonitorio. La misma con la que había golpeado a Jayden a la salida del Ryan's Corner hacía una semana. Abrió despacio y vio a un hombre joven con cara de frío frotándose las manos mientras vertía bocanadas de vaho sobre sus palmas.

—¡Buff, está a punto de nevar! —exclamó el visitante antes de asomarse con disimulo al interior de la vivienda—. Gracias y buenas tardes. Perdone que le moleste. Quizá podría ayudarme. Estoy buscando a una persona.

—¿Quién es usted? ¿Y por qué está en mi propiedad? —preguntó el propietario sujetando con fuerza el mango de la pala tras la puerta.

—Estoy buscando a Emma Hawkins. Recibí un mensaje suyo, creo que por error, hará una semana. Me decía: «estoy en el 66 de Langsford. En cuanto pueda te llamo y te cuento». Necesito encontrarla. No sé dónde se aloja, ni si sigue aquí, en Kennebunkport.

—No sé por qué diablos me cuenta todo eso, ni me importa, pero lo que sí sé es que todavía no se ha identificado —protestó el anciano en la entrada.

—Es verdad, lo siento. Mi nombre es Glenn Wilson.

44

Tras la vieja librería de madera apareció una puerta pintada de blanco. Martin asió el pomo con entusiasmo y lo giró hacia la derecha. Después a la izquierda. Nada, la puerta estaba cerrada.

—Denme un momento. Creo que sé dónde está la llave que puede abrirla —dijo Gabriel con seguridad—.

A continuación, se dirigió a la cocina, abrió el último cajón del mueble que parecía esperarle bajo la encimera y extrajo de su interior la llave que había visto días atrás. A su lado descansaba el viejo artículo del periódico que hacía mención a Dorothy, lo dobló, se lo guardó en el bolsillo del pantalón y regresó al salón.

La cerradura se quejó con un lamento metálico cuando la llave giró en su interior, como si sintiese dolor después de estar años cerrada. Tras la puerta aparecieron unas escaleras. La oscuridad ascendía siniestra por ellas desde lo que parecía un sótano. Martin pulsó la llave de la luz que encontró en la pared de la derecha, junto a una polvorienta barandilla de madera, pero la luz pareció no tener el valor suficiente para iluminar los peldaños que descendían a aquel misterioso lugar. Gabriel cogió una linterna de la misma estantería que acababan de desplazar y al encenderla, su luz cortó la penumbra como si fuera un cuchillo y descendió lacerante hasta llegar al suelo del sótano que descubrió frente a la atenta mirada de sus tres moradores.

Martin dio el primer paso hacia lo desconocido cuando Dorothy le agarró por el brazo para decirle a continuación:

—No. No bajes. No sin comprender lo más importante. Señor, Beckett: antes de bajar ahí necesito saber a quién le compró la vivienda. Necesito saber cuál es la historia de esta casa.

—De acuerdo. Se la contaré cuando usted me explique qué demonios es esto y porqué estaba en un cajón en mi cocina —dijo

Gabriel mostrando el trozo de papel que acababa de sacar del bolsillo.

A continuación subió los peldaños con frenesí hasta situarse frente a la sorprendida anciana. Dorothy tomó el recorte del periódico entre sus huesudos dedos, suspiró y después de mirar a los ojos a Gabriel dijo:

—Esto ocurrió hace quince años, y entonces ya supe que aquel suceso volvería a mí. Le contaré la verdad de ese artículo, pero no puedo decirle porqué motivo apareció en su cajón según me dice.

—Está bien —afirmó Gabriel con resignación.

—Martin, por favor, ¿podrías ir a por unas pizzas?

—De acuerdo, pero con la condición de que nadie baje a ese sótano sin mí.

El ayudante de Dorothy abandonó el salón, cogió su abrigo que colgaba del perchero del recibidor y salió al frío de diciembre que golpeaba la calle sin piedad a aquellas horas de la tarde.

La anciana tomó asiento en uno de los sillones y Gabriel hizo lo propio. Se recostó en el respaldo de su asiento, como si estuviese cansada y comenzó a relatar su visita a Kennebunkport quince años atrás.

—Eran las doce menos cuarto de una noche de principios de diciembre de 1985. No recuerdo qué día exactamente, pero sí de la hora. Intentaba conciliar el sueño cuando el timbre del teléfono que tengo sobre la mesita de noche me sobresaltó. Contesté preocupada y una voz de hombre me preguntó al otro lado del auricular: «¿Es usted Dorothy Terrance?». Después de contestarle que sí me dijo: «Soy el agente Smith, del FBI, y amigo personal de la esposa del vicepresidente del gobierno, la señora Barbara Bush. Necesitamos que venga inmediatamente a Kennebunkport. La espera en la puerta un coche. Por favor, coja lo imprescindible y móntese en ese coche lo antes posible. Es importante». Ni me lo pidió por favor ni se despidió antes de colgar bruscamente.

»Yo entonces vivía con Garfield y Azazel, mis dos preciosos gatos persas en un viejo apartamento de Market Street, en el barrio de Old Port, en Portland. Les dejé comida y agua suficientes para una semana, cogí ropa para varios días y me marché. Efectivamente, junto al portal me esperaba un Chevrolet Caprice de color negro. Me monté y el conductor arrancó sin siquiera saludarme. En treinta y cinco minutos llegamos a Kennebunkport.

»Walker's Point es simplemente majestuosa. La entrada por Ocean Avenue estaba cerrada y custodiada por el servicio secreto. El conductor se identificó y la barrera se elevó delante de nosotros permitiéndonos acceder a la extensa finca. El coche se detuvo frente a la entrada de la enorme casa principal y el conductor me pidió que me bajara. En la puerta, otro hombre me esperaba, también con cara de pocos amigos. Cogió mi equipaje y me acompañó a una de las nueve habitaciones que tenía la vivienda. Después me dijo que esperara allí.

»Me quedé de pie en el centro de la habitación. Ni siquiera me atrevía a tocar nada. Además, tenía la sensación de que algo o alguien me observaba. Supongo que había camuflada una cámara en algún lugar de la amplia estancia. Entonces sonó un teléfono. Estaba sobre el escritorio, junto a una de las ventanas que daban al océano. Por supuesto respondí a la llamada. Aún recuerdo aquella conversación:

—¿Dígame?

—¿Señorita Terrance? Soy...

—Ya sé quién es.

—Perdone la urgencia. Espero que la hayan tratado bien y que la habitación sea de su agrado. Está usted en su casa.

—Gracias, aunque lo que necesito ahora mismo es saber por qué estoy aquí y qué quiere de mí. Y, por cierto, sus chicos no es que sean muy amables que digamos.

—Necesito su ayuda.

—¿La esposa del vicepresidente de los Estados Unidos de América necesita la ayuda de una loca como yo?

—Realmente no soy yo quien la necesita. Se trata de una buena amiga que vive en Kennebunkport.

—¿Y cómo podría ayudar yo a su amiga?

—Ya lo ha hecho en otras ocasiones. Lleva toda su vida haciéndolo. Sé quién es, Dorothy. La he visto actuar. Tiene un don.

—¿Cuándo...?

—Una amiga de la infancia fue violada y asesinada. Hace más de veinte años de aquello. Usted fue la única capaz de encontrar su cuerpo. Le dio paz a ella y a su familia. Desde entonces he seguido sus pasos, o, mejor dicho, lo han hecho por mí.

—¿Qué se supone que tengo que hacer?

—Vaya mañana a Ocean Avenue. La llevarán en coche a primera hora. En el número sesenta vive Karen Sephard con su marido Andrew, el alcalde de Kennebunkport, y hasta hace unos días con su hijo. Se llama Tom, es policía y ha desaparecido.

—Supongo que no tengo alternativa.

—Por supuesto, mi esposo y yo, le estaremos muy agradecidos.

—No necesito su agradecimiento.

—¿Entonces qué es lo que necesita?

—Algo que jamás podrán darme: paz. Que las voces que oigo en mi cabeza desaparezcan para siempre.

—A la mañana siguiente me acompañaron a la majestuosa mansión, propiedad del alcalde de Kennebunkport. Él no estaba en casa. Me recibió su esposa Karen. Las ojeras que enmarcaban sus ojos tristes delataban su sufrimiento y preocupación. Nada más verme me abrazó y se echó a llorar. Me hizo acompañarla a un lujoso salón. Se disculpó antes de ausentarse un par de minutos y regresó con una fotografía de su hijo. En ella aparecía vestido con su uniforme de gala y posaba orgulloso y sonriente junto a su madre. Estaban en un jardín, posiblemente el de la parte trasera de la mansión donde vivían. Detrás de ellos, un joven miraba con admiración al policía. Recuerdo que las palabras de Karen me llenaron de una profunda tristeza.

—Este es Tom, mi hijo. Y este fue seguramente uno de los días más felices e importantes de su vida. Siempre ha sido un muchacho muy especial: alegre, entusiasta, sensible e inteligente. Hace unos días discutió con su padre por su condición y…

—¿Su condición?

—Mi hijo es homosexual. Yo lo sé desde que era un adolescente, pero mi marido parece que nunca ha llegado a entenderlo.

—¿Quién es ese chico que mira a Tom? El del fondo.

—Es Robert Cavendish. Robert se marchó de su casa hace tres días. Creo que tenía una relación con mi hijo.

—¿Y creé que su hijo se marchó con él?

—Creo que… no, sé que a mi hijo le ha pasado algo, algo grave. Lo sentí. Fue hace cinco días. Como si me clavasen una daga en el corazón. Después un vacío enorme.

—Necesitaba la opinión del padre de Tom, Andrew Sephard, en aquel momento alcalde de Kennebunkport. Esa misma tarde me hice la encontradiza cuando él salía de su despacho en el ayuntamiento. Cuando le dije quién era y a qué me dedicaba me tomó por loca, me insultó y me dijo que la próxima vez que me viese cerca de él o de su esposa, llamaría a la policía. No me ayudó mucho su actitud, pero sí su respuesta. Tom era policía y quizá sus compañeros pudiesen ayudarme o quizá su desaparición tuviese algo que ver con algún caso que estuviese investigando.

»En la comisaría conocí al sargento Liam McDougall. Un policía experimentado y hosco que me puso al día de los terribles acontecimientos que habían azotado el pueblo durante los últimos días. Yo, aislada como vivo de todo y de todos, recluida en mi viejo apartamento de Portland, no tenía noticia alguna de los asesinatos de la calle Langsford. Según parecía acababan de detener al principal sospechoso que, a falta de juicio, permanecía ingresado en el hospital, con demasiadas pruebas a sus espaldas. Tantas que no quedaba espacio para que existiese duda alguna de su culpabilidad.

»Al atardecer de aquel fatídico día me dirigí a Langsford. Algo me decía que era allí donde tenía que comenzar. Que posiblemente los asesinatos y la desaparición de aquel muchacho tuviesen relación. Así que caminé hacia el sur, hasta el final de la calle. El mar rugía al fondo y la bruma ascendía desde la playa ocultando el acantilado. El Lincoln negro me esperaba al principio del recorrido. Por un momento dejé de sentirme observada por aquel conductor y escolta impuesto, que me llevaba a donde le decía para seguirme después. Estaba relajada y me dejé llevar.

»Mis pasos me condujeron hasta esta casa. Me acerqué a la puerta y estaba a punto de llamar al timbre cuando una fuerte ráfaga de viento estuvo a punto de tirarme al suelo. Después sopló otra vez, como si quisiera empujarme al abismo que cortaba el horizonte frente a mis ojos. Era como un padre cogiendo de la mano a su hija para guiarla. El problema era que me guiaba hacia el borde mismo donde la tierra comenzaba a ser engullida por el mar.

»El aire olía a salitre y a muerte, las olas rompían contra las rocas que protegían la cara este de la propiedad y la niebla comenzaba a devorar la casa que quedaba ya a mi espalda. El viento volvió a empujarme, esta vez indicándome que continuase caminando por la pasarela de madera que se adentraba en el mar. La madera del viejo embarcadero crujía bajo mis pies, quejándose por mi atrevimiento. Entonces oí su voz, lejana, difuminada por el sonido del mar embravecido. «Acércate», me dijo. «Estoy aquí», susurró. Guiada por aquella voz y empujada por el viento llegué al final del muelle. Me asomé al borde, asustada y aterida de frío, y en ese momento pude verla: una mano salía del agua y se crispaba en el aire retorciendo los dedos, clamando auxilio en un gesto agónico y desesperado. Parecía que alguien se estaba ahogando. Grité, grité y grité, desesperada, confusa y desorientada, pero nadie acudió a socorrerme. La mano fue engullida por el mar y la espuma ocultó su rastro para siempre.

»Corrí hasta el lugar donde esperaba mi transporte y solicité que nos fuésemos de allí cuanto antes. Cuando llegué a Walker's Point llamé a mi anfitriona para contarle la experiencia que había tenido. En apenas quince minutos, mi chofer me indicó que teníamos que regresar al lugar del que veníamos y del que yo acababa de huir. Aparcó el coche junto al de la policía. Un helicóptero sobrevolaba la zona alrededor del muelle, iluminando con un potente foco el lugar en el que la zodiac del equipo de salvamento marítimo parecía luchar contra la corriente. Varios buzos ascendían y descendían al macabro compás de las olas que golpeaban la embarcación.

»El gesto de uno de ellos delató el terrible hallazgo. El otro bajó a las profundidades con un cable de metal y en unos minutos izaron entre ambos un bulto de tono violáceo con forma humana. Era el cuerpo sin vida de una mujer. El agua se escurría por su cabello rubio y sus brazos quedaron colgando de forma artificial por la proa unos instantes hasta que la introdujeron en el interior de la embarcación y cubrieron su cuerpo. Nunca quise saber quién era aquella mujer porque entonces su historia y su penar me perseguirían allá donde fuese, como tantas veces me ha ocurrido.

»Después de aquello no tuve fuerzas para buscar al joven policía. Necesitaba irme de aquel lugar cuanto antes, así que regresé a Walker's Point, cogí mis cosas y me marché. No tuve valor para decirle a la cara a aquella pobre madre desesperada que me había equivocado y que no estaba dispuesta a buscar más a su hijo. De camino a Portland, mientras el taxi se alejaba por la 95, lo supe: antes o después tendría que regresar a Kennebunkport.

45

Sentía como si cientos de afilados cristales se clavasen en su pierna a cada paso. El dolor comenzaba en su tobillo derecho y se extendía por el empeine para ascender después, corrosivo y lacerante, desde la pantorrilla hasta el muslo. Muy posiblemente tuviese fracturado algún hueso de la pierna, pero no podía acudir al médico con ese aspecto, y menos después de lo que acababa de hacer. «Quizá ya me estén buscando», pensó justo antes de entrar en una cafetería que encontró camino de la parada de autobús. Se trataba de un pequeño local perteneciente a una cadena de establecimientos de venta de café y dónuts para llevar. En el interior había dos mesas altas, vacías, con sus correspondientes taburetes, y al fondo una barra tras la que un muchacho con acné, ataviado con la patética indumentaria oficial de la cadena, gorra incluida, le miraba con cara de asombro y escasas ganas de preguntarle qué deseaba.

Marcus apretó los puños, aún manchados por la sangre de la doctora Watson, se mordió con fuerza el labio superior y dijo:

—Quiero un café, solo, para llevar, ah, y necesito utilizar el cuarto de baño.

—¿Va a querer algún dónut? Con el café, me refiero —preguntó el joven mirando de arriba a abajo al único cliente del establecimiento—. La oferta incluye una pieza por cada café, y como usted ha pedido uno le corresponde un dónut gratis.

—No, solo dime dónde está el servicio, por favor —dijo Marcus escondiendo nervioso sus manos en los bolsillos del pantalón.

—Claro, al fondo, a la derecha. Pero espere, tome, está cerrado —dijo el muchacho entregándole un llavero de madera exageradamente grande con una única llave.

Marcus abrió la puerta para cerrarla a continuación utilizando el pequeño cerrojo metálico que encontró en la esquina superior derecha. Vio su cuerpo reflejado en el espejo de la pared, bamboleándose por la cojera mientras se acercaba al lavabo. Abrió el grifo y dejó correr el agua. Se lavó las manos y después la cara. Por último, se subió la pernera del pantalón para comprobar el estado de su pierna: su tobillo, hinchado y deformado estaba tomando un tono púrpura poco halagüeño. Salió del cuarto de baño intentando disimular su cojera y se acercó de nuevo al mostrador, donde le esperaba humeante su café.

—¿Tienes por ahí un botiquín médico, muchacho? Ya sabes, de esos en los que siempre hay esparadrapo y antiséptico, por si te haces un corte. Necesito un analgésico.

—Pero es de uso exclusivo del personal... No puedo...

—Te daré cien dólares por las pastillas, si es que hay. Vamos, seguro que es más de lo que te pagan por cada hora de tu vida que tiras en este agujero. ¿Qué me dices?

—Yo... no debería...

—Creo que eso es un sí. Toma —dijo Marcus mientras rompía el billete que acababa de sacar de su cartera por la mitad—. Te daré la otra mitad si vuelves con los medicamentos.

El muchacho cogió la parte del billete que le había ofrecido el extraño cliente y se perdió tras la puerta que daba a la cocina. Regresó en menos de un minuto con un pequeño bote transparente con cápsulas de color blanco.

—Creo que están caducadas, es lo único que he encontrado.

Marcus tomó el bote, le entregó al muchacho la otra parte del billete, y antes de salir por la puerta, se giró y dijo:

—Nunca he estado aquí.

Ya en la calle, se sentó en un banco, deseando que los analgésicos le hiciesen efecto lo antes posible. Lanzó al suelo varios pedacitos del dónut que el muchacho se empeñó en darle y enseguida llegaron unas cuantas palomas que comenzaron a picotear frenéticas las migajas del dulce. Esperó a que los medicamentos mitigaran mínimamente el dolor de su pierna antes de dirigirse a la parada para tomar de regreso a casa el mismo transporte que le había llevado a Portland.

El autobús de la empresa Greyhound apenas tardó diez minutos en llegar. Se subió intentando disimular su cojera, pagó su billete y se fue al fondo. Tomó asiento junto a una anciana que le miró extrañada antes de apretar desconfiada su bolso contra el pecho. Marcus agachó la cabeza y miró por la ventanilla a través de la franja que su mano había pintado sobre el cristal empañado por el vaho. Entonces vio algo en el exterior que le hizo levantarse como movido por un resorte. Al hacerlo, pisó sin querer a la anciana, que se quedó protestando desde su asiento al no haberle pedido disculpas. Se acercó a la cabina del conductor todo lo rápido que su maltrecha pierna le permitió y pulsó el botón para solicitar parada.

—¡Abra la puerta, por favor! Necesito bajarme aquí —exclamó nervioso.

—Lo siento, aquí no hay parada —dijo el conductor, hosco y poco solícito.

—No lo entiende, necesito bajar ahora.

—El que no lo entiende es usted: no puede bajarse. Por favor, vuelva a su asiento.

—No me encuentro bien… —afirmó Marcus poniendo una mano sobre el hombro del conductor.

—¡Qué demonios hace! ¡No vuelva a tocarme!

—No me encuentro bien…

El conductor, que aún no había reparado en el extraño aspecto del viajero, aminoró la marcha hasta detener el vehículo junto al arcén. A continuación, y después de echarle una ojeada de arriba abajo al molesto pasajero, dijo:

—Está bien, bájese aquí, pero no vuelva a subir.

Las puertas se abrieron para que Marcus pudiera apearse del autobús. Antes casi de dar el último paso, se cerraron a su espalda con un sonido metálico anunciando que ya no había marcha atrás. Deshizo no sin dificultad los más de trescientos metros que el autobús había recorrido desde que solicitó la parada hasta que consiguió que se detuviese y llegó al destartalado concesionario de coches usados que anunciaba un gigantesco cartel oxidado con el eslogan: «Una segunda vida para usted y para su coche. Autos Floyd».

Se detuvo antes de entrar en la carpa de exposición junto a un coche negro que le llamó poderosamente la atención. En el parabrisas, un cartel de color naranja chillón le anunció el precio bajo el rótulo «super oferta».

—Chevrolet Impala del 67. 390 CV, motor V8, 16 válvulas…, y a un precio inmejorable. Está de suerte, caballero. Puede ser suyo por solo cinco mil dólares —dijo con energía y entusiasmo el vendedor que acababa de acercarse a él sorprendiéndole—. Soy Winston Floyd, bienvenido al mágico lugar de las segundas oportunidades.

—No tengo cinco mil dólares —dijo Marcus, resignado.

—Pero seguro que tiene una chequera. Vamos, es una gran oportunidad que no puede dejar escapar.

—¿Por qué es tan barato? ¿No tendrá algún problema mecánico?

—Súbase. Daremos una vuelta —dijo el vendedor abriendo la puerta del coche—. Vamos, las llaves están puestas.

Marcus se montó y sin llegar a cerrar la puerta, arrancó el motor. Los casi cuatrocientos caballos del Impala rugieron poderosos bajo el capó.

—No veo su coche por aquí. Vamos, no me diga que ha venido en autobús.

—Insisto, ¿por qué es tan barato?

—Está bien. Tendré que confesárselo: en este coche murió un hombre.

—¿En un accidente?

—Oh, no, por supuesto que no. En ese caso no estaría aquí esta maravilla. Murió tiroteado en su interior. Lo adquirí por menos valor en una subasta policial. Me ha pillado. Pero vamos, es una ganga. Los disparos solo destrozaron la luna delantera y perforaron la tapicería aquí y aquí —confesó el vendedor señalando un par de agujeros en el respaldo del copiloto.

—Le haré un cheque por cuatro mil dólares.

—Cuatro mil quinientos si me deja comprobar los fondos. Y necesito su licencia de conducción.

—Está bien —dijo Marcus buscando un cheque en su cartera—. Me lo llevo ahora. No quiero volver a tener que montarme en un maldito autobús nunca más.

—Usted es de los míos. Siempre en mi equipo, señor… Cranston —dijo el vendedor tras comprobar la identidad del comprador en el documento que acababa de entregarle.

—Seguro.

—Ahora mismo regreso, solo tengo que hacer una llamada. Permítame el cheque. Ah, una última cosa, necesito su dirección: es para enviarle la documentación del vehículo. Ya sabe, el dichoso papeleo.

—Vivo en Kennebunkport. En el 66 de Langsford Road.

46

En el 292 de Elm Street, en Biddeford, a diez millas de Kennebunkport, se encontraba la residencia de ancianos McArthur Home. Un magnífico edificio de tres plantas con una majestuosa entrada techada y un gran porche sostenido por blancas columnas, rodeado de varias zonas ajardinadas. Otra vez se había metido en el papel de Nancy Davies, la despistada inspectora de asuntos sociales, pero en esta ocasión había impreso su acreditación gracias a la inestimable ayuda de su compañero, Jerry, que había logrado un diseño exquisito y profesional, y del joven recepcionista del hotel donde se alojaba y su impresora a color.

Entró con determinación, ataviada con su peluca y gruesas gafas de pasta para que no pudiesen reconocerla. Se dirigió decidida al mostrador de recepción y se presentó después de mostrar su acreditación. Una mujer de mediana edad, afable y dispuesta, le indicó el número de habitación de Diane Gainsbourg, la inspectora que firmó el ingreso de su amiga Rebeca en el Asilo de Mujeres Huérfanas de Bangor.

Sacó el móvil del bolso y marcó el número de su ayudante y amigo. La voz alegre de Jerry respondió enseguida.

—A ver, qué pasa ahora...

—Ha funcionado, estoy dentro. Has hecho un gran trabajo. Te dejo que necesito la grabadora. Un beso.

—*Bye bye*, preciosa y suerte.

Emma llamó a la puerta y esperó paciente a que la residente le diera permiso para entrar en su habitación. Tras escuchar el pertinente «adelante», abrió y se asomó con discreción al interior de la estancia. En un sillón, junto a la ventana, una anciana de cabello blanco, vestida con un alegre vestido de estampado floral la saludó con indiferencia sin llegar a girarse para comprobar la identidad de la inoportuna visitante. Sobre el regazo descansaban un libro abierto y unas gafas.

—Buenas tardes. ¿Diane Gainsbourg?

—Sí, ¿quién es usted? —preguntó la mujer tras girarse al oír una voz que no le resultaba familiar.

—Soy la inspectora Davies y me gustaría hacerla unas preguntas si es posible.

—¿Inspectora de qué? De policía está claro que no, porque me hubiese enseñado usted la placa inmediatamente tras presentarse, porque eso les encanta a los policías, les hace sentirse especiales y poderosos. De hacienda no creo, porque no debo nada al fisco. ¿De asuntos sociales?, quizá, pero esta residencia es famosa por el inmejorable trato que reciben los ancianos que pasamos en ella nuestros últimos días y mi hija es imposible que haya puesto una denuncia al centro. Así que, vamos, sorpréndame.

—Pues no era mi intención, pero creo que sí voy a sorprenderla —afirmó la visitante quitándose la peluca y las gafas de atrezo—. Soy Emma Hawkins, reportera de la NBC. Estoy investigando la adopción de Rebeca Cranston, una amiga de la infancia que coincidió conmigo en el Asilo de Mujeres Huérfanas de Bangor. ¿La recuerda? Usted firmó la orden de ingreso.

La mujer cerró el libro, lo dejó junto con las gafas sobre la mesilla de noche, se levantó y se volvió a sentar, pero esta vez en la cama. Miró a Emma de arriba abajo, suspiró y dijo:

—Estaba segura de que este momento iba a llegar. Aunque siempre pensé que iba a ser Dios quien me juzgase primero, la verdad. Pero ya da igual, nada importa cuando uno sabe que se va a morir.

—Vaya, lo siento, ¿está enferma? —preguntó Emma con tono resignado.

—Mi enfermedad se llama vida, la padecemos todos, y antes o después nos lleva a la muerte. Me has dicho que te llamabas Emma, ¿no es así? Me suena tu cara muchísimo, pero tengo principio de Alzheimer y soy muy mala para los nombres.

—Sí, me llamo Emma.

—Está bien, Emma. Ahora te voy a hacer una pregunta y quiero que me respondas con sinceridad. Si te cuento todo lo que necesitas saber, ¿me prometes que no publicarás ni una sola de mis palabras?

—No sé si la entiendo bien.

—Me has entendido perfectamente, vamos. Eres periodista y una mujer inteligente y atrevida. Claro que me entiendes. Ahora solo tienes que responder con una palabra: sí o no. Nada más.

—No.

—Ves. No era tan difícil. Ya solo queda que me lo jures, porque creo en tu honor y sé que no serás capaz de mentirme.

—Lo juro. No publicaré nada de lo que me cuente.

—Estupendo. Entonces siéntate aquí a mi lado —dijo la anciana golpeando con la palma de su mano un espacio de colchón a su derecha—. Es una larga historia. Una historia que aún hoy, a mis ochenta y siete años me hace sentir culpable.

—¿Culpable?

—Hice cosas en el pasado pensando que eran buenas para todos, pero me equivoqué. Por lo menos que yo sepa una vez. Nunca me lo perdonaré, aunque haya aprendido a vivir con la culpa.

—No la entiendo.

—Una noche del mes de abril de hace treinta y cinco años, recibí una llamada de la comisaría de policía de Kennebunkport. La inspectora Patricia Johnson había encontrado un bebé en un contenedor de basura. Estaba envuelto en una toalla manchada de sangre, en el interior de una bolsa de plástico. Me dijo que acababa de rescatarlo y que acudiera al hospital, que es a donde iba a llevar de inmediato a la pobre criatura. La inspectora tenía mi contacto porque habíamos trabajado recientemente en un caso de maltrato infantil.

»Yo residía cerca de aquí, así que no tardé mucho en llegar. Dejé tirado el coche en mitad del aparcamiento y entré corriendo en el hospital. Enseñé mi acreditación a la recepcionista que alertada por mi urgencia y mi estado me acompañó personalmente a la Unidad de Cuidados Intensivos Neonatales. Allí, sentada junto a la incubadora estaba Patricia, mirando preocupada al recién nacido que se debatía entre la vida y la muerte en su interior, conectado a una máquina, entubado, y monitorizado.

»Cuando me vio se echó a llorar. Patricia siempre había querido tener un hijo, pero le había sido imposible concebirlo. Ella y su marido estuvieron años intentándolo, pero al parecer su esposo era estéril. Y allí estaba, observando al bebé que acababa de rescatar pensando que la vida era realmente injusta y que en algún lugar había una madre capaz de arrojar a la basura a su propio hijo. Estuvo una semana entera acudiendo al hospital para ver al pequeño, que día a día iba recuperándose.

»Una mañana, Patricia volvió a llamarme. Esta vez quería contarme algo en persona. Quedamos aquí, en Biddeford, en una cafetería con vistas a Saco River. Me preguntó que qué iba a pasar con el crio. Yo le conté el funcionamiento de la maquinaria burocrática de acogidas, orfanatos y adopciones. Entonces me miró a los ojos y me dijo: «Por favor, haz que yo sea su madre».

»Sabía que Patricia estaba capacitada para serlo. Tenía mucho amor que dar. Era policía, trabajadora, responsable, estaba casada con un buen hombre y nunca le faltaría el trabajo para poder alimentarlo. Así que decidí que así sería. No fue fácil saltarme unos cuantos plazos, salvar algunos escollos y falsificar varias firmas, entre ellas las de mi supervisora. Pero estaba hecho: el bebé tenía un hogar.

»Meses después, Patricia vino a mi casa. Llevaba al bebé en un carrito. Estaba dormido. Era precioso. Me dio un sobre y me dijo que lo abriera en casa, que era por las molestias, pero que bajo ningún concepto podía rechazarlo. Yo sabía que era dinero y no quería cogerlo, pero en aquella época tenía un problemilla con el juego y ya debía más de lo que me podía permitir.

»Y así empezó todo. Volví a hacerlo. Me saltaba los procedimientos y aprovechándome de mi cargo y posición seleccionaba yo misma a las familias que consideraba serían buenas para los niños y niñas que llegaban a los distintos centros de acogida de menores y orfanatos de mi jurisdicción. Por supuesto siempre cobrando la correspondiente muestra de gratitud de la familia adinerada de bien que accedía a mis exigencias.

»Uno de esos centros era el Asilo de Mujeres Huérfanas de Bangor. Allí llegaron un día dos mellizas de pocos meses de edad. Las había abandonado su madre drogadicta. Aún recuerdo el nombre de aquella mujer: Lindsay Chapelle. Afortunadamente tenía dos familias esperando. Me daba mucha pena separarlas, pero se trataba de gente respetable que cuidaría y criaría a las pequeñas con amor. Desgraciadamente no fue así.

»Aunque eran mellizas no se parecían mucho. Una era más pequeña y dócil. La otra parecía mayor que su hermana y tenía más carácter. Sea como sea ya estaba hecho. Fueron entregadas a sus nuevas familias y me olvidé, después de cobrar mis favores. Pero tres años después comenzaron los problemas.

»Un día me llamaron del hospital: tenían un posible caso de maltrato. La paciente tenía tres años, casi cuatro y se llamaba Rebeca Collins. La pequeña presentaba varias contusiones cuyo origen resultaba difícil de explicar y lo peor de todo es que había indicios de agresión sexual. Yo había entregado a aquella niña a un monstruo. Me quería morir.

»El hospital iba a interponer la correspondiente denuncia y después comenzaría una investigación. Estaba perdida. Para ganar tiempo, me llevé a la niña a mi casa. Estuvo conmigo unos meses. Después de borrar el rastro de su adopción firmé su ingreso en el Asilo de Mujeres Huérfanas de Bangor.

»Casualmente, ese mismo mes, Patricia me llamó una noche muy alterada. Me dijo que había encontrado a una niña en la calle. Conocía a su padre, y según parecía, su madre se había marchado de casa abandonándolos a los dos. Me pidió que la cuidara. Me dijo que era adoptada y que su padre no quería saber nada de ella. Que nunca la había querido realmente y que ahora que no estaba su madre no iba a hacerse cargo de la pequeña. En otras circunstancias hubiera indagado el porqué de aquel interés, pero cuando me dio el nombre del padre adoptivo y la dirección decidí no hacer ni una sola pregunta.

»Aquella niña era la hermana de Rebeca y yo misma se la había entregado en adopción a los Cranston. Entonces vivían en el 66 de Langsford Road. Ingresó en el orfanato varias semanas después y aproveché aquella circunstancia para borrar la única prueba que podía inculparme: los recuerdos de aquellas dos niñas. Después de que destruyese su expediente, Rebeca Collins pasó a llamarse Rebeca Cranston. Solo tuve que cambiar un nombre y la fotografía con la de su hermana.

—¿Cómo se llamaba la hermana de Rebeca? La niña que adoptaron los Cranston —preguntó la periodista, incapaz de permanecer en silencio un solo segundo más.

—Me dijiste que tu nombre era… Lo siento, ya te dije que tengo principio de Alzheimer y aunque recuerde historias con detalle como la que te acabo de contar, hay veces que soy incapaz de retener un nombre durante más de cinco minutos.

—Pero yo estuve en ese orfanato... Yo... Mi nombre es Emma. Emma Hawkins.

La puerta de la habitación se abrió de golpe interrumpiendo la conversación. Una mujer que rozaría los sesenta años entró en el cuarto sosteniendo un paraguas. Llevaba puesta una gabardina y un sombrero para el agua. Emma se levantó de inmediato al verla.

—¿Quién es usted y qué hace aquí hablando con mi madre? —preguntó con vehemencia la recién llegada.

—Soy Nancy Davies, inspectora de... —balbuceó nerviosa la joven periodista.

—¿Y qué demonios es eso? —exclamó la mujer señalando con la punta del paraguas la peluca que descansaba sobre la cama.

—Tranquila hija, es una amiga mía. Deja que se vaya, luego te cuento. No te preocupes, por favor. Ella es actriz, y yo le pedí la peluca. Ya sabes que siempre he querido ser actriz —dijo la anciana después de levantarse de la cama.

—¡Oh, Dios mío, mamá! —exclamó la mujer con lágrimas en los ojos antes de abrazar a su madre.

Emma aprovechó el momento para recoger sus cosas y escabullirse de la habitación. De esa manera no tendría que dar falsas explicaciones. Se colocó como pudo la peluca y salió de la residencia de ancianos a hurtadillas. En la entrada le esperaba su taxista de siempre con el motor encendido, fiel y acostumbrado a las interminables e inciertas esperas. De camino a su hotel, cogió el móvil y marcó el teléfono de su ayudante que apenas tardó un par de tonos en contestar.

—¿Qué tal ha ido? —preguntó Jerry, jovial.

—Ni siquiera sería capaz de explicártelo.

47

La oscuridad continuaba observándoles desde la profundidad del sótano, curiosa y expectante. La anciana parecía agotada tras revelar la historia que le había anticipado su inevitable regreso a Kennebunkport. Y Gabriel permanecía inmóvil, con la mirada fija en un punto perdido más allá de los escalones que bajaban al misterioso espacio que acababan de descubrir. Fue el primero en hablar:

—Es una historia increíble que me plantea varias incógnitas: ¿quién era aquella mujer que encontraron gracias a usted? Y, ¿encontraron al policía?

—Ya le conté que me marché sin conocer la identidad de aquella pobre criatura. Me recluí en mi apartamento con mis gatos y no quise saber nada del mundo exterior. En cuanto al muchacho…, no sé, es algo extraño. No quise enterarme de cuál fue su paradero, pero desde que llegué aquí estoy segura de que está muerto. Quizá debería visitar a sus padres, dar la cara y preguntarles.

—Creo que eso será imposible. Los Sephard se divorciaron una semana después de mi llegada a Kennebunkport. Andrew murió de un infarto en plena campaña electoral para su reelección y su esposa, Karen, acabó internada en el Mental Health Associates of Maine. No superó la desaparición de su hijo.

—Parece que está usted al día de la situación de esa familia —afirmó la anciana desviando la mirada hacia la negrura que permanecía tras la puerta oculta.

—Pura casualidad. Nunca me he interesado lo más mínimo por la vida del alcalde y su familia, pero un día la policía me hizo unas preguntas supuestamente rutinarias sobre el anterior dueño de esta casa. Eso es todo.

—¿Quién fue el dueño de esta casa? Recuerde que teníamos un trato. Yo ya le he contado qué ocurrió en mi primera visita a este maldito lugar.

—Está bien, aunque ya le adelanto que es una historia corta porque realmente nunca he sabido muy bien quién era. Yo vivía en Portland, en el 65 de Gray Street. Mi casero se llamaba Jason Barrell, era un viejo decrépito y usurero que acudía puntual cada primero de mes a recaudar el pago del alquiler. No tenía tanta prisa cuando se estropeaba la vieja caldera o había que arreglar un grifo.

»Se preguntará porqué le cuento lo de mi casero, pero es de los pocos datos fiables que tengo de mi pasado en Portland. Luego entenderá a qué me refiero. Era enero, hacía el típico frío húmedo que se mete en los huesos, aquello sí lo recuerdo, y se supone que cargué en la parte de atrás de mi *pick-up* mis aparejos de pesca. Por aquel entonces tenía una Chevrolet C30 de 1970. Por la cantidad de cañas, plomos, anzuelos y boyas, es posible que viniera a Kennebunkport a vender el instrumental. Nunca lo supe.

»Nada más tomar el desvío desde la 95, junto al Mousam River, en Kennebunk, un Impala adelantó imprudentemente a otro vehículo, invadió el sentido contrario y chocó frontalmente con mi *pick-up*. El conductor de aquel coche se llamaba Marcus Cranston y era el dueño de esta casa.

»Perdí media cara, una falange, y más de dos litros de sangre. Lo peor fue el traumatismo craneoencefálico. Estuve una semana en coma y en total tres meses en el hospital postrado en una cama, con la cabeza vendada, alimentándome a través de una pajita. En todo ese tiempo nadie fue a visitarme.

»Cuando recobré el conocimiento, no era capaz de recordar nada, pero enseguida apareció el doctor Freeman para explicarme la causa de mis problemas de memoria, quitándole importancia porque según él eran muy comunes en personas con traumatismos de impacto moderado a grave, como el que había sufrido, ya que se pueden dañar partes del cerebro que se encargan de aprender y recordar.

»Por lo general, una lesión cerebral traumática afecta más a la memoria declarativa, la que almacena recuerdos que se evocan conscientemente, especialmente la memoria episódica, que almacena recuerdos de hechos vividos. También es normal que las personas que han sufrido este tipo de lesiones puedan no recordar el incidente que las generó, producto de la amnesia postraumática.

»El doctor Freeman siempre me animaba diciéndome que con la neurorrehabilitación adecuada podría mejorar mi capacidad amnésica y aprender a vivir con los problemas de memoria, y lograr cumplir con mis actividades diarias sin mayores dificultades. Pero lo cierto es que nunca tuve ni el valor ni las ganas suficientes para intentarlo. ¿Qué tipo de vida tenía? ¿Quién era yo para que nadie fuera a visitarme? No quería descubrirlo.

»Jason Barrell era la única conexión con mi pasado. Aquel maldito usurero no tuvo escrúpulos ni inconveniente alguno para desahuciarme pese a mi estado. Tras tres meses de impago, recibí una orden judicial en la misma habitación del hospital donde seguía ingresado para que abandonara la vivienda en una semana. Fue el primer lugar al que me dirigí nada más abandonar el hospital. Recogí mis cosas del apartamento acompañado de un abogado. Pasé esa noche en un motel barato a las afueras de Portland.

»Seis meses después se celebró un juicio. El juez declaró culpable a Marcus Cranston, fallecido en el acto en el mismo accidente, de los delitos de conducción temeraria y homicidio imprudente, siendo condenado a indemnizarme con medio millón de dólares, por los daños físicos irreparables que me causó. Al no disponer de fondos suficientes, le fue embargada su vivienda que me fue entregada como compensación económica sin que llegara a cubrirse la totalidad de la indemnización correspondiente. Es donde vivo desde entonces y donde estamos ahora mismo.

»A mí me quedó una pensión con la que poder subsistir para ver pasar mis días frente al mar, intentando recordar qué tipo de persona fui en mi otra vida, intentando aprender otra vez a pescar, a ver el mundo desde los ojos heridos de alguien que lo perdió todo por culpa de un malnacido. Y el tiempo transcurría con una tranquilidad monótona y aburrida hasta que los susurros me despertaron una noche.

—Interesante historia también la suya, sin duda —dijo Dorothy que apenas había parpadeado mientras escuchaba atenta el relato de los labios de Gabriel.

—Triste historia diría yo.

—¿Y si le dijese que esa otra vida que usted cree haber empezado el día del accidente no fuera tal?

—No la entiendo.

—Que quizá su verdadera vida, aunque no la recuerde, terminó aquel día. Y que desde entonces solo ha sido capaz de hablar con Martin y conmigo.

—¿Qué?

—Que quizá los susurros que escucha son la llamada de una mujer que le amó. La misma que atravesó sus recuerdos y que solo quiere guiarle en la oscuridad.

—Pero no…, no es posible.

—¿Y si le dijese que quizá, Gabriel, esté muerto?

48

La ligera presión que comenzó a sentir en sus sienes hacía unos minutos se convirtió en una desagradable jaqueca que atravesaba ya su cráneo de un extremo a otro. La luz del flexo de su escritorio arrojaba una pobre luz amarillenta sobre los papeles que había dispuesto sobre la mesa, ordenados formando cuatro montones. En uno de esos montones, las fotografías del escenario del crimen de los señores Dabrowski parecían burlarse de su razón.

Por más vueltas que le daba seguía sin comprender por qué motivo un pobre drogadicto había asesinado de una forma tan violenta a una pareja de ancianos indefensos. Todo parecía demasiado evidente y a la vez carente de lógica. Yishai Renton fumaba marihuana principalmente, y en la mayoría de ocasiones los efectos que produce en quienes la consumen son una euforia placentera y una sensación de relajación. Tampoco entendía por qué había matado a su novia para después prender fuego a la vivienda. «¿Mató a la chica, provocó un incendio y después se acostó tranquilamente? ¿Esperando qué? ¿La muerte? Hay cien maneras más prácticas de suicidarse», se planteaba.

Liam intentaba salir de las arenas movedizas de sus propios pensamientos y elucubraciones cuando la dicharachera voz de su compañero llegó a sus oídos como una soga a la que poder aferrarse.

—Vamos sargento, váyase a casa. Su santa esposa le estará esperando. Además, no sé qué más vueltas necesita darle para entender que ya está, que se acabó; el caso está resuelto y a falta de juicio, ya tenemos un culpable —dijo David asomándose a los documentos que estaban en el escritorio de su superior.

—Demasiado fácil, ¿no crees? No sé, creo que hay algo que no encaja. Jesse me dijo que había visto una sombra. ¿Y si…?

—Jesse era un colgado que se pasó de la raya con las drogas e hizo algo horrible. Vería al mismísimo diablo después de tres porros. No pretendas encontrar la lógica en los actos de un yonqui. Ese chico actuó bajo los efectos de vete tú a saber cuántas sustancias alucinógenas, por lo menos cuando mató a los viejos. Lo de su novia ya es otro cantar. Sea como sea, Jesse Renton es un asesino, hay pruebas que lo demuestran y espero que se pudra en la cárcel por lo que hizo.

—Ojalá tengas razón, David. Porque si te equivocas…

Liam no tuvo tiempo de acabar la frase. Un hombre de mediana edad, corpulento, vestido con un abrigo negro de lana y un gorro del mismo color entró cojeando en la comisaría sacudiéndose copos de nieve de sus hombros. Se acercó al mostrador de recepción de la entrada pese a que estaba vacío y se quedó esperando a que alguien le atendiese sin decir nada.

—¿Y ese colgado? —preguntó David con un susurro interrumpiendo a Liam, después de darle un codazo para alertarle de su presencia.

—Ni idea —afirmó el sargento tras girarse para comprobar la identidad del visitante.

—Yo me encargo, vete a casa, que parece que ha empezado a nevar.

David se acercó al mostrador y tras hablar unos instantes con el desconocido, regresó a donde estaba Liam.

—Es Marcus Cranston, dice que le llamaste el otro día, que teníais una cita en la comisaría pero que no te ha encontrado aquí cuando ha venido a verte.

—¿Marcus Cranston? Ah, sí, del 66 de Langsford. Un poco tarde, pero bueno. Hablaré con él. Gracias David.

—Mientras, con tu permiso, recogeré estos papeles y los archivaré donde deben estar, que ya te adelanto que no es sobre tu mesa.

Liam se acercó al mostrador y saludó al hombre que esperaba al otro lado.

—Buenas tardes, casi noches ya. Parece que está empezando a nevar. Soy el sargento Liam McDougall, un placer.

—Oh, no, el placer es mío.

Después le indicó con la mano que por favor le acompañase al despacho del jefe de policía Walter Prescott. El visitante accedió y antes de entrar se detuvo junto a la puerta, observó con detenimiento la pequeña placa que identificaba la estancia y dijo:

—Vaya, acaba de ascender. Jefe McDougall. Suena bien, distinguido. ¿Dónde está el tal Prescott? ¿De vacaciones, quizá? ¿Enfermo? Todo está muy ordenado y usted parece sentirse relajado aquí. Eso solo puede significar una cosa.

—Mi compañero me ha dicho que usted es Marcus Cranston y que me ha estado buscando —afirmó el policía obviando deliberadamente las preguntas formuladas.

Liam tomó asiento en la silla de piel de su superior, tras un imponente escritorio de madera adornado con las medallas enmarcadas con las que habían condecorado al veterano jefe de policía. Marcus se sentó frente a él, le miró fijamente y carraspeó antes de hablar.

—Efectivamente estuve aquí hace unos días. Fiel a mi palabra, y tal como le confirmé por teléfono, vendría a la comisaría para aclarar cuantas cuestiones quisiera plantearme —dijo Marcus con tono sereno y pausado.

—Lo siento, he estado un poco liado últimamente. Supongo que se habrá enterado de los acontecimientos tan graves que nos han mantenido ocupados durante los últimos días. Me sorprendería que no se hubiese percatado de que la casa de sus vecinos ha desaparecido, literalmente.

—Oh, el incendio, es verdad, una desgracia. Por un momento creí que estaba amaneciendo, imagínese; y pensar que eran las llamas… Espero que no hubiese que lamentar daños personales.

—Murió una chica. Asesinada —afirmó Liam haciendo énfasis en la última palabra.

—Ahora que lo dice, el otro día, en el autobús, camino de Portland, unas señoras un poco chismosas, la verdad, iban comentando que ustedes habían detenido a un drogadicto y que tenía en su poder las joyas de la anciana asesinada. Vamos, que habían resuelto el caso.

—Pues sí que eran chismosas. Ni siquiera puedo imaginar cómo es posible que tuviesen esa información.

—Bueno, ahora dígame si es tan amable qué necesitan de mí —dijo Marcus, comenzando a impacientarse.

—Señor Cranston, ¿dónde estaba el 23 de noviembre?

—No lo sé, supongo que en mi casa. Salgo poco, la verdad.

—Entonces, ¿por qué no nos abrió la puerta?

—Estaría en el sótano. Es donde tengo todo mi instrumental y el lugar más adecuado para realizar mi actividad. Ya sabe, los olores…

—No, no sé. ¿A qué se dedica? —preguntó Liam, que empezaba a ver que aquella conversación no iba a derivar en ninguna parte.

—Soy taxidermista. Básicamente lo que hago es…

—Sé perfectamente lo que hace un taxidermista, no hace falta que me lo explique.

—Últimamente he estado trabajando en piezas de mayor tamaño que requieren una dedicación y una concentración mayores. Si quiere puede venir a mi casa para ver a qué me refiero.

—Ya…, bueno, gracias, lo tendré en cuenta.

—¿Es cierto que ya tienen al culpable? —preguntó Marcus cambiando de tema.

—Hemos detenido a un hombre, pero de ahí a que sea culpable… Solo un juez será capaz de determinarlo.

—Y Dios, claro.

El timbre del teléfono resonó en la comisaría, que permanecía en completo silencio a aquellas horas de la tarde. David atendió la llamada y a continuación la transfirió al despacho. Allí, respondió el sargento McDougall después de descolgar el auricular maldiciendo para sus adentros el momento tan inoportuno que habían elegido para molestarlo.

—¿Dígame? (…) Sí, de acuerdo. (…) No lo sé. (…) Sí estoy todavía trabajando, ahora voy para casa.

—¿Problemas?

—Lo siento. No, era mi esposa. Bueno señor Cranston, gracias por venir, pero de momento no necesitamos nada más de usted…

—¿Ya está? ¿Eso es todo?

—Bueno, ahora que lo dice, con su permiso, le voy a hacer una última pregunta antes de que se marche.

—Faltaría más.

—¿Vio usted algo raro durante esos días? Me refiero a si vio…, no sé, a alguien extraño merodeando por la zona o quizá…

—No que yo recuerde.

—¿Conocía usted a Yishai Renton? Su vecino.

—Dijo que era una «última pregunta» —afirmó Marcus entrecomillando el aire con los dedos índice y corazón de ambas manos.

—Es verdad, lo siento.

—¿Ese es el sospechoso? ¿Es a quién han detenido? ¿A mi vecino?

—¿Le conoce?

—Conocerle sería mucho decir. El invierno pasado le vi deambulando por mi propiedad. Creo que iba colocado. Le advertí desde la ventana de mi cocina con llamar a la policía. Finalmente tuve que salir armado pala en mano para echarle, pero reaccionó de forma violenta y decidí volver a meterme en casa. Finalmente se marchó haciendo eses.

—De acuerdo señor Cranston. Ahora si me disculpa, he de atender un asunto familiar que, como ha podido observar o mejor dicho escuchar, parece urgente.

Los dos hombres se levantaron a la vez, estrecharon con fuerza su mano y se despidieron cortésmente. Nada más abandonar la comisaría Marcus Cranston, el sargento se acercó a David, que ordenaba distraído unos cuantos expedientes en el mueble archivador de la entrada, para decirle:

—Ese tipo no me da buena espina.

—Ya, cuando le he visto he sentido escalofríos. Es…, ¿cómo lo diría…? Siniestro, sí eso es, siniestro —dijo David orgulloso de haber encontrado la palabra que estaba buscando.

—No me gusta ni un pelo.

—A mí tampoco, pero bueno. No le dejaré ser mi amigo y arreglado, ¿o me estás insinuando algo? —preguntó David tras ver el gesto preocupado de su compañero—. ¿No pensarás que este tarado ha tenido algo que ver con…? Oh, venga Liam, no me jodas.

—Solo te estoy diciendo que había algo raro en él. Algo que no me gusta. Además, me ha mentido.

—A ver, jefe, solo un maldito loco vendría a la comisaría para que pudieran interrogarle después de matar a tres personas, ¿no crees?

Liam palideció por unos instantes. Después tomó aire y le preguntó a su subordinado:

—¿Qué has dicho? Repítelo.

—Te he dicho que solo un loco iría a la policía para acabar delatándose.

—¿Quién está en Portland ahora mismo?

—¿Qué?

—Sí, que qué compañero está de servicio por la tarde.

—Derek, creo. Te lo digo porque me llamó la semana pasada aproximadamente a esta misma hora. Habían robado un coche y venían para acá. Derek me dio el aviso.

—Pues dame el teléfono, vamos. Tengo que hacer una llamada.

49

Le despertó un repiqueteo rítmico y monótono que retumbaba contra las paredes para regresar a sus oídos, como un eco lejano y ajeno. El sonido parecía originarse cerca de donde estaba, pero no sabía dónde estaba. Entonces sintió un fluido caliente y viscoso descendiendo por su cuello. Salpicaba sus manos. Las intentó retirar, pero no pudo, estaban atadas a su espalda. Notó la aspereza de la cuerda que rodeaba con fuerza sus muñecas. Intentó también levantarse, pero no tuvo éxito. Sus tobillos estaban atados a las patas de la silla de plástico donde permanecía sentado. Intentó gritar y el esparadrapo que cubría su boca se lo impidió. Abrió los ojos, pero solo vio la misma oscuridad que cuando los tenía cerrados.

El repiqueteo continuaba introduciéndose en su cabeza, corroyendo sus pensamientos y alimentando su miedo. Escuchó unos pasos. Los pasos se acercaban. Y finalmente una voz desconocida resonó en sus oídos.

—¿Quién es usted?

Un tirón seco despegó el adhesivo que sellaba sus labios. Sintió el aliento del hombre que respiraba a unos centímetros de su cara.

—Vamos, conteste, no tengo todo el día. ¿Quién diablos es usted y qué hacía en mi propiedad?

—Ya se lo he dicho. Me llamo Glenn Wilson y solo estaba buscando a mi prometida. Se llama Emma Hawkins. Y ahora suélteme por favor.

—¿Es policía? ¿Periodista?

—No, soy ingeniero. Vamos, suélteme.

—Nadie había llamado a ese timbre desde hace años y en una semana...

—¿Ha estado aquí Emma? ¿Dónde está? ¿Quién es usted?

—Nadie. Soy nadie. Un holgazán, un vagabundo. Soy una navaja afilada, si te acercas a mí...

—Está loco. ¡Socorro!

—Estamos en el pozo del abismo y solo yo tengo la llave. Sus gritos los ahogarán las paredes de este sótano, así que cállese.

—¡Suélteme!

—O se calla o...

—¿O qué? ¿Qué me va a hacer?

—Aún no lo sé. Bueno sí.

Escuchó al hombre moverse en la oscuridad. Le sintió a su espalda. Notó su respiración en la nuca y el metal de lo que podía ser un cuchillo entre sus muñecas.

—¡Nooooo, por favor! —gritó Glen atemorizado mientras el filo del arma cortaba las ligaduras.

—Es solo un gesto de buena fe.

El prisionero llevó sus manos casi instintivamente a la cabeza para palpar la herida de la nuca, de la que aún brotaba sangre.

—Se dio un buen golpe al entrar, señor Wilson. Ahora quiero que me escuche atentamente: necesito que me cuente todo lo que sepa sobre esa mujer, Emma Hawkins, su prometida; y por su bien espero que sea un relato interesante y sincero. Si cumple su parte, le soltaré con la condición de que no le hable a nadie de nuestro encuentro fortuito. Será nuestro secreto. ¿Qué le parece?

—Está bien.

—Le confirmo, por si intenta hacer cualquier tontería, que le estoy apuntando con un Winchester. Se lo digo por si sus ojos no se han acostumbrado aún a la oscuridad y no puede ver esta preciosidad.

—Entiendo —afirmó Glen con voz temblorosa.

—Pues proceda entonces.

—¿Cómo sé que me soltará?

—No lo sabe, pero no tiene elección, así que venga, cuénteme su historia.

—Está bien: La empresa para la que trabajaba desde hacía tres años tenía indicios de la existencia de dos posibles yacimientos petrolíferos cerca de la ciudad de Abyei, en la frontera entre Sudán del norte y Sudán del sur.

»La ciudad de Abyei fue prácticamente destruida en mayo de 2008, cuando las tensiones entre el Ejército de Liberación del Pueblo

Sudanés y las Fuerzas Armadas de Sudán se hicieron demasiado fuertes y las dos facciones iniciaron la guerra debido al nuevo alcalde o al administrador que el gobierno de Sudán Meridional había elegido para esta zona; una medida a la que la tribu árabe de Misseriya se había opuesto ampliamente. Alrededor de cincuenta mil habitantes de Abyei, en su mayoría Ngok Dinka, tuvieron que huir de la ciudad e ir a Agok, más al sur.

—No hacía falta que fuese usted tan específico, pero está bien, continúe. Parece un buen narrador y no tengo prisa alguna —interrumpió el anciano, sorprendido por la locuacidad de su asustado huésped.

—El 22 de mayo de 2011, la ciudad de Abyei había sido atacada por las autoridades sudanesas para recuperar el control. Los violentos combates, saqueos y destrucción de infraestructuras obligaron a miles de sus habitantes a huir al sur del país.

»En enero de 2011 se realizó un referendo otorgando una abrumadora mayoría a la opción independentista. Tras los resultados, el gobierno sudanés de Omar al-Bashir aceptó la división del país, que se llevó a cabo el 9 de julio de 2011 cuando se proclamó oficialmente la República de Sudán del Sur. Los primeros años de independencia estuvieron marcados por los conflictos tribales entre varios grupos étnicos del país, causados por rencillas derivadas de la escasez de recursos de la región. Desde 2013 la situación empeoró y dio comienzo una guerra civil en Sudán del Sur.

—Vamos, vaya al grano. Empiezo a impacientarme. ¿Por qué me cuenta esto?

—Porque estoy nervioso y porque allí conocí a Emma, en medio de una maldita guerra originada por lo que le acabo de contar. Ella volvía de hacer un reportaje sobre la explotación sexual de mujeres y la delincuencia infantil patrocinadas por una mafia local en un campo de refugiados en Bentiu, al sur del país. Emma estuvo una semana viviendo en la carpa que ACNUR tenía instalada para sus voluntarios junto al campo. Había conseguido identificar al cabecilla de aquella organización criminal que se lucraba con las calamidades de los refugiados. Le siguió la pista hasta Abyei, donde ayudaba a su familia a reconstruir una de las decenas de granjas arrasadas por el conflicto. Quería entrevistarle.

»Yo estaba en el campamento que había montado mi empresa a las afueras de la pequeña ciudad. El ejército protegía las instalaciones, y nos estaba terminantemente prohibido salir de allí. Pero yo, cada tarde, sobornaba a uno de los vigilantes para que me dejara salir a dar un paseo. La carpa donde vivía me asfixiaba y necesitaba tomar el aire.

»Una de aquellas tardes caminé más de la cuenta y llegué al centro de Abyei. Eran las seis de la tarde del día quince de abril. Comenzaron a sonar disparos, gritos, el claxon de un vehículo, y más disparos. La gente corría por la calle despavorida. Entonces la vi: una mujer joven, blanca, huyendo de algo con una pequeña video-cámara en la mano. Llevaba una camiseta con la imagen de Unicef pintada de azul en la espalda y su cabello rubio bailaba en el aire al son de sus zancadas.

»Una *pick-up* roja con tres individuos armados en la parte trasera apareció ante mis ojos, derrapando. Los ocupantes disparaban al aire sus Ak-47 mientras perseguían al tumulto. El vehículo aminoró la marcha hasta detenerse a una manzana de donde estaba. El caos se había apoderado de las calles y la gente chocaba entre sí intentando encontrar un lugar donde refugiarse.

»Uno de aquellos hombres se bajó de la camioneta de un salto y comenzó a perseguir a la joven. Llevaba su Kalashnikov a la espalda y en la mano un gran machete. Yo le seguí sin saber por qué. Siempre he sido un hombre pacífico y más bien cobarde, pero le seguí. Supongo que surgió en mi interior un sentimiento protector inaudito. No lo sé. Llegamos a un callejón sin salida. La mujer comenzó a gritar. El atacante la golpeó en la cabeza con el mango del machete haciéndola caer al polvoriento suelo. Después se abalanzó sobre ella y…, ahí intervine yo. Cogí una maceta que adornaba el alféizar de una de las precarias casas de la calleja y se la estrellé en la cabeza a aquel animal. Nunca había golpeado a nadie ni me había metido en una pelea, pero reconozco que me gustó.

»El hombre cayó inconsciente sobre la joven. Le dimos la vuelta entre los dos para quitárselo de encima. Ella se levantó, se sacu-dió el polvo y me abrazó. Ni siquiera tuvimos tiempo de presen-tarnos. Los disparos de una Ak-47 volaron sobre nuestras cabezas. Uno de los asaltantes nos disparó desde el otro extremo del callejón. Afortunadamente la puerta de la casa que teníamos a la izquierda estaba abierta. Entramos corriendo y salimos a un patio interior. Estaba vallado.

»La ayudé a trepar por la alambrada y cuando era mi turno, apareció el atacante. Me apuntó con su arma y me quedé paralizado. Solo fui capaz de mover los labios para decirle a la joven que escapara, que se salvara. Aún recuerdo aquella mirada... Salté como pude y mientras caía oí disparos. Después todo se volvió negro.

»Desperté en el hospital de Agok con un dolor de cabeza terrible. Al lanzarme desde lo alto de la valla, la pernera de mi pantalón se enganchó en el alambre volteándome. Caí de cabeza y perdí el conocimiento mientras el atacante pensaba que me había alcanzado. Lo primero que vi al abrir los ojos fue su cara. «Te debo la vida», me dijo. Yo solo conseguí balbucear una pregunta: «¿cómo te llamas?». Ella me dijo su nombre, sonrió y se marchó, y yo me enamoré en aquel preciso instante.

»Una semana después el destino nos unió en el Aeropuerto Internacional de Yuba. Los dos teníamos pasaje en el mismo avión para regresar a Nueva York. Cambiamos los asientos para sentarnos juntos. Antes de llegar a Dubai, nuestra primera escala, ya nos conocíamos como si lleváramos saliendo varios años. Y antes de aterrizar en el JFK ya habíamos hecho el amor en el baño del avión.

»Un año después creé una cuenta de correo electrónico falsa, a nombre de un supuesto traficante de drogas famoso. Tras aquellos primeros doce meses saliendo ya la conocía perfectamente. O eso creía. Le envié un par de *e-mails* antes de que se animase a quedar. Yo tenía supuestamente cierta información sobre gente bien posicionada que se lucraba con mi negocio: políticos, banqueros, actores... Sabía que estaba dispuesta a seguir la pista falsa y a acudir a la misteriosa cita que yo había organizado, y así lo hizo. Estaba a punto de pedirla que se casara conmigo.

»Aún recuerdo la decepción en su mirada cuando me quité las gafas de sol y la barba postiza. Su noticia, su primicia, se había desvanecido. Pero lo hice igualmente: saqué el anillo de compromiso y pedí su mano de rodillas. En mitad del puñetero restaurante donde habíamos quedado. Ante la atenta mirada del resto de comensales, mientras pensaba que había sido un iluso... que la había cagado montando todo aquel teatro. Y entonces me temí lo peor. Entonces pensé que iba a decirme que no. Pero no lo hizo. Simplemente me miró y asintió sin decir palabra. Después nos besamos y yo me eché a llorar.

»Eso es todo lo que puedo decirle de Emma Hawkins, mi prometida. Porque es la parte que viví. Mi testimonio en primera persona. Del resto solo sé lo poco que ella ha querido contarme: que es adoptada, que estudió periodismo y que odia los macarrones. Es lo único que sé de ella y lo único que necesito saber. Y lo único que necesita saber usted es que la quiero, y que, como la toque un pelo, le mataré.

—No creo que esté en posición de amenazarme, señor Wilson. Pero he de reconocerle que es una gran historia, y que la ha narrado con entusiasmo.

—Vamos, ahora suélteme, ya le contado lo que quería saber. Suélteme, por favor. Le prometo que no le contaré esto a nadie, pero deje que me vaya. Solo quiero…, solo necesito encontrarla y saber que está bien, se lo ruego.

Glenn sintió cómo la presencia de su captor se alejaba en las tinieblas. A continuación, escuchó un tenue sonido metálico acercándose, como el arrastrar de cadenas de un fantasma o de un condenado. La fricción del metal con el suelo aumentó en intensidad hasta que volvió el silencio. La pala se estrelló violentamente contra su cabeza por segunda vez y regresó la otra oscuridad.

50

Con un gesto despectivo le indicó a la anciana que no se moviese de donde estaba. Regresó tras unos cuantos segundos, con un gran cuchillo en la mano. Alzó el filo en el aire, desafiante, y la luz recorrió la afilada hoja desde la punta hasta el mango del utensilio, haciéndola relucir con un brillo siniestro. El filo descendió despacio hasta situarse sobre la palma de la otra mano, provocando que las temerosas palabras de Dorothy salieran atropelladamente de su boca.

—¿Qué es lo que va a hacer, Gabriel?

—Qué más le da. ¿No me ha dicho que estoy muerto?

El cuchillo se movió rápido cortando el tejido. Gabriel apretó la mano y la sangre comenzó a brotar de la herida que recorría la palma de su mano. Alzó el puño y salpicó con ella el rostro de Dorothy, que sorprendida, se había quedado inmóvil y en silencio. El ayudante de la médium entró en ese momento con dos grandes cajas de pizza en la mano.

—¿Qué está ocurriendo aquí? —preguntó asustado al ver a Gabriel sangrando con el cuchillo en la mano.

—Nada, ¿verdad señor Beckett? —contestó presurosa Dorothy, anticipándose a la posible e impertinente respuesta del anfitrión justo después de limpiar con un pañuelo la sangre de su rostro—. Un accidente. Ahora vamos, bajemos ahí y veamos qué esconde esta casa.

Gabriel le dedicó una mirada cargada de odio a la anciana, antes de ir a la cocina para dejar el cuchillo y tapar su herida con un trapo. Regresó de inmediato con varias linternas y la extraña y desagradable sensación de que Dorothy se había burlado de él.

—Se van a enfriar las pizzas —dijo Martin intentando contemporizar.

—Ha llegado el momento —afirmó Dorothy alumbrando las escaleras, obviando por completo el comentario de su ayudante.

La médium dio un paso hacia el abismo. Iluminó con la linterna la barandilla y puso el pie derecho en el primer escalón. Martin seguía sus pasos y Gabriel cerraba la marcha de descenso al sótano. Cientos de partículas de polvo flotaban en el aire viciado y denso, bailando dentro del haz de luz amarilla que cortaba la oscuridad. Dorothy había concluido el descenso cuando Martin tropezó justo antes de llegar al último escalón y cayó de bruces contra el suelo.

—¡¿Por qué diablos me ha empujado?! —exclamó tras ponerse de pie, palpar su barbilla herida y sacudirse el polvo de la ropa.

—Yo no le he empujado. ¿Por qué iba a hacerlo? —respondió Gabriel, claramente ofendido por la acusación.

—Sentí sus manos en la espalda, no soy estúpido. Vamos, ¿por qué lo ha hecho?

Gabriel no respondió. Se quedó en silencio y le hizo un gesto a Martin para que bajara la voz. Después señaló a Dorothy, que estaba en el centro del sótano, alumbrando una mesa metálica que parecía esperar aquella inoportuna visita al fondo de la estancia. Estaba paralizada, inmóvil, y la mano que sujetaba la linterna temblaba descontrolada. Martin se acercó a ella y puso su mano en el hombro de la mujer para captar su atención.

—Dorothy, ¿está usted bien?

La anciana se giró dejando caer la linterna, que se apagó al golpear contra el suelo. Martin la enfocó la cara y dio un paso hacia atrás. La mujer tenía la boca abierta y los ojos en blanco.

—¡Dorothy, Dorothy! ¡Vamos, responda! ¿Qué le ocurre? —exclamó su ayudante, preocupado.

—¿Qué está ocurriendo? —preguntó Gabriel, sorprendido por lo que acababa de acontecer.

Dorothy echó a andar hacia el fondo del sótano. Llegó a la pared y extendió las manos sobre la pintura que la cubría.

—¡Quiero salir de aquí! —gritó desesperada—. ¡Por favor, sacadme de aquí!

A continuación, empezó a arañar la pared. Lo hizo con tal fuerza que sus uñas se rompieron y la sangre comenzó a brotar de sus dedos manchando la superficie rugosa del tabique.

—¡No quiero estar en este sótano! ¡Necesito salir!

Martin corrió hacia ella, la asió por la cintura e intentó retirarla de la pared, pero Dorothy se resistía contorsionándose en el aire. Sus manos se movían frenéticas sobre el muro de arriba abajo, sin control. Gabriel se acercó y ayudó a Martin a separar a la mujer. Al hacerlo, los tres cayeron hacia atrás y chocaron contra la mesa metálica, volcando su contenido. Al suelo cayeron un escalpelo, unas tijeras, varias limas, agujas, unas tenazas, y un rollo de alambre.

Una de las linternas iluminaba la escena desde el piso. Entonces la anciana palpó el suelo hasta encontrar el escalpelo y con él amenazó a los dos hombres. Estaba a punto de decir algo cuando sus ojos volvieron a su ser y fijó la mirada en Gabriel, para después posarse en el afilado instrumento que sostenía en su mano. Finalmente dijo:

—¿Qué ha ocurrido? ¿Qué es esto? ¿Qué ha pasado? Por favor, contesten. Díganme algo.

Ninguno de los dos respondió. Ambos, se limitaron a señalar con el dedo la pared que acababa de arañar Dorothy. Su sangre y sus manos habían dibujado una X.

51

Sus dedos bailaban fugaces sobre las teclas numéricas del aparato. En apenas unos segundos había marcado el teléfono del departamento de policía de Portland esperando impaciente una pronta respuesta. La voz cansada de una mujer de mediana edad contestó impasible desde el otro lado del auricular.

—Policía de Portland. ¿En qué puedo ayudarle?

—Soy el sargento McDougall, de Kennebunkport. ¿Está Derek por ahí? Me gustaría hablar con él.

—¿Kennebunkport? Madre mía, la que tenéis liada ahí. Entre unas cosas y otras…

—¿Está Derek? —insistió el policía, nervioso.

—No, no está. Sigue en el hospital.

—¿Está enfermo?

—No, no, que va. De visita por una agresión.

—De acuerdo. Por favor, dígale que me llame cuando regrese. Gracias.

Liam colgó frustrado el auricular sin esperar la respuesta de su interlocutora.

—Le noto nervioso, Liam. ¿Qué le ocurre? —preguntó David con tono conciliador.

—Nada.

—Vamos jefe. El caso está resuelto. Ya tenemos culpable, y antes de Navidad. Podemos respirar tranquilos. Especialmente el alcalde, que volverá a ganar las elecciones y podrá así mantenernos a todos en nuestros correspondientes puestos.

—¡Te he dicho que nada, joder! —exclamó Liam golpeando con el puño su mesa.

—Lo siento, jefe. Solo me preocupaba por usted.

—El que lo siente soy yo, David. Perdóname. Digamos que últimamente se me han juntado unos cuantos problemas, eso es todo. Los asesinatos, el incendio, las ausencias de Patricia y de Tommy, las discusiones con mi mujer, la rebeldía de mi hija adolescente…

—Intente no mezclar lo personal con lo profesional. Sé que es difícil, pero debería intentarlo. Por cierto, ¿se sabe algo de Tom?

—¿Tom? Vamos David, no me jodas. ¿Ya no es Tommy? No disimules haciendo que parezca que te importa la vida de tu compañero marica, como te gusta llamarle.

—Ve, lo vuelve a hacer. Mezcla lo personal con el trabajo. A mí me importa una mierda que sea marica. A mí lo que me importa es tener un compañero que sea capaz de salvarme el culo cuando lo necesite, no un inútil enchufado que se haga pis encima cuando le apunten con una pipa.

—No sé dónde está. No tengo ni idea de si se ha marchado con su novio o si le ha pasado algo grave, y lo peor es que no sé ni por dónde empezar a buscar. Solo te pido que dejes de insultarle y que pienses que todavía no ha tenido la oportunidad de salvar el culo a nadie, así que como poco solo sé que merece una oportunidad.

—¿Por qué siempre parece que esté enfadado? —preguntó David, recogiendo los bolígrafos y lapiceros que habían quedado esparcidos sobre el escritorio tras el fuerte impacto del puño cerrado del sargento contra su mesa.

—No me has visto enfadado de verdad.

—Jefe, ¿le puedo hacer una pregunta?

—Solo si va a ser fácil de responder.

—¿Por qué se hizo policía?

—¿De verdad quieres saberlo? —preguntó Liam extrañado por el repentino interés de su compañero.

—Claro, si no, no se lo hubiera preguntado.

—Está bien. Aunque es una larga historia.

—Así llega más tarde a su casa, ¿no?

—No te pases, David. Bueno, al grano: Mis padres eran irlandeses. Llegaron a este país después de la Primera Guerra Mundial, con una mano delante y otra detrás. Mi padre no tardó en encontrar trabajo como pescador y mi madre montó una pastelería, con los ahorros de mi padre, en cuanto pudo. Era una gran repostera.

»Cuando ocurrió el acontecimiento que me hizo decidir qué quería ser de mayor tendría unos nueve o diez años, no lo recuerdo. Sí recuerdo que era una tarde del mes de marzo. Después del colegio, como todos los días, mis amigos y yo íbamos a la tienda de la señora Carlile. Margaret Carlile era una señora de unos cincuenta años, gruesa y malhumorada, que llevaba siempre una exagerada permanente y un kilo de maquillaje cubriendo su enorme y redonda cara. Regentaba un pequeño comercio en el que vendía casi de todo.

»Aquella tarde parecía estar de peor humor que de costumbre, porque cuando mis amigos le pidieron que sacara el bote donde guardaba el regaliz de debajo del mostrador, les gruñó de mala manera. Sabía que le iba a tocar contar un montón de monedas, concretamente todas las que formaban la humilde paga de cinco críos de no más de diez años.

»Uno a uno fueron comprando sus chucherías y según lo hacían iban abandonando la tienda. Yo quedé el último en el establecimiento. Pedí una piruleta de fresa, y un regaliz grande. Puse las monedas sobre el mostrador para pagar, pero al hacerlo se me cayeron cinco centavos por la hendidura que separaba la madera de la vitrina de cristal que exhibía los productos cárnicos que allí también vendía. Como la señora Carlile estaba de espaldas, introduciendo aún las monedas de mis amigos en la caja registradora, no vio lo que acababa de ocurrir.

»Ella se giró, miró lo que había cogido, contó mi dinero y enseguida me recriminó que faltaban cinco centavos. Entonces le conté que se habían caído en el interior del mostrador, pero no me creyó y me ordenó que soltase los dulces después de llamarme «pequeño timador». En ese momento, la campanilla que anunciaba cada visita tintineó alegre, tras abrirse bruscamente la puerta de la entrada.

»Un hombre joven, con sombrero y el rostro tapado por una bufanda de lana, acababa de entrar precipitadamente en la tienda. Parecía nervioso. La señora Carlile zanjó nuestra discusión preguntándole al desconocido qué deseaba. Este no respondió. Se limitó a sacar un revólver que parecía llevar escondido bajo el abrigo y encañonó a la dependienta. Le temblaba el pulso. Yo aproveché para salir disimuladamente de la tienda.

»La puerta del establecimiento volvió a abrirse de golpe. Apenas un segundo después salió el ladrón con su botín. Al franquear la entrada no vio el pequeño escalón del cierre metálico, tropezó y cayó de bruces junto a mí. La señora Carlile había comenzado a gritar pidiendo socorro. Sobre la acera, casi a mis pies estaba el desconocido, su revólver y unos cuantos billetes y monedas de su botín.

—¿Y qué demonios hizo? —preguntó David impaciente e intrigado por el desenlace de la historia que le estaba contando su superior.

—Lo contrario a lo que tenía que hacer. Podía haber cogido el arma y haberle encañonado hasta que alguno de los hombres que se apresuraron a socorrer a la señora Carlile me hubiese relevado en mi cometido. Eso hubiese sido lo más valiente. Quizá hubiese bastado con darle un puntapié al revólver para desarmar al atracador, y que la gente que empezaba a llegar al lugar le hubiese retenido hasta que llegase la policía. No lo sé.

»Sé lo que hice. Me agaché, cogí una moneda de cinco centavos del suelo ante la atenta mirada de mis amigos y me la guardé en el bolsillo mientras decía: «Maldita bruja tacaña. Ahí tienes tu merecido». Y una hora más tarde, cuando mis amigos y yo nos habíamos comido todas las chucherías, mientras comentamos lo ocurrido, decidimos hacerle una visita a mi madre en su pastelería para mendigar un poco de merengue del que le acababa sobrando a diario y solo nosotros podíamos aprovechar.

»Cuando llegamos a la calle donde estaba vimos varios coches de policía, una ambulancia y un montón de gente rodeando el establecimiento de mi madre. Parecían estar fisgoneando mientras varios agentes les conminaban a que no se amontonasen y continuaran circulando.

»Yo eché a correr de inmediato hacia la tienda. Aún no había llegado ver ni el escaparate cuando un policía me agarró de la pechera impidiendo que continuara mi carrera. Entonces vi en suelo un bulto cubierto por una manta. Era una persona. Había un muerto en la acera.

»Empecé a gritar como loco: «¡Es mi madre! ¡Es la tienda de mi madre!». El policía me sujetó con fuerza, me zarandeó y me ordenó que me tranquilizara. A continuación, me miró a los ojos y dijo con voz serena: «Han disparado a tu madre. Se la han llevado al hospital, pero sobrevivirá». «El compañero ha tenido peor suerte. Ese malnacido…», concluyó mientras dirigía su mirada al individuo que permanecía esposado en el interior de uno de los coches patrulla.

»Fue en ese preciso instante cuando decidí que de mayor sería policía. En el momento en el que reconocí al asaltante: era el mismo hombre que había atracado a la señora Carlile.

»El policía me pidió que me retirara. Estaban acordonando la zona. Entonces me eché a llorar. Metí la mano en el bolsillo, saqué los cinco centavos y los lancé con todas mis fuerzas lo más lejos que pude.

—Vaya. Qué gran historia, jefe. Nunca hubiese imaginado que usted…

—Es tarde, David. Como bien dijiste, y negaré haberlo reconocido, no tengo ninguna gana de volver a mi casa, pero es tarde y me temo que no tengo opción. Así que, si me disculpas…

El timbre del teléfono interrumpió la despedida del sargento McDougall. El policía se apresuró a responder la llamada con la certeza de que iba a ser su último acto de servicio por aquel día.

—Policía de Kennebunkport. Sargento McDougall, ¿en qué puedo ayudarle?

—¿Liam? ¿Eres tú?

—¿Angela? ¿Por qué me llamas aquí? Ya te dije que hoy llegaría más tarde, que tenía que acabar con el papeleo. Ya voy para casa.

—¿Está Amber contigo?

—¿Por qué diablos iba a estar nuestra hija conmigo a estas horas aquí en la comisaría? ¿Qué pasa Angela?

—Es que Amber… Tenía que haber llegado hace dos horas.

—¡¿Dónde está?! —exclamó Liam nervioso ante la atenta mirada de su compañero, que le observaba preocupado.

—No lo sé. Esta tarde me dijo que tenía examen mañana. Salió un momento. No me dijo dónde iba, solo que no tardaría porque quería repasar para el examen. ¡Oh, Liam!

—¡Maldita sea! Está bien, Angela, voy para allá.

El policía colgó el auricular con brusquedad, miró a David, lívido, y anticipándose a la pregunta obvia de su compañero, dijo:

—Mi hija ha desaparecido.

52

Las primeras gotas de lluvia salpicaron su rostro mientras incrementaba el ritmo, haciéndola caer en la cuenta de que, desde su llegada a Kennebunkport, no había visto la luz del sol. Al igual que hacía cuando corría, aumentó la duración de sus inhalaciones y acortó el tiempo de sus exhalaciones para ir más rápido, todo lo rápido que le permitían las muletas, intentando concluir con éxito un último esprint con meta en el hotel que la acogía desde hacía casi una semana. Podía sentir como se le aceleraba el pulso, como su corazón se esforzaba por bombear más deprisa la sangre, para hacerla llegar a cada centímetro de su exhausto cuerpo. Le encantaba aquella sensación: cuando su respiración era lo único que oía. Desgraciadamente y por culpa de su maltrecho pie, solo había salido a dar un largo paseo y no a correr como le hubiese gustado. Pero lo necesitaba. Necesitaba aclarar sus ideas, ordenar sus pensamientos y tomar decisiones. La primera no tardó en llegar: tenía que hablar con su jefe. Había encontrado una buena historia que aún no entendía pero que estaba ahí, enredada en el pasado de aquel lugar y de sus habitantes; una historia de muerte y mentiras que aún no comprendía en su totalidad y que intuía que le afectaba a ella directa o indirectamente.

—Señorita Hawkins —dijo el recepcionista nada más verla entrar en el hotel—. Ha llegado un paquete para usted.

Emma se acercó a la recepción sin decir nada y recogió un bulto rectangular y plano, del tamaño de cualquier volumen de cualquier enciclopedia, quizá incluso del mismo peso. Lo abrió allí mismo, ante la atenta mirada del joven que, día tras día, la saludaba nervioso pero entusiasta tras el amplio y anticuado mostrador de madera.

Se trataba de su ordenador portátil. Lo abrió y entre el teclado y la pantalla apareció una pequeña tarjeta escrita con la inconfundible letra de su histriónico compañero de profesión y cadena. Leyó la nota ilusionada:

«Intuyo que esta vez es diferente. Ten cuidado. Mucha suerte. Te quiere, Jerry».

Esperaba algo de ironía, quizá sarcasmo, pero nunca preocupación. Guardó la nota y encendió el ordenador. Ni siquiera se había percatado de que continuaba allí, en recepción.

—Gracias —dijo indiferente mientras plegaba el ordenador.

—De nada —respondió con entusiasmo el joven recepcionista recogiendo los restos del embalaje—. ¿Puedo hacerle una pregunta?

—¿Sí? —respondió Emma temiendo otra cuestión relacionada con su, para ella, inmerecida fama.

—Mi hermana está ingresada en el Barbara Bush Children's Hospital, en Maine. Dentro de tres días van a hacerla un trasplante de médula. Tiene quince años y lleva luchando casi dos contra la leucemia. Desde que está usted aquí llevo intentando reunir el valor suficiente para pedirla que, si fuese tan amable y bondadosa, encontrase un momento para ir a visitarla al hospital. Usted es su ídolo, la sigue desde hace tiempo y le encantan sus reportajes: su preferido es el de la selva.

—¿Cómo te llamas? —preguntó Emma un poco culpable por su errada suposición.

—Jeremy, señora.

—Mañana por la tarde iré a ver a tu hermana, te lo prometo. Espero que todo salga bien y que se recupere pronto. También siento si no he sido amable contigo. Últimamente tengo muchas cosas en la cabeza y ando un poco distraída y malhumorada.

—No se preocupe. No debe ser fácil que le acosen a uno y encima sonreír como si nada. Tranquila, y si necesita cualquier cosa, no sé, lo que sea, no dude en pedirme ayuda. Al fin y al cabo, usted no es de aquí.

—Por favor, Jeremy, tutéame. Y muchas gracias, eres un chico muy amable.

Jeremy se sonrojó. Después se agachó tras el mostrador para coger una tarjeta del hotel. Anotó la contraseña para que Emma pudiese conectarse a la red wifi del hotel y sonrió orgulloso una vez más.

—Oh, gracias otra vez. ¿Eres siempre tan atento? No sé cómo demonios pretendía hacer nada con este cacharro sin internet. Bueno, ahora si me disculpas, me subo a mi habitación: tengo que escribir a mi jefe y no sé ni por dónde empezar.

—Pues ya sabe, si necesita ayuda con su nuevo reportaje…

—Ahora que lo dices, Jeremy…

—Dígame, señora, digo… perdón, dime.

—Da igual. Eres muy joven, obviamente no habías nacido cuando ocurrieron los asesinatos de 1985.

—¿De eso trata su nuevo reportaje? ¡Qué fuerte! O sea que está aquí por eso, por los crímenes de Langford. Alojada en este hotel…, qué emocionante. Pues tranquila, porque no pienso decírselo a nadie, y menos a mi madre, que es una chismosa. Ah, y no creas que no sé nada de esos asesinatos porque, aunque efectivamente aún no había nacido, mi madre me los contó con pelos y señales hace tiempo, para meterme miedo un día que llegué tarde a casa sin respetar su toque de queda. Se llama Florence y es prima hermana de uno de los policías que trabaja en la comisaría de Kennebunkport, David, que lleva más de treinta años de servicio —explicó Jeremy hablando muy rápido, nervioso y emocionado a la par.

—Vaya, pues entonces quizás sí puedas ayudarme de verdad. ¿Te gustaría salir en mi reportaje? Podría ser una mención al joven y solícito recepcionista del hotel donde me alojé…, o incluso una breve entrevista. No sé, supongo que podría encajarlo de alguna manera. Eso sí, a cambio quiero que me consigas una cita con tu tío David, pero lejos de la comisaría. Si quieres le puedes decir que yo invito y donde él diga, pero insisto, tiene que ser lejos del resto de policías —propuso Emma acercándose al mostrador y susurrando cada palabra para darle un toque de emoción y suspense a su interesada proposición.

—¡Hecho!

Emma subió por fin a su habitación y en menos de un minuto comenzó a redactar el *mail* para su jefe:

Para: e.ferguson@nbc.com
De: reporter.ehawkins@nbc.com
Asunto: Reportaje: Los secretos de Kennebunkport

Estimado Sr. Ferguson,

Tal y como hemos comentado telefónicamente los últimos días, le confirmo que me encuentro aún en Kennebunkport, investigando los tristes acontecimientos que asolaron la idílica localidad en 1985. He encontrado algunas lagunas en las investigaciones policiales de los casos de asesinato, así como un supuesto delito de tráfico de influencias relacionado con las adopciones de menores en el Asilo de Mujeres Huérfanas de Bangor.

Por todo ello, le conmino a que tenga a bien autorizar mi estancia en esta localidad hasta que concluya mi investigación y posterior reportaje. Si, por el contrario, no está de acuerdo con mi solicitud, le ruego me lo haga saber inmediatamente por este mismo medio para poder pedir en su caso la correspondiente renuncia irrevocable de mi puesto y la salida inmediata de la cadena.

Quedo a la espera de sus prontas noticias, aprovechando la ocasión para enviarle un cordial y afectuoso saludo.

Emma Hawkins.

Tras teclear la última letra de su *e-mail*, tomó aire de una forma un tanto exagerada, apartó la mirada de la pantalla y estiró el dedo índice de su mano derecha situándolo sobre la tecla intro. Finalmente suspiró y el dedo descendió para presionar el botón, que hizo un clic anunciando que ya no había marcha atrás. Y en ese preciso instante fue plenamente consciente de que estaba en medio de una investigación real, en la que nada era lo que parecía en aquel bucólico lugar y de que efectivamente no descansaría hasta descubrir la verdad.

53

Dorothy rehusó la ayuda ofrecida por Gabriel para curar las heridas que su impetuosa y descontrolada acción había provocado en sus manos. Sin embargo, sí solicitó a este permiso para utilizar el cuarto de baño para tal fin, a sabiendas de que su negativa sería considerada una clara muestra de ingratitud por parte de su malhumorado anfitrión.

Gabriel accedió ofendido, tal y como se imaginaba su carismática huésped, y se quedó a solas con Martin, que buscaba nervioso en su mirada las respuestas al suceso que acababa de acontecer, sin tener aparentemente el valor de articular palabra.

Tras el espejo roto del baño, Dorothy descubrió un armario que hacía las veces de botiquín, en el que encontró un amplio muestrario de medicamentos, principalmente somníferos, antidepresivos y ansiolíticos. Detrás de unos cuantos botes de esas mismas medicinas aparecieron varias gasas, vendas y esparadrapo.

Primero lavó las heridas de sus dedos, llenando el lavabo de serpenteantes espirales de sangre que desaparecían diluidas con el agua que brotaba del grifo hacia el desagüe del lavabo. Retiró con cuidado los pequeños fragmentos de sus uñas rotas que se habían clavado en la carne para después vendar cada una de sus falanges heridas.

Antes de marcharse, miró su reflejo distorsionado en el espejo roto tras cerrar la puerta del pequeño armario. Hacía mucho tiempo que no contemplaba su propia imagen. No recordaba cuándo se había convertido en una anciana, pero no le importaba. Acercó su rostro al espejo y por un momento sintió que su reflejo movía los labios, como intentando decirla algo. Se aproximó un poco más y entonces un susurro llegó a su oído:

—Alguien murió y morirá en esta casa maldita —pareció decirse a sí misma.

Se retiró asustada, dio un paso atrás y salió del cuarto de baño sin dejar de mirar su imagen en los fragmentos del cristal roto.

Cuando entró en el salón, las miradas de Gabriel y Martin se posaron en su rostro lívido y compungido.

—¿Se encuentra bien, Dorothy? Está pálida. ¿Quiere que llame a un médico? —preguntó Gabriel interesándose por el estado de la parapsicóloga.

—¿Cuándo rompió el espejo del baño? —preguntó Dorothy en respuesta a las preocupadas consultas.

—No lo recuerdo. Supongo que cualquier noche de esas en las que aparentemente me descontrolo. ¿Por qué lo pregunta? —dijo Gabriel, visiblemente sorprendido por la pregunta.

—Es complicado. No lo entendería.

—Los espejos son considerados por algunos expertos en temas paranormales como portales dimensionales, es decir, como un punto de entrada y salida de energía espiritual; los espejos serían algo así como agujeros, aperturas o «ventanas» de campos de energía que rodean a los reinos espirituales y dimensionales. Por ello, algunas entidades como los espíritus podrían deslizarse a través de las aberturas de los espejos en el plano físico, lo que implicaría también que los espíritus más negativos también podrían acceder a estos portales, debido a que la capa astral más cercana al plano físico está llena de los denominados bajos astrales, que forman una zona intangible, de otro plano de la existencia, donde se mueven seres negros, entes también llamados «bajos astrales» y que, al ser invocados, traen siempre dolor, malestar y sensaciones y sentimientos no deseados —explicó Martin atropelladamente.

—¿Quién le ha preguntado nada? Siempre está interrumpiendo con sus presuntuosas y pedantes explicaciones interminables —afirmó Gabriel con brusquedad.

—Martin solo pretende explicarle las cosas que usted no entiende, o con las que cualquier mortal no está acostumbrado a tratar, nada más —excusó Dorothy a su compañero.

—De acuerdo, entonces ¿qué se supone que no iba a entender? Me refiero a cuando le pregunté por qué me preguntaba que cuándo había roto el espejo.

—Desde que era niña veo personas en el reflejo de los espejos. Por esa razón no tengo ninguno en mi casa. Simplemente se me aparecían y me miraban como intentando decirme algo, pero como si no pudiesen hablar. Es una sensación realmente desagradable, créame.

—¿Y se le ha aparecido alguien en mi espejo?

—No, bueno…, no lo sé. Ha sido algo extraño. Mi reflejo me ha dicho algo, pero quizá se aproxime más a una premonición que a un contacto.

—Y, ¿qué le ha dicho? —preguntó Gabriel intrigado.

—No sé si llegué a entenderlo. Creo que me dijo que alguien murió en esta casa, o que moriría alguien, no estoy segura.

—Solo espero que no seamos uno de nosotros.

—Ahora si me disculpa… Martin, por favor, llévame al hotel. Estoy exhausta, necesito descansar.

—Claro —asintió Martin levantándose del sillón.

Gabriel acompañó a la extraña pareja de huéspedes hasta el recibidor. Allí se despidió agradecido por los servicios prestados aquel día y regresó al salón tras cerrar la puerta de la entrada con llave. Miró su reloj de pulsera que continuaba marcando la hora impasible: estaba a tiempo de llegar a la tienda de bricolaje de Earl, en Dickenson Lane. Antes de coger el abrigo que seguía tirado en el suelo de su habitación, confeccionó mentalmente la lista de herramientas y artilugios de bricolaje que tenía que comprar allí: un mazo, un cincel, o incluso un martillo electroneumático, varios metros de cuerda, varios tablones de madera, pintura negra y una brocha no muy gruesa. Cuando tomó las llaves del coche del aparador de la entrada y estaba a punto de salir por la puerta, recordó que era domingo y que consecuentemente el establecimiento permanecería cerrado todo el día. Deshizo sus pasos y regresó al salón. Allí encontró la cinta de grabación de su sueño nocturno. No tenía nada mejor que hacer, así que la introdujo en el reproductor de video y pulsó el botón *play* del mando a distancia.

Se vio a sí mismo tumbado en su cama, intentando encontrar una postura cómoda para conciliar el sueño. Estaba arropado y parecía tener frío. No recordaba haber visto aquella parte de la grabación, o que por lo menos Martin se la hubiese mostrado. Cuando el reloj digital anunciaba en el monitor las 2:47, alguien entró en su habitación. No estaba seguro de que fueran Martin o Dorothy. Simplemente parecía tratarse de una sombra que entró y salió en apenas unos segundos. Rebobinó la grabación y detuvo la imagen en el instante mismo en el que la misteriosa silueta abría la puerta de su cuarto. Se levantó apresuradamente del sillón y acercó sus ojos a la pantalla del televisor. Notó como el vello de sus antebrazos se erizaba al comprobar que la figura que se asomaba a su puerta, parecía no tener rostro.

54

Las llaves giraron nerviosas en el contacto y el motor se quejó con un agónico rugido. La sirena del coche patrulla de Liam McDougall comenzó a aullar mientras abandonaba vertiginosamente su plaza de aparcamiento. En su interior el policía intentaba dominar sus nervios apretando con fuerza el volante. En apenas unos minutos estacionó el vehículo frente a su casa y se bajó precipitadamente dejando incluso la sirena conectada. Su mujer le esperaba en la puerta de entrada con cara de preocupación.

—¿Con quién te dijo que iba a estudiar? —preguntó sin siquiera saludarla.

—Con Lisa.

—¿Qué Lisa?

—Lisa Richardson. Es una compañera de clase.

—¿Has llamado a su casa?

—Claro, durante un buen rato, pero está comunicando. Es como si tuviesen el teléfono descolgado.

—¿Dónde vive?

—No lo sé.

—¡Cómo que no lo sabes! Se trata de tu hija. ¿Ni siquiera sabes a dónde va?

—No lo sé…, oh, Liam, yo…

—Quédate en casa por si llama. Si vuelve o tienes noticias llama a la comisaría. David está allí ahora.

Liam regresó al coche y cogió el *walkie*.

—David, ¿me recibes? Aquí Liam. Corto.

—Dime Liam. Te recibo. Corto.

—Necesito la dirección de los Richardson. No sé cómo se llama el padre. Tienen una hija, Lisa Richardson, es compañera de mi hija. Corto.

—Recibido. Te lo digo en un momento. Corto.

Tras un interminable minuto, el *walkie* comenzó a crepitar con la distorsionada voz de David.

—Liam, ¿me recibes? Corto.

—Te recibo.

—En el 37 de Forest Hill. Corto.

—Recibido, gracias. Voy para allá. Si te llama Angela avísame. Corto y cierro.

Liam pisó a fondo el acelerador y se dirigió de inmediato a la dirección que le acababa de facilitar su compañero. Una extraña sensación comenzaba a invadirle. Primero comenzó a sentir que le faltaba el aire dentro del habitáculo. Bajó las ventanillas para que el gélido viento de finales del otoño inundase el interior. A continuación, un dolor punzante se aferró a su pecho para subir después por la garganta. Acto seguido llegó el agarrotamiento de sus brazos y de sus manos. Aún tuvo tiempo de coger el transmisor para comunicarse con David antes de desmayarse.

—David, me pasa algo, no me encuentro bien. Corto.

—¿Cuál es tu posición, Liam? Corto.

—Ya estoy en Forest Hill.

Esas fueron las últimas palabras que escuchó David al otro lado de la línea. Después un golpe sordo que precedió un tétrico y premonitorio silencio.

—¡Liam! ¡Liam! ¿Estás ahí? ¡Joder, Liam!

Pero Liam no respondió. Su coche se había salido de la carretera que atravesaba el bosque para chocar violentamente contra uno de los robles que limitaban la vía.

55

La casa de David Henderson se alzaba en el número cuatro de Chestnut Street, en el centro histórico de Kennebunkport, junto a la bahía. Antes de tocar el timbre se fijó en la exquisita fachada de tablones blancos, muy parecida al resto de construcciones, pero adornada a diferencia de las propiedades colindantes, con macetas repletas de coloridas flores. Le sorprendió que se mantuvieran tan vivaces a pesar del temporal que azotaba desde hacía días la región. Le había costado encontrar la entrada, ya que la casa se escondía tras varios imponentes álamos. Finalmente respiró hondo y pulsó el botón junto a la puerta. No se oyó nada. Repitió la acción, y tras confirmarle el silencio que el timbre no funcionaba, atrajo hacia sí la aldaba de hierro en forma de puño cerrado, y golpeó con ella tímidamente el metal de su otra parte, clavado en la madera, en dos ocasiones. A continuación, una mujer de mediana edad elegantemente ataviada con un vestido burdeos apareció tras el umbral.

—Usted debe ser Emma, pase por favor, no se quede ahí que este viento no nos da tregua.

—Gracias —respondió Emma entregando a la anfitriona una botella de vino cuidadosamente envuelta en papel celofán.

—Oh, por favor, no se tenía que haber molestado. Muchas gracias. Ahora mismo aviso a David. Yo soy Cristine Henderson, su esposa. Encantada de conocerla.

—Un placer.

—Por favor, tome asiento. ¿Le apetece tomar algo?

—No, gracias.

David no tardó en aparecer, bajando las imponentes escaleras que descendían hasta la parte central de la planta baja, entre el recibidor y el salón. Vestía pantalones de pana de color marrón y una elegante americana de *tweed* en espiga de color beige sobre un jersey de lana con cuello pico de color verde. Saludó efusivamente a su invitada antes de pedirla que le siguiera a su despacho.

—Vaya, qué protocolario. Esperaba una de esas reuniones de espías o informadores en el parque junto al Capitolio de Washington —afirmó Emma para romper la tirantez del momento.

—Creo que ni usted ni yo somos lo uno ni lo otro. Yo solo soy un policía mayor con ganas de jubilarme para irme todo el día a pescar y no tener que aguantar a mi abnegada esposa; y usted…, bueno, ya sabe quién es y últimamente también algún millón de personas más.

—¿Lleva mucho tiempo casado?

—Treinta y tres años. Cristine era la hermana de mi compañera Patricia.

—¿Era?

—Sí. Patricia Johnson murió un año antes de que nos casásemos. Pero eso ya lo sabía y por eso se lo expongo desde el principio, sin tapujos. Porque no pretendo perder el tiempo ni que usted también lo pierda. Quiero que tenga claro que si he accedido a recibirla ha sido exclusivamente por Jeremy, mi sobrino, o mejor dicho por su pobre hermana. En su situación la visita que va a recibir de usted es muy importante, ya que por un lado la admira y por otro recaerá en su persona toda su atención durante el tiempo en que esté con ella y dejará así de pensar en su intervención de mañana.

—De acuerdo. Gracias por su sinceridad —afirmó Emma con rictus serio.

—Disculpad la interrupción —dijo Cristine asomándose tras la puerta del despacho—. Me marcho. Por favor, mete la bandeja en el horno en unos quince minutos. Entiendo que le has dicho a Emma que es nuestra invitada para comer, ¿verdad David? No tardaré. Tengo que visitar a una chica. Salió del hospital hace tres días y su madre se puso en contacto ayer por la noche con nosotros, pero eso no lo sabías.

—Oh, claro. Sí, David ya me lo había comentado. Por supuesto, me quedaré a comer encantada —mintió Emma.

—Cristine es la fundadora de La Asociación de Investigación, Prevención e Intervención del suicidio de Maine. Su hermana se arrojó al mar tras haber injerido varios botes de tranquilizantes. No dejó nota alguna.

—Vaya.

—Por su cara supongo que ese dato no lo tenía.

—Si le digo la verdad primero quería que me diese sus impresiones de lo ocurrido. Me refiero a los asesinatos de Langsford Road.

—¿Y qué quiere saber de aquellos asesinatos? El culpable creo que sigue entre rejas, si es que no se ha muerto ya.

—Está vivo. Es abogado y ayuda a otros presos. Sigue encerrado en la Prisión Estatal de Maine. Precisamente le entrevisté hace unos días. La verdad es que su testimonio fue sorprendente.

—¿Sorprendente? Maldito mal nacido. Qué, le dijo que no lo había hecho él, ¿verdad? Como en el juicio. Aún recuerdo cuando se orinó encima tras recibir la sentencia.

—Está usted equivocado. Él asume su culpabilidad. Dice que el diablo le guio en sus terribles actos. Se ha convertido en una persona muy creyente que pretende ayudar al resto de reclusos con la palabra de Jesús —refutó Emma.

—Recuerdo que en sus declaraciones habló de una sombra que merodeaba su casa, y que incluso estuvo en su habitación antes de producirse la tragedia. Mi compañero Liam estuvo muy nervioso los días antes de su muerte. Le dio muchas vueltas a lo de aquella sombra. Según él nada encajaba en aquellos crímenes.

—¿Cree que la muerte de su compañero tuvo relación con los crímenes?

—Oh, no, de ninguna manera. Murió en un accidente de tráfico. Su coche se empotró contra un álamo tras perder el control del vehículo.

—¿Y qué me dice de la desaparición de Tom Sephard? No he encontrado ninguna entrada en Google, ni una sola mención al joven policía.

—Tommy se escapó con su novio. En aquella época imagínese qué se le podía pasar por la cabeza a un homosexual. Los casos de famosos gais infectados por el VIH empezaron a dar la voz de alarma. El miedo y el desconocimiento hicieron el resto. Yo mismo era un maldito homófobo por aquel entonces. Pues ahora piense que su padre era el alcalde de Kennebunkport. Era republicano y no podía permitirse tener un hijo abiertamente homosexual. Andrew falleció poco después, en plena campaña electoral. Creo que no hacía ni una semana que se había separado de su mujer. Le dio un infarto en su propio despacho. Yo mismo le cogí la mano mientras agonizaba. Era el agente más próximo a su domicilio cuando su ayudante llamó a emergencias. Solo fue capaz de repetir el nombre de su hijo un par de veces antes de…

—Pero, ¿por qué no hay nada referente a su desaparición?

—Sus padres eran muy amigos de los Bush. La madre de Tommy le pidió discreción a Bárbara y dicho y hecho. Andrew le pidió a Liam que investigara la desaparición de su hijo, pero tampoco tuvo suerte. También vino a Kennebunkport una vidente. Fue quien encontró a Patricia, precisamente mientras buscaba a Tommy. Una mujer muy extraña a la que volví a ver años después precisamente en la misma calle donde se cometieron los crímenes.

—¿En Langsford?

—Sí, en la última casa de la calle. Me llamó el tarado de su ayudante convencido de que el hombre al que estaban ayudando con sus espíritus había cometido un crimen. Fui a echar un vistazo y no vi nada raro, más allá del tinglado que tenían montado.

—¿Quién vivía en esa casa?

—Gabriel Becket. Se la quedó como parte de la indemnización que su anterior dueño, Marcus Cranston, tuvo que pagarle tras estampar su coche contra la furgoneta de Gabriel, muriendo en el acto.

—Otra muerte más. Los dos ancianos, y la novia del acusado, y por otro lado dos policías y la desaparición de un tercero. Y ese tal Marcus en otro accidente… Kennebunkport siempre ha sido un lugar tranquilo, pero sin embargo en poco tiempo… ¿Cree que pudiesen estar relacionadas todas esas muertes de alguna manera? —preguntó Emma, intrigada.

—Coincidencia. Ya ve que en casi treinta años no ha vuelto a ocurrir algo similar. Fue como si este pueblo estuviese maldito. Todo fueron desgracias.

—¿Ningún nexo de unión entre todas esas tragedias? —preguntó Emma intentando sonsacarle al policía su verdadera opinión sobre lo sucedido.

—Quizá el demonio al que aludió Renton en su entrevista.

—Ese tal Marcus, ¿sabe a qué se dedicaba? ¿Estaba casado? ¿Tenía hijos?

—Era taxidermista. Un artista, la verdad. Una vez le encargué un águila disecada para mi padre. Estaba casado y tenía una hija adoptada. Su mujer le abandonó y después de aquello lo debió pasar fatal.

—¿Y su hija? ¿Recuerda cómo se llamaba?

—No. Pero creo que intervino asuntos sociales. Precisamente el caso lo llevó Patricia. No contaba mucho. No sé, por lo menos a mí no me contó nada. Quizá Liam supiese algo más.

—Una última pregunta, y me marcho. No quiero robarle más tiempo.

—¿No se va a quedar a comer? Mi mujer me va a abroncar.

—Dígale que me ha surgido algo. Así los dos evitaremos una incómoda velada, ¿no le parece?

—Está bien, pregunte…

—¿Cómo es trabajar con su sobrino?

—Scotty es un buen policía. Sagaz, valiente y concienzudo. Desgraciadamente sigue obsesionado con la muerte de su madre. Él siempre ha pensado que su madre no se suicidó. Ahora está mejor, pero ha tenido épocas muy malas y sé que ha hecho cosas… dejémoslo en poco ortodoxas. También es impulsivo y eficiente. Es de esos policías con los que tienes la seguridad de estar a salvo, de que no te puede ocurrir nada malo porque te cubriría las espaldas, pasase lo que pasase.

—A mí también me dio esa impresión.

—Ya que me pregunta, aprovecho. ¿Qué quiere de Scott? ¿Le está utilizando para sacar información? El otro día la vi rebuscando en su escritorio.

—Oh, no. Me di cuenta en la calle de que había olvidado el bolso en la silla y Scott me pidió que le trajese unos papeles que tenía sobre la mesa, pero no sabía cuáles eran.

—Ya, claro.

—Bueno, David, le estoy muy agradecida por su tiempo y por lo que me ha contado. Me ha dado una información muy útil.

—Solo prométame que usará esa información para un buen fin. No me gustaría que su reportaje tratara simplemente de contar una historia morbosa que ocurrió hace treinta años y que tanto dolor ocasionó a los habitantes de este pueblo.

—Se lo prometo —afirmó Emma levantándose de la silla.

David acompañó a la periodista a la salida. Ya en la calle, Emma recordó que su prometido le había anunciado un posible viaje a

Kennebunkport y le extrañó no haber vuelto a tener noticias de él desde aquel último mensaje. Así que sacó el teléfono móvil del bolsillo de su abrigo y marcó el número de Glenn. Su voz metálica grabada para la locución del contestador le respondió tras unos cuantos tonos y el correspondiente *pip*.

—Hola, soy Glenn Wilson. En este momento no puede atenderte, pero ya que insistes, puedes dejarme un mensaje después de que suene la señal.

Emma hizo el esfuerzo para dejar grabada su preocupación:

—Glenn, soy yo, Emma, ¿dónde estás?

56

Bajó con dificultad las pesadas herramientas al sótano. Después se vistió con un mono de trabajo de color azul que había comprado expresamente para la ocasión en la famosa tienda de bricolaje de Earl. Sacó el gran mazo de una de las bolsas que contenían el instrumental. Se puso un par de guantes que estrenaba también y agarró con fuerza el mango. Levantó con decisión la herramienta y descargó con fuerza un primer golpe en el centro mismo de la macabra cruz que había marcado Dorothy con su propia sangre. La segunda embestida hizo temblar el muro y con el tercer golpe se desprendieron tras la capa de cemento varios fragmentos completos de ladrillo. Justo antes del cuarto mazazo, un inesperado grito detuvo la acción.

—¡Gabriel!

—¡Joder! ¿Qué demonios haces aquí? Y, ¿cómo has entrado?

—La puerta estaba abierta —afirmó Martin nervioso.

Gabriel se acercó al ayudante de Dorothy y le agarró por la pechera con la mano izquierda, mientras con la derecha alzaba el mazo sobre su cabeza, amenazante.

—¿Quién entró en mi habitación la noche de la grabación?

—¿Qué? No sé a qué se refiere. Oh, por Dios, ¿qué va a hacer con eso?

—Te voy a reventar la cabeza como si fuese una nuez. Dime quién estuvo en mi habitación.

—No lo sé, yo no vi a nadie en su habitación. Vi la grabación y le juro que no sé de qué me está hablando.

—¡Mentiroso! —exclamó Gabriel levantando aún más el pesado objeto.

—No sé, pudo ser Dorothy, o yo mismo para mover la cámara, pero tranquilícese, por favor. Revisaremos juntos la grabación, ¿de acuerdo?, pero por favor, baje eso. Yo estoy aquí para ayudarle, nada más.

Gabriel le atrajo hacia sí un poco más, apretó con fuerza el mango de la maza y cuando parecía que iba a golpear a Martin, suspiró y dejó caer la herramienta a sus pies, para soltar finalmente al joven que, asustado, dio varios pasos atrás antes de poder recomponerse la vestimenta y respirar aliviado.

—¿Qué haces aquí? —preguntó Gabriel todavía enojado.

—Dorothy no aguanta más. Quiere acabar con esto ya. Me ha dicho que hará su última sesión de hipnosis y que se marchará de este lugar. Cree que esta casa le está robando la energía y que aquí ocurrieron cosas terribles que no tiene valor para descubrir. Que es usted quien ha de desvelar qué pasó y que le ayudará con una última sesión.

—¿Dorothy se marcha? ¿Así sin más?

—Ya le he explicado lo que quiere. Ella es la jefa, no puedo ayudarle. Por cierto, ¿qué estaba haciendo? ¿Qué cree que hay tras ese muro?

—No lo sé y solo hay un modo de descubrirlo.

—¿Alguien emparedado quizá? Dorothy a veces marca lugares que han sido expuestos a una energía muy grande. Es cierto que nunca la había visto hacerlo con tanta desesperación, pero lo normal es que cerca de esa marca ocurriera algo desagradable y de cierta intensidad y no necesariamente algo tan negativo como una muerte.

—Usted vio su rostro al igual que yo. Tras este muro se esconde algo y necesito saber qué es.

—Cuando se marche Dorothy, yo mismo le ayudaré a derribar esa pared, y cuantas haga falta hasta encontrar lo que quiera que haya escondido aquí abajo. Pero ahora no, no es el momento. Dorothy está arriba esperándole y creo que es su última oportunidad para encontrar la luz tras esos recuerdos que parecen no ser suyos y que le perturban cada día y cada noche.

—Supongo que no me queda otra que hacerle caso. En el fondo está aquí por mí.

—Además, ¿qué iba hacer si encuentra…, supongamos que un muerto ahí detrás? ¿Llamar a la policía? «Oh, buenas noches, ¿policía? Sí, mire, he encontrado un muerto en mi sótano. No, tras un muro. Estaba aburrido y me puse a derribar paredes con un mazo gigante. Es mi casa y hago lo que quiero».

—No sé. ¿Una reforma?

—No, mejor: encuentra un tesoro. El dueño anterior de la casa, antes de reventar su coche contra el suyo y arruinarle la vida, decidió esconder un gran botín, pongamos que el conseguido tras el robo de un banco, detrás de un falso muro, en un sótano escondido.

—Yo tampoco digo que…

—Como ve, podemos imaginarnos muchas posibilidades, e incluso algunas de ellas podrían servir de argumento para cualquier novela de suspense e intriga, pero la realidad ahora mismo es otra: Dorothy le espera arriba para intentar ayudarle por última vez. Está asustada y quiere marcharse de aquí cuanto antes, pero se siente en el compromiso de ayudarle a usted con su problema. Así que, por favor acompáñeme arriba e insisto en que cuando se haya marchado Dorothy, yo mismo le ayudaré, se lo prometo, si así lo quiere —expuso con aplomo Martin, ya más calmado.

—No estoy seguro de estar preparado para otra sesión. Ya ha visto que, cada vez la experiencia es más intensa e incluso temo que pueda perder el control.

Martin se acercó a Gabriel y le dijo en el oído:

—Anoche, en el hotel, Dorothy se puso a llorar. Estábamos cenando tranquilamente en el restaurante, junto a recepción, y de repente comenzó a sollozar. Le pregunté qué le ocurría y entonces se levantó, enjugó sus lágrimas con la servilleta, se acercó a mí y me susurró, igual que yo lo estoy haciendo ahora con usted, que uno de nosotros tres iba a morir en esta casa.

—Pero…, ¿cómo?

—Yo la intenté tranquilizar diciendo que se trataba de su casa y que usted podría morir de anciano en ella si le pareciese. Pero obviamente ella no se refería a eso. Por eso quiere irse lo antes posible, pero por favor, no le diga que yo le he contado esto.

Finalmente, Gabriel accedió a la petición del joven y abandonó el sótano tras desprenderse del mono y de los guantes. Cuando entró en el salón vio a Dorothy sentada a la mesa. La luz tenue y cálida de una solitaria vela iluminaba su rostro, severo y preocupado. Al verle, la anciana se puso en pie con solemnidad, le miró fijamente a los ojos y le dijo:

—Buenos días Gabriel. Imagino que ya le habrá explicado Martin. De veras que lo siento. ¿Está preparado para su última sesión de hipnosis? Hoy descubrirá la verdad y ya le adelanto que puede que no le guste.

57

Apenas conseguía abrir los ojos y cuando lo hacía mínimamente, una molesta luz blanquecina se colaba hasta lo más profundo de su cerebro. Todo era blanco. Estaba en una habitación con las paredes y el techo blancos. Parecía un hospital. Era un hospital. A su lado había una sombra. Se asustó. La sombra comenzó a moverse. Se acercaba hacia él, despacio. «¿Será la misma sombra que acechó a Yishai Renton?», elucubró. La sombra emitía un sonido extraño. Parecía querer comunicarse con él. Estaba cerca, muy cerca. Entonces quiso desenfundar su arma, pero ni siquiera tenía la funda. Después calor. Después paz. Y los párpados volvieron a caer como losas.

—¡Liam! ¿Puedes oírme? ¡Liam!

—Tranquila, señora McDougall —dijo con suavidad una enfermera que estaba junto al policía—. Está aturdido. Le he vuelto a administrar una dosis de tranquilizante. Es normal que cuando vuelva a despertar se encuentre desorientado o asustado. No se preocupe. Tenga paciencia, y si ocurre cualquier cosa avísenos pulsando este interruptor —le explicó con aplomo mientras señalaba el botón de aviso junto al cabecero de la cama.

—Pero, ¿está bien?

—Está bien, señora McDougall. De verdad. Cuando recupere el conocimiento avísenos. El doctor Shepherd quiere volver a examinarle.

La luz iba y venía nuevamente, arrancándole con cada viaje un pedacito de cordura. Estaba agotado. Ni siquiera podía alzar las manos, que parecían reposar inertes sobre el lecho. Cerró los ojos otra vez y al abrirlos nuevamente volvió a ver la sombra junto a su cama. Pero ya no le tenía miedo. No sin dificultad consiguió alargar la mano hacia ella. Quería tocarla. La sombra se hacía cada vez más nítida y los sonidos imperceptibles que había emitido comenzaban a aclararse. Era una figura humana. Era una voz humana.

—¡Liam! ¡Liam, cariño! ¿Estás bien? ¿Puedes oírme? Soy Angela, tu esposa.

—¿An…, an… ge… la?

—Sí. Angela, y mira quién está aquí.

—Yo no… ¿Quién…?

Liam giró la cabeza ligeramente hacia su derecha. En la esquina de la habitación permanecía inmóvil otra figura. Tardó en enfocar su mirada hasta reconocer a su propia hija.

—Es…, ¿estoy muerto? —preguntó mientras sus ojos se inundaron de lágrimas.

—¡Oh, papá! ¡Lo siento! ¡Lo siento mucho! ¡Yo no quería que sucediera esto! ¡Todo es por mi culpa! —exclamó Amber sollozando.

—Tranquilo, estás conmocionado. Parece que te desmayaste mientras conducías. Te van a hacer más pruebas para ver qué te provocó el desmayo —afirmó su esposa con aplomo y serenidad.

Después de sus palabras, Angela McDougall se abalanzó sobre su esposo y le abrazó con fuerza. En ese momento entró la misma enfermera que le había suministrado el último tranquilizante por vía intravenosa hacía un par de horas. La acompañaba el doctor Shepherd, un hombre bajo, de nariz prominente y una mirada profunda e inteligente, escondida tras las lentes circulares de unas anticuadas gafas de pasta.

—Veo que ya se encuentra usted mejor, Liam —dijo el doctor con ironía, tras interrumpir el afectuoso reencuentro del matrimonio.

—Así es, ¿doctor…?

—Doctor Karl Shepherd. Si puede retener mi nombre o mi apellido más de cinco minutos será, sin duda, un buen síntoma.

—¿Qué me ha pasado, Karl?

—No han pasado cinco minutos, pero vamos por buen camino. Si no le importa a nadie, le ruego a su entregada esposa y a su hija que abandonen la habitación unos minutos. Quiero hacer un primer examen y su presencia podría interferir, involuntariamente claro, en el diagnóstico.

—Por supuesto. Ahora regresamos, cariño. Tranquilo, pronto estaremos en casa.

—Tiene usted una esposa ejemplar, Liam. Es muy afortunado.

—Lo sé.

—Ahora le voy a hacer varias preguntas sencillas, ¿de acuerdo?

—Claro. Dispare.

—¿Cómo se llama su mujer?

—Angela.

—¿Sabe dónde estamos?

—En el hospital de Maine. Lo pone en su bata. Pero, ¿por qué me trajeron aquí?

—Vaya, tendré que cambiar esa pregunta. Le trajo un helicóptero. Todo apuntaba a que podía haber sufrido un ictus mientras conducía y en este hospital somos especialista en su diagnóstico y en su tratamiento.

—Vaya.

—¿Sabe qué día es hoy?

—No lo sé.

—¿Dos más dos?

—¡Venga ya! Me quiero ir a casa…

—¿Dos más dos?

—Cuatro.

—¿Recuerda qué le ocurrió?

—No. Estaba conduciendo. Iba en búsqueda de mi hija. En dirección a la casa de una amiga suya. Y empecé a encontrarme mal: dolor en el pecho, falta de oxígeno, y agarrotamiento de las manos.

—¿Está usted sometido a un gran estrés en su trabajo?

—Soy policía en Kennebunkport. ¿Usted qué cree?

El doctor se acercó a Liam, lo auscultó y le miró las pupilas. Después, con voz grave y pausada dijo:

—Afortunadamente parece que está bien, Liam. Perdió el conocimiento mientras conducía. Su coche chocó contra un árbol. El vehículo circulaba despacio, supongo porque usted ya se había percatado de que algo no iba bien. Tiene una pequeña contusión, nada más. El escáner que le hicimos cuando llegó no muestra nada significativo. No obstante, siento decirle que se quedará esta noche en observación. Además, quiero descartar otras patologías. Y ya puede tomarse su trabajo con más tranquilidad. Todo apunta a que sufrió usted un ataque de ansiedad.

—¿Ansiedad? ¡Hay que joderse!

El doctor Shepherd no hizo más comentarios y se despidió de su paciente con una ligera mueca mezcla de seguridad y condescendencia.

Angela esperaba con su hija junto a la puerta, preocupada. Entró con gesto serio, se acercó a la cama y tomó a su esposo de la mano.

—¿Qué te ha dicho el doctor? —le preguntó, impaciente.

—Que todo está bien. Un susto, nada más. Me quedaré esta noche en observación.

—¿Qué ocurre Liam? Te conozco y sé que hay algo más. ¿Es por los asesinatos?

—No exactamente.

—El culpable de los crímenes de Langsford está detenido, ¿no es así?

Liam apretó la mano de su mujer y mirándola a los ojos dijo con tono apesadumbrado:

—Puede que no.

58

El Maine Medical Center era el hospital más grande del condado. Se trataba de un gran edificio de ladrillo rojo, famoso por concentrar el mayor número de especialidades de la región. Contaba con un gran equipo experto en oncología y era habitual que pacientes de ciudades limítrofes acudiesen a sus instalaciones para tratar sus dolencias.

En la habitación número 301 se encontraba ingresada desde hacía un mes Stacie Henderson, la hermana de Jeremy, el recepcionista del hotel donde se alojaba y que tan amablemente la atendía. Esperaba un donante de médula compatible y parecía que por fin lo había encontrado.

Nada más acceder al hospital sintió como la invadía ese olor tan característico a desinfectante y medicina. Odiaba aquel olor que la hacía, cada vez, viajar a su infancia. A aquel fatídico momento en el que con trece años se enteró de que, Jonas, su abuelo adoptivo por aquel entonces y una persona muy importante en su nueva vida, padecía cáncer. No pudo frenar sus recuerdos agolpándose una vez más en su mente:

—Emma, ¿qué haces aquí, cariño? Ya hemos hablado de esto. El hospital no es lugar para una niña de tu edad, que por cierto debería estar haciendo sus deberes.

—Quiero ver al abuelo, y ya no soy ninguna niña. Me entero de las cosas, ¿sabes?

—Hija, al abuelo le están haciendo unas pruebas ahora mismo. No está en la habitación. Será mejor que vuelvas a casa. Le diré que has estado aquí.

—Esperaré, no tengo prisa.

—Emma, tienes deberes. Ve a casa y sé una niña responsable —insistió su madre.

—¡A la porra los deberes!

—¡Emma!

La jovencita salió precipitadamente de la habitación. Al hacerlo chocó con su abuela, que regresaba con varios vasos humeantes de plástico en las manos. La mujer evitó caerse al suelo, no así ambos recipientes y el café que contenían.

—¡Emma! —gritó su abuela asustada.

—¡Abuela! ¡Oh, lo siento!

Emma se agachó para recoger los vasos, y al levantarse tenía los ojos arrasados por las lágrimas.

—Cariño, ¿qué ocurre? ¿Qué haces aquí? —le preguntó su abuela mientras la abrazaba.

—¿Qué le pasa al abuelo? —gritó la muchacha compungida.

—¡Oh, mi amor! Tu abuelo…, tu abuelo… —balbuceó la anciana.

Las dos mujeres adultas intercambiaron una mirada cómplice y dubitativa que no pasó inadvertida a la niña. Finalmente, la madre de Emma tomó la palabra y con rictus serio dijo:

—Tu abuelo está malito, pero pronto se curará.

Emma apretó los puños, apartó a su abuela de un empujón y gritó antes de salir corriendo de la habitación donde estaba ingresado su abuelo.

—¡Mentirosa!

—¡Emma! —gritaron las dos mujeres a su espalda.

Emma corrió por el pasillo ante la atenta mirada de las enfermeras y pacientes con los que se cruzó en su camino de huida. Giró a la derecha, abrió una puerta y sin pretenderlo se introdujo en un amplio armario de almacenaje de productos de limpieza y desinfección. Estaba oscuro, pero no le importó. No tenía miedo a la oscuridad, solo tenía miedo a la mentira.

Tras varios minutos de reflexión, y tras soltar el mango de una fregona a la que agarró nada más entrar, salió decidida a encontrar la verdad.

Se dirigió al control de enfermería. Era la hora de comer, así que allí solo se encontraba una enfermera, atenta a las posibles llamadas de los pacientes, mientras el resto de sus compañeras repartían en sus grandes carros metálicos los menús del mediodía.

Entró al azar en una de las habitaciones de las que precisamente acababa de salir una enfermera cumpliendo ese cometido. Una anciana en camisón con el cabello blanco recogido en un moño alto, la dio la bienvenida un tanto sorprendida desde el sillón donde estaba sentada, con una bandeja metálica en el regazo, a punto de empezar a comer.

—Hola niña. ¿Te has perdido? —preguntó la mujer.

Pero Emma no se había perdido. Sin decir nada, se acercó a la cama de la anciana y pulsó con insistencia el botón rojo de llamada que encontró junto al cabecero. Después esperó varios segundos y abandonó la habitación ante la incrédula mirada de la longeva paciente.

Camino del control de enfermería se cruzó con la enfermera que solícita, se dirigía a atender la llamada. Se escabulló tras el gran mostrador y se agachó bajo su altura para dar comienzo la búsqueda.

No tardó en encontrar la pila de expedientes de los enfermos de la planta y del ala en el que estaba ingresado su abuelo. Hacia la mitad vio su nombre escrito al dorso en una pegatina, lo tomó en sus manos, lo abrió nerviosa y comenzó a leer:

—«...CPNM en estadio IV B Mc1... afección ganglios linfáticos mediastinales superiores...».

Fue lo único que tuvo tiempo a leer antes de que una voz profunda interrumpiese su plan.

—Hola pequeña. ¿Te has perdido? —preguntó el doctor tras percatarse de su presencia en el control de enfermería—. Soy médico, quizá pueda ayudarte.

—Oh, lo siento, yo no quería...

—Tranquila... ¿cómo te llamas?

—Emma, señor.

—Yo soy el doctor Johnson. Soy oncólogo, ya sabes, los médicos que luchamos contra el cáncer. Ahora dime, ¿qué haces ahí escondida?

—Buscaba el informe de mi abuelo.

—Y, ¿lo has encontrado?

—Sí, pero no sé qué significa CPNM IV MC1 —afirmó Emma preocupada, señalando con el dedo una de las líneas del primer párrafo.

—A ver, déjame que le eche un vistazo —dijo el doctor estirando el brazo por encima del mostrador.

El doctor Johnson sacó unas gafas de uno de los bolsillos de su pantalón, se las colocó y comenzó a leer en voz alta el informe, asintiendo cada poco tiempo. Una vez concluido se lo devolvió a su improvisada dueña, se quitó las gafas y miró a Emma a los ojos. Su rostro se ensombreció antes de comenzar a hablar.

—Tu abuelo tiene un carcinoma de pulmón no microcítico en estadio IV que ha afectado a varios ganglios y existe metástasis. Para que lo entiendas, tu abuelo tiene cáncer y no se puede curar.

—¿Se va a morir? —preguntó Emma rompiendo a llorar.

—Me temo que sí.

—¿Cuándo? ¿Cuándo se va a morir?

—Eso no se sabe. Depende de la salud de tu abuelo. Pero no le queda mucho tiempo de vida.

En ese momento, Emma sacó varias conclusiones. La primera era obvia: Su abuelo estaba a punto de morir de cáncer y eso le hacía sentirse triste y enfadada con su madre y con su abuela por haberla mentido. La segunda le llevó a confirmar que de mayor quería hacerse periodista: la verdad había sido dolorosa, pero liberadora.

Emma deshizo sus pasos, regresó a la habitación, se disculpó con su madre y con su abuela y esperó sentada en la cama de su abuelo a que regresase de hacerse sus pruebas para darle el más cariñoso y sentido abrazo que nunca le había dado.

Cuando regresó a la realidad, el número 301 la observaba amenazador desde la puerta de la habitación de Stacie Henderson, instándola a que entrase de una vez. Tras llamar con timidez utilizando sus nudillos en dos ocasiones, la voz dulce y cansada de su joven ocupante la franqueó el paso.

—Hola. Debes de ser Stacie. Yo soy Emma Hawkins. Un placer —dijo con energía la famosa periodista acercándose a la joven.

—Hola Emma. ¡Qué emoción! Nunca había conocido a alguien tan importante en persona.

Stacie Henderson era una muchacha delgada y risueña. Llevaba la cabeza rapada y un camisón estampado de vivos colores. Nada más ver a Emma le hizo indicaciones golpeando con su mano el colchón para que la recién llegada tomase asiento en la cama junto a ella.

—¿Por qué llevas muletas? —preguntó la joven curiosa.

—Un accidente de coche. Un loco me sacó de la carretera de regreso a Kennebunkport. Vine a Maine siguiendo una pista y un coche negro me envistió por atrás. Menos mal que iba hablando con mi mejor amiga cuando sucedió. Fue ella quien avisó a la policía y no tardaron en rescatarme.

—Vaya, qué emocionante.

—Preocupante diría yo. Afortunadamente solo fue un susto, unas cuantas magulladuras y un pie roto.

—Madre mía.

—Toma, te he traído un par de cosas —dijo Emma cambiando de tema mientras sacaba dos paquetes del interior de su enorme bolso.

—Muchas gracias, aunque no deberías haberte molestado. Para mí con que estés aquí me es suficiente. De verdad no sabes la ilusión que me hace. Cuando mi hermano me dijo que tenía una sorpresa para mí no me imaginé esto. Pensé que había conseguido por internet un autógrafo tuyo, pero ya ves…, es increíble.

Stacie abrió el primer paquete. Retiró emocionada el papel del envoltorio. Se trataba de un libro: *Crónica de una muerte anunciada*, de Gabriel García Márquez.

—La novela cuenta la muerte de Santiago Nasar a manos de los hermanos Vicario. La obra está inspirada en un crimen real que tuvo lugar en Colombia. Desde la ficción, Gabriel García Márquez logra construir una crónica, que destaca por el uso original y creativo de recursos literarios y periodísticos. Su autor reconoció una vez que su auténtica vocación siempre había sido el periodismo. Está dedicado, obviamente por mí —afirmó Emma orgullosa.

Stacie pasó varias páginas hasta encontrar las palabras de su ídolo: «Para Stacie. Que la verdad y la esperanza guíen tus pasos en este duro camino que te ha tocado recorrer. Con todo mi cariño. Emma Hawkins».

La muchacha cerró el libro y un par de lágrimas rodaron por sus mejillas. Emma se acercó a ella y la abrazó con fuerza.

—Colombia. Recuerdo cada diálogo con tu cámara cuando estuviste en la selva haciendo el reportaje sobre aquella tribu supuestamente caníbal. Cuando os secuestraron los paramilitares de las FARC y el tiroteo con el ejército cuando os escapasteis. Fue increíble. Eres muy valiente, Emma, ojalá yo fuese la mitad de valiente que tú. Muchas gracias por el libro. Me viene genial para matar unas cuantas horas.

—Ya verás como todo va a ir bien. Para estar aquí luchando contra esa mierda de enfermedad sí que se necesita valor. Para agachar la cabeza cuando se oyen disparos a tu espalda, solo adrenalina e instinto de supervivencia. Es diferente. Y, bueno, abre el segundo regalo, ¿no?

—Por supuesto —dijo Stacie desgarrando el papel que envolvía el paquete.

La joven vio su nombre en la primera de unas cuantas hojas de papel grapadas en la esquina superior izquierda. Debajo, las palabras «Informe médico» la hicieron comprender qué tenía en sus manos.

—Ahí pone exactamente lo que te ocurre. No sé si tus padres o tus médicos te han contado todo sobre tu enfermedad. Normalmente nunca lo hacen, puede que, porque piensen que eres joven para digerir la realidad, o porque no estén seguros de mojarse por si el diagnóstico no es acertado al cien por cien, o simplemente por miedo. Cuando yo tenía doce años, mi madre me ocultó la gravedad del cáncer de mi abuelo. Yo sola tuve que encontrar la dolorosa verdad. A mi abuelo le quedaba muy poco tiempo de vida y hubiese agradecido que alguien me lo contara sin tapujos para haber entendido mejor la situación y haber podido disfrutar más los escasos ratos que pude pasar con él. Tú tienes la información delante de ti, obviamente con datos, números y detalles que quizá no comprendas, pero nada que no puedas encontrar en Google con tu móvil y puedes elegir si quieres o no conocer la verdad.

—¿De dónde lo has sacado? —preguntó Stacie, sorprendida.

—Soy periodista de investigación, ¿tú qué crees?

La siguiente hora y media, las dos mujeres estuvieron rememorando los mejores momentos de cada reportaje protagonizado por la famosa reportera. Rieron y hablaron de sus correspondientes noviazgos, del futuro y de la intervención quirúrgica que tendría lugar al día siguiente; se hicieron fotos con el móvil, intercambiaron sus números de teléfono y finalmente se despidieron con un sentido abrazo después de que la periodista le deseara la mejor de las suertes.

Emma salía por la puerta del hospital cuando su teléfono comenzó a sonar insistentemente. Dejó apoyada una de las muletas en una papelera para poder ver quién la llamaba. Pensó en Glenn antes de comprobar la identidad en la pantalla, pero se trataba de Scott. Ni siquiera recordaba haberle dado su número. Contestó con un escueto monosílabo:

—¿Sí?

—Hola, soy Scott, tenemos que vernos. ¿Dónde estás?

Emma detuvo bruscamente sus pasos. Bajó el teléfono sin llegar a colgar y miró a su alrededor.

—Emma, ¿estás ahí?

—Sí, perdona Scott, es que por un momento me ha parecido que alguien me seguía… No sé, y me he sentido observada, eso es todo.

—¿Ves a alguien sospechoso?

—No, tranquilo, no es nada. Imaginaciones mías, no te preocupes. Perdona, ¿qué me decías?

—Que tenemos que vernos.

—¿Por qué? ¿Qué ocurre? Iba al hotel. Necesito descansar.

—Tenemos novedades sobre tu accidente de tráfico.

59

Una espesa oscuridad había conquistado cada pequeño rincón de la casa, a excepción de la estancia donde se han habían reunido los tres extraños y fortuitos habitantes. Dorothy había decidido que la sesión tendría lugar en aquella habitación infantil que permanecía cerrada con llave. La luz cálida y tenue proveniente de tres solitarias velas iluminaban desde el suelo a sus ocupantes, que permanecían sentados en sendas sillas formando un triángulo en el centro de la habitación.

La voz suave y apacible de la médium vibró armónica en el aire una vez más:

—Martin, ¿está todo preparado?

Su ayudante se levantó de la silla, comprobó una vez más el encuadre de la cámara que había colocado sobre un trípode, junto a la pared del fondo, y pulsó el botón que dio comienzo a la grabación.

—Todo listo —afirmó su joven ayudante regresando a su ubicación.

Tras un inquietante silencio, Dorothy tomó de nuevo la palabra. La última sesión de hipnosis había comenzado.

—Gabriel, mi voz es el viento que le susurra en un tranquilo paseo, cálida como el sol que acaricia su rostro en una tarde de verano, y comienza a notar cómo su respiración se calma… No hay temor, no hay zozobra, solo paz. Con cada paso el cuerpo le pesa más y más y más… Sus piernas van cediendo. Su cuerpo está completamente relajado… Y se duerme. Y su mente viaja en ese sueño. Pero esta vez es usted quien la guía. Es usted quien la controla para conocer quién le susurra mientras duerme. Porque hoy, Gabriel, va a entender su verdadera conexión con esta casa y con su pasado… y con lo que ocurrió entre sus cuatro paredes. Ahora dígame dónde está y qué ve. Despacio, sin prisa.

—Escaleras. Escaleras de madera, las subo. Las subo y las vuelvo a bajar. Estoy nervioso y … no sé…, no sé qué me ocurre. Me siento extraño.

—¿Dónde está?

—No lo sé. Está oscuro, muy oscuro.

—¿Puede encender alguna luz? ¿Hay algún interruptor?

—No, no quiero que haya luz. Prefiero la oscuridad.

—¿Reconoce el lugar?

—Es de noche. Hay una ventana abierta. Las cortinas se mueven, son blancas. El viento las empuja dentro. El viento es frío. Helado.

—¿Puede asomarse por esa ventana?

—Hace frío. Hay bruma y se oye el mar cerca, muy cerca. Veo un árbol, no sé qué tipo de árbol es. Oigo sus hojas protestando. También las mueve el viento. Las ramas también se mueven. Hay una rama diferente, más gruesa y más próxima al suelo que las demás. Hay una cuerda atada a su extremo de la que cuelga un tablón de madera que golpea contra el tronco movido por el viento.

—¿Puede ser un columpio? —interrumpió Dorothy intentando conocer dónde estaba Gabriel.

—Pero le falta un trozo de cuerda. Algo cuelga más arriba. Hay algo… no sé… algo cuelga del árbol balanceándose. Pero no es real. Solo imagino que cuelga alguien. Quiero que cuelgue alguien ahí. ¡Oh, es terrible!

—¿Quiere ahorcar a alguien, Gabriel? ¿Es lo que está intentando decir?

—¡Silencio! Lo he vuelto a escuchar. Son gritos. Es una niña…, pero no hay nadie más aquí, no hay nadie en esta habitación. Los gritos vienen de abajo.

—¿Está en esta casa, Gabriel? ¿Está usted aquí, en esta casa? —insistió la anciana.

—No lo sé. Sigo escuchando los gritos a lo lejos. Escaleras otra vez. Ya no sé si las subo o las bajo. Y… ¿qué? Alguien me ha hablado.

—¿Quién le habla?

—«Esto se ha acabado».

—¿Qué?

—«Esto se ha acabado». Es lo que me dice la voz. Me lo está diciendo a mí.

—¿Qué se ha acabado?

—Estoy furioso. No entiendo nada. No tenía que ser así. No tenía que ser hoy. Yo…, yo… no puedo hacerlo.

—¿Qué es lo que no puede hacer? Vamos, Gabriel, dígame ¿qué ocurre? ¿Con quién habla?

—Es una mujer. La mujer me grita, pero ya no sé qué dice. No la entiendo. Solo veo sus labios moverse frenéticamente. Me salpican pequeñas gotas de saliva que salen proyectadas desde el interior de su boca.

—¿Quién es esa mujer?

—No la reconozco, sin embargo, su voz… Su voz me resulta familiar. Creo que… oh, Dios mío, su voz es la misma que la de los susurros.

—Muy bien Gabriel. Ahora quiero que se tranquilice, que se acerque a la mujer y que le pregunte qué le ocurre. ¿Podrá hacerlo?

Gabriel se levantó bruscamente de la silla, volcándola y se quedó de pie, en el centro de la habitación, ante la atenta mirada de Dorothy, que consultó su reloj y de Martin, que anotó algo en la libreta que tenía en el regazo destinada para tal fin. Apretaba con fuerza los puños y su rostro se contrajo en una mueca, mezcla de ira y crispación.

—Pregúntele, vamos —insistió la anciana.

Los ojos de Gabriel se quedaron en blanco. Dio varios pasos en dirección a la puerta y después se detuvo. Martin quiso agarrarle del brazo, pero Dorothy se lo impidió, diciendo:

—No, ahora no, estamos cerca. Está a punto de entenderlo. No podemos interrumpirle.

Con el último paso, Gabriel sintió cómo se precipitaba al vacío. Mientras caía estiraba los brazos para poder aferrarse a cualquier cosa. Pero ya era tarde. El golpe hizo estremecer todo su cuerpo. Las tinieblas lo abrazaron y entonces abrió los ojos.

60

Lo primero que vio fue su rostro angelical mirándole con preocupación y esperanza. Notaba su mano encima de la suya, cálida y protectora. Tenía sus mismos ojos, el mismo color, mezcla de aguamarina y roca, y la misma mirada profunda y analítica. «¿Cuándo se ha convertido en una mujer y ha dejado de ser mi princesa?», se preguntó con tristeza.

—Papá. Papá, ¿me oyes?

—Amber, hija…

—Tranquilo, papá, todo sigue bien. Te has quedado dormido.

—Estaba soñando. Corría detrás de algo, no sé, algo oscuro. Una sombra. Era un criminal. No llegaba a atraparlo.

—Tranquilo. Era una pesadilla. Estabas muy agitado. Imaginé que estabas soñando, aunque de todas formas llamé al médico. No creo que tarde en llegar.

—Oh, Amber, yo… Siento todo esto…

—No, papá. Yo siento todo esto. Es culpa mía. Tu accidente… y todo lo que te he hecho pasar últimamente…

—A veces no me doy cuenta de que te estás haciendo mayor y soy un egoísta porque solo quiero que sigas siendo mi pequeña —se sinceró Liam, un tanto avergonzado.

—Papá, siempre seré tu pequeña.

—Lo sé…

—Tengo novio.

—¿Qué? —exclamó el policía sorprendido por la repentina confesión.

—Estaba con él cuando te saliste de la carretera. Se me pasó el tiempo volando y ni siquiera sabía qué hora era. Lo siento y entenderé que te enfades conmigo.

—Hija, no me voy a enfadar contigo porque tengas novio, pero sí porque me mientas. Hay un loco por ahí suelto y …

—Papá, ¿no se supone que tú mismo rescataste del fuego a ese loco y que ahora está en la cárcel? —replicó Amber dudando del sentido de las palabras de su padre.

—Da igual, tienes razón, pero nunca se sabe qué tipo de maníacos puedes encontrarte a esas horas de la noche. La próxima vez me dirás con quién vas, sea quien sea y sin mentirme, ¿estamos? Y ya puestos, quiero conocer a tu novio.

—¡Papá!

—Bueno, por lo menos creo que me he ganado el derecho a saber cómo se llama.

—Kevin.

—Tiene nombre de cretino. Como se sobrepase contigo le meteré un par de tiros.

—¡Papá, por favor! —exclamó la joven avergonzada.

Amber recriminaba a su padre levantando la voz cuando un hombre de aproximadamente la misma edad que el convaleciente apareció sonriendo por la puerta.

—¿Se puede? —preguntó risueño ya en la habitación.

—¿Derek? ¡Joder, no me lo puedo creer!

—¿Interrumpo algo? —preguntó el recién llegado mirando a la joven que permanecía sentada junto a Liam.

—Oh, no, bueno, sí, digamos que la típica charla padre e hija. ¿Verdad, cielo? —dijo el policía apretando con suavidad la mano de ella—. Esta es mi hija, Amber.

—¡Joder, cómo has crecido! Te recuerdo en la boda de Susan. Eras una mocosa. ¿Cuántos años tendría, Liam?

—Tres.

—Imagínate. Susan ya se ha divorciado dos veces.

Amber se levantó con cuidado de la cama para no engancharse con alguno de los viales que llevaba su padre, le abrazó con fuerza y se despidió con una sonrisa.

—Bueno, os dejo para que rememoréis vuestras batallitas, ¿vale papá? Además, seguro que te viene bien para la memoria. Después del golpazo…

—Me enteré en comisaría. Vaya susto, ¿no? —afirmó Derek disimulando sus ganas por enterarse de los detalles de lo ocurrido.

—Sí. Creo que me dio un ataque de ansiedad mientras conducía, aunque me siguen haciendo pruebas. Llegué a perder incluso el conocimiento. Eso fue justo antes de salirme de la carretera. Afortunadamente iba despacio. Levanté el pie del acelerador cuando empecé a encontrarme mal.

—Vaya, Liam, se ve que ya nos vamos haciendo mayores... Por cierto, me llamaste el otro día, ¿no? Hablando de mayores, se me olvidó devolverte la llamada. Regresé tarde del hospital y al final entre unas cosas y otras... Lo siento, ¿qué querías?

—Nada, da igual, tuve una corazonada, eso es todo, sobre el caso de los asesinatos de Langsford, da igual, una tontería, olvídalo.

—Pero, ya tenéis al malo entre rejas, ¿no? De hecho, si no hubiese sido por ti ni siquiera hubierais tenido malo. Pero bueno, cuéntame, porque una corazonada es una corazonada y más si la ha tenido un policía como tú.

—No me hagas la pelota, anda, que nos conocemos hace mucho tiempo y ambos sabemos que ese rollo no va contigo —afirmó Liam con complicidad.

—En serio, dime, por favor.

—Te parecerá una tontería pero, aunque las pruebas son muy claras, no estoy seguro de que Yishai Renton cometiera esos asesinatos.

—Joder, Liam, pero las joyas de sus vecinos estaban en su cuarto y el cuchillo con el que apuñalaron a su novia tenía sus huellas. No sé, Liam...—refutó Derek.

—La señora Dabrowski nunca le hubiese abierto la puerta a ese individuo. El móvil del crimen aparentemente fue el robo, sin embargo, había joyas de gran valor a la vista que dejó en su sitio. Y luego su declaración... Renton habla de una sombra que merodeaba su casa.

—Quizá la vieja no le reconoció, él es un drogadicto, ¿no? Quizá iba hasta las cejas y ni siquiera vio esas joyas que dices. Y la sombra..., pues eso, la alucinación de un colgado.

—No sé, Derek, supongo que tendrás razón. Es que...

—Que no estás conforme y punto. Pero eso no es malo, Liam. Somos policías, lo llevamos en la sangre. Nos cuestionamos todo, todo el tiempo. Yo me equivoco a menudo y no me lo tengo en cuenta, porque si lo hiciera me volvería loco —confesó Derek—. Bueno, ¿eso es lo que me querías contar cuando me llamaste el otro día?

—Sí y no. Estaba hablando con David, mi compañero, sobre un tipo extraño que vino a la comisaría y él hizo un comentario. Nada, una tontería. Dijo que había que estar muy loco para ir a una comisaría voluntariamente si habías hecho algo malo. Entonces pensé que los crímenes de Langsford los podía haber cometido perfectamente un individuo con alguna patología, no sé, un esquizofrénico o algún paranoico. No entiendo mucho de términos psicológicos, pero creo que me sigues por donde voy. Vamos, que no tenía por qué tener un móvil.

—Y, ¿qué pinto yo en todo esto?

—Porque aquí no tengo a nadie con ese perfil, ni casos abiertos en los que el sospechoso pueda ser un tarado. Pensé en Portland, es más grande, más habitantes…, no sé, ya te he dicho que fue una corazonada, un presentimiento o no sé cómo diablos llamarlo.

—No sé, Liam. Y, ¿se supone que vive aquí y va a Kennebunkport para hacer de las suyas? No lo veo. O, ¿quizá viceversa? Raro. Un poco flojo. Inconsistente, diría yo.

—Y, ¿hospitales, instituciones mentales, algún fugado, alguna agresión sin motivo aparente?

—Liam, te veo desesperado. Pero, ahora que lo dices…

—¿Qué?

—No tengo nada importante sin resolver. Robo con violencia, alguna pelea, un intento de violación… Hasta hace unos días. De hecho, creo que el mismo día que llamaste estaba aquí precisamente por una agresión. Una psiquiatra, Elisabeth Watson. Está ingresada en esta misma planta, pero en el otro ala. La agredieron con un teléfono en su propia consulta. La dejaron la cara hecha puré. Está sedada y sigue inconsciente. No hubo testigos fiables en la consulta.

—¿Fiables?

—Su secretaria o ayudante, no lo tengo claro, sigue en estado de shock y no es capaz de recordar nada de lo que pasó más allá de la sangre y del rostro desfigurado de la doctora, a la que encontró tendida boca arriba en la moqueta de su consulta. El agresor escapó por una ventana desde la que saltó al callejón de la parte trasera.

—¿Alguna idea de quién pudo hacerlo?

—Todo el mundo con el que he hablado me ha contado maravillas de la doctora Watson. Aparentemente es una esposa fiel, no tiene enemigos, buena persona, agradable, educada y volcada con sus pacientes. Una gran profesional a la que sus compañeros de profesión conocen y respetan.

—Pudo hacerlo alguno de sus pacientes.

—Parece lo más probable. Pero nos llevará semanas investigarlos a todos. Si por lo menos recobrase el conocimiento… O su ayudante pudiese recordar algo…

—Complicado, desde luego.

—Ya hemos interrogado a todos los que tenían cita el día que la atacaron, pero no hemos sacado nada en claro. Ahora iba a pasarme por su habitación, a ver si había novedades. Si quieres acompañarme…

—No sé si el médico me dejará y todavía no he intentado levantarme, pero bueno, qué diablos, si me echas una mano… —dijo Liam intentando incorporarse.

Derek le agarró del antebrazo y tiró de él con energía.

—Ese pijama te sienta estupendamente —le dijo nada más levantarse de la cama.

—Podría haber sido peor. Por ejemplo, que hubiese estado abierto por detrás y haberte enseñado mi culo —respondió Liam, socarrón.

—No me jodas —exclamó Derek—. Vamos, es por aquí.

Los dos policías se perdieron por un largo pasillo caminando despacio. Liam sujetando el gotero y Derek haciendo lo propio con su compañero. Entraron en la penúltima habitación del amplio corredor y dirigieron sus miradas al tiempo a la mujer que permanecía postrada en la cama. Tenía el rostro completamente cubierto por un grueso vendaje. De su brazo izquierdo salían varias vías que acababan su recorrido en un gotero que pendía ajeno de un gancho metálico. Un tubo de mayor grosor nacía en su tráquea y parecía mantenerla aferrada a la vida conectado a una máquina que la permitía respirar de forma artificial. Varios cables más iban de su pecho, bajo el camisón, hasta el monitor Holter que registraba su ritmo cardiaco.

Derek rompió el violento silencio nacido del terrible escenario en el que acababan de hacer su aparición ambos policías.

—Aquí lo tienes. No sé si esto es exactamente lo que estabas buscando, pero solo un loco sería capaz de haber dejado a esta pobre mujer así, aparentemente sin motivo alguno.

—Es horrible.

—Sea como sea, ya te digo que atraparé al mal nacido que ha hecho esto. Cueste lo que cueste. Aunque ahora no sepa quién ha sido.

—No lo dudo, Derek. Estoy seguro de que cuando despierte, lo sabremos.

61

La desesperación trepaba lentamente por su espalda para colarse después en su cabeza, dejándole paralizado. Glenn se preguntaba cómo había llegado a aquella angustiosa situación. Pensaba que todo había sido culpa suya; que nunca tenía que haberse acercado a aquel maniaco. «Maldito ego», se repetía a sí mismo una y otra vez. Pero el motivo y la culpabilidad ya daban igual. Estaba a su merced.

—Hola. ¿Hay alguien ahí? —preguntó tímidamente.

El silencio le respondió.

—Por favor, suélteme —suplicó.

La oscuridad contestó por su captor con un no.

—¡Socorro! ¡Que alguien me ayude! —volvió a gritar.

Las paredes del sótano le devolvieron su desesperada petición con el lejano eco de su propia voz.

Glenn intentó alzar sus brazos, pero volvía a tener las muñecas atadas a la espalda, tras el plástico de su asiento. Probó a ponerse de pie, pero no lo consiguió. Desplazó la silla unos centímetros, nada más. En su intento por llegar no sabía a dónde volcó la silla haciéndole caer al suelo. El plástico del respaldo crujió con el golpe. Al entender que el material cedía con facilidad, hizo fuerza con sus brazos y arqueando la espalda consiguió que el respaldo cediera finalmente resquebrajándose como una hoja seca.

No tuvo problema para deshacerse de lo que quedaba de la silla. Se puso de pié no sin dificultad y comenzó a caminar de espaldas, despacio, con las manos extendidas todo lo que permitía la cuerda que las ataba, palpando una oscuridad impenetrable que le impedía ver incluso sus propias piernas. Paso a paso llegó a una pared. Comenzó a recorrer con los dedos su superficie hasta que sus piernas chocaron con algo metálico. Era una mesa. Por eso sus manos habían esquivado el objeto. El golpe rompió el silencio que volvió a cerrarse sobre él unos segundos después. Sus manos recorrieron la superficie hasta rozar algo.

—¡Oh, mierda! —exclamó Glenn—. ¡Pero qué demonios…!

Se trataba de algo peludo y frío. Quizá un animal muerto.

—¡Dios santo! ¿Dónde estoy?

El tétrico recorrido continuó por la mesa hasta que sus manos atadas volvieron a toparse con un obstáculo. Un objeto, también metálico, que irremediablemente se precipitó desde lo alto de la mesa provocando un gran estruendo al chocar contra el suelo.

—¡Joder!

Glenn se agachó y palpó nervioso el suelo hasta encontrar varios objetos más. El mayor de ellos parecía una bandeja, quizá la que contenía el resto. Siguió su frenético recorrido y le pareció tocar un anillo, no, eran dos. Los anillos para los dedos de unas tijeras. Sí, eran unas tijeras. No podía creerlo. Las utilizó para cortar, no sin dificultad, la cuerda que ataba aún sus muñecas. Acarició las heridas que las ligaduras le habían provocado antes de ponerse en pie.

Sus ojos seguían luchando para acostumbrarse a la oscuridad de aquel lugar frío y húmedo en el que había acabado sin entender aún el motivo. Regresó a la pared y continuó su exploración. Esta vez fue uno de sus pies el que se golpeó con algo. Glenn se agachó y sus manos reconocieron un escalón. Notó la fría piedra de la que estaba hecho bajo sus dedos. A su lado, inmóvil, otro escalón más, y junto a este un tercero. Era una escalera.

Con cuidado se agachó y comenzó a gatear después por sus peldaños, despacio, siguiendo el tacto de sus manos. Uno a uno. Pensaba que podría haber llegado a la mitad de su recorrido cuando un crujido metálico le dejó paralizado. Un candado, una cerradura, un cerrojo. Los tres sonidos se agolparon en su mente. Sus músculos se tensaron. Se le erizó el vello de los antebrazos. Y a continuación llegó la luz. Primero una línea vertical. Inmediatamente después dos horizontales, una arriba y otra debajo de la anterior. La luz le cegó. Y tras la luz, una voz:

—Hola Glenn. ¿Qué haces aquí?

62

La puerta al cerrarse bruscamente frente a él fue lo primero que vio, y el sonido del golpe al hacerlo lo primero que escuchó. Luego llegó una voz extraña gritándole al otro lado.

—¡¿Es así como vas a arreglar las cosas?! ¡Vamos, sal de ahí y enfréntate a la verdad! ¡Maldito cobarde!

—¡Olvídame! ¡Estoy harto de tus quejas! ¡Nunca nada es lo suficientemente bueno para ti! ¡Estoy harto!

—Por lo menos podías reconocerlo. Es por otra, ¿verdad? Todo esto es por otra. Siempre lo ha sido. Reconócelo al menos.

—Eres una cínica.

La misma puerta volvió a abrirse, pero no había nadie al otro lado. Soltó el pomo y se dio cuenta de que la había abierto él mismo.

—¿Es que no te das cuenta de cómo estamos? Malvivimos por tu culpa. Egoísta. Maldito egoísta. ¿No te has dado cuenta aún de que tu trabajo ni siquiera nos da de comer? Si no fuera por mi familia nos habríamos muerto de hambre hace meses.

—¿Haces tú algo para remediarlo? ¿Te sientes orgullosa por mendigar a tu familia? ¿Te crees mejor que yo por eso?

—Cuando llegamos a este país fuimos capaces de labrarnos un futuro. Entonces teníamos esperanza. Por culpa de gente como tú mira en qué nos estamos convirtiendo. Fracasado.

—¿Fracasado yo? Por favor…, tú que ni siquiera has sido capaz de darme un hijo, y ¿me llamas fracasado?

—¿Es eso lo único que querías de mí? Que te los de ella, vamos. Que te los de la zorra de tu amante. ¡Maldito egoísta!

Los pasos de ambos subieron y bajaron por la escalera, llegaron a la cocina y se detuvieron nerviosos y expectantes, junto a la encimera. Antes de la siguiente embestida de rencorosos reproches, se hizo el silencio y justo en ese momento, él escuchó otros pasos. Obviamente no eran los suyos. Había alguien más en la casa. Pero no pudo escucharlo en detalle porque ella volvió al ataque.

—¿Por qué no quieres ver en quién te has convertido? ¿Por qué cierras los ojos para no ver la realidad? Yo te lo diré: eres un cobarde, un maldito cobarde. Siempre lo has sido.

—Pues vete. Déjame. Sal de mi vida.

—No pienso irme de mi casa. Porque esta es mi casa, te lo recuerdo por si se te ha olvidado.

—Maldita…

—¿Maldita qué? ¡Vamos, dilo! ¡Di lo que ibas a decir! ¡Acaba la jodida frase! ¡Acaba algo en tu miserable vida!

—¡Déjalo ya! ¡Por favor, déjalo ya!

La mujer apenas esperó al final de la súplica para darle el primer empujón.

—¿Qué haces?

El segundo y el tercero llegaron a continuación junto con la enésima acusación.

—¡Cobarde! ¡Cobarde!

Primero apartó las cortinas y miró por la ventana. Era noche cerrada. Después sintió el frío de los azulejos en la planta de sus pies descalzos. Cuando soltó la cortina se dio cuenta de que tenía un cuchillo en su otra mano.

—¿Qué vas a hacer? ¡Cobarde!

Los pasos se alejaron de la cocina y llegaron a la planta de arriba. Otro portazo. Otra puerta que se abre. Pasos que se alejan y se acercan, que luchan entre sí y una última palabra:

—¡Cobarde!

El cuchillo se arrojó a la carne, una vez, dos veces. No hubo una tercera. La sangre estaba caliente y mojaba el mango. Soltó el cuchillo, se despertó y la primera palabra le resultó conocida:

—¡Ayúdame!

La misma palabra llegó una segunda vez a sus oídos antes de abrir por completo los párpados.

—¡Ayúdame!

La tercera palabra fue un nombre. Uno que había escuchado muchas veces durante la última semana.

—¡Martin!

Notó a su derecha una presencia y consiguió entonces enfocar su mirada. Martin, el joven ayudante de la médium, estaba a su lado, petrificado. Su rostro, lívido, se encontraba paralizado por una mueca mezcla de pavor e impotencia. Su mano alzada, señalaba con gesto de crispación hacia el extremo opuesto de la estancia. Sus ojos se dirigieron imprudentes y fugaces hacia la esquina de la habitación en busca de una explicación plausible. Sin embargo, encontraron a Dorothy Terrance tumbada en el suelo sobre un charco de sangre, con las manos en el vientre y los ojos en blanco.

—Pero, ¿qué ha hecho? —balbuceó Martin, mirando a Gabriel, nervioso.

El ayudante de Dorothy se acercó al cuerpo yacente de su amiga y mentora. Se agachó frente a su posición, y con mano temblorosa cogió la de ella, colocó las puntas de los dedos índice y medio en la parte interna de su muñeca por debajo de la base del pulgar y esperó.

—¡No tiene pulso! —gritó, desconsolado.

Después colocó esos mismos dedos en el surco del cuello a lo largo de la tráquea para sentir el pulso en la arteria carótida y esperó nuevamente.

—¡No tiene pulso! —Volvió a gritar—. ¡Está muerta!

Gabriel recogió el cuchillo del suelo y se acercó a Martin, que continuaba postrado junto a la médium. Este se giró, se levantó y sus ojos se llenaron de terror.

—¡No, no, por favor!

Gabriel levantó el cuchillo y contempló la sangre resbalando por el filo hasta manchar el mango. Martin le empujó y salió corriendo de la habitación. Bajó a toda prisa las escaleras que descendían a la planta principal, tropezó en el último escalón y cayó de bruces al suelo. Escuchó el crujir de la madera de cada peldaño tras de sí. Llegó prácticamente reptando a la estancia más próxima junto a la salida: la cocina, y supo que había sido un error nada más traspasar el quicio de la puerta. No tenía escapatoria.

—¡No me mate, por favor! —suplicó una primera vez a la sombra que comenzaba a aparecer en la blanca pared.

¿Por qué iba a matarte? —respondió Gabriel aún con el cuchillo en la mano— No soy un asesino.

—¡Acaba de matar a…! ¡Oh, Dios mío, esto no está pasando!

Martin reculaba sin llegar a ponerse de pie, con la mano izquierda levantada mientras con la derecha palpaba el suelo por el que iba arrastrándose.

—¡No me mate, por favor! ¡Le juro que no se lo contaré a nadie! ¡Deje que me vaya! —sollozó el joven en su segunda súplica.

En su huida hacia atrás, Martin palpó la estantería que días antes les había franqueado la bajada al sótano escondido.

—Hay gente que sabe dónde estoy ahora: mi madre y mi tía Lucy, lo saben. Si no regreso a casa se preocuparán y llamarán a la policía y la policía seguirá mis pasos y le descubrirán y le detendrán por lo que ha hecho. Por favor, no me mate, se lo ruego —balbuceó con su tercera y última súplica.

—Tranquilo, muchacho, ha sido un accidente, no voy a hacerte nada, ¿de acuerdo? —afirmó Gabriel mostrándole el cuchillo aún en su poder.

—Sí, eso, ha sido un accidente. Solo ha sido un accidente. No, ha sido la casa. La casa ha hecho esto. Se trata de un *poltergeist*, eso es. Ahora me cuadra todo.

—¿Qué?

—El término suele utilizarse coloquialmente para definir todos los acontecimientos violentos que suceden en un lugar supuestamente encantado y que no se ajustan a la normalidad física. Entre los fenómenos *poltergeist*, se incluyen, por lo general, ruidos inexplicables, movimientos de objetos inanimados, materialización, desaparición de comestibles, olores extraños y ataques físicos. La entidad imperceptible que genera estos hechos, según la parapsicología, suele ser un fantasma o entidad asociado a una persona muerta. También puede ser causado por telequinesis inconsciente derivada de estrés o tensión emocional. Usted no ha tenido la culpa de lo que ha pasado, por eso le ayudaré a deshacerse del cuerpo. Nadie sabe que Dorothy está aquí además de usted y yo. No tiene familia ni nadie que la vaya a echar de menos.

Gabriel tomó el cuchillo por su filo y dio un último paso hacia Martin ofreciéndole el mango. Al hacerlo, sus dedos quedaron manchados de sangre.

—Pues entonces cógelo.

Martin rechazó el cuchillo y dio un último paso hacia atrás. Un paso hacia la oscuridad del sótano. Un paso hacia el primero de los escalones por los que bajó rodando hasta completar su caída. Después un golpe sordo, un quejido y el sonido de la puerta secreta bloqueando una vez más la entrada de aquel lugar maldito en el que Dorothy había tenido la macabra visión el día anterior.

—Yo no soy un asesino —repitió Gabriel arrojando el cuchillo al suelo.

A continuación, deshizo los pasos que le habían conducido hasta la puerta de aquel terrible secreto. Subió al hacerlo las escaleras de dos en dos, agarrando con fuerza la barandilla central. Corrió por el pasillo de la segunda planta y entró precipitadamente en aquella misteriosa habitación donde había apuñalado en sus sueños a la parapsicóloga. La misma habitación en la que había despertado súbitamente con sus manos manchadas de sangre. Pero su mirada se perdió en el vacío. Encendió la luz y tuvo que salir de nuevo para entrar a continuación. No podía creerlo: el cuerpo de Dorothy Terrance ya no estaba allí.

63

Nada más estacionar su coche frente a la comisaría sacó un papel con las anotaciones que hizo sobre los consejos para superar el estrés que le dio la psiquiatra que le había atendido en el hospital el último día de su ingreso. Una vez descartada cualquier lesión cerebral, el médico le prescribió una primera sesión con la psiquiatra para que esta valorara el estado del policía, que accedió solo a cambio del alta médica.

Desdobló la hoja y comenzó a leer:

—«1. Usa la respiración consciente. 2. Participa en monólogos internos positivos. 3. Desarrolla un estado de testigo. 4. No eres responsable por el karma de otros. 5. Visualiza. 6. Pon tu mano sobre tu corazón. 7. Practica la autocompasión».

Liam eligió la opción número uno y leyó en detalle:

—«En el momento en el que aparezca el estrés, respira profunda y lentamente. Respirar te ayuda a liberar la tensión para que no se acumule en tu cuerpo».

Después y siguiendo aquel mismo consejo anotado en su papel tomó aire por la nariz hasta llenar sus pulmones y lo exhaló de forma un tanto exagerada por la boca hasta vaciarlos. Repitió el ejercicio en tres ocasiones y pensó que todo aquello era una soberana idiotez antes de bajarse del coche. Entró a regañadientes en la comisaría y se dirigió directamente al despacho vacío del jefe de policía sin siquiera saludar a nadie. Se sentía avergonzado.

—Buenos días Liam. Me alegro de que hayas vuelto y espero que estés bien del todo, porque conociéndote… —dijo Gertrude, la mujer que atendía la centralita, asomándose desde la puerta.

—Gracias. Tranquila, ya estoy bien. Fue solo un susto.

—Deberías salir. Los chicos te prepararon algo. Todos hemos estado preocupados por ti.

Liam no tuvo más remedio que abandonar el despacho. Al entrar ni siquiera se había percatado de los globos que adornaban su mesa y de la pancarta que clamaba: «Bienvenido Liam» sobre una gran caja de dónuts.

El policía se acercó a su escritorio, cogió uno de los bollos y agradeció tímidamente a sus compañeros el detalle levantando su mano.

David fue el primero en saludarle:

—Hola Liam, me alegro de que ya estés aquí. ¿Al final qué te dijeron los médicos?

—Solo han sido un par de días, pero gracias, David, aunque si no te importa me gustaría no tener que hablar sobre eso ahora.

—Claro, jefe. Lo siento.

—Vamos, David, a trabajar, no agobies al pobre Liam. ¿No ves que acaba de llegar? Ya tendrá tiempo para contarnos qué tal le fue en Portland —interrumpió Gertrude.

—Gracias —susurró Liam.

—Tienes que llamar al alcalde —dijo la experimentada telefonista antes de regresar a su puesto.

—¿Sabemos algo de Patricia? —preguntó sin obtener respuesta.

Liam vio dos notas sobre su escritorio. Una estaba escrita con una caligrafía perfecta y su texto parecía un telegrama: «Alcalde Andrew Sephard. URGENTE. Llamar despacho 17:00». El trazo de la otra era nervioso y el texto más largo: «Te ha llamado Roseanne Cavendish. Por favor, que la llames, urgente. Es sobre su hijo. Puedes llamarla a casa. Tienes su teléfono en la agenda, gracias».

Volvió a respirar profundamente antes de decidir por dónde continuar. Descolgó el teléfono y antes de marcar se dio cuenta de que, en toda su carrera como policía, nunca le había ocurrido nada emocionante más allá de algún arresto, varias persecuciones en coche y salvarle la vida a un turista que cayó al mar desde la bahía, en centro de Kennebunkport. Bueno, y el incendio en el que había conocido a Bruce, el jefe de bomberos. En apenas una semana habían sido asesinadas tres personas, había salvado de las llamas al presunto culpable de esas muertes, su compañero Tom Sephard había desaparecido, incluso su hija parecía haber desaparecido también durante unas horas, y él había sufrido un accidente de tráfico aparentemente ocasionado por un ataque de ansiedad previo. «¿Acaso pueden complicarse más las cosas?». El sonido del teléfono respondió a esa pregunta.

—McDougall.

—Tienes a la señora Cavendish al otro lado de la línea. ¿Le digo que estás ocupado y que la llamas cuando puedas? —preguntó Gertrude con tono acusador.

—¿Quién?

—Roseanne Cavendish. David habló ayer con ella. Creo que te dejó una nota. Está nerviosa y parece urgente.

—Precisamente la iba a llamar ahora —se excusó Liam sonando poco convincente—. Pásamela, por favor.

—Ya, claro. Bueno, te la paso.

—¿Sargento McDougall? ¿Es usted?

—Por favor, llámeme Liam. Siento no haberla podido atender ayer. Estaba en el hospital…

—He hablado con Robert, con mi hijo. Él está bien. Sigue enfadado, bueno, yo diría dolido.

—¿Con usted? Pero si fue él quien decidió marcharse de casa.

—Efectivamente, Robert le propuso a… a su… a su amigo marcharse juntos, pero Tom al final se echó atrás y Rob decidió mantener su palabra. De ahí que esté dolido. Él pensaba que ese chico le quería y fíjese lo equivocado que estaba. No ha vuelto a saber nada de él desde el día anterior a su marcha…

—¿Podría hablar con su hijo? —preguntó el policía interrumpiendo el relato de la mujer.

—Me temo que no. No quiere hablar con nadie. No sale de su habitación. No sé qué hacer. Yo solo quería que usted lo supiera. El día que vino a mi casa le vi tan agobiado…

—Muchas gracias, señora Cavendish.

—Ah, otra cosa. Robert me contó que esa noche, Tom tuvo una discusión muy fuerte con su padre. Él piensa que sea lo que sea lo que le haya ocurrido a Tom es culpa de Andrew Sephard.

—Lo tendré en cuenta.

Liam colgó el auricular para descolgarlo a continuación. Buscó en su agenda el número del despacho del alcalde y marcó con diligencia cada dígito hasta que comenzó a escuchar los tonos de llamada. Al quinto fue el propio Andrew Sephard quien contestó al otro lado de la línea.

—¿Diga?

—Soy Liam.

—Hombre, Liam, me alegra escucharte. ¿Ya estás recuperado de lo que demonios te ocurriera?

—Sí. Ya estoy operativo. Cuéntame.

—No, Liam, cuéntame tú. ¿Tienes algo nuevo sobre la desaparición de mi hijo? ¿Algún avance? ¿Alguna pista fiable? No sé, lo que sea.

—Sí y quizá sea algo que le deje tranquilo.

—¿El qué?

—Tom no se marchó con Robert Cavendish. Así que no se preocupe, que la supuesta aventura homosexual de su hijo lejos de casa para estropear la candidatura a la alcaldía de su ultracatólico y conservador padre jamás tuvo lugar.

—¿Cómo te atreves?

—Ahora si me disculpa, señor alcalde, tengo que continuar la búsqueda de un valiente policía. Buenos días.

Nada más colgar el auricular supo que si Andrew Sephard era reelegido alcalde de Kennebunkport su carrera como policía habría acabado en el mismo momento en que había zanjado aquella conversación cortando la comunicación telefónica. Ni un segundo antes, ni un segundo después.

Liam retiró el improvisado cartel de bienvenida que descansaba, tras sus quince segundos de fama, sobre la caja de dónuts, abrió la tapa de cartón y eligió uno de sus favoritos: glaseado, con relleno de frambuesa. Estaba a punto de darle el primer mordisco cuando su teléfono volvió a interrumpirle.

—¿Qué? —respondió malhumorado.

—Te llama el agente Smith. Y no pagues conmigo tu frustrante regreso. Siento que se te acumulen las llamadas —protestó Gertrude desde el auricular.

—¿Qué agente Smith?

—Dice que es del FBI y por su tono parece importante.

—De acuerdo, pásamelo.

Tras una breve interrupción una voz profunda preguntó al otro lado de la línea.

—¿Es usted el oficial al mando?

—En este momento, así es. Soy el sargento McDougall. ¿Quién es usted?

—Agente Smith. FBI. Entiendo que la línea por la que hablamos es segura. ¿Correcto?

—Correcto —afirmó Liam sorprendido por cómo había comenzado aquella conversación.

—Es usted un policía experimentado. Su hoja de servicio es intachable. Más de treinta años en el cuerpo, condecorado… No cuadra su marcha de Portland, pero por lo demás…

—¿Me ha llamado para contarme mi vida, agente Smith? —preguntó Liam arrastrando exageradamente el apellido de su interlocutor.

—Le he llamado porque confiamos en usted. Es discreto, eficiente, prudente y profesional. Sabemos que está investigando la desaparición del agente de policía Tom Sephard. Como sabe es hijo del matrimonio Sephard, grandes amigos de la familia Bush. Por ello le pedimos la misma discreción que mantuvo con los asesinatos de Langsford. Nosotros no podemos involucrarnos.

—Entiendo que entonces va a tratarse de una investigación extraoficial.

—Afirmativo. Desde aquí ya hemos rastreado compañías de autobús, tren y todos los vuelos de los aeropuertos más próximos. El resultado ha sido negativo.

—¿Y qué se supone que puedo hacer yo?

—Tiene experiencia en desapariciones. No es el primer caso de este tipo que resuelve, ¿no es así? Piense que es un caso normal. Olvide si quiere esta conversación y trate el asunto con naturalidad, como si no conociese a Tom Sephard, ni a su familia, ni siquiera al matrimonio Bush.

—¿Algo más?

—Sí. La señorita Dorothy Terrance estará a punto de llegar a su comisaría. Es una colaboradora, digamos que especial, en este caso. Por favor, infórmela pormenorizadamente de todos los detalles de la desaparición. Confiamos en usted.

La comunicación se cortó antes de que Liam tuviera tiempo de preguntar al señor Smith cómo podía contactar con él en caso de que tuviera novedades.

Seguía procesando la información recibida de las tres llamadas telefónicas, aún con el auricular en la mano, cuando Gertrude le interrumpió con aquella voz chillona que solía utilizar para presentar a un nuevo visitante.

—Sargento, ¿tiene un segundo?

—Claro, Gertrude, dime.

—Si no está muy ocupado me gustaría presentarle a la señorita Dorothy Terrance. Me ha dicho que viene…

—Sí, sí, ya sé a qué viene la señorita Terrance —interrumpió Liam—. Gracias, Gertrude, puedes retirarte.

El policía se levantó de su asiento y le tendió la mano a una mujer madura, de blancos cabellos recogidos en un moño alto, un tanto desaliñada en su vestir y que mantenía la mirada fija en la pared del fondo de la comisaría, justo donde estaba colgado el tablón de anuncios. En él había pinchada una fotografía bajo el título: «POLICÍA DEL MES».

—Ese es Tom Sephard —afirmó Liam apesadumbrado antes de saludar a la visitante.

Nada más apretar su mano fría y huesuda, tuvo un mal presentimiento.

64

Su precioso vestido blanco se mecía en el aire con el vaivén del columpio. Sentía bajo sus manos las cadenas que lo sostenían, frías, inertes; y una mano huesuda dándole impulso.

—Vamos, es la hora —dijo una voz tras su espalda—. La ceremonia va a comenzar.

—Pero aún no estoy lista.

—Todos esperan. También han venido tus padres.

Entonces se bajó del columpio y se volvió a poner los maravillosos zapatos de piel de cordero también blancos que la esperaban en el césped. Caminó hasta el embarcadero y al final de la pasarela vio un arco de madera decorado con crisantemos. Bajo el arco había dos sillas, sentado en una de ellas le esperaba Glenn, la otra estaba vacía.

—Vamos Emma, no tengas miedo. Hoy es tu gran día —le dijo desde la distancia.

Al oír sus palabras echó a correr en dirección opuesta, subió de nuevo al jardín y la casa que apareció frente a sus ojos pareció saludarla, tétrica y desvencijada. Se descalzó para poder correr más rápido y llegó hasta la calle. La placa que anunciaba su nombre le dio la bienvenida, indiferente: Langsford Road, rezaba el metal bruñido. Entonces notó algo caliente bajo sus pies y el bajo de su vestido comenzó a teñirse de rojo. Alzó la vista y contempló horrorizada cómo un río de sangre descendía por el pavimento, tiñendo todo a su paso. Estaba a punto de gritar cuando el sonido de su teléfono móvil la sorprendió.

—¿Sí? —contestó dubitativa.

—¿Emma? ¿Emma Hawkins?

—Sí, soy yo, ¿quién es?

—Soy Amelia Parker, la esposa de Paul Parker. Estuvo usted en mi casa la semana pasada.

Emma aún sentía el corazón latir desbocado en su pecho cuando comprendió que el sonido de su teléfono móvil la acababa de despertar de una terrible pesadilla. Se incorporó de la cama, comprobó que seguía en la misma habitación del hotel donde estaba alojada, suspiró aliviada, y antes de responder recogió sus cabellos enmarañados en un moño improvisado.

—Sí, soy yo. Soy Emma Hawkins. Dígame.

—Hola Emma. La llamo porque estaba buscando unos papeles que necesito para unos trámites de Paul y he encontrado algo que quizá pueda interesarle.

—¿Qué tal está su marido?

—Está ingresado en el hospital: insuficiencia respiratoria. De hecho, era su último informe médico lo que buscaba cuando encontré esto. Es un artículo. Está fechado un año después de los crímenes de Kennebunkport y por lo que sé nunca fue publicado. Se lo he enviado escaneado a su correo electrónico, el que aparece en la tarjeta que me dio antes de irse, el día que estuvo en mi casa.

—Vaya, siento lo de su esposo.

—No lo sienta, querida. Su muerte sería una liberación para todos.

Aquellas duras palabras terminaron la conversación.

Emma se levantó apoyándose en su inseparable muleta y se dirigió al baño. Llenó la bañera, se desnudó con la dificultad de la última semana y se introdujo en ella con cuidado. Abrió su correo electrónico en el teléfono móvil y se dirigió al buzón de entrada. No tardó en encontrar lo que estaba buscando. Casi sepultado por los *e-mails* de su jefe, que no se molestó ni en abrir, apareció un mensaje cuyo asunto decía: «Importante. Artículo Paul: La maldición de Langsford Road». Hundió su cuerpo un poco más en el agua tibia y comenzó a leer.

Para: reporter.ehawkins@nbc.com
De: a.parker1957@gmail.com
Asunto: Importante. Artículo Paul: La maldición de Langsford Road

Estimada Srta. Hawkins,

Adjunto le remito copia digitalizada de un artículo de mi esposo que he encontrado entre sus pertenencias y que considero pueda ser de su interés.

Un cordial saludo,
Amelia.

Abrió el archivo adjunto, intrigada, y se dispuso a devorar aquel texto, que con tanta pomposidad le enviaba la esposa de su colega de profesión.

«En Kennebunkport, Maine, al noreste de Dock Square y al suroeste de Goose Rocks Beach encontramos Cape Porpois, un pequeño vecindario costero que ostenta el honor de ser considerado el asentamiento inglés original y la semilla de una ciudad que germinó desde el mar hacia el interior. Más de una docena de pequeñas islas protegen el profundo puerto natural tras la luz del faro de Goat Island.

La zona estaba ocupada en sus orígenes por comunidades del pueblo abenaki, indígenas procedentes de los bosques del noroeste de Canadá. De habla algonquina, los abenaki podían ser considerados una tribu pacífica. Cultivaban el maíz y cazaban aves acuáticas para subsistir.

El primer contacto de estos indígenas con los europeos data de 1602 y el propio capitán John Smith los menciona en sus tratados tras la exploración de Nueva Inglaterra en 1614. Pescadores ingleses habitaron la zona de forma estacional desde 1619 hasta que comenzaron a construir asentamientos definitivos a partir de 1629. El pueblo abenaki era amigo de los blancos e incluso colaboraron en la construcción de las primeras viviendas.

Al sur, junto al mar, en uno de los cabos que parecen querer agarrar el océano, frente a Goat Island, una de esas familias de pescadores ingleses comenzó a construir su casa. Se trataba de la familia Langsford. Harry y Mary Anne Langsford, los cabezas de familia, tenían siete hijos, seis varones y una niña, Sarah, la más pequeña y más querida de todos.

Los abenaki, hospitalarios y desprendidos, ayudaron de forma desinteresada en la construcción de la vivienda y la familia Langsford les recompensaba con parte de la pesca que cada mañana conseguían llevar a puerto. Harry y Mary Anne eran muy religiosos y su generosidad con los indígenas y con el resto de la comunidad era sabida por todos.

Un domingo de finales de 1629, el matrimonio llamó a comer a sus hijos. Todos acudieron presurosos a la llamada, excepto la más pequeña. Sarah había desaparecido. Sus padres, preocupados buscaron a la niña por todas partes, pero la desesperación se adueñó de ellos con el transcurso de las horas. La llegada del atardecer acrecentó sus temores y la noche, premonitoria y cruel, ocultó el cabo y sus aguas. Los abenakis colaboraron también en su búsqueda sin éxito y la madrugada enterró la esperanza de encontrarla con vida. El amanecer del día siguiente confirmó sus peores presagios cuando el mayor de sus hermanos varones encontró el cuerpo sin vida de Sarah flotando junto al acantilado. Enredado en su vestido apareció una gargantilla de hueso y madera, típico accesorio de la tribu que les había prestado su ayuda.

Este hecho encolerizó a los pescadores y vecinos que habían ayudado a la familia y que culpabilizaron de inmediato a los abenaki presentes. La muchedumbre enloquecida persiguió a los indígenas hasta el final del cabo. Allí estos solo tuvieron dos opciones: ser linchados por la turba o lanzarse al peligroso océano. El resultado, el mismo: la muerte. Once miembros de la tribu abenaki murieron ahogados o apaleados. Los que cayeron en tierra fueron arrojados al mar. El último en morir maldijo a la familia que ni siquiera había intentado impedir el atroz desenlace.

Un mes después aquella maldición llamó a la puerta de la casa de los Langsford, la misma que habían levantado tablón a tablón con la ayuda de los abenaki. La misma que iba a ser testigo de cómo todos los miembros de la familia que la habitaban, a excepción de Harry Langsford, morían de viruela bajo su mismo techo.

Tras enterrar a su esposa, la última en fallecer, Harry, enloquecido por el remordimiento y la culpa, ató una gran roca a uno de sus tobillos y se arrojó a un mar embravecido. Siglos después su leyenda dio nombre a la calle maldita que ocupa estas líneas.

Ciento cincuenta años más tarde, durante la guerra de Independencia, el 8 de agosto de 1782, el bergantín inglés de dieciséis cañones Meriam y la goleta Hammond entraron en el puerto e intentaron tomar una goleta y una balandra como presa. Los ingleses tomaron la goleta, pero encallaron la balandra. La milicia de la ciudad salió en su defensa disparando cañones de tierra y mosquetes. Los ingleses quemaron la balandra y luego regresaron a su bergantín, pero no pudieron escapar del puerto debido a la creciente brisa del sur. Se dice que el mar cobró vida y los atrapó en sus aguas revueltas. Durante las siguientes horas, los ingleses remolcaron y sacaron el bergantín del puerto bajo fuego de mosquetes y cañones. En total, más de veinte hombres murieron durante la batalla, incluido el capitán James Burnham, uno de los líderes de la ciudad y la única baja estadounidense. También se dice que sus cuerpos flotaron durante días en las mismas aguas que guardaban las almas de los abenaki.

Dos siglos después, los ancianos Pavel y Margaret Dabrowski, fueron brutalmente asesinados en su domicilio, al igual que Janine Wilcox, su vecina, también asesinada en su propia vivienda que acabó siendo pasto de las llamas. Todos ellos residían al final de Langsford Road. Semanas después, el cuerpo de la agente de policía Patricia Johnson fue hallado en el mar junto al muelle del número 66. Patricia se había suicidado, mientras que su compañero, el sargento Liam McDougall, quien investigó los asesinatos, falleció días más tarde en un accidente de tráfico. Su joven subordinado, Tom Sephard, hijo del alcalde de Kennebunkport, Andrew Sephard, desapareció sin dejar rastro y aún hoy, pese a los intentos de su familia por ocultar su desaparición, la investigación del caso continúa abierta. Otro accidente de tráfico segó la vida de Marcus Cranston, el propietario de la última casa de Langsford Road, cerrando así el aciago mes de noviembre de hace un año.

A día de hoy solo un hombre cumple condena por aquellos crímenes, Yishai Renton, a quien pudimos entrevistar hace una semana y que insiste en su inocencia y en la presencia de una misteriosa sombra que supuestamente acechó los dos escenarios y que considera posible culpable de lo ocurrido.

Puede que, llegados a este punto, revoloteen en su cabeza las mismas preguntas que me hago yo mismo una y otra vez: ¿Es posible que todas esas muertes guarden relación entre sí, más allá del lugar donde acontecieron? ¿No resulta extraño que dos policías mueran y otro desaparezca en apenas una semana? Kennebunkport es un lugar tranquilo, conocido por albergar la residencia de verano de George Bush, de apenas tres mil cuatrocientos habitantes, en el que apenas se registran hechos violentos. Un lugar en el que existe una calle que, como el dedo del diablo se extiende sobre la tierra ensangrentada señalando un mar enfurecido, tumba de un buen puñado de almas inocentes, incluyendo la del indígena que escupió por su boca una maldición que ha llegado, corrosiva e imparable, hasta nuestros días.

Demasiadas incógnitas. Demasiadas y macabras coincidencias. Seis muertes violentas, una desaparición y un nexo en común: Langsford Road, la calle maldita».

Emma cerró el archivo, dejó el móvil sobre el borde de la bañera e introdujo después la cabeza bajo el agua. Cerró los ojos y solo pudo escuchar su propio pensamiento: la verdad cada vez estaba más cerca.

65

Los rayos de un sol agónico teñían de tonos rojos y anaranjados las blancas paredes de la comisaría. La tarde languidecía entre las manecillas de su reloj de pulsera mientras intentaba ordenar con poco éxito las ideas en su cabeza. La jornada de aquel primer día desde su regreso al trabajo tocaba a su fin y lo único que tenía claro era que debía encontrar a Tom Sephard.

Sus dedos tamborilearon nerviosos sobre el escritorio debatiéndose si descolgar el auricular para llamar a su casa e informar de que todo iba bien, tal y como habían demandado su mujer y su hija, o coger otra vez el papel donde había anotado la cronología de la desaparición de su compañero para volver a repasarlo. El timbre del teléfono anunciando una nueva llamada tomó la decisión por él.

—McDougall —respondió seco.

—Gertrude parece más amable que usted. ¿Dónde está?

—Acabó su turno. ¿Quién es?

—Soy el agente Smith. Venga inmediatamente a Langsford Road.

—¿Qué ocurre? —preguntó Liam, sorprendido por la urgencia de la petición.

—Vamos, no hay tiempo, se lo explicaré aquí. Estamos al final de la calle.

—¿Estamos?

El sonido intermitente de la comunicación interrumpida le respondió tajante desde el otro lado del auricular.

—¿Ya te marchas a casa? —preguntó David antes de que saliese por la puerta.

Pero Liam no respondió. Cogió su abrigo que parecía esperarle aburrido colgado del perchero del recibidor y abandonó la comisaría sin despedirse.

Apenas tardó unos minutos en llegar a aquella calle maldita en la que habían muerto tres personas. No podía creer que hubiera vuelto a pasar; que volviera a estar en aquel lugar. Junto a la última casa vio aparcados un par de Lincoln negros, una ambulancia y una furgoneta de color blanco. Un helicóptero sobrevolaba la zona iluminando el mar con la luz de un potente foco. Estacionó el coche patrulla junto a uno de los Lincoln y se dirigió a pie al muelle. Allí encontró a dos hombres que vestían traje oscuro, dos buzos desprendiéndose de su correspondiente equipo, incluyendo las botellas de oxígeno, tres sanitarios y una camilla sobre los tablones de madera del muelle. Junto a la camilla, de rodillas, había una mujer de blancos cabellos que tapaba su rostro con las manos. Todos conversaban con rictus serios y preocupados, ajenos al bulto inmóvil tapado con una manta que reposaba sobre él, excepto la mujer, que parecía estar llorando.

Liam se acercaba al grupo de personas cuando, de entre la oscuridad, surgió una mano que le agarró del brazo para detenerlo.

—No, Liam, espere un momento —dijo una sombra junto a él.

—¿Quién es usted? Y, ¿qué demonios ha sucedido aquí? ¿Eso es un muerto? ¡Joder! ¿Han encontrado a Tommy? ¿Ese es Tommy? ¡Y suélteme, joder!

El ruido de los rotores del helicóptero apenas le permitía escuchar su propia voz. Entonces el viento de las hélices comenzó a azotarle y una fuerte luz blanca le iluminó a él y al hombre que le había detenido. Este hizo un gesto con los dedos índice y corazón de su mano derecha, que giraron en círculos en el aire de forma inequívoca para solicitar al piloto que se retirara.

—Tranquilo sargento. Soy el agente Smith. Hemos hablado hace unos minutos. He sido yo quien le ha avisado —afirmó el hombre nada más cesar el ruido.

—¿Quién está en esa camilla? —preguntó Liam, visiblemente nervioso y angustiado.

—No es Tom Sephard, si es lo que quiere saber. Se trata de una mujer.

—¿Cómo la han encontrado?

—La mujer que está arrodillada junto al cuerpo es Dorothy Terrance. Creo que ya la conoce. Ella vino hasta aquí en busca de su compañero y aunque no nos dijo nada, enseguida supimos que había encontrado algo. Después el equipo de salvamento hizo el resto.

—¿Por qué vino aquí?

—No lo sé.

—¿Puedo hablar con ella?

—Me temo que no, sargento.

—¿Saben quién es y cómo murió?

—La complexión, el color del cabello y la edad aproximada coinciden con la descripción de una mujer cuya desaparición fue denunciada en su propia comisaría hace diez días: Mary Cranston. Su marido fue quien interpuso la denuncia. Pero antes de nada debemos identificarla primero para proceder con la autopsia después.

—¿Qué?

—Parece sorprendido, sargento.

Liam no dijo nada. Se zafó de la mano del agente del FBI que aún le asía por el brazo y dirigió sus pasos hacia el muelle.

—Espere, sargento McDougall.

Pero el policía no detuvo la marcha. Por el camino se cruzó con Dorothy, que regresaba de velar el cuerpo. Tenía la mirada perdida y ni siquiera se percató de su presencia cuando pasó junto a él. La camilla le esperaba al final de la pasarela de madera. Se acercó a ella, tomó el extremo de la manta con ambas manos y tiró con brusquedad hacia abajo para descubrir el rostro del cadáver.

El agente Smith salió tras él, pero no tuvo tiempo de detenerle. Desde el principio del muelle contempló consternado e impotente cómo el sargento de policía de Kennebunkport, Liam McDougall, caía de rodillas junto al cuerpo y se llevaba las manos a la cabeza, desesperado por lo que acababa de descubrir.

66

Gabriel regresó a la habitación donde había apuñalado a Dorothy. Encendió la luz y lo primero que vio fue la huella ensangrentada de una mano en la tela blanca de la cortina que cubría la ventana. Un rastro de sangre en proceso de oxidación indicaba en el suelo el camino que la mujer había recorrido desde la esquina de la habitación, donde había sido acuchillada, hasta esa misma ventana. La médium parecía haberse ayudado de ella para ponerse en pie. Después debió presionar su herida, «si es que ha sido solo una», pensó Gabriel, porque unas pequeñas gotas rojas comenzaban a salpicar el suelo desde allí hasta la puerta. Siguió el macabro rastro de las salpicaduras del suelo hasta las escaleras que bajaban a la planta inferior.

—¡Dorothy! —gritó desesperado—. ¡Ha sido un accidente! ¡Se lo juro!

Pero el silencio que se había apoderado de la casa, oscuro e impenetrable, ahogó de inmediato sus gritos.

—¡Dorothy! ¡Vamos, no pretendía hacerla daño! ¿Dónde está?

Nadie respondió.

Las gotas de sangre continuaban hasta el recibidor y salían a la calle. La puerta tenía dos huellas más de sus manos que marcaban de rojo la desesperada intención de su huida. Todo apuntaba a que Dorothy, aprovechando el enfrentamiento entre Gabriel y su ayudante, había abandonado la casa sin que ambos se percataran.

Las escaleras de la entrada también estaban manchadas al igual que el empedrado del irregular camino que llevaba más abajo, al viejo embarcadero. Las olas rompían premonitorias y oscuras contra el pequeño acantilado. Los tablones de madera también mostraban las huellas de la tragedia, y al final del muelle la ausencia de la barca solo podía significar una cosa: Dorothy había huido y la niebla había cubierto su último rastro.

Regresó a la casa corriendo, exhalando bocanadas de un místico vapor. Se inclinó apoyando sus manos sobre las rodillas para recobrar el aliento, cansado, y en ese momento, desde el recibidor volvió a escuchar un susurro.

—¡Socorro!

No podía creerlo. Las voces habían regresado.

—¡Por favor, sáqueme de aquí!

Pero aquella voz era diferente. Parecía la de un niño sollozando. Entonces recordó que Martin seguía encerrado en el sótano secreto.

Según se aproximaba a la cocina, más audibles parecían aquellos gritos que llegaron a sus oídos la vez primera difuminados por la distancia.

—¡Sáqueme de aquí, por favor! ¡Se lo suplico!

Gabriel se acercó a la entrada secreta del sótano y colocó su mano sobre la madera de la estantería que cubría el acceso. Al otro lado, los agónicos chillidos de Martin parecían incluso capaces de atravesar la madera.

—¡Por favor, estoy herido! ¡Por favor!

Pero el asustado anfitrión retrocedió tres pasos y antes de pensar cómo actuar, se preguntó cómo había llegado a aquella situación; cómo había acabado apuñalando a una médium en su propia casa y encerrado a su ayudante en el sótano; y cómo iba a ser capaz de salir de aquel atolladero.

En ese momento, un fuerte estruendo le trajo de vuelta de sus elucubraciones. Martin había embestido la puerta del sótano desplazando unos centímetros la estantería que la cubría por el otro lado. A continuación, llegó otro chillido, descarnado, agónico.

—¡Socorro! ¡Hay alguien más aquí!

Después silencio.

Gabriel comenzó a caminar en círculos por la cocina sin saber qué hacer. Lo hizo durante varios minutos, nervioso, esperando que otro grito de Martin llegase a sus oídos nuevamente para confirmar que por lo menos seguía con vida. Pero el sótano había ahogado la voz del joven, quizá para siempre.

—No soy un asesino. No soy un asesino. No soy un asesino.

Sus palabras aún resonaban en el aire cuando le dio el primer empujón a la estantería que bloqueaba el acceso. Cedió a la tercera sacudida.

Martin estaba desmayado sobre el primer escalón en una postura poco ortodoxa. Tenía sangre en las manos y el rostro desfigurado en una mueca de terror. Tiró de él hacia atrás con fuerza y al desplazar su cuerpo se dio cuenta de que tenía un tobillo girado de forma antinatural, posiblemente fracturado por la posición del pie. Entonces sintió miedo, y el miedo le llevó a tomar la siguiente decisión.

Tras buscar en los dos primeros, encontró en el tercer cajón bajo la encimera un rollo de cinta adhesiva. Martin era corpulento por lo que le costó bastante incorporarlo. Lo sentó como pudo en una de las sillas de la cocina y ató sus manos a la espalda. Después hizo lo mismo con sus pies, con más cuidado aún, ya que el izquierdo parecía bailar al son de la fractura.

Por último, cogió otra silla y se sentó frente a él a esperar que recobrase el conocimiento. Mientras tanto, sus pensamientos se dirigieron a las palabras de Martin. «¿Y si la casa está maldita? o, mejor dicho, ¿y si la calle está maldita?», recordando los terribles sucesos que azotaron Langsford hacía quince años.

Los párpados del ayudante de Dorothy temblaron un par de veces antes de que sus ojos comenzaran a abrirse despacio. Cuando entendió que sus manos y sus pies estaban atados, se abrieron de golpe aterrorizados. El rostro preocupado de Gabriel fue lo primero que contemplaron.

—¡Suélteme, por favor! —exclamó desesperado—. Me duele mucho el tobillo. ¡Desáteme!

Gabriel se levantó, acercó la silla aún más a su rehén, y volvió a sentarse. Le miró a los ojos y dijo:

—¿Y cómo sé que no le contarás a la policía lo que ha ocurrido?

—Mis huellas están por toda la casa. ¿Cómo iba a explicarle a la policía lo que ha pasado sin inculparme? No, mire señor agente, mi compañera es médium y fuimos a ayudar a un hombre que escuchaba los susurros de un fantasma por la noche; como al final no parecía tratarse de un fantasma decidimos hipnotizarle y la cosa se nos fue de las manos y acabó apuñalando a Dorothy Terrance; sí esa misma, la parapsicóloga que encontró hace quince años una

313

muerta en el mar, junto al muelle de la misma propiedad. Ah y me dejó escapar para poder denunciarle. Por cierto, ¿dónde está Dorothy?

—Ha escapado en la barcaza que tenía amarrada en ese mismo muelle.

—Pues eso sí que es un problema, señor Beckett, y no yo. Por favor, desáteme. Tenemos que encontrar a Dorothy.

—Imposible. Hay bruma y no tengo más barcas. Apenas se veía la luz del faro de Goat Island. Es una locura —afirmó Gabriel, resignado.

—Habrá ido allí. Esperaremos a que amanezca. Podemos coger otra barca. Por aquí todas las casas tienen embarcadero. Aunque lo más probable es que naufrague. El mar está furioso y ella está herida y… ¡Oh, Dios, mi tobillo!

—Ni siquiera sé si el ataque fue grave. Si la herida o las heridas fueron… No recuerdo nada, solo me vi ahí, en medio de la habitación, con un cuchillo ensangrentado en la mano.

—Dorothy tenía un corte profundo en el antebrazo derecho. Se defendió. Luego el cuchillo entró en su abdomen. No soy médico y no sé qué órgano u órganos pudo afectarle. Vamos, si ni siquiera pude tomarla el pulso correctamente. No sé cómo estará. No lo sé…, solo sé que todo esto es una maldita locura —dijo Martin agachando la cabeza, derrotado.

—Pero, ¿qué ocurrió? ¿Cómo es que acabé atacando a Dorothy?

—Está todo grabado, como siempre hemos hecho con cada sesión. Si quiere lo vemos.

—No. Cuéntamelo.

—Parecía discutir con alguien. Estaba fuera de sí. Bajó y subió las escaleras varias veces… y también creo que algo le molestaba, unos gritos, sí. Regresó a la habitación y entonces sacó un cuchillo tras su espalda. Supongo que lo cogió en la cocina. Y…, ¡joder, esto es una locura! ¡Suélteme por favor!

—Necesito entender qué me pasa, qué pasa con esta casa, qué ocurrió aquí y qué hay escondido en el sótano. Quiero que continúe lo que empezó Dorothy.

—¿Qué?

—Te soltaré si me vuelves a hipnotizar. Tengo que llegar al final de todo esto.

—Pero yo solo he hipnotizado a Dorothy, una vez, practicando, yo no sé…

—Vamos, lo has visto muchas veces. Lo haremos arriba. En la misma habitación donde… Cerraré con llave para que no escapes y lo harás. Te soltaré con esa condición. Luego podrás irte a tu casa con tu mamá y con tu tía.

—Yo no…

—Si quieres incluso, cuando esto acabe, puedes ayudarme con el tabique del sótano, el que marcó Dorothy. Estaba a punto de echarlo abajo cuando me interrumpiste.

—Oh, vamos, por favor, si ni siquiera puedo caminar…

Gabriel cogió un cuchillo limpio del segundo cajón bajo la encimera. Se situó tras su momentáneo rehén y el filo descendió con rapidez cortando lo único que mantenía a Martin retenido en aquella casa maldita.

67

Nada más cruzar la entrada de la comisaría, notó la mirada displicente de David, que parecía colocar como siempre expedientes en una estantería al fondo de la gran sala principal. Ignoró los ruegos de la mujer que desde el mostrador de recepción le conminaba a que esperara a ser atendida y se dirigió directamente con premura y seguridad a la mesa de Scott Hamill.

Cuando este la vio se levantó enérgicamente de su asiento y le indicó con la mano que por favor se sentara en la silla frente a su escritorio. Parecía nervioso y un tanto contrariado.

—Emma, hubiera preferido que nos viéramos en otro lugar —dijo el policía tomando nuevamente asiento.

—Lo siento Scott. Creo que esto es lo mejor. Por favor, dime por qué querías que nos viéramos.

—Bueno, tienes que entender el esfuerzo que estoy haciendo al informarte de cómo marcha la investigación. Algo que tengo más que prohibido.

—¿Usas información confidencial de una investigación policial para ligar conmigo? —preguntó Emma con una sonrisa maliciosa en los labios.

—¿Ligar? Yo creía que conmigo te habías saltado esa parte deliberadamente.

—Glenn está aquí, en Kennebunkport. Bueno, me dijo que iba a venir y se supone que ya tendría que estar aquí, pero no ha dado señales de vida desde hace varios días. La verdad es que estoy un poco preocupada. Necesito tu ayuda.

—O sea que he pasado de ser el objetivo de una mujer despechada, al policía tonto que le echa una mano a la periodista manipuladora.

—Te equivocas, Scott.

—Da igual. Este no es lugar para tener esta conversación. Te llamé porque pensé que te gustaría saber cómo íbamos con la investigación de tu accidente.

—Y ¿cómo vais con la investigación de mi accidente?, si puede saberse.

—La científica nos ha enviado desde Portland los resultados de la muestra de pintura que obtuvimos del paragolpes trasero y de la aleta trasera izquierda de tu coche.

—¿Y?

—Se trata de un Chevrolet Impala negro de 1967.

—Vaya, qué concreto.

—La verdad es que el trabajo que hacen es increíble. Bueno, a lo que iba. Como se trata de un coche peculiar, tenemos una lista no muy amplia de propietarios de ese modelo. Aun así, los suficientes como para estar ocupados unos cuantos días.

—Entonces aún no tenéis nada, ¿me equivoco?

—Te equivocas. Tenemos un propietario que destaca sobre todos los demás.

—¿Por qué?

—Porque está muerto. Marcus Cranston, Langsford Road 66, Kennebunkport. Casualmente la misma dirección donde te vieron merodeando aquella mañana. Pero ese tema ahora lo retomaremos. No quiero perder el hilo de lo que te estaba contando: el señor Cranston murió en un accidente de tráfico en 1985 y ¿a que no sabes qué coche conducía?

—Sorpréndeme.

—Un Chevrolet Impala de 1967.

—Y entonces, ¿quién vive en esa dirección?

—¿Por qué me lo preguntas?

—No sé, parece una pregunta obvia. Si Marcus Cranston está muerto, pero la propiedad del coche que me embistió está inscrita con esa dirección, entiendo que ahora vive otra persona ahí, ¿no?

—Así es. Se llama Gabriel Beckett. El otro implicado en el accidente de tráfico que le costó la vida a Marcus Cranston.

—Y, ¿por qué diablos se iba a mudar una persona a casa de alguien que ha provocado su accidente de tráfico?

—Marcus conducía su Impala de forma temeraria, invadió el carril contrario y chocó frontalmente con el vehículo de Gabriel.

Denuncia de oficio, juicio, sentencia e indemnización. Como el fallecido no tenía con qué pagarla, Gabriel se quedó con la vivienda de Marcus como pago.

—Pues la casa parecía abandonada.

—Parecía, tú lo has dicho. Pero solo hay una manera de saberlo y de comprobar de quién es el vehículo que te sacó de la carretera. ¿Me acompañas? —preguntó el policía levantándose de su asiento tras coger las llaves de su coche patrulla del interior de uno de los cajones del escritorio.

—Vale, pero necesito que me ayudes con Glenn.

—Si por el camino me cuentas por qué el otro día estabas fisgoneando cerca de esa casa. De regreso a la comisaría te prometo que haré unas llamadas y encontraremos a tu…, ¿novio?

—Prometido.

—Entenderás por lo menos que me resulte cuanto menos curioso que al día siguiente de que nos avisaran de que una mujer merodeaba por una propiedad privada, sea esa misma mujer la que tenga un accidente de tráfico provocado por un vehículo registrado con la dirección de esa misma propiedad.

—Hombre, dicho así…

—Vamos, no hay tiempo que perder.

Cuando cruzaron la puerta para abandonar la comisaría, David les dedicó una mirada cargada de suspicacia.

Scott arrancó el coche patrulla y la sirena comenzó a aullar de inmediato con su estridente persistencia.

—Conoces a David, ¿no? —preguntó el policía nada más iniciar la marcha.

—Bueno, le he visto por aquí siempre muy atareado archivando papeles, con cara de mal humor.

—David es un buen policía, pero siempre ha tenido un problema: es muy conformista y un policía no puede ser conformista y menos cuando su deber es encontrar la verdad. No te puedes siempre quedar con la primera versión que te dan, aunque todo parezca cuadrar. Supongo que te ocurrirá lo mismo a ti en tu profesión.

—Sí, así es.

—Hablando de verdades, ¿eres siempre tan mentirosa? —preguntó Scott a bocajarro.

—Eh…, no sé a qué te refieres… yo…—balbuceó Emma aturdida por la pregunta.

—Claro que conoces a David. Has estado comiendo en su casa. ¿Acaso crees que no me entero de todo lo que ocurre en mi pueblo?

—Sí, es cierto. Pensé que te enfadarías si te lo contaba. Parece que no os lleváis muy bien. Fui a verle porque David estaba en activo cuando tuvieron lugar los asesinatos de Langsford Road.

—¿Es a eso a lo que has venido, Emma? ¿A desenterrar la mierda? Lo que sucedió hace treinta años fue muy doloroso para mucha gente aquí. El turismo tardó años en volver a ver Kennebunkport como un destino seguro y confiable. ¿Para qué?

—No es lo que pretendo.

—Entonces, ¿qué pretendes?

—Discutí con Glenn por las fotos de la portada de la revista People. En ellas aparezco en actitud supuestamente cariñosa con el presidente de la cadena. Son imágenes sacadas de contexto, pero con ellas me culpan de la separación de mi jefe. Y salí huyendo, como hago siempre. Vine aquí como podía haber ido a cualquier otro lugar. De hecho, estaba en el aeropuerto cuando recordé algo que me había comentado mi mejor amiga, Rebeca. Las dos estuvimos en el Asilo de Mujeres Huérfanas de Bangor de pequeñas y las dos nos hemos criado con distintas familias de acogida. Ella siempre ha estado obsesionada con conocer a sus padres biológicos y hace unas semanas me dio una dirección, aquí en Kennebunkport. Llevaba mucho tiempo intentándolo y por fin parecía haber conseguido una pista fiable sobornando a un funcionario de Portland. Ella ya me había pedido ayuda, pero la ignoré. Mi vida era tan complicada y ajetreada que ni siquiera tenía tiempo para hacerle caso a mi mejor amiga. Así que compré el primer billete que encontré para Portland y cogí un taxi hasta Kennebunkport para olvidarme de todo y de todos unos días y aprovechar para echarle una mano a mi amiga. Y eso es todo. Te recuerdo que nos conocimos el mismo día de mi llegada.

—¿Que eso es todo? Creo que se te ha olvidado la parte en que me explicas por ejemplo de dónde venías cuando te sacaron de la carretera, o cual es la información que necesitabas de mi compañero.

—Regresaba de visitar a Paul Parker, el fotógrafo y periodista que documentó los asesinatos. Vive en Portland y... y...

—Y, ¿qué?

—Que me acabo de dar cuenta de que si ese coche me embistió cuando regresaba a Kennebunkport y la dirección donde está registrado está aquí, si pensamos por un casual que lo hizo de forma intencionada debemos dar por hecho que tuvo que seguirme hasta Portland.

—En tu denuncia dices que te pareció ver una mano cogiendo tu bolso del asiento del copiloto. En el lugar del siniestro no encontramos ninguna pertenencia tuya.

—Joder.

—Y ahora solo te queda decirme qué coño querías de David.

—Fui a ver a Yishai Renton, el asesino de Langsford.

—¿A la cárcel?

—Sí.

—Estás loca.

—Me dijo que una sombra había matado a aquellas personas. Gracias a Parker me enteré de que también habían muerto dos policías y desaparecido un tercero y me parecieron demasiadas coincidencias. Quería contrastar esa información con alguien que vivió tan de cerca lo sucedido. Tú mismo me dijiste que David llevaba más de treinta años trabajando en la comisaría. Era el candidato perfecto.

—Mi madre fue una de aquellos dos policías.

—Pues…, no sé qué decir.

—No digas nada. Ya hemos llegado. Ahora quédate en el coche.

La periodista alzó la mirada para contemplar que allí, frente a ella y junto al mar, se levantaba la última casa de Langsford Road, tétrica, casi fantasmagórica, como un muerto emergiendo de su tumba. Parecía abandonada, sin embargo, a Emma y Scott, les pareció sentir como el mal latía en su interior. Ninguno de los dos lo confesó.

—Espera, Scott. Ya sé que no es el momento, pero recuerda lo de Glenn, por favor. Sigue sin responder y sé que se marchó de Nueva York.

—Dime su nombre completo y su dirección, por favor, y si tienes su número de la seguridad social mejor—dijo Scott mientras cogía un bolígrafo y una libreta del interior de la guantera.

—Glenn Peter Wilson, 35 de Lexington Avenue y…

—Espera, Emma, el bolígrafo no funciona, ¿no tendrás uno?

—Claro —afirmó Emma rebuscando en su bolso—. Aquí tienes.

—Gracias. Te interrumpí, perdona, ¿me decías?

—Que no sé su número de la seguridad social.

—Da igual. Ya está, toma, gracias.

—No, gracias a ti, y puedes quedártelo si quieres: cortesía de la NBC.

Scott se guardó el bolígrafo en el bolsillo delantero de la camisa, y sin decir nada, salió del vehículo con la mano derecha sobre la funda de su arma reglamentaria. Había dado tres pasos cuando Emma vio cómo la misma contraventana de la primera planta que la asustó la vez anterior se cerraba de forma violenta. Y entonces sintió un escalofrío.

68

La cucharilla de café tintineaba monótona y distraída al golpear el interior de la taza de porcelana, mezclando con cada vuelta la leche, el azúcar y aquel brebaje oscuro con cafeína que le ayudaba a primera hora del día a agudizar sus sentidos. En el exterior del recipiente un mensaje manido e impersonal le recordaba cada mañana su sufrida paternidad: «Aquí bebe el mejor padre del mundo», rezaba el eslogan como si del titular de un comercial se tratara.

Junto a la taza había una fotografía enmarcada. En ella aparecía con su mujer y su hija. La instantánea fue tomada hacía diez años. Él llevaba en la cabeza una estúpida gorra de Goofy; su hija, vestida de Blancanieves le cogía la mano con ilusión, mientras que su esposa, cargada con unas cuantas bolsas de plástico estampadas con cientos de caras de Mickey Mouse, mostraba a través de su mirada cierta resignación.

Liam miró fijamente la imagen, suspiró, dio la vuelta al marco y cogió su libreta. Leyó la última anotación que había hecho el día anterior y volvió a suspirar tras leer sus propias palabras impresas: «Llamar a Derek». Estaba a punto de descolgar el auricular cuando una voz familiar le interrumpió.

—No se castigue más sargento.

—Oh, Gertrude, disculpe, no la oí llegar.

—Ya me ha oído. No sea tan duro consigo mismo.

—Es que tengo la desagradable sensación de que podía haber hecho mucho más por todas esas personas que han… Joder, si tan solo hubiese estado atento…

—Déjelo ir. No gana nada ni ayuda a nadie, ni siquiera a sí mismo, compadeciéndose a cada momento. El pasado ya no existe y usted no lo podía haber cambiado. Es un gran policía, así que limítese a hacer su trabajo. ¿O acaso no tiene nada que hacer?

—No es eso, es que simplemente…

—¿Algún robo? ¿Agresiones tal vez? ¿Alguna desaparición? Vamos, no me diga que no tiene nada que investigar —recriminó la anciana telefonista con acritud.

—Ahora que ha dicho «desaparición»… Hágame un favor: ¿sería tan amable de traerme el informe sobre la denuncia de desaparición de Mary Cranston? Es de hace una semana más o menos. Quizá incluso recuerde al denunciante.

Antes de que Gertrude pudiese responder afirmativamente a la pregunta, el sonido del fax captó la atención de los presentes con su rítmico e insistente pitido.

—Vaya, parece que tenemos noticias del forense —afirmó Liam consternado e impaciente levantándose como movido por un resorte.

El veterano policía esperó inquieto junto a la máquina, golpeando nervioso el suelo con su zapato al compás del sonido que producía el papel al salir de la impresora. Retiró ansioso una primera hoja de la bandeja de impresión, después una segunda y por último casi arranca la tercera antes de que la tinta grabase la información en la página final. Regresó a su escritorio y comenzó a leer el informe saltándose la descripción de la víctima:

«Las conjuntivas están marcadamente congestionadas; sin embargo, no se observan equimosis ni petequias. La nariz no muestra signos de fractura. Los canales auditivos externos no son remarcables. No se observa evidencia de trauma en el cuero cabelludo, la frente, las mejillas, los labios o el mentón. El cuello no muestra signos de traumatismo, el examen de manos y uñas no muestra efectos. Las extremidades inferiores no muestran evidencia de trauma».

—No fue una muerte violenta —afirmó Liam.

—¿Cómo dice, sargento? —preguntó Gertrude con curiosidad.

—Patricia no murió de forma violenta —repitió Liam mientras comenzaba a leer otro párrafo de las conclusiones del informe.

«Los resultados del análisis de sangre son concluyentes. La muerte fue causada por la ingestión de una cantidad masiva de pentobarbital, barbitúrico recetado para trastornos nerviosos e insomnio. La muestra de sangre también revela un nivel no fatal de Hidrato de cloral, una droga que se prescribe para el insomnio. El examen del hígado indica que la proporción de Nembutal que se encuentra en dicho órgano es el doble de la que se encuentra en la sangre. El hígado contenía un nivel de 13% de Nembutal. Para que el hígado tenga una lectura de barbitúricos tan alta significa que el medicamento se absorbió lentamente durante un período sustancial de tiempo antes de que ocurriera la muerte. Otro signo de ingesta de medicamentos es la gastritis observada en esta autopsia con intensa irritación mucosa y hemorragia petequial».

—Joder, Patricia, ¿por qué lo hiciste? —exclamó Liam atrayendo sin intención la mirada de los presentes.

—¿Qué ocurre, sargento?

—Se suicidó, Gertrude. Patricia se quitó la vida en el muelle y su cuerpo cayó al mar.

—¿Y cómo sabes que fue en ese orden?

—Mira aquí —dijo Liam señalando un párrafo del informe—. Pone que no hay agua en los pulmones, y eso solo puede significar que no murió ahogada.

—Pero, ¿por qué se iba a suicidar Patricia?

—No lo sé, Gertrude. Hay veces que las personas viven infiernos que no podemos ver. Estuve con ella hace unos días. Fui a su casa a ver qué le ocurría. Su marido se había marchado.

—Vaya, no lo sabía.

—Pero hay otra pregunta casi igual de importante que la que acabas de formular: ¿Por qué lo hizo en ese lugar? Parece una broma del destino.

Liam continuó leyendo. Después de un minuto en silencio, su rostro palideció. Marcó con el dedo una línea del informe y repitió la frase en su cabeza:

«Aumento de tamaño del cuerpo uterino con embrión alojado en la pared de la vesícula vitelina de 4mm».

—¡Joder! —exclamó Liam.

—¿Qué pasa?

—Nada, Gertrude, nada. Tranquila. Ahora hay que intentar localizar a su marido.

—¿Y su hijo? —preguntó Gertrude preocupada.

—Estará con su hermana. Cuando discutía con su marido lo solía dejar con ella unos días hasta que las aguas volvían a su cauce.

—Pobre criatura.

Liam cerró el informe y lo arrojó sobre su mesa. Se sentó en la silla frente a su escritorio y suspiró profundamente. Entonces recordó lo mal que lo había pasado Patricia cuando se sometió al tratamiento de inseminación en busca de un hijo que parecía no querer llegar nunca a su vida y a la de su marido. Aquel fue el primer escollo a salvar en su matrimonio. Las pruebas habían sido concluyentes: ella podía engendrar, él no. Un año después adoptaron a Scott, el niño que de mayor quería ser policía.

El estrepitoso y redundante timbre del teléfono al sonar le sobresaltó. Contestó la veterana telefonista, aún confundida por la información que se desprendía del informe forense. Enseguida le traspasó la llamada, esta vez, sin anunciar quién le llamaba.

—McDougall.

—¿Liam? Soy Derek.

—Dime.

—Tenemos novedades relacionadas con la agresión a la psicóloga.

—¿No era psiquiatra?

—Sí, eso, perdona que nunca acierto.

—¿Ya se ha despertado? —preguntó Liam intrigado.

—Oh, no, que va. La bella durmiente creo que tiene para rato. Lo bueno es que no empeora, aunque no saben cuánto tiempo va estar así.

—¿Entonces?

—Mis chicos han encontrado algo que creo que puede interesarte. Eso sí, prométeme que no vas a mover un solo dedo hasta que yo te lo diga, ¿estamos?

—Estamos.

—No, joder Liam, quiero que me prometas que te vas a estar quieto, por lo menos hasta que…

—Está bien. Me espero —interrumpió Liam impaciente.

—La doctora Watson tiene entre sus pacientes habituales a un vecino de Kennebunkport. Y no vas a creerlo…

—¡Vamos, joder! Desembucha.

—Que ese paciente vive en Langsford Road.

—¡Pero qué demonios!

—Te leo su informe. Ahora escucha porque no tiene desperdicio: «Varón de 42 años que presenta cuadro sintomático compatible con enfermedad mental crónica de tipo psicótico: esquizofrenia paranoide. El sujeto presenta alteración anatómica observable con afectación severa de la personalidad y trastorno evidente tanto en área afectiva como de pensamiento. Manifiesta abiertamente ideas delirantes de tipo persecutorio y trastorno de la percepción auditiva. [...] Se prescribe tratamiento con medicamento neuroléptico y anti-psicótico: Clorpromazina a razón de 4 comprimidos de 50 mg al día y revisión semanal en consulta».

—Dime su nombre.

—No tan rápido, amigo, que nos conocemos. No sabemos si fue él quien atacó a la doctora Watson. Tengo informes de pacientes mucho más preocupantes, con auténticos historiales violentos.

—Vamos Derek, por los viejos tiempos. Dame su nombre.

—Tendrás que esperarme.

—Sé que tu hermano tiene pensado presentarse a la alcaldía de Kennebunkport. Y también sé que no las tiene todas consigo. Andrew es un hueso duro de roer y yo he escondido su mierda debajo de la alfombra muchas veces. Estoy en una posición privilegiada para poder echarle una mano a tu hermanito del alma.

—Joder, Liam, no te tenía que haber llamado. Sabía que esto iba a ocurrir.

—Vamos ¿qué me dices? Se trata de un nombre, nada más. Te prometo que seré pacífico.

—¿Y cómo vas ayudar a mi hermano si puede saberse?

—Te recuerdo que el hijo de Andrew trabaja a mis órdenes. Y ahí lo dejo.

—Marcus Cranston. Espero no tener que arrepentirme, Liam.

—Y no lo harás. Muchas gracias, compañero.

El sargento de policía de Kennebunkport colgó el teléfono. El silencio de la comisaría, ya vacía, ahogó su despedida mientras salía por la puerta con las llaves del coche patrulla en una mano y el inequívoco convencimiento de que aquella sería la última vez que visitaría Langsford Road.

69

El caballito de madera parecía mirar incrédulo a los dos hombres que permanecían sentados en el centro de la habitación. Tenía los ojos negros como el azabache, las crines blancas y la madera de su cuerpo parecía arrugarse bajo la vistosa silla de montar de color rojo, ribeteada con cordones y borlas dorados. Los estribos estaban pintados de azul y las patas también blancas acusaban el paso del tiempo con el esmalte saltado en decenas de lugares. Sus cascos estaban anclados a un soporte curvo de madera para que su antiguo jinete pudiese cabalgar libre en su imaginación. Entonces el caballo de madera escuchó una palabra.

—¡No! —exclamó Martin rompiendo el silencio de la habitación.

—Vamos. Acabemos con esto de una maldita vez.

—No, Gabriel. No puedo hacerlo. Solo con pensar que Dorothy sigue por ahí, herida…

—Luego nos encargaremos de eso. Ahora es el momento. Hay que hacerlo.

—No tengo fuerzas. No sé ni cómo empezar.

—Tú simplemente repite el procedimiento.

La cámara observaba con curiosidad la escena grabando cada imagen desde el trípode que la alzaba a metro y medio del suelo. Sus patas crecían desde la mancha de sangre oxidada en la misma esquina donde había sido apuñalada la parapsicóloga.

—Ahora relájese, Gabriel. Su cuerpo está…, su cuerpo está…

—Vamos, Martin, un poco más de seguridad, por favor. Le tiembla la voz.

—Está en una playa, solo, caminando por la arena y el mar acaricia sus pies. La brisa le mece rítmicamente, y está relajado, en paz. Oh, esto es absurdo.

—Continúe.

—Imagine el sonido de las olas rompiendo suavemente en la orilla. La espuma desvaneciéndose al tocar la arena. Y un agradable sueño comienza a invadirle. Y su cuerpo cada vez está más y más relajado. Sus piernas le pesan. Sus brazos le pesan. Está tumbado sobre la arena y cae en un profundo sueño.

Martin se levantó de su silla y al comprobar que Gabriel estaba en trance se dirigió a la puerta, giró el pomo y comprobó lo que ya sabía: estaba encerrado en aquella habitación. A continuación, se dirigió al caballito de madera y lo giró 180º. No soportaba su mirada negra clavándose en el alma. Regresó a su asiento y dijo:

—Ahora dígame donde está.

—Sigo aquí. ¿Dónde iba a ir?

—¿Está usted en esta casa?

—¿Por qué no te acabas la copa de vino?

—¿Cómo dice?

—Te serviré más. Es un vino excelente. Lo he comprado para esta ocasión.

—No le entiendo, Gabriel. ¿Está con alguien más? ¿Con quién está hablando?

—Esto no funciona. Pero vamos a arreglarlo. Tú y yo. Ahora estamos solos. Nadie puede molestarnos. Nadie.

—Entiendo. Está hablando con alguien que está aquí, ¿verdad?

—Lo siento. Lo siento tanto. He sido un estúpido. Esta última semana… Yo no quería… No pretendía… Escúchame, por favor.

—Le escucho.

—No te vayas, no te vayas por favor.

Martin se asustó al ver a Gabriel levantarse de la silla. También se puso de pie y dio tres pasos hacia atrás, recordando lo ocurrido en aquella misma habitación hacía tan solo una hora.

—La culpa me corroe por dentro. Siento la podredumbre invadiendo mi cuerpo. Soy culpable.

—¿De qué es culpable, Gabriel? Dígamelo. Cuéntemelo.

—Brindemos otra vez. Brindemos por nuestro amor. Brindemos para que nunca nos separemos.

Gabriel volvió a tomar asiento, y Martin hizo lo propio, más tranquilo, aunque en completo estado de alerta.

—Toma otra copa. Es un gran vino, desde luego.

Entonces el anfitrión palideció de golpe. Sus músculos se tensaron y sus ojos comenzaron un baile frenético bajo sus párpados.

—¿Qué ocurre, Gabriel? ¿Se encuentra bien?

—No. Ya no está. Ha desaparecido. ¿Dónde está? Oigo el mar. Parece que quiere hablarme. Ya no hay nadie. Solo oscuridad y silencio. Sigo aquí, pero en otro momento. Ha pasado el tiempo.

—¿Sigue en la casa?

—Yo soy la casa. La casa tiene grietas. Y estoy solo. Estoy solo. No lo soporto. ¡Por favor, que se calle! Ese maldito sonido…

—¿Quién tiene que callarse?

—El mar me susurra. No entiendo lo que dice. ¡Por favor, que se calle!

—¿Qué le dice el mar, Gabriel?

—No lo sé. No le entiendo. Y ahora… Ahora…

—¿Ahora qué?

—Noto sus miradas. Sus miradas se me clavan como espadas en el cuerpo. Como cuchillos. Me están mirando. Sus ojos me persiguen.

—¿Quién le mira?

—Todos.

Gabriel se levantó por segunda vez y caminó hacia la puerta. Se detuvo e intentó girar el pomo.

—¿Dónde va, Gabriel? Aún no hemos acabado. Regrese a la silla, por favor.

—Han llamado al timbre. Es de noche. Han llamado a mi puerta. Hay alguien ahí fuera. El timbre ha sonado otra vez y otra más. Tengo que abrir.

—¿Quién es? ¿Quién llama a su puerta?

—Oh, vaya, no puedo creerlo.

—¿Quién es?

—La policía.

70

Sentía un frío metálico en la espalda y en sus antebrazos desnudos. Intentó incorporarse, pero no pudo. Tenía las muñecas atadas a lo que parecía una mesa de acero inoxidable. Y entonces el dolor comenzó a ascender por su pierna izquierda, lacerante, demoledor, clavando sus garras en cada centímetro de tejido. Un dolor que nacía de su pie y se extendía vertiginoso y cruel por la pantorrilla, el muslo y la cadera.

También le dolía la cabeza, como si sufriera migraña. En ese momento recordó el vaso de agua que le había ofrecido su captor y la oscuridad que llegó tras su ingesta. Después el golpe contra el suelo tras caer desmayado.

—¡Socorro! ¡Que alguien me saque de aquí, por favor! —gritó Glenn, desesperado.

Una luz blanca y potente le deslumbró al golpear sus pupilas dilatadas por la oscuridad. A continuación, una voz llegó tras ella, tétrica y profunda.

—He tenido que hacerlo, Glenn. Pero te prometo que ha sido por tu bien. Así ya no escaparás.

—¿Qué me ha hecho, joder? —gritó desesperado el prisionero.

—Realmente te los has hecho tú solito. Yo solo te ayudé un poco.

Sus ojos comenzaban a acostumbrarse a la nueva iluminación del escenario. Entonces la luz blanquecina bajó por su torso, para confirmarle que estaba desnudo. Después pasó por el pubis, continuó por el muslo izquierdo y descendió hasta el final de su extremidad. Una venda ensangrentada cubría el muñón donde antes nacía su pie.

—¡Oh, Dios!

Glenn giró la cara repugnado y al hacerlo pudo ver en el suelo el burdo material quirúrgico empleado en aquella aberración: una sierra cubierta de sangre, un cinturón también manchado y unas tijeras quirúrgicas. También había un bisturí, pinzas y decenas de gasas empapadas de un líquido marrón oscuro.

—Pero, ¿qué me ha hecho? —repitió Glenn sollozando.

—Al caer por las escaleras te fracturaste el tobillo. El hueso se salió y te debió de seccionar alguna arteria. Te he salvado la vida. Hubieras muerto desangrado.

—¡Está loco, joder! ¡Oh, Dios mío!

—Dios no está aquí, nunca lo ha estado. A Dios no le gusta este lugar. Él simplemente hace la vista gorda, ¿sabes? Aquí ha muerto gente y a Dios le ha dado igual. Así que no metas a Dios en esto.

—¡Suélteme, por favor!

—No, te necesito.

—Pero…, ¿para qué?

—Es una sorpresa.

—¡Suélteme, por favor! Le daré dinero, lo que sea, pero déjeme vivir.

—No quiero dinero.

—¿Entonces qué es lo que quiere?

—Lo que he querido siempre: vivir en paz. Pero parece que la gente como tú no quiere que así sea. ¿Ves? Yo solo quería ayudarte y ahora voy a tener que recoger y limpiar yo solo todo este desperfecto. ¿Por qué tuviste que tirar la bandeja con mis utensilios? ¿No te podías haber estado quieto? ¿Es así como me agradeces que te haya salvado la vida?

—Está loco. Yo no quería molestarle. Yo solo vine a su casa en busca de mi prometida.

—Entonces se alegrará mucho de verte cuando os reencontréis, ¿no es así? Ahora dime, si es tu prometida, ¿por qué no sabes dónde está? Eso es raro, muy raro, ¿no te parece? ¿No será que salió huyendo de ti y que precisamente lo que quiere es no verte?

—¡Oh, mi pie, joder! ¿Dónde está mi pie? ¡No, no, no!

—No cambies de tema y afronta la realidad, hazte ese favor.

Creo que tú la quieres, pero…, ¿ella te quiere a ti?

—¡Déjeme en paz! —exclamó Glenn apretando con fuerza los puños.

—El primer día que la vi iba muy bien acompañada por un agente de la ley. Los vi salir de un bar y después fueron juntos a un hotel.

—¿Qué dice? Me está mintiendo. Cállese de una vez.

—El segundo día que la vi estaba inconsciente en el interior de un bonito coche.

—¡Basta!

—La última vez que la vi salía del hospital. Puede que fuese a revisar esa pobre pierna maltrecha suya. La verdad es que tuvo mucha suerte con su accidente. Podría haber muerto.

—¡Hijo de puta!

—Glenn, Glenn, Glenn… Creo que no estás en posición de insultarme. Vamos, mírate. Si quisiera te cortaría en pedacitos y adiós problema, así que no tientes a la suerte.

—Maldito enfermo.

Glenn torció el rostro para evitar la imperturbable y fría mirada de su captor y a continuación comenzó a llorar desconsoladamente.

Al girar la cara se percató de que en aquel sótano mil veces maldito coexistían dos focos de iluminación: el de la linterna que alumbraba la amputación, y otra más lejana y elevada. Provenía de la puerta del sótano, que parecía estar abierta dejando escapar la luz azulada y artificial de un fluorescente por una delgada abertura. Y allí estaba la salida, visible por primera vez desde su involuntario encierro. Tan cerca y tan lejos.

Una lágrima derramada descendía fugaz por la mejilla del traumatizado rehén cuando unos golpes en la lejanía alertaron a los dos hombres. Había alguien arriba. Estaban llamando a la puerta. Ambos agudizaron los oídos a la par.

Glenn aprovechó y gritó con las pocas fuerzas que le quedaban.

—¡Socorro! ¡En el sótano!

Una mano le tapó la boca con premura. Una mano que Glenn mordió con todas sus fuerzas hasta seccionar uno de sus dedos, mientras su captor emitía un chillido agónico más propio de un animal herido que de un ser humano.

Después un fuerte golpe en la cabeza acabó con su efímera esperanza de ser rescatado.

71

En el mismo momento en que golpeó la puerta de la entrada con sus nudillos tuvo un mal presentimiento. Había olvidado que el timbre no funcionaba, por lo que insistió incrementando la fuerza de su mano.

—¡Señor Cranston, abra la puerta! ¡Policía de Kennebunkport!

El imponente olmo de la parte trasera respondió con el sonido de sus hojas agitadas por el viento.

Tres nuevos golpes sacudieron la madera. Nadie abrió la puerta.

Liam rodeó la casa para comprobar si el propietario estaba en su interior. Al pasar junto al viejo árbol vio colgado de una de sus ramas el columpio que se mecía solitario, empujado por la fría brisa que acariciaba la noche a aquellas horas. Sintió un escalofrío.

Se asomó a cada ventana, amparado por una oscuridad que pintaba la fachada de la casa dándole una pátina tétrica y mortuoria, y regresó al acceso principal. Allí tomó una de las piedras decorativas que marcaban el camino a la entrada de la vivienda para lanzarla después contra la ventana más próxima a la puerta. El cristal estalló en mil pedazos rompiendo el silencio y proporcionando a Liam un hueco suficientemente amplio como para introducir el brazo y poder girar desde el interior el pomo.

La puerta cedió con un crujido quejumbroso, y expectante, pareció escuchar las palabras del policía:

—Señor Cranston, hay indicios de que alguien ha entrado en su domicilio. Voy a entrar.

El sargento cogió la linterna de su cinturón táctico, la encendió y desenfundó su arma. Alumbró el recibidor mientras apuntaba con su revólver Colt.

—Por favor, señor Cranston. Salga aquí, donde pueda verle. Soy el sargento McDougall. Nos conocimos en comisaría, ¿recuerda?

No hubo respuesta.

La luz iluminó las escaleras que ascendían a la primera planta, la puerta de la cocina y el acceso al salón. La madera del suelo crujía con cada paso, mientras contenía la respiración, concentrado en la búsqueda.

—Vamos, Marcus. No lo ponga más difícil y colabore.

El silencio contestaba cada petición en nombre de Marcus Cranston, al que sentía acecharle entre las sombras.

—Sé que está ahí. No sea cobarde y salga de donde se haya escondido. Aunque quizá sea tarde para no serlo, ¿no le parece? Porque solo un cobarde golpearía a su psiquiatra con un teléfono hasta dejarla en coma.

Liam dirigió sus pasos hacia el salón mientras mantenía erguida y firme la mano que sostenía el arma. El foco recorrió fugaz la instancia hasta confirmar su ausencia.

—Eso es lo que hizo, ¿verdad? Y ahora, dígame: ¿también golpeaba a su esposa? ¿Le abandonó por eso?

Otro crujido del suelo, su respiración, el latido de su corazón golpeándole las sienes… Nada más.

—Sé que está enfermo. Necesita ayuda. ¿Está tomando su medicación, señor Cranston?

Un fuerte golpe le sorprendió cuando se dirigía a la cocina. Hacia allí dirigió sus pasos, presuroso, sin bajar el arma. Alumbró el interior hasta que la luz llegó a la puerta trasera, que aún se mecía como movida por el viento. Pero no había sido el viento quién la abrió. Liam corrió hacia la salida de la parte de atrás de la casa. En el jardín vio una silueta huir hacia la calle.

—¡Alto, deténgase!

Pero la figura se perdió a la derecha girando hacia Wood Road, la pequeña calle que corría paralela a Langsford. El policía salió tras ella.

—¡Alto!

El inconfundible sonido del motor del Chevrolet Impala que esperaba al fugitivo a la vuelta de su casa llegó a sus oídos desde apenas veinte metros. Liam giró sobre sí mismo y corrió hacia su coche, aparcado frente al maldito número 66 de la calle.

Giró la llave en el contacto en el preciso instante en que pasó junto a él el Chevrolet a toda velocidad. Encendió la sirena que apenas pudo aullar una sola vez antes de apagarse.

—¡Maldito cacharro! —dijo mientras golpeaba el salpicadero.

Los neumáticos chirriaron sobre el asfalto y el coche patrulla inició una frenética persecución. Ambos vehículos ascendieron a gran velocidad por Langsford hasta Mills Road. Liam le pisaba los talones, pero la potencia del coche del fugitivo era mayor y aparentemente determinante.

A la salida de Kennebunkport, a unos tres kilómetros del origen, el coche patrulla consiguió dar alcance al Chevrolet, situándose justo detrás de su posición. En ese momento, Liam apretó con fuerza sus manos en el volante y pisó a fondo el acelerador. El parachoques delantero golpeó la parte trasera del otro vehículo que apenas consiguió mantener su dirección. Con el intento de una segunda embestida llegó la tragedia. El coche de Marcus Cranston clavó sus frenos en una maniobra suicida obligando a Liam a girar bruscamente el volante a la derecha para evitar el impacto. El coche patrulla se salió de la calzada, cayó por un elevado desnivel e impactó violentamente contra uno de los cientos de abedules que poblaban el pequeño bosque circundante.

Liam solo tuvo un segundo para pensar en su hija antes de que la oscuridad le abrazase para siempre.

Su cuerpo y los restos de su coche fueron rescatados tres días después por Bruce O'Brien, el jefe del departamento de bomberos de Kennebunkport que, antes de abandonar el lugar del accidente, se quitó el casco, lo llevó a su pecho y dijo:

—La vida te dio un aviso, Liam McDougall, y no quisiste escucharla. Ahora, descansa en paz.

72

Sus manos se aferraban a la vida clavándose las astillas de unos remos decrépitos como ella. Sus brazos apenas tenían fuerza para luchar contra una ola más. Y la vida se le escapaba con cada exhalación, con cada batir de la madera, con cada gota de espuma salada mezclada con las lágrimas que surcaban su anciano rostro.

Sentía miedo. El miedo era algo nuevo para ella. O tal vez no. Recordó entonces el día que se perdió en el bosque: tenía cuatro años. Fue con su familia de excursión a Forest Park, en su tierra natal. Aparentemente un apacible picnic en medio de la naturaleza, junto al gran río Misuri, nada más. Pero ella vio a una niña esconderse junto a unos matorrales y la siguió. Su familia no se había percatado de que la pequeña ya se había adentrado en el bosque. En aquel bosque tuvo miedo por primera y última vez. De repente todo estaba oscuro. La frondosidad de la vegetación impedía a los rayos de sol traspasar su tupido manto. Buscaba a la niña que parecía haberla saludado traviesa desde el límite de la arboleda.

—Dorothy.

Escuchó su nombre, suave, susurrado tal vez. Se asustó.

—Dorothy.

Al escucharlo en otra ocasión agudizó sus sentidos en busca de su procedencia. Alzó entonces la vista y el horror llegó a sus ojos: decenas de cuerpos se mecían ahorcados en las ramas de los centenarios arces que poblaban el bosque. Echó a correr despavorida y no se detuvo hasta que volvió a ver a la niña. Apareció de repente frente a ella. Llevaba un vestido rojo, estaba muy pálida, iba descalza y un lazo de terciopelo también rojo coronaba su cabello enmarañado. Le tendió su mano y sonrió antes de escuchar su nombre otra vez.

—Dorothy.

Pero la niña no había movido sus labios.

Cogió su mano y juntas echaron a correr hacia una pequeña grieta que la luz del sol pareció abrir en la espesura. El miedo se había marchado.

La linde del bosque se alzó frente a sus ojos y tras ella, su madre gritando desesperada:

—¡Dorothy! ¡Dorothy, ¿dónde estás?!

La pequeña miró atrás, en busca de su nueva amiga, para poder contarle a su madre su aventura, pero ya no estaba. Había desaparecido.

Años después supo que, en aquel mismo lugar, siglos antes habían sido ahorcados todos los miembros de una familia de cuatreros. Todos menos su hija pequeña, que consiguió escapar escondiéndose en el bosque. Nadie volvió a verla jamás. Aquella niña se llamaba Dorothy.

De vuelta al presente, fijó su mirada en el tenue haz de luz procedente del faro de Goat Island hasta que la bruma volvió a ocultarlo. Palpó la herida de su costado, manchando sus manos de color rojo y agarró de nuevo los remos con las pocas fuerzas que le quedaban a su exhausto cuerpo. Había perdido mucha sangre, demasiada, y la vida se le escapaba a través de aquella laceración maldita, infligida por un recuerdo del pasado o el sueño hipnótico de un loco, qué más daba ya.

El mar mecía suavemente la barca mientras se desplazaba lentamente con el vaivén de las olas y el esfuerzo de su anciana tripulante. La bruma descendía desde el cielo hasta tocar las aguas. Cada vez más densa, cada vez más agorera. Y entonces volvió a escuchar su nombre:

—Dorothy.

Su instinto la hizo girar de inmediato, en busca de quien la llamaba. Pero estaba sola. Ella y el mar.

—Dorothy.

El miedo regresó, punzante e imparable. Trepó desde sus piernas, por la espalda y le agarró del cabello tirando de él para después abrir de golpe sus párpados y que sus ojos contemplaran el horror frente a ella, en el agua. Decenas de manos y brazos emergían de la oscuridad del mar, golpeando la barca mientras crispaban sus gestos tratando de atraparla.

—Dorothy.

Dorothy, cerró los ojos y recordó a la niña del vestido rojo. Recordó su mano, fría y huesuda, tirando de ella mientras la guiaba por el bosque hacia la brecha de luz. Recordó el abrazo incrédulo, desesperado y reconfortante, que le dio su madre al encontrarla. Recordó su calor, y la paz, aquella paz. Y el miedo se marchó, como también se marcharon las manos, hundiéndose bajo las frías aguas. Y apareció aquella luz otra vez. Una luz pura que parecía nacer del mismo océano, infinita y blanca. Remó hacia ella tranquila, despacio, sin mirar a otro lado. Soltó los remos y la barca se detuvo. Dorothy se agachó hacia el haz y extendió su brazo para tocarlo. Cuando sus dedos rozaron la superficie, la luz se desvaneció y su cuerpo se precipitó hacia adelante, cayendo al agua. Y el mar la engulló para siempre.

73

Los golpes en la madera de la puerta de entrada resonaron firmes y expeditivos, sorprendiendo a una Emma distraída por lo que estaba a punto de confesar:

—Scott, creo que ya había estado en esta casa antes.

—Sí, el día que te tenía que haber detenido.

—No, me refiero antes.

—Joder, Emma, no es momento de confesiones.

La última llamada llegó acompañada de una pregunta, una afirmación y de la taxativa orden del oficial Hamill.

—¿Gabriel Beckett? Policía de Kennebunkport, abra la puerta.

Scott hizo un gesto con la mano a su improvisada acompañante para que se alejara situándose detrás de su posición. A continuación, acercó su oído a la puerta mientras indicaba silencio con su dedo índice entre los labios. Escuchó pasos, primero acercándose, luego alejándose y el sonido de una puerta cerrarse a lo lejos.

—¿Qué ocurre? —preguntó Emma en un susurro.

El dedo de Scott aproximándose con fuerza otra vez a los labios la respondió inflexible.

Emma retrocedió levantando la mano en señal de disculpa, y entonces un grito llegó a sus oídos desde el interior. Lejano, inconfundible, y humano. Scott desenfundó su arma, dio varios pasos atrás y pateó con fuerza la puerta que cedió a la tercera embestida.

—Quédate aquí, puede ser peligroso —ordenó el policía con determinación.

Emma obedeció a regañadientes y permaneció junto a la entrada, inmóvil pero deseosa de saber qué estaba ocurriendo en el interior.

Se debatía entre desobedecer a Scott y entrar, o quedarse de brazos cruzados desoyendo su yo periodístico y aventurero, cuando el sonido de un golpe y un grito la sobresaltaron:

—¡¡Ahhhhhh!!

Uno minutos después Scott Hamill salía por la puerta. Tenía el rostro crispado en una mueca mezcla de odio y frustración. Sangraba profusamente por la frente e intentaba taponar la herida con la palma de su propia mano.

—¡Me ha golpeado, ese maldito cabrón me ha golpeado con una pala!

—¿Dónde está?

—Ha huido y...

—¿Y qué?

—Me ha robado el arma. Se ha montado en su embarcación y ha huido en dirección sur. Creo que hacia Goat Island. Ahora vete a mi coche y llama a emergencias. Quizás haya alguien más en la casa, no lo sé. A ver si encuentro una barca o algo para alcanzarlo.

—En el embarcadero de la última casa de Wood Road hay una lancha deportiva y una barca con remos. No preguntes. Digamos que el otro día no solo fisgoneé por aquí.

—Gracias.

Scott se perdió en la oscuridad de la noche esperanzado por encontrar un medio con el que perseguir a su atacante, y Emma salió corriendo hacia el coche patrulla. Al tercer paso le pareció volver a oír otro grito. Esta vez, más nítido y desesperado.

—¡Socorro!

Emma entró en la vivienda apresuradamente y palpó la pared nerviosa en busca de un interruptor con el que encender la luz e iluminar la primera estancia. No lo encontró. Encendió la linterna de su teléfono móvil y alumbró la pared del recibidor. Una sábana raída ocultaba lo que parecía ser un espejo o un cuadro. Un viejo aparador cubierto de polvo y telarañas le dio la bienvenida a la planta baja. La cocina estaba desierta, entró y tomó un cuchillo que parecía esperarla sobre la encimera; y en el salón, un sillón vacío y la televisión apagada le confirmaron que tampoco había nadie en aquella estancia.

Subió despacio las escaleras que ascendían a la planta superior, intentando evitar el crujir de la madera a cada paso y probó suerte con la primera puerta que encontró frente a ella: estaba cerrada con llave, al igual que la segunda. El pomo de la tercera cedió suavemente con el giro de su muñeca. Apretó con fuerza el mango del cuchillo e iluminó el interior del pequeño cuarto tras empujar con cuidado la puerta. En el centro de la habitación otra sábana cubría un objeto de medio metro de alto. Se acercó despacio, como intentando no despertarlo y tiró de la manta con fuerza hacia ella. Frente a sus ojos apareció un caballito de madera con las crines pintadas de blanco y la silla de montar de color rojo, ribeteada con cordones y borlas dorados. Sintió un escalofrío. Por un momento le pareció ver a una niña a su lado. Una niña que le resultó familiar. Se asustó. Gritó. Y salió corriendo hacia la planta inferior. Bajó apresuradamente las escaleras y se detuvo en el hall.

—Vamos, cálmate, has vivido situaciones más peligrosas —se dijo a sí misma susurrando.

Se disponía a subir nuevamente las escaleras cuando llegó un nuevo grito difuminado a sus oídos.

—¡Socorro!

Y a continuación varias palabras ininteligibles más. Agudizó el oído y sus sentidos guiaron sus pasos hasta la cocina.

—¡Que alguien me ayude!

La voz parecía más perceptible, pero, ¿de dónde provenía?

—¡Socorro!

No lo entendía. No había nadie en la parte trasera, ni en el salón, pero aquellos gritos lejanos se escuchaban con más nitidez en la cocina.

—¡Socorro!

La rabia y la frustración por no encontrar a quien tan desesperadamente solicitaba su ayuda disiparon su temor y la llevaron a tomar la iniciativa.

—¿Dónde estás? —gritó esta vez Emma con energía.

Tras la pregunta y un breve silencio no tardó en llegar de nuevo la misma voz, pero esta vez más nítida, más enérgica, más próxima.

—¡Abajo, en el sótano!

Emma buscó con la mirada una puerta más allá de la puerta de la entrada y la de la parte de atrás de la casa. No la encontró.

—¿Dónde está el sótano? —gritó.

—¡No lo sé!

Emma se acercó a una de las paredes y aproximó el oído.

—¿Dónde está el sótano? —volvió a preguntar esperando que la siguiente contestación le aproximase más a la ubicación de quien demandaba auxilio.

—¡No lo sé! ¡Abajo! ¡Ayúdame, por favor!

En la pared del fondo. Los gritos procedían de algún lugar tras la estantería, estaba segura.

Extendió la mano y empujó el mueble. Las baldas estaban repletas de utensilios de cocina cubiertos por una espesa capa de polvo y algún libro también polvoriento cuyo título ignoró. La estantería se movió de una forma extraña. Volvió a empujarla, esta vez desde el lateral y el mueble se desplazó dejando a la vista una oscura abertura de no más de un par de centímetros.

—¡Lo he encontrado! —gritó entusiasmada.

Un tercer empujón desplazó la entrada secreta al sótano lo suficiente como para que Emma pudiese introducir medio cuerpo. Ya solo restaba empujar con ambos brazos apoyándose en la espalda.

—¡Sí, sí, estoy aquí!

La voz desesperada que ascendió desde la oscura profundidad le resultó demasiado familiar. La siguientes palabras la hicieron estremecer.

—¡Luz! ¡Veo luz!

Le había reconocido. De repente el vello de sus brazos se erizó, su corazón comenzó a latir con fuerza y sintió que le faltaba el aire. No era posible. El cuchillo cayó al suelo. Alumbró las escaleras con su linterna y descendió por ellas lo más rápidamente que pudo. El haz de luz cortó la densa oscuridad hasta llegar a la pared del fondo. Allí había alguien. Estaba desnudo, sobre una camilla, atado de pies y manos con correas de cuero.

—Por favor.

Su voz ya era solo un susurro suplicante. Pero era su voz, no cabía duda.

La luz fría y azul que brotaba de su dispositivo iluminó el rostro del cautivo y se confirmaron de golpe todos sus temores. Y su mundo, tal y como lo conocía hasta entonces se derrumbó a sus pies.

—¡Glenn! ¡Oh, Dios mío! ¡Pero…, ¿por qué?!

—¿Emma? ¿Eres tú? No, no, no puede ser. Es una alucinación. Ese mal nacido me ha drogado otra vez.

—¿Qué te han hecho? —preguntó Emma mientras iluminaba el muñón vendado de su pierna izquierda.

—Ese maldito psicópata…

—¿Quién ha sido? Y, ¿por qué te han hecho esto?

—No lo sé, nunca oí su nombre. Un anciano loco. Vine aquí buscándote. Me enviaste un mensaje por error con esta dirección. Creo que iba destinado a tu amiga Rebeca. No entiendo nada.

—Yo tampoco, Glenn.

—¿El policía es tu novio?

—¿Qué?

—Su voz…, parecía joven. El viejo me dijo que tú y él…

—¿Cómo?

—Me dijo que os vio entrando en un hotel.

—Scott me acompañó el día que llegué a este maldito pueblo de mala muerte. Un tipo me acosó y él me protegió, eso es todo.

—¿Te protegió?

—Es policía…

—Vale, ya lo hablaremos en otro momento. Ahora, ¿te importaría desatarme? Ah, y llama a emergencias y busca mi jodido pie, por favor.

—Creo que aún estás en estado de shock, Glenn.

Emma encontró un escalpelo en el suelo. Con él cortó todas las correas que ataban a Glenn a la mesa metálica. Después le ayudó a incorporarse hasta que pudo sentarse.

—¡Oh, joder, lo siento tanto! Toda esta mierda ha sido por mi culpa. Soy una maldita egoísta. Si me hubiese estado quieta…

—Shhhhh. No puedes estarte quieta. Va en contra de tu naturaleza curiosa. Eres periodista. De hecho, la mejor periodista que conozco. Está en tus genes.

—Gracias Glenn. Te quiero.

—Y yo a ti, Emma.

—¿Puedes sostenerte solo? Voy a llamar a emergencias.

—Creo que sí, pero espera, quiero decirte algo antes.

—¿Qué ocurre, Glenn?

—El anciano te conoce, sabe quién eres y te ha estado vigilando.

74

Alguien estaba llamando a su puerta, pero pasó displicente otra página del número ciento treinta y cinco de su revista *National Geographic*; se recostó un poco más en el sillón y continuó leyendo en alto el artículo sobre el casuario, el ave con la que se sentía identificado:

—«Los casuarios no le tienen miedo a la cámara. Por el contrario, con un par de ojos amarillos enmarcados por una piel azul rugosa, enfrentan a la lente estableciendo una relación horizontal con quien lo mire. Fúricos, masivos, alados y de apariencia prehistórica, estas aves se posicionan como las más peligrosas de Nueva Guinea.

»A pesar de su semblante duro, los casuarios son aves tímidas. De manera general, son difícilmente localizables en la densidad de la selva de Nueva Guinea. Sin embargo, la investigación científica en torno a la especie ha permitido saber que es un actor ecológico fundamental para su hábitat natural».

»Una voz lejana insistía para que abriera la puerta. El eco de los golpes en la madera llegó de nuevo lejano y ajeno a sus oídos, pero igualmente apenas consiguió interrumpirle embebido en la lectura como estaba.

—«En medio de la selva húmeda, estos pájaros masivos y veloces dispersan las semillas de los distintos frutos de los que se alimentan, contribuyendo a la diversidad de especies vegetales. Como animales solitarios que son, si no se les enfrenta, son pacíficos y rara vez atacan a sus vecinos.

»Si embargo, si se les provoca, no solo pueden responder agresivamente, sino que es muy probable que terminen con su adversario sin demasiado esfuerzo: gracias a sus portentosas garras de diez centímetros, esta ave puede herir mortalmente a cualquier depredador con una sola patada».

Solo cuando el cristal de la ventana de la entrada estalló en mil pedazos, fue consciente de que alguien quería acceder a su casa. Su subconsciente le confirmó que ese alguien era un policía que antes de intentar entrar a la fuerza, se había presentado como tal la primera vez que llamó a su puerta.

Entonces se sintió como un casuario. Él simplemente estaba allí, tranquilo, escondido de todo y de todos, en su hábitat, pero una vez más su espacio había sido violado, y su tranquilidad rota. En un primer momento decidió atacar al policía, pero al igual que les ocurría a los casuarios, cuando atacaban a un cazador siempre acababan siendo abatidos, y él al fin y al cabo no tenía ningún arma de fuego con la que defenderse. Solo podía usar alguno de los cuchillos que tenía en la cocina, como si de las garras de la famosa ave se tratara.

Tuvo el tiempo justo para coger las llaves de su coche del interior de un horrible cenicero, recuerdo del único viaje que hizo con su familia a California hacía tres años.

Los pasos del policía resonaban ya en el interior de la casa, al igual que su voz, profunda y condescendiente, demandando que saliese de donde quisiera haberse podido esconder. Pero el sonido de la puerta de la cocina, que daba acceso a la parte trasera de la vivienda, al cerrarse, delató su inminente huida.

Tomó a la carrera Wood Road, la calle contigua a Langsford.

Allí estaba aparcado el Chevrolet Impala que había comprado en un concesionario de coches de segunda mano un día de regreso de Portland, para evitar tener que volver a coger el autobús.

El motor rugió rompiendo el silencio y los neumáticos aullaron sobre el pavimento cuando pisó a fondo el acelerador. Giró a la izquierda, y cogió Langsford hacia el norte: no había otra posibilidad. Nada más hacerlo pudo comprobar por el retrovisor cómo se ponía en marcha el coche patrulla del policía que había ido a visitarlo. Vio un par de destellos tras él, rojos y azules, pero luego se apagaron, y escuchó el breve quejido de lo que le pareció a simple vista la sirena del automóvil que le perseguía.

En la radio, que se había sintonizado sola nada más encender el contacto, la voz de un anodino locutor dio paso a una triste canción de Johny Cash: *I still miss someone.*

«At my door the leaves are falling
A cold wild wind has come
Sweethearts walk by together
And I still miss someone
I go out on a party
And look for a little fun
But I find a darkened corner
because I still miss someone».

El coche patrulla se aproximaba furioso por detrás encendiendo y apagando las luces de largo alcance como señal de que detuviese la marcha. Pero ni siquiera aminoró la velocidad y los caballos de potencia rugieron bajo el capó mientras subía el volumen del transistor.

«Oh, no, I never got over those blues eyes
I see them every where
I miss those arms that held me
When all the love was there
I wonder if she's sorry
For leavin' what we'd begun
There's someone for me somewhere
And I still miss someone».

Miró otra vez por el espejo y se aferró con fuerza al volante. Su perseguidor estaba a punto de embestirle. Todo parecía haber llegado a su fin. Las luces del coche patrulla se acercaron furibundas y el impacto hizo girar bruscamente la dirección de su vehículo, que a duras penas consiguió mantener la estabilidad. La segunda embestida no llegó a producirse pese a la inminencia de la maniobra. Los frenos del Chevrolet se clavaron en la carretera y el coche patrulla solo pudo esquivarlo desviándose de un volantazo a la derecha, saliéndose en consecuencia de la vía e impactando muy posiblemente con alguno de los cientos de abedules que poblaban el extenso bosque que despedía a Kennebunkport.

No podía detenerse, no ahora que había conseguido escapar, y tampoco podía regresar. En su huida no recordaba haberse cruzado con otros conductores, así que Marcus apagó las luces de su coche, para dejarse guiar por la luna llena que iluminaba aquella noche la carretera, confiriéndole un aspecto fantasmagórico. Confiaba no encontrarse con otros vehículos en su camino a Portland. Sí, hacia allí se dirigiría: estacionaría el coche a las afueras y caminaría hasta el centro; se alojaría en un hotel y quizá podría cambiar de identidad y comenzar una nueva vida.

En la radio habían pasado del famoso éxito de Cash de 1958 a una de las canciones más famosas de la historia de la música, la más repetida desde su lanzamiento el año anterior, 1984, *Thriller*. Pero odiando como odiaba a Michael Jackson giró rápidamente la rueda del aparato en busca de una melodía más tranquila. Acababa de dejar atrás Arundel para tomar la 95. Apenas llevaba recorridos varios kilómetros. Parecía que la sintonía de *Help* de The Beattles, intentaba prevalecer sobre otra famosa canción de Dolly Parton, cuando la luz de dos faros se le aproximó frontalmente a tal velocidad que ni siquiera tuvo tiempo de pisar el freno. En un segundo de distracción había invadido el carril contrario. El vehículo que circulaba en la otra dirección, una *pick-up* Chevrolet C30 de 1970, chocó violentamente contra el Chevrolet de Marcus Cranston. Su conductor, que no llevaba puesto el cinturón de seguridad, atravesó la luna frontal y su cuerpo cayó sobre el pavimento mientras el metal de ambos vehículos se retorcía deformando los habitáculos. Marcus se golpeó la cabeza con fuerza contra el volante y quedó inconsciente durante aproximadamente tres minutos.

Le despertó el fuerte olor de la gasolina que ascendía a sus fosas nasales desde los bajos de lo que quedaba de su vehículo. Tenía que salir de allí. Su coche podía comenzar a arder en cualquier momento. Se reclinó hacia atrás en su asiento y un dolor lacerante tiró de él desde su mano derecha. La luz de la luna iluminó su mano incrustada en el interior de la radio. Sus dedos habían quedado atrapados en la ranura por la que se introducían los casetes. Pero no podía esperar allí ni un segundo más. Tiró con fuerza de su mano y notó desgarrarse la piel y el tejido. Gritó de dolor. Sintió que algo caliente le mojaba el rostro y el cuello. Era su propia sangre. Se echó las manos a la cara. Tenía el pómulo derecho aplastado y varias heridas y cortes profundos en la frente y la nariz. Consiguió quitarse el cinturón con dificultad. La puerta del conductor estaba incrustada en la parte trasera, por lo que tuvo que abandonar el vehículo desde la del copiloto.

Salió a trompicones, maltrecho y herido. Con seguridad también se había fracturado una pierna y varios huesos de la otra. Apenas podía caminar. Vio a varios metros los restos de la camioneta convertidos en un amasijo de hierros. Y un poco más lejos, el cuerpo del otro conductor implicado en el accidente tendido boca arriba, sobre el asfalto de la carretera. Se acercó como pudo a él, se agachó a su lado y le tomó el pulso: estaba vivo.

—A… ayu… ayuda… Por… por fa… por favor…, —balbuceó justo antes de perder el conocimiento.

Tenía la cara ensangrentada y unos cuantos cortes profundos en el cuello. Había perdido la oreja derecha y parte de la nariz al estrellarse contra la luna de su vehículo. El pavimento estaba lleno de sangre y cristales.

El olor de la gasolina parecía perseguirle. Se aproximaba con el desplazamiento del charco que crecía bajo lo que quedaba de su coche. Sintió entonces como algo empezaba a mojar sus pantalones. Se trataba de su propia sangre. Manaba de una herida en el costado. El tiempo se agotaba. Y a partir de ese momento sintió como si otra persona guiase sus actos.

Lo primero que hizo fue buscar la cartera del hombre que yacía en el suelo. No tardó en hallarla en el interior del bolsillo de su camisa, bajo los jirones de lo que parecía una chaqueta de lana. Le volvió a tomar el pulso: seguía con vida. Después le agarró por los tobillos y tiró de él con fuerza hasta situarlo junto a su coche. Cojeó hasta los restos de la camioneta. Por el camino encontró la oreja del accidentado y la guardó en el bolsillo. Deshizo el camino hasta llegar a los restos de su Impala destrozado. Con gran esfuerzo consiguió introducir desde la puerta del copiloto el cuerpo del hombre en el habitáculo deformado. Sacó la oreja del herido de su bolsillo y la dejó en su regazo. Por último, cogió un mechero de la guantera, cerró la puerta y se alejó arrastrando su maltrecha pierna.

Empezaba a quedarse sin fuerzas. Su respiración cada vez era más lenta y se le nublaba la vista. Se estaba desangrando. Ya no había tiempo: podía desmayarse en cualquier momento, o peor, podía llegar otro conductor y encontrarse con el accidente.

Se acercó a su coche, se agachó junto al reguero de gasolina que el depósito había vertido tras la colisión, encendió el mechero y aproximó la pequeña llama amarilla al combustible. El fuego avanzó rabioso y veloz hasta alcanzar los restos de su Chevrolet Impala. Las llamas no tardaron en envolver el habitáculo en cuyo interior yacía el cuerpo aún con vida del pobre inocente al que estaba a punto de incinerar. Cuando el fuego le acarició despertó, y comenzó a sacudirse las llamas que empezaban ya a devorar su pelo y su ropa. Su rostro se crispó en una mueca desencajada por el dolor y sus manos comenzaron a arder. Los gritos se mezclaban con el crepitar de los materiales inflamables hasta que una pequeña explosión puso fin al sufrimiento.

Marcus se sentó en el suelo. El asfaltó estaba frío. Todo a su alrededor comenzó a darle vueltas, incluyendo la gran bola de fuego que consumía su pasado frente a sus ojos. Cayó de espaldas y lo último que vio antes de que la oscuridad le atrapase, fue la luna, testigo silencioso del accidente que acabó con su vida.

75

Caminaba dando círculos alrededor de la silla donde seguía sentado Gabriel Beckett, aún hipnotizado. Se detuvo junto a la ventana y acarició los viejos visillos raídos que ocultaban el cristal. Los retiró con cuidado, como si estuviese haciendo algo malo, y se asomó a una calle que parecía ajena, extraña y distante. Como si fuese de otro mundo. Miró su coche, aparcado frente a la casa y calculó después la altura desde la ventana al suelo del jardín. Pensó que habría más de tres metros de caída y después regresó al centro de la habitación. Allí le esperaba su anfitrión, rígido, con los puños cerrados y el nervioso movimiento involuntario de sus ojos bajo los párpados. Se acercó a su rostro, le contempló con una extraña mezcla de miedo y curiosidad y le susurró al oído una pregunta:

—¿Dónde está la llave?

Gabriel le había obligado a cerrar los ojos en una esquina de la habitación para esconderla.

—Vamos, Gabriel. Dígame dónde ha escondido la llave.

—¡No, no, no! —gritó—. ¡Otra vez no! ¡Dejadme en paz! Yo solo quiero leer, nada más.

—¿Está en casa?

—Tengo que irme, tengo que irme…

—¿Se encuentra usted en casa? ¿En esta casa?

—¡Han entrado! ¡Vienen a por mí! ¡Tengo que marcharme, no hay tiempo!

—¿Quién o quiénes han entrado?

—Dice que es la policía, pero sé que no viene como policía. No estoy seguro. Creo que ha entrado por la ventana. No hay tiempo. ¡Joder, está aquí!

—Tranquilo, Gabriel, estamos usted y yo solos ahora.

—¡No! ¡Ahora no!

—¿Qué ocurre?

—El aire me ha golpeado la cara. Llevo algo en la mano. Estoy descalzo y…, estoy en la calle, estoy corriendo en la calle. Hace frío y salen bocanadas de vaho de mi boca. Estoy corriendo.

—¿Dónde va?

—No lo sé, estoy sentado otra vez, pero también hace frío aquí. No acierto con la llave.

—¿Qué llave, Gabriel? ¿Qué está haciendo ahora?

—Por fin lo oigo. Es un motor. Estoy en un coche. Acabo de arrancar el motor. Quiero escapar…, tengo que huir de aquí. No quiero volver a esta casa, nunca más.

El cuerpo de Gabriel continuaba rígido, pero sus brazos tensos y agarrotados comenzaban a moverse involuntariamente en el aire. Martin se alejó de él y continuó con la sesión que parecía más intensa que en otras ocasiones.

—¿Qué pasa, señor Beckett?

—Tengo miedo, voy demasiado rápido y sigo acelerando. Las luces me persiguen.

—¿Las luces? ¿Es posible que sean los faros de otro coche?

—Sí. Es un coche. Un coche patrulla. La policía me persigue. Un coche de policía me está persiguiendo. Se acerca por detrás.

—¿Le ha alcanzado? ¿La policía le ha dado alcance?

—¡Oh, no! ¡Me ha golpeado por detrás! ¡Quiere sacarme de la carretera! ¡Maldito cabrón! ¡No, no, no! ¡Ahí viene otra vez! ¡Está loco! ¡Nos vamos a matar!

—¿Está seguro de que se trata de la policía?

—No lo sé. No lleva la sirena y la policía siempre la lleva puesta cuando persigue a alguien. No entiendo… ¡Joder!

—¿Qué ocurre, señor Beckett?

—¡Ahí viene otra vez! ¡No, no, no! ¡Ahhhhh!

—¿Qué ocurre, señor Beckett? Vamos, dígame algo.

—He frenado. El coche de policía se ha salido de la carretera. He oído un estruendo. ¡Oh, Dios mío! Creo que ha tenido un accidente. Ya no está detrás de mí.

—¿Y usted?

—Prosigo la marcha. No me ha ocurrido nada. Y esa música, joder…

—¿Qué música?

—Está en mi cabeza, no la soporto. Es triste, muy triste. Quiero que termine. Está en la radio. Y ahora otra canción. No me gusta, quiero otra melodía. Giro la rueda para sintonizar otra emisora, estoy harto, quiero llegar a mi destino, quiero acabar con todo esto. ¡Nooooo!

—¿Qué ocurre, Gabriel?

Pero Gabriel no respondía. Había caído al suelo y parecía haber entrado en un estado de trance mucho más profundo.

—¡Señor Beckett, responda! ¡Señor Beckett!

Martin se acercó a Gabriel e intentó despertarlo con un primer empujón. Al ver que no reaccionaba lo zarandeó varias veces.

—¡Vamos, despierte! ¡Despierte!

Gabriel comenzó a convulsionar. Su cuerpo estaba completamente rígido, apretaba con fuerza los dientes y sus ojos, entreabiertos, se movían descontrolados bajo sus párpados.

Martin actuó con rapidez. No sabía de cuánto tiempo disponía. Sí de que era escaso. En la habitación no había muchos muebles. Apenas una cómoda, una silla y el caballito de madera que parecía haber contemplado toda la escena, con su mirada enigmática.

Comenzó con los cajones de la cómoda. Los fue abriendo de uno en uno. El último se atascó. Tiró de él con fuerza y acabó cayendo al suelo junto con su contenido: una vieja fotografía enmarcada. Martin la recogió del suelo y la dio la vuelta para poder ver la imagen. El cristal estaba roto; no sabía si por culpa suya o si ya se encontraba en ese estado. Lo retiró con cuidado para no cortarse y al hacerlo comprobó que bajo la primera imagen impresa había otra. En la primera aparecían un hombre, una mujer y una niña. Los tres posaban sonrientes frente a la misma casa donde se encontraba ahora. La niña llevaba un vestido rojo con un gran lazo también rojo atado en la cintura. La que probablemente fuese su madre llevaba puesto un vestido blanco y aunque sonreía, parecía incómoda. El posible padre de la muchacha vestía un elegante traje de color negro. Apretaba con fuerza la mano de su hija y tenía la mirada perdida.

La otra fotografía mostraba la misma escena, pero en blanco y negro, y en lugar de una niña pequeña había un muchacho también de unos cuatro o cinco años. La casa del fondo era la misma. Ambas fotografías habían sido tomadas en el mismo lugar, calculaba que con unos treinta años de diferencia. Los que podrían ser los padres, elegantemente ataviados, sonreían relajados, no así el pequeño, que parecía mirar al infinito.

Guardó las fotografías junto al cristal roto en el interior del cajón, y este a su vez en la cómoda que acababa de registrar, y prosiguió su búsqueda.

Después le tocó el turno al propio Gabriel. Martin se agachó junto a él y comenzó a palpar sus bolsillos. Le costó mover sus brazos, aún agarrotados, para poder registrarle. Nada.

—¡Joder! ¿Dónde ha dejado la puñetera llave? —gritó frustrado.

A continuación, se acercó a la puerta e intentó girar el pomo. Imposible. La puerta estaba cerrada. La golpeó con el hombro un par de veces tras darse impulso antes de desistir de forma definitiva. Después comenzó a dar vueltas alrededor de Gabriel, que continuaba en el suelo atrapado en su propio sueño. Acabó pagando su frustración con el caballito de madera, al que pateó con fuerza en un costado. Este cayó al suelo con gran estruendo desprendiéndose al hacerlo una pequeña llave de hierro que colgaba de uno de los remaches bajo su montura.

Martin, sorprendido e ilusionado la recogió del suelo, abrió con ella la puerta y salió a toda prisa de la habitación sin mirar atrás. Bajó las escaleras todo lo rápido que su maltrecho tobillo le permitió, cruzó el recibidor, giró apurado el pomo de la puerta de entrada y comprobó para su desgracia que ese acceso también estaba cerrado. No le importó. Fue a la cocina y lo intentó con la puerta trasera, pero también estaba cerrada, así que cogió una silla, fue al salón y la estrelló contra el cristal de uno de los dos grandes ventanales que daban al jardín. Después saltó al exterior como si la casa estuviese en llamas. Se sacudió los pantalones, miró un momento hacia atrás y mandó al infierno con la mirada a aquella casa y a su propietario.

—Hasta nunca.

La fría y húmeda brisa invernal le dio la bienvenida a la libertad, antes de montarse en su coche. Nervioso, consiguió introducir la llave en el contacto y justo antes de arrancar el motor notó su presencia. Alzó la vista asustado y a través del cristal de la ventanilla lo vio: Gabriel Beckett le observaba fijamente asomado a la ventana de la habitación del caballito de madera.

76

Emma cubrió el cuerpo de su prometido con su propio abrigo. Glenn temblaba y su rostro lívido anunciaba que estaba a punto de desmayarse. Tenía los dedos de su mano izquierda entrelazados con los de ella, mientras su mano derecha sostenía el peso de su cuerpo apoyada sobre la mesa de metal.

—Aguanta, Glenn. La ambulancia ya está en camino. También viene la policía. Pronto estarán aquí.

—Creí que la policía ya estaba aquí.

Emma le puso la palma de la mano en la frente. Su gesto preocupado la delató y antes de poder decir que no se preocupase, Glenn tomó la palabra.

—No me mientas. No tengo buena pinta y creo que no voy a tardar en desmayarme.

—Has perdido mucha sangre. Estás helado. Necesitas una transfusión urgentemente. No te voy a engañar: no, no tiene buena pinta. Y en cuanto a lo de tu pie…, bueno, digamos que el corte no fue muy limpio. No creo que puedan salvarlo.

—¿Dónde está?

—Con hielo, dentro de la nevera.

—¡Joder!

Glenn se echó a llorar en el hombro de Emma, que le acariciaba el cabello para que se tranquilizara.

—¿Sabes?, cuando acabe todo esto, voy a comprar esta casa para tirarla abajo y construir un pequeño orfanato. Espera, ¿he dicho orfanato? Por Dios, odio esa palabra con todas mis fuerzas. Quería decir un hogar de acogida para jóvenes. Crearé una fundación para que pueda gestionar el centro y en la cadena no les quedará otra que poner dinero. Todo el mundo a hacer donaciones. Y este sitio se hará famoso porque aparecerá en mi reportaje. Aún no tengo título. ¿Qué te parece «Los asesinatos de Kennebunkport»? No lo veo, seguro que se me echarían encima los de la oficina de turismo. Ya lo tengo: «Langsford Road: la calle maldita». No, no, no. El título será: «La maldición de Langsford Road», en honor a Paul Parker y su artículo, que nunca vio la luz. ¿Te he contado lo de Paul?

—Emma, me estoy mareando, necesito recostarme… un poco.

—Tranquilo, Glenn. No tardarán, ¿ok? La ambulancia no puede tardar y la policía…

—Ya está aquí, ¿no?

Emma sacó el móvil del bolsillo derecho de su pantalón y abrió una aplicación. Su teléfono comenzó a emitir el sonido de una extraña interferencia. Glenn, aturdido, le preguntó a su prometida que qué estaba haciendo, a lo que ella respondió:

—¿Recuerdas el reportaje del senador McGuire y el caso de corrupción de la empresa municipal de recogida y tratamiento de residuos urbanos?

—Solo la mejor parte.

—Pues parecido. Scott lleva encima ahora mismo uno de mis bolígrafos. No es el mejor que tengo, pero bueno, ha dado el pego y ahora mismo lo lleva encima. Ese ruido debe ser el de su camisa rozando el micrófono. Sabía que por seguridad me iba a dejar fuera, por eso aproveché la primera y única ocasión que tuve.

—¿Dónde está?

—Salió tras el maldito loco que te hizo esto —afirmó Emma señalando con las cejas el muñón de su prometido. El viejo escapó en su bote y Scott salió corriendo a por otra embarcación. Eso es lo último que sé. Ahora si tenemos suerte nos enteraremos en directo de cómo acaba todo esto.

—Eres incorregible.

—Tú solo aguanta, ¿vale?

El rítmico sonido del micrófono rozando con la tela del bolsillo se hizo más intenso y acompasado. Scott se estaba moviendo. Las primeras palabras que transmitió el aparato fueron contundentes e inequívocas:

—¡Alto! ¡Deténgase señor Beckett!

La persecución había comenzado.

—¡Detenga el bote y suelte los remos inmediatamente!

La segunda orden llegó más clara desde el altavoz del teléfono móvil de una atenta Emma, que hacía varios minutos había comenzado a grabar lo que sucedía.

De fondo no se escuchaba ningún motor por lo que dio por supuesto que Scott perseguía al anciano también en un bote de remos.

—Maldito viejo cabrón.

El insulto sonó más lejano, debido sin duda al tono de voz moderado que había utilizado el policía para referirse al huido.

Tras un largo silencio y cuando Emma comenzó a sospechar que el dispositivo podía haber perdido el alcance mínimo necesario para continuar emitiendo, la voz de Scott volvió a resonar entrecortada por las interferencias, pero aun así expeditiva y amenazadora.

—¡Vamos señor Beckett! No llegará muy lejos.

Glenn apretaba con fuerza la mano de Emma, mareado, asustado y exhausto. Ella le miraba con ternura y culpabilidad. Mientras, el altavoz del móvil seguía emitiendo los imperativos del policía, que parecía no haber dado alcance aún al anciano.

—¡Deténgase!

A continuación, una pregunta:

—¿Dónde cree que va? Ya no se necesita farero en Goat Island. ¿Es que acaso no sabe que la luz del faro está automatizada desde hace por lo menos veinticinco años?

El anciano, que parecía estar en plena forma, supuestamente aún no había pronunciado palabra, o quizá por la distancia que le separaba del micrófono, incapaz de filtrar el sonido de su voz, esta aún no había llegado.

—Emma, tengo que tumbarme, lo siento. Tengo sueño.

—Está bien, pero no te duermas, Glenn. ¿De acuerdo? ¿Me lo prometes?

El sonido procedente del altavoz cambió por completo su ritmo. Scott parecía haber abandonado el bote en la orilla para después correr o andar deprisa. Su respiración, más agitada, se filtraba a través del micrófono. Unos instantes después su voz delató su posición: el policía había alcanzado al anciano.

—¡Quieto! ¡No se mueva! ¡Tire el arma!

—¿O qué? Agente Hamill, ¿crees que estás en disposición de darme órdenes? Si tuvieses otra arma ya me hubieses amenazado con ella, ¿verdad? Ahora cállate y escucha lo que voy a decir.

—No tiene escapatoria. Vamos, no complique más las cosas. Entrégueme el arma y olvidaré todo esto. Regresaremos a su casa y me explicará por qué tiene el coche de un muerto.

—No, no, no. Scott, no me has entendido. He dicho que te calles.

—¡Baje el arma de inmediato! Está amenazando a un agente de la ley.

A continuación, sonó un disparo. La detonación sobresaltó a Emma y a Glenn, que seguían muy atentos el desarrollo de los acontecimientos que les narraba en directo el artilugio de espionaje. Los dos temieron lo peor al tiempo: el anciano había matado a Scott con su propia arma. Las palabras de Scott aplacaron de inmediato su temor.

—De acuerdo. Le escucho, pero baje el arma —dijo el policía con tono conciliador.

—Eso está mejor. Ahora mira allí. ¿Ves el faro? Lleva en pie desde el año 1842. Todo este tiempo ha estado solo, aquí en esta isla, haciendo su trabajo. Bueno, de hecho, era el farero quien lo encendía. Vivía solo en una casa que se construyó años después, junto al faro mismo. Nadie les molestaba. El faro y el farero. El farero y su faro.

—¿Por qué me cuenta esto? —intervino el policía cortando la narración del anciano.

—No vuelvas a interrumpirme o te dispararé —respondió el anciano apuntando seguramente a Scott con el arma.

—Lo siento —se excusó el policía.

—De acuerdo. Bajaré el arma, ves, despacio, pero no vuelvas a interrumpirme. En 1921 un submarino se estrelló contra el rompeolas. Dañó los cimientos de la casa del farero, que en ese momento dormía tranquilamente. Imagínate tener un trabajo como el que tenía ese hombre, vivir solo, sin que nadie te moleste y de la noche a la mañana quedarte sin casa y sin trabajo. Porque efectivamente su vivienda fue demolida y la lámpara del faro que encendía cada noche, sustituida por una eléctrica.

—Un mes después, el farero, enfadado por lo que había ocurrido, navegó hasta aquí, subió por última vez al faro y destrozó la nueva lámpara. Esa misma noche un gran carguero encalló en Green Island, aquella isla que ves a tu espalda. La bruma lo ocultó por completo y un pequeño pesquero, perdido sin la luz del faro, chocó contra él. Murieron siete personas. Las mismas que maté hace treinta años.

—¿De qué demonios está hablando?

—Yo era como aquel farero, pero un día todo comenzó a complicarse. Por un momento incluso creí haberme enamorado. Pero todo es tan efímero… Me casé para no estar solo, intentando que las voces de mi cabeza se callasen. Ella me ayudó, me acompañó al psiquiatra y las pastillas hicieron el resto. Era francesa, supongo que el no entender mi idioma jugó a mi favor. Marie Dubois o Mary Cranston tras nuestra boda. La conocí aquí, en Kennebunkport, pero eso da igual. Nunca llegué a quererla. Tuvimos una hija: Rebeca. La niña sobrevivió.

—¿Cómo que sobrevivió?

—El cuerpo de su madre está aquí enterrado. La misma noche que oculté para siempre su cuerpo en esta maldita isla comenzaron a complicarse las cosas. Todos esos malditos fisgones, asomados a las ventanas… De la niña se ocupó asuntos sociales. Ahí es donde entra tu madre, Scott.

—¿Qué sabe de mi madre? ¿De qué la conocía?

—Tu madre me dio la idea de poner la denuncia de desaparición: mi mujer era francesa, y probablemente nos dejaría abandonados para marcharse a su país; ¿quién demonios iba a investigar eso? Y yo solo, con mi historial clínico, no podía hacerme cargo de mi hija. Tu madre no solo encubrió el asesinato de mi esposa, sino que convenció a una amiga suya para que se encargase de Rebeca. La pobre estuvo unos cuantos años en un orfanato, como si no tuviese padres.

—Eso es mentira. ¡Maldito viejo loco!

—Tu madre me quería, pero yo nunca pude corresponderle de igual forma, y menos cuando me enteré de que estaba embarazada.

Tras la última palabra nació un silencio tan abrupto que, por un momento, Emma y Glenn pensaron que la comunicación se había interrumpido. Ambos se miraron y se dijeron todo, como tantas otras veces. Él, que resistiría. Ella, que tenía la culpa y una gran historia que contar. No hubo palabras, solo gestos y sus dedos entrelazados intentando ocultar su impaciencia por la llegada de la ambulancia y el final de la historia.

—Esto es una maldita locura. ¡Cállese!

—Tus padres no podían tener hijos, por eso te adoptaron. Tu padre era estéril pero tu madre estaba preñada y en sus entrañas crecía la prueba de su infidelidad. Yo la había dejado embarazada, imagínate.

—¡Mentiroso!

—Un día recibí una carta suya. Estaba desesperada. No soportaba mi indiferencia y su culpabilidad. Incluso sus palabras parecían tener cierto trasfondo suicida. Aún la conservo. Aquella carta me dio la idea. El resto fue mucho más sencillo de lo que imaginé.

—¿Qué la hiciste, malnacido?

—Yo maté a tu madre.

Nada más oír esas palabras, el micrófono delató al joven policía que echó a correr hacia el anciano que debió de alzar el arma y volver a apuntar al policía. Este debió detenerse a escasos metros del cañón de su propio revólver, ya que el sonido de su carrera cesó y la orden que dio el anciano fue inequívoca y amenazadora.

—Quieto o disparo. No volveré a repetírtelo.

—Está bien.

—Ahora, Scott, te voy a hacer la última pregunta: ¿Sabes quién soy?

—Un asesino.

—No, di mi nombre. Dime quién soy.

—¿Gabriel Beckett?

—Oh, no, por favor. Hace mucho tiempo fui Gabriel Beckett, pero gracias a Dios, bueno, y a la ayuda de dos viejos amigos que me ayudaron mucho, dejé de serlo. Yo maté a ese pobre hombre. Lo maté sin querer. Fue en un accidente de coche. Yo conducía mi viejo y querido Impala y chocamos de frente. Le tenía cariño a ese coche. Por eso busqué uno igual y lo compré utilizando la documentación de un fallecido. Pobre Gabriel. Él me ayudó muerto mucho más de lo que nunca hubiese podido hacerlo vivo. Aún conservo sus cañas y sus aparejos de pesca. Nunca los usé.

—¿Entonces quién diablos eres?

—Nadie. Soy nadie. Un holgazán, un vagabundo. Soy una navaja afilada, si te acercas a mí… Es broma. Esto es lo que dijo Charles Manson en una entrevista en 1981, creo. Pero yo no soy un psicópata, soy algo peor: con cinco años maté a mi padre. Lo ahogué en estas mismas aguas. No fue intencionado, él se lanzó para salvarme…, pero lo maté. Mi primera vez. Luego llegaron las demás víctimas: mi esposa, tu madre, los viejos y la novia de aquel pobre drogadicto.

—Entonces aquel pobre drogadicto lleva en la cárcel treinta años por un crimen que no cometió.

—Ah, y ese otro policía novato… El hijo del alcalde.

—¿Mataste a Tom Sephard?

—También tuvo que meterse donde no le llamaban. Pero tranquilo, no sufrió.

—¡Maldito asesino!

El sonido de las sirenas aproximándose a la vivienda les distrajo de su atenta escucha. Una ambulancia y un coche patrulla descendían veloces por Langsford Road. Glenn permanecía tendido sobre el frío metal mientras Emma cogía su mano preocupada y atenta a lo que ocurría en Goat Island.

—Esto está llegando a su fin, Scott.

—¿A qué viene todo esto? ¿Por qué estas confesiones y por qué ahora?

—Me marcho. Se acabó. Toma, este revólver creo que te pertenece. Vamos, cógelo. Te lo estoy ofreciendo por la culata, ¿no lo ves? Si quisiera matarte ya te habría disparado.

Glenn se había desmayado. La ambulancia acababa de estacionar frente a la casa. El coche patrulla también y las sirenas se apagaron. No así las luces azules intermitentes que bajaban hasta el sótano cargadas de esperanza. Emma sufría en silencio, por el estado de su prometido y por si Scott había recuperado por fin su arma. La frase tajante del policía llegó desde el altavoz para confirmar que así había sido.

—Ahora de rodillas. ¡Vamos!

—Estoy preparado.

—Tiene derecho a guardar silencio. Cualquier cosa que diga puede y será usada en su contra en un tribunal de justicia. Tiene derecho a contar con un abogado. Si no puede pagar un abogado, el tribunal le asignará uno de oficio.

—Tu madre tampoco sufrió. Tuvo suerte. Fingí una patética y supuesta reconciliación para que volviese una vez más. Comía de mi mano y no fue difícil engañarla. Cena romántica, buena comida, vino… Después haríamos el amor…

—¡Basta!

—Tu madre follaba bien, sin duda. Y cómo le gustaba jugar con las esposas…

—¡Basta, basta!

—Eché el contenido de todas las cápsulas que logré encontrar en casa dentro de su copa. Se desmayó junto a la mesa del salón. Cargué con el cuerpo hasta el muelle y dejé que la gravedad hiciera el resto. Y me dio igual que pudiesen encontrar su cuerpo o no, porque de hacerlo la practicarían la autopsia y dirían que se había suicidado. Dorothy encontró su cuerpo. Mi pobre amiga médium. Otra tragedia, en este caso con final inesperado.

—¡Basta! ¡Cállese!

—Si vas a dispararme tiene que ser aquí, en la sien.

—¡Suelte el arma!

—¿Sabes qué le dije a tu madre antes de empujarla al mar? Adiós mi querida y amada Patricia. Que Dios me perdone y que el mar custodie tu alma para siempre.

La detonación del arma estremeció a Emma que gritó desconsolada inmediatamente después de producirse el disparo.

—¡Nooooo, Scott! ¿Qué has hecho?

El silencio posterior, profético y eterno, confirmó el peor de los presagios. El oficial de policía de Kennebunkport, Scott Hamill, acababa de ejecutar a Marcus Cranston, asesino confeso de siete víctimas, incluyendo su madre, Patricia Smith, agente también de policía.

Precisamente fue el compañero de esta, David Henderson la primera persona que llegó al sótano secreto. La luz de su linterna deslumbró a Emma que levantaba los brazos asustada.

—¡Por favor, necesita ayuda! —exclamó sin haber reconocido aún al compañero de Scott, por culpa de la luz proveniente de su linterna.

—¿Emma? Dios mío, ¿qué haces aquí? ¿Qué ha ocurrido?

Los sanitarios entraron en escena antes de que Emma pudiese responder. Se acercaron con premura a Glenn, le tomaron el pulso y le auscultaron. Después desplegaron una camilla portátil, y subieron en ella a Glenn que seguía inconsciente.

Emma le cogió la mano y la soltó a continuación para permitir que los sanitarios le subiesen por la estrecha escalera que ascendía a la planta baja.

—David, tienes que detener a Scott.

—No te entiendo, Emma. ¿Por qué iba a tener que hacer algo así?

—Tú solo escucha y lo entenderás.

La joven periodista cogió su teléfono, entró en la aplicación de grabaciones y le dio a reproducir tras seleccionar el fragmento exacto en que quedó registrado el terrible acto que acababa de acontecer:

«—¡Basta! ¡Cállese!

—Si vas a dispararme tiene que ser aquí, en la sien.

—¡Suelte el arma!

—¿Sabes que le dije a tu madre antes de empujarla al mar? Adiós mi querida y amada Patricia. Que Dios me perdone, y que el mar custodie tu alma para siempre.

—¡Bang!».

David se apoyó en la mesa metálica antes de decir nada. No podía creer lo que había escuchado. Su compañero Scott acababa de ejecutar a una persona. Después subió a la planta baja, tras Emma y salió de la casa sorprendido y apesadumbrado. Caminó hasta el embarcadero y se sentó en el extremo. Dejó las esposas y su revólver sobre los viejos tablones de madera y esperó a que llegase su compañero.

Emma subió a la ambulancia tras Glenn. Los sanitarios le habían conseguido estabilizar y una vía en su brazo derecho le administraba plasma y suero. A un par de kilómetros del hospital, Glenn abrió los ojos y contempló el rostro hermoso y preocupado de su prometida. Seguía sosteniéndole la mano, sentada a su lado.

—¿Qué te… preocupa… ahora? —preguntó en apenas un susurro.

A Emma se le iluminó la mirada, esperanzada, con las primeras palabras que pronunció Glenn tras recobrar el conocimiento. A continuación, apretó su mano y dijo:

—Creo que esa niña, la que sobrevivió al asesino de Langsford, soy yo.

77

Las paladas de tierra golpeaban la madera de su ataúd con un ritmo tétrico y acompasado. Su mujer y su hija, vestidas de negro, lloraban desconsoladamente asomadas al eterno hoyo donde descansarían para siempre los restos del sargento de la policía de Kennebunkport, Liam McDougall. Mientras, la lluvia helada, obligaba al protocolario despliegue de oscuros paraguas entorno al féretro.

La voz de su amigo, Bruce O'Brien, jefe del departamento de bomberos de Kennebunkport, resonó profunda y triste desde el atril donde el sacerdote hacía unos minutos había acabado su clásico y oportuno sermón.

—Aún no nos hemos recuperado de la trágica muerte de la también policía y compañera, nuestra querida Patricia Johnson, cuando hoy, tan solo tres días después, nos reunimos aquí para despedir al mejor policía de Kennebunkport, al mejor marido, al mejor padre y al mejor amigo que nadie hubiese podido tener jamás.

»Conocí a Liam hace más de treinta años, en Portland. Nos llamaron a la estación de madrugada: se había declarado un incendio en los viejos almacenes Ascot. Hacía años que estaban abandonados y daban cobijo habitualmente a decenas de vagabundos que dormían allí intentando evitar el frío de las húmedas calles de la ciudad.

»La sirena del camión rompió el silencio de aquella noche tranquila. Apenas tardamos tres minutos escasos en llegar. Cuando me bajé vi a Liam: cargaba en sus hombros el cuerpo de una mujer. La dejó con suavidad en la acera, lejos de las llamas que comenzaban a devorar la estructura de los almacenes. Junto a ella había otras seis personas, algunas inconscientes, otras sentadas en el suelo intentando respirar, y todas manchadas de hollín.

»Me acerqué a él para preguntarle si quedaba alguien dentro del edificio. Liam me miró fijamente, sonrió y me dijo: «Chicos, seguro que queda un gatito dentro, como en las películas: todo vuestro». Y se sentó en la acera como si no hubiese hecho nada especial. Como si no hubiese salvado la vida a siete personas. Años después volvió a salvar a otra persona en el incendio de Langsford Road, esta vez a un asesino que mereció la muerte.

»Por eso puedo decir aquí y ahora, con orgullo y satisfacción, que hoy despedimos a un héroe por el que recemos se encuentre ya sentado junto a Dios nuestro pastor.

El silencio y la tristeza acompañaron a los presentes que se despedían con gestos y miradas de luto hacia el féretro del valiente policía. El grupo se fue disolviendo hasta dejar a David y a Derek, a solas. Ambos policías vestían con sus correspondientes uniformes de gala. Sus miradas y sus palabras se encontraron entre el dolor de la misma pérdida.

—Aún no puedo creerlo. Estuve con él por la tarde. Estaba preocupado, llevaba dándole vueltas varios días a algo y al final... —afirmó David, compungido.

—Buscaba otro culpable para lo sucedido. Al bueno de Liam nunca nada le parecía lo suficientemente creíble. Siempre quería más pruebas de todo. Maldito incrédulo inconformista —dijo Derek suspirando.

—Todos pensamos lo mismo, pero nadie tuvo el valor de decírselo. Liam necesitaba un descanso y no hizo caso del susto que se había llevado la vez anterior. Pero... no sé. Los últimos días estuvo obsesionado con algo.

—Liam perseguía a Marcus Cranston.

—¿Qué?

—Que Liam perseguía a Marcus Cranston cuando se estrelló. Pero encontramos su coche varios días después.

—¿Quién demonios es Marcus Cranston? Me suena su nombre. Ah, sí, el fallecido en el accidente de tráfico en la I-95.

—Ya no es nadie, está claro. Agredió salvajemente a una psiquiatra en Portland. Se lo conté a Liam y creo que le cuadró. Nunca tuve que hacerlo —confesó Derek, apesadumbrado.

—Y Liam tuvo que ir a su casa, ese tal Marcus huyó, Liam le persiguió y se salió de la carretera para empotrarse contra un árbol, pero le encontramos dos días después. En su huida, Marcus también chocó, pero contra el coche de ese pobre hombre, ¿cómo se llama?, Gabriel…, no me acuerdo. Imagino que seguirá grave.

—Eso me temo —afirmó Derek.

—Pero ahora los dos están muertos y tú y yo vamos a dejar que descansen en paz y no vamos a remover más la mierda, ¿verdad Derek?

El policía de Portland asintió resignado y culpable, dio media vuelta sin despedirse y echó un último vistazo a la pequeña parcela de tierra donde descansaría su amigo y compañero, antes de abandonar el camposanto.

David también se acercó a la tumba de su superior. Se arrodilló en la tierra mojada por la inclemente lluvia, se quitó la gorra y la depositó en el suelo diciendo:

—Adiós compañero. Ojalá algún día pudiese llegar a ser la mitad de valiente de lo que fuiste tú en vida. Ahora descansa en paz.

78

La soledad volvió a invadirle, allí en aquel cuarto, observando desde la ventana cómo el último testigo de su padecimiento huía de a toda velocidad de aquella casa montado en su coche. El ayudante de la parapsicóloga ni siquiera había tenido tiempo de recoger la cámara que seguía grabando desde lo alto del trípode.

El caballo de madera se disculpaba con la mirada desde el suelo de la habitación por no haber sido mejor guardián y custodio de las llaves que, bajo su silla de montar, había ocultado.

Se dirigió a por su contenido sin dudar. Extrajo la cinta del interior del aparato tras detener la grabación y abandonó la estancia despidiéndose con un fugaz vistazo del charco de sangre ya oxidado que parecía aguardarle vengativo en una de las esquinas.

Bajó al salón, introdujo la cinta en el dispositivo de reproducción y después de rebobinarla pulsó el botón de inicio. Se sentó en su sillón, suspiró y contempló su propia imagen en el televisor. Tan solo habían transcurrido unos minutos.

—El aire me ha golpeado la cara. Llevo algo en la mano. Estoy descalzo y…, estoy en la calle, estoy corriendo en la calle. Hace frío y salen bocanadas de vaho de mi boca. Estoy corriendo.

—¿Dónde va?

—No lo sé, estoy sentado otra vez, pero también hace frío aquí. No acierto con la llave.

—¿Qué llave, Gabriel? ¿Qué está haciendo ahora?

—Por fin lo oigo. Es un motor. Estoy en un coche. Acabo de arrancar el motor. Quiero escapar…, tengo que huir de aquí. No quiero volver a esta casa, nunca más.

Apagó el televisor, se levantó y salió al jardín. Hacía frío. Un frío extraño, desapacible, que se metía en los huesos y salía del cuerpo por la boca y la nariz en forma de grandes bocanadas de vapor, que ascendían por el aire formando figuras fantasmagóricas. Se asomó a la calle y contempló el hueco donde estacionaba siempre su coche. Estaba vacío.

—Añoro mi coche, mi maravilloso coche. Pero compraré uno igual. Eso es. Lo haré —dijo en la soledad de aquel lugar marcado a fuego por la tragedia.

Regresó a casa y al pasar por el recibidor vio su imagen reflejada en el espejo que descansaba sobre la consola de la entrada. Se acercó despacio. Algo no le cuadraba. Se quitó las gafas y acarició las cicatrices de su rostro con su mano de cuatro dedos. Se aproximó aún más al reflejo y entonces este le dijo en un último susurro:

—Bienvenido a casa, Marcus.

Epílogo

Sus dedos acariciaron primero el rugoso granito hasta llegar al metal de la inscripción, y letra a letra fue pronunciando aquel nombre en su cabeza: «Marie Dubois». Después la misma mano palpó la redondez de su vientre abultado. El sol resplandecía imponente, coronando un cielo azul infinito y esperanzador, proyectando decenas de sombras propiedad de las tumbas del cementerio de Arundel.

—¿Estás bien? ¿Rebeca ya está dando guerra ahí dentro? —preguntó Glenn mientras apoyaba su bastón en la lápida colindante.

Emma miró a su marido con ternura, sonrió y tras recoger el bastón y devolvérselo respondió con una pregunta.

—¿Cuándo vas a empezar a usar la prótesis?

—No me gusta.

—Quizá sea Gabriel quien no para aquí…

—Ya sabes que odio ese nombre, me recuerda… ¿Cuándo vas a querer saber el sexo del bebé?

—Cuando nazca, antes no. Y Gabriel es un nombre precioso. Sería un bonito homenaje a ese pobre inocente…

El timbre de su teléfono móvil cortó la frase. Emma respondió presurosa y frunció el ceño nada más escuchar la primera palabra de su interlocutor:

—Ferguson. ¿Vas a poder entrevistar a Yishai o no? No me has respondido ni un maldito *e-mail* en tres días.

—Estoy bien, gracias por preguntar, jefe. El embarazo marcha sobre ruedas y mi semana número treinta y uno transcurre sin novedades.

—Vamos Emma, tu obstetra te lo recomendé yo porque es el ginecólogo de mi mujer. Ya sé cómo evoluciona tu embarazo.

—Vaya, olvidaba esa parte… —suspiró Emma resignada.

—Yishai sale de la cárcel en tres días y necesito saber ya si vas a poder cubrir o no esa entrevista, eso es todo.

—¿Te lo tengo que decir ahora mismo? Me pillas en el cementerio.

—Vaya, espero que no se haya muerto tu recién estrenado marido, aunque con ese carácter que gastas no me extrañaría que le hubiese dado un infarto o algo peor.

—Te confirmo mañana, ¿vale?

—Vamos, tu reportaje le sacó de la cárcel, se lo debes, bueno, o te lo debe él. Además, ahora no estás haciendo nada, ¿o sí?

—Estoy buscando a nuestro padre. Estoy siguiendo una pista y…

—¿Nuestro?

—Sí, de Rebeca y mío.

—¿Pero no eras tú Rebeca?

—No te has enterado de nada.

—¡Déjate de tonterías! Ese tema no le interesa a nadie —refunfuñó Ferguson, impaciente.

—¿Una trama ilegal de adopciones con decenas de afectados, incluyendo madres solteras a las que les arrebataron a sus hijos? Yo creo que sí interesa.

—Eres incorregible.

—Por cierto, espero ansiosa tu donación a la Orphans Kennebunkport Foundation. Las obras de la Residencia Wilson para Jóvenes ya han comenzado.

—Está bien. Hablamos mañana.

Emma colgó la llamada como era costumbre sin despedirse de su jefe, después cogió la mano de Glenn y la acercó a su vientre. Sonrió y echó un último vistazo a la tumba de aquella mujer a la que todavía no se atrevía a llamar madrastra.

—¿Qué quería ahora ese pesado? —preguntó Glenn, contrariado.

—Es por la entrevista a Yishai. Quiere que sea yo quien la haga.

—Pues hazlo. Al fin y al cabo, vas a ser tú quien le saque de la cárcel.

—Yishai lleva treinta años encerrado por unos crímenes que no cometió. Nadie puede cambiar eso, y menos una maldita entrevista sensacionalista.

Una ligera brisa comenzó a mover las hojas de los árboles que descansaban en el suelo, testigos de un verano que languidecía, ya esperando la inminente llegada del otoño.

—¿Estás bien, de verdad? —insistió Glenn tras observar el gesto triste de su esposa.

—Sí, es que todo esto… Han sido muchas emociones, demasiadas y venir aquí… Es que pensar que ese malnacido…

Emma no tuvo tiempo ni ganas de pronunciar aquel maldito nombre que pesaba en su conciencia desde hacía siete meses. La insistente melodía de su teléfono la detuvo y enfadó a Glenn llevándole a pensar que era su jefe quien volvía a interrumpirla.

—¡Qué pesado! —exclamó.

—¿Dígame?

—Señora Wilson, soy Matt, el jefe de obra, sí, hablamos de la residencia para jóvenes.

—Ah, hola Matt.

—Por favor tiene que venir aquí de inmediato.

—¿Qué ocurre?

—Verá, es que hemos encontrado algo y… Bueno, será mejor que venga. La policía ya está en camino.

—De acuerdo.

Emma permaneció inmóvil unos segundos antes de devolver el móvil al bolso. Su rostro demudó la expresión y Glenn volvió a preocuparse por ella.

—No era tu jefe, ¿verdad? ¿Qué sucede?

—Era Matt. En la obra han encontrado algo.

No hubo más palabras entre ellos hasta llegar a Langsford Road. Allí, al final de la calle, donde se levantaba la última casa, varias excavadoras habían detenido su trabajo siguiendo la orden del capataz. El derribo marchaba a buen ritmo y apenas se distinguía ya el esqueleto de aquella construcción infame que había cobijado durante tantos años al asesino de la calle tristemente más famosa de Kennebunkport.

Emma estacionó frente a la obra y Matt salió raudo a su encuentro. La sirena del coche de policía comenzaba a escucharse aproximándose desde lo lejos.

—Señora Wilson, tiene que ver esto. No hemos tocado nada. Parece que la policía ya está aquí también.

Emma se acercó a los escombros acompañada por el jefe de obra. Glenn prefirió quedarse en el coche. Aquel sitio le daba escalofríos y aún no había reunido el valor suficiente para regresar al lugar en el que había sido torturado por un psicópata.

—Mire, está allí. Bajo esos cascotes —dijo Matt señalando un bulto cubierto de polvo blanco.

—¡Oh, Dios mío, es una persona! —exclamó Emma llevándose la mano a la boca de forma instintiva.

—Al principio pensé que se trataba de un muñeco o de un maniquí, pero no. Es un cadáver, pero está como… Oh, por favor, conserva hasta el cabello. Es como si estuviese…

—Disecado —concluyó Emma acercándose aún más al cuerpo—. Es terrible.

El coche patrulla acababa de llegar. De él se apeó David Henderson, que estrenaba el cargo de nuevo jefe de policía de Kennebunkport. Se aproximó veloz al lugar donde se encontraban los presentes y saludó efusivamente a Emma.

—Bienvenida de nuevo a Kennebunkport. Ya veo que te queda poco.

—Hola David. Sí, tan solo un par de meses. ¿Y tú, cómo estás?

—Despacio. Tener que detener a tu propio compañero… Fue muy duro, pero bueno, Scott está bien, tranquilo y…

—Esto es horrible, David.

—¿Dónde está? —preguntó el policía, preocupado.

—Allí —dijo Matt señalando con la cabeza.

David subió por la pequeña montaña de escombros y retiró con cuidado varios cascotes que parecían aprisionar el cuerpo. Antes de hacerlo tomó varias fotografías de la posición. Después, con mucha suavidad, sacudió el polvo de la cabeza, bajo el que apareció una mata de pelo rubio y enmarañado. Por último, se agachó junto al cadáver, lo miró fijamente y tras unos interminables segundos, se llevó las manos a la cabeza y comenzó a llorar. Regresó cabizbajo a su coche, y cuando pasó junto a Emma y el encargado de obra se limitó a decir:

—Es el cuerpo de Tommy, lo que está ahí, Tom Sephard, agente de policía en prácticas de la comisaría de Kennebunkport, el hijo del maldito alcalde y mi compañero, al que nunca tuve en consideración. Voy un momento al coche, necesito la cinta, hay que acordonar la zona y tengo que avisar al forense, a los de la científica y al juez. Disculpadme.

Emma también regresó a su coche. Allí le esperaba su esposo, sentado en el asiento de copiloto, con la mirada perdida en el infinito.

Se sentó y cerró la puerta. Unas oscuras nubes habían cubierto por completo el cielo azul que los había acompañado durante todo el día.

—Parece que va a llover —afirmó Glenn con tono triste.

—No vas a preguntarme qué ha ocurrido ahí, ¿verdad?

—Creo que no quiero saberlo, pero por tu cara, estoy seguro de que se trata de algo no muy bueno, ¿me equivoco?

—No sé si ha sido buena idea todo esto, la verdad —dijo Emma apesadumbrada.

—¿El qué?

—Construir la residencia aquí, sobre los malditos cimientos de la casa. No, sé Glenn.

—Voy a preguntarte algo que no me he atrevido a preguntarte antes: ¿cuándo supiste que habías vivido en esa casa?

—Cuando vi mi caballito de madera.

—¿Y fue un mal recuerdo lo que te trajo a la memoria?

—No. Fue algo bueno. No sé, creo que un buen recuerdo.

—Entonces fuiste feliz aquí, aunque fueran solo unos pocos años. Y eso quiere decir que en este lugar también pueden ocurrir cosas buenas, ¿no es así?

—Supongo que sí.

—Pues entonces vamos a hacer algo bueno. Vamos a construir una casa maravillosa que sirva de hogar a niños que no tienen padres. Vamos a terminar lo que te propusiste, ¿vale?

—Lo intentaremos. Pero no sé, Glenn, hace un rato he notado algo. Como si planeara aún sobre este lugar.

—¿El qué, Emma?

—La maldición de Langsford Road.